遇见，醉美古文

秋水 —— 著

长江出版传媒　长江文艺出版社

图书在版编目（CIP）数据

遇见，醉美古文 / 秋水著. -- 武汉：长江文艺出版社，2021.5
（浪漫古典行. 唯美卷）
ISBN 978-7-5702-1277-4

Ⅰ.①遇… Ⅱ.①秋… Ⅲ.①古典散文－散文集－中国 Ⅳ.①I262

中国版本图书馆 CIP 数据核字(2019)第 244356 号

责任编辑：张远林　朱　焱	责任校对：毛　娟
封面设计：仙境	责任印制：邱　莉　杨　帆

出版：长江出版传媒　长江文艺出版社
地址：武汉市雄楚大街 268 号　　邮编：430070
发行：长江文艺出版社
http://www.cjlap.com
印刷：武汉市首壹印务有限公司

开本：640 毫米×970 毫米　1/16	印张：22	插页：1 页
版次：2021 年 5 月第 1 版	2021 年 5 月第 1 次印刷	
字数：338 千字		

定价：45.00 元

版权所有，盗版必究（举报电话：027—87679308　87679310）
（图书出现印装问题，本社负责调换）

目 录

先秦

生生不息，日新又新，就叫做易 /《周易》·2
上善若水 /［春秋］老子·4
假如我的学说能被这个时代或社会所接受，那就太令人高兴了 /《论语》·9
洗洗澡，吹吹风，一路唱着歌回家去 /《论语》·15
干得了就干，干不了就走 /《论语》·18
当领导的，不可优柔寡断，更不可遇事不明 /［春秋］管仲·20
不战而使敌人屈服，才算得是高明中最高明的 /［春秋］孙武·22
只在枝节上下功夫，那是做不好事情的 /《大学》·24
"中庸"到底是什么意思 /《礼记》·26
理想社会 /《礼记》·28
实践出真知 /《礼记》·29
杞人真的可笑吗？/《列子》·31
单凭你一个人的力量，能干成什么呢？/《列子》·32
有了知己就没有孤独 /《列子》·34
我善养吾浩然之气 /［战国］孟轲·36
天时不如地利，地利不如人和 /［战国］孟轲·39

鱼和熊掌我都想要,怎么办呢?／[战国] 孟轲·40

生于忧患,死于安乐／[战国] 孟轲·42

高层次的生存方式,低层次的人永远不懂／[战国] 庄周·43

无用之用／[战国] 庄周·46

听到了很多道理,就以为老子天下第一,说的就是我呀／
　　[战国] 庄周·48

子非鱼,安知鱼之乐?／[战国] 庄周·51

多行不义,必自毙,你就等着瞧吧／《左传》·53

打仗要一鼓作气,做事也一样／《左传》·56

防民之口,甚于防川／《国语》·58

为什么人人都认为我美呢?／《战国策》·60

父母爱子女,就要为他们考虑得长远些／《战国策》·62

布衣之怒与天子之怒／《战国策》·65

以你的心,行你的意／[战国] 屈原·67

学习之道,就是要青出于蓝而胜于蓝／[战国] 荀况·69

容貌俊美,这个不是我能左右的／[战国] 宋玉·71

游说的困难,在于抓住游说对象的心理／[战国] 韩非·74

两汉

我大秦为什么唯独用人政策不能与时俱进呢?／[秦] 李斯·82

忧喜是一家啊,吉凶在一起／[西汉] 贾谊·86

为什么条件好的都失败了,条件差的却成功了呢?／[西汉]
　　贾谊·88

中国人的创世传说／《淮南子》等·92

一日长于百年／[西汉] 司马相如·95

欲建非常之功,必待非常之人／[西汉] 刘彻·98

王侯将相难道就是天生的贵种吗?／[西汉] 司马迁·99

与日月争辉／[西汉] 司马迁·103

谁又不在尘埃之中？／［西汉］司马迁·104

这可是大汉盛世，你就作吧，跟你没话／［西汉］杨恽·114

非要等到有了圣明的君主才肯出来做事，那还要你辅佐干吗？／［东汉］李固·117

魏晋南北朝

现在江湖未静，我是不会让位的／［三国］曹操·122

希望陛下扩大自己神圣的影响力，不要随便看轻自己／［三国］诸葛亮·127

宁静的力量／［三国］诸葛亮·130

文人都喜欢显摆／［三国］曹丕·131

每个人心中都有一个女神／［三国］曹植·135

绝交书原来是自供状／［三国］嵇康·139

写来写去空惆怅／［西晋］向秀·145

感人心者，莫先乎情／［西晋］李密·147

战略决定成败／［西晋］陈寿·150

永和九年的那场醉／［东晋］王羲之·153

哪有什么世外桃源／［东晋］陶渊明·155

高高兴兴地接受命运的安排／［东晋］陶渊明·157

自画像／［东晋］陶渊明·159

自古体大而思精，未有此也／［南朝宋］范晔·161

魏晋风度／［南朝宋］刘义庆·165

我代表北山之神谢绝你的到来／［南朝齐］孔稚珪·167

奇山异水，天下独绝／［南朝梁］吴均·171

三峡·彩云间／［北魏］郦道元·172

诗言志／［南朝梁］钟嵘等·174

树犹如此，人何以堪／［北周］庾信·176

唐

百姓像水一样,既可以载舟,也可以覆舟 / [唐] 魏征·182
本来无一物,何处惹尘埃 /《坛经》·184
落霞与孤鹜齐飞,秋水共长天一色 / [唐] 王勃·188
187个字就把钱说透了 / [唐] 张说·192
清晨的麦田里,野鸡在鸣叫 / [唐] 王维·193
请您尽管测试我的文才 / [唐] 李白·195
生命就像一个很深很深的梦,欢乐是多么虚浮而又短暂 /
　　[唐] 李白·198
真理掌握在谁手里,谁就是我的老师 / [唐] 韩愈·199
千里马是养成的,不是天生就有的 / [唐] 韩愈·202
宁鸣而死,不默而生 / [唐] 韩愈·203
你一个书生跑到燕赵之地去干嘛? / [唐] 韩愈·206
鳄鱼,你不可以和我一起生活在这片土地上 / [唐] 韩愈·208
我的悲伤你可知道 / [唐] 韩愈·210
从内向外散发光辉 / [唐] 刘禹锡·215
我只是顺应它的天性,使它生长罢了,我能有什么办法? /
　　[唐] 柳宗元·216
难道我在冥冥之中还要感谢被贬永州吗? / [唐] 柳宗元·219
优雅地忧伤 / [唐] 柳宗元·221
敌人也是朋友,对我们大为有利 / [唐] 柳宗元·223
京城里的人都说您家太有钱了 / [唐] 柳宗元·224
毁灭自己的人是自己 / [唐] 杜牧·228

宋

相忘于江湖 / [宋] 王禹偁·232
不以物喜,不以己悲 / [宋] 范仲淹·234

醉翁之意不在酒 / [宋] 欧阳修·237
祸患常积于忽微，智勇多困于所溺 / [宋] 欧阳修·239
秋天的样子 / [宋] 欧阳修·241
我的父亲母亲 / [宋] 欧阳修·243
怕是没有道理的 / [宋] 苏洵·248
亭亭玉立于莲之畔 / [宋] 周敦颐·251
我们都是一家人 / [宋] 张载·252
无限风光在险峰 / [宋] 王安石·254
你加的罪名我不承认 / [宋] 王安石·257
这世上没有万全之策 / [宋] 苏轼·259
唯有这江上清风与山间明月，谁都可以拥有 / [宋] 苏轼·262
月白风清，如此良夜何？ / [宋] 苏轼·265
承天寺的月光 / [宋] 苏轼·267
不经过调查，永远不知道真相 / [宋] 苏轼·268
看看别人是怎么好好说话的 / [宋] 苏辙·271
读书的乐趣远在声色狗马之上 / [宋] 李清照·273
弄潮儿向涛头立 / [宋] 周密·276

元明

活生生拆散了一对鸳鸯在两下里 / [元] 王实甫·280
江山如此多娇，我要怎样才能使它金瓯无缺呢？ / [明] 宋濂·285
嚼得菜根者，百事可做 / [明] 宋濂·288
这世上谁又不是金玉其外败絮其中呢？ / [明] 刘基·290
难道天意会这样安排吗？ / [明] 方孝孺·293
忽然间，我对大自然的神奇感到惊讶不已 / [明] 沈周·295
知而不行，只是未知 / [明] 王阳明·297
她没能和我们一起好好活着，这是命啊 / [明] 归有光·301

庭前的枇杷树如今已经亭亭如盖了／［明］归有光·302

只为你如花美眷，似水流年／［明］汤显祖·305

天才都是异数／［明］袁宏道·309

在寒风中领略春天／［明］袁宏道·313

不要说相公您痴，还有像您一样痴的人呢／［明］张岱·315

酣睡在十里荷花之间，一帘幽梦／张岱·316

清

天才，使这个世界变得美好／［清］张潮·322

泰山归来不看山／［清］姚鼐·325

中国文学中最可爱的女人／［清］沈复·328

《离骚》为屈大夫之哭泣，《史记》为太史公之哭泣／［清］
　　刘鹗·334

人生是个困局／［清］谭嗣同·336

人生的三重境界／王国维·338

今天的责任，不在别人身上，全在我们年轻人身上／梁启超·340

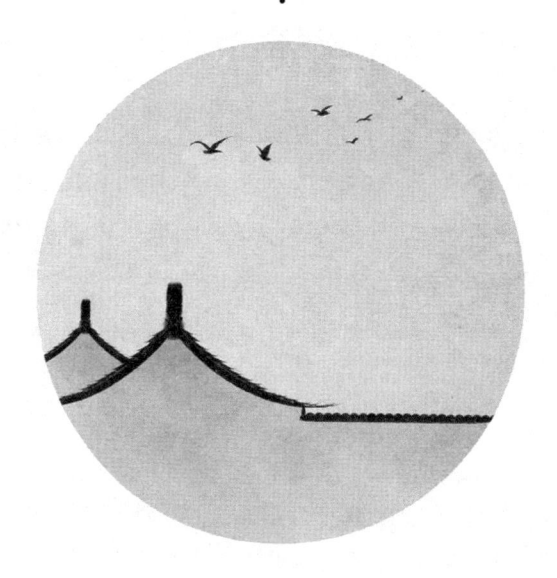

· 先
  秦 ·

生生不息，日新又新，就叫做易

《周易》

● 导 读

《周易》乃群经之首，相传为周文王所作，后人为之作《十翼》。《周易》内容极其丰富，对中国几千年来的政治、经济、文化等各个领域都产生了极其深刻的影响。

《系辞》是《十翼》中的一篇，这篇文章站在当时人类对宇宙认知的最高水准之上，牢牢把握宇宙的基本规律——阴阳对立统一法则，以高屋建瓴之势，广泛探讨了客观世界运动、变化、发展的规律。

一

天是崇高的，地是卑下的，乾卦崇高、坤卦卑下就是据此确定的。天地万物按照一定的自然序列由卑下而崇高森然罗列，社会中尊卑贵贱的等级也是据此确定的。天运行不息、地卑伏安静是一种常态，据此就可以断定，运行的天是刚健的、静伏的地是柔弱的。人各以其类相聚集，物各以其群相分别，彼此利害的调和与冲突、祸福吉凶就在其中产生。天上日月星辰风雨雷电形成了各种天象，地上江河山泽草木虫鱼形成了大地环境。天空大地的种种现象体现了变化发展。所以，刚柔所表示的不同事物互相摩擦，八卦所表示的各种物质互相激荡。并且用雷霆来鼓动它们，用风雨来润泽它们。于是日月运行永不停止，寒暑更替永无穷尽。代表天的乾卦成为男性的象征，代表地的坤卦成为女性的象征。天的功能在于伟大的创始，地接下来完成养育万物的任务。天以平易来显现它的智慧，地以简略来显现它的功能。正因为平易才容易被人了解，正因为简略才容易使人遵从。容易被人了解才能使人亲近，容易使人遵从才能发挥功效。有了亲近之感，这种依存关系才能长久地维持下去，功效不断显现才能发展壮大。长久坚持下去，就能塑造人的品德；不断发展壮大，就能成就人的功业。掌握了平易简要的原则，天地间的道理就能理解了。理解了天地间的道理，人就能在天地宇宙间确立其地位了。

二

阴柔阳刚交互作用，相反相成，这就是所谓的天道，也就是《易经》所体现的道理。继承大道就是善，使大道具体化、成就天道的功业就是人的本性。人的见识是有局限性的，仁者看见天道之用说是仁，智者看到天道之用说是智。老百姓在日常生活中经常运用天道却毫无所知。所以君子所走的道路，知道的人就太少了。天道以仁爱的面貌显现，其不可思议的功能隐藏在各种效用之中，它使万物兴盛完全是无为无心，并不像圣人那样心忧天下，天道的盛大德行与伟大事业可以说是至善至美了。长养万物而不拥有万物，这叫伟大的事业。每天以新的变化造就万物，这叫盛大的德行。生生不息，日新又新，就叫做易。完成天地之间各种造化，就叫做乾。效法天而助成万物，就叫做坤。推演天地之数以预测未来，就叫做占卜。由占卜而通晓事物的变化并采取应对的措施，就叫做事务。能够通达变化莫测的阴阳变化之道，就叫作神。

● 原 文

《周易·系辞》（节选）

一

天尊地卑，乾坤定矣。卑高以陈，贵贱位矣。动静有常，刚柔断矣。方以类聚，物以群分，吉凶生矣。在天成象，在地成形，变化见矣。是故刚柔相摩，八卦相荡。鼓之以雷霆，润之以风雨。日月运行，一寒一暑。

乾道成男，坤道成女。乾知大始，坤作成物。乾以易知，坤以简能。易则易知，简则易从。易知则有亲，易从则有功。有亲则可久，有功则可大。可久则贤人之德，可大则贤人之业。易简，而天下之理得矣。天下之理得，而成位乎其中矣。

二

一阴一阳之谓道。继之者善也，成之者性也。仁者见之谓之仁，知者见之谓之知，百姓日用而不知，故君子之道鲜矣。显诸仁，藏诸用，鼓万物而不与圣人同忧，盛德大业至矣哉！富有之谓大业，日新之谓盛德。生生之谓易。成象之谓乾，效法之谓坤。极数知来之谓占，通变之谓事，阴阳不测之谓神。（选自《周易译注》）

上善若水

[春秋] 老子

导读

老子（约前571-前471），姓李名耳，字伯阳，谥号聃，楚国苦县人，中国伟大的哲学家和思想家，道家学派的创始人。老子思想深邃，善于用诗的语言表达思想。

1

道，说得出的，它就不是永恒的道；名，叫得出的，它就不是永恒的名。无名是天地的原始，有名是万物的根本。所以，经常从无形象处来认识无名的道的微妙，经常从有形象处来认识有名的万物的终极。有形和无形这两者讲的是一回事，而有不同的名称。它们都可以说是深远的，极远极深，它是一切微妙的总源头。

2

最高的善像水那样。水滋养万物而不与它争利，它停留在众人所厌恶的地方，所以最接近道。居住要像水那样安于卑下，存心要像水那样深沉，交友要像水那样相亲，言语要像水那样真诚，为政要像水那样有条有理，办事要像水那样无所不能，行为要像水那样待机而动。正因为人们像水那样与世无争，所以才不会犯过失。

3

缤纷的色彩，使人目盲；动听的音乐，使人耳聋；丰美的食物，使人口伤；追逐猎物，使人心发狂；新奇物品，引起偷和抢。圣人只求吃饱肚子，不为看着漂亮，所以只要前者而不要后者。

4

古时有道的人，细微、深远而通达，深刻到非一般人所能理解。正因为一般人不能理解，所以要对他勉强加以描述：事先谨慎啊，像冬天涉水过河；反复考虑啊，像提防邻国的围攻；恭敬严肃啊，像对待贵客；流动洒脱啊，像春冰将融；厚重自然啊，像未经雕琢的材质；旷远寥廓啊，像深山里的幽谷；包容一切啊，像江河的不择细流；宁静深沉啊，像浩森的大海；飘逸不羁啊，像永无止境。谁能在动荡中安静下来而慢慢地澄清？谁能在安定中变动起来而慢慢地前进？保持这些大道的人，不求盈满。正因为他不求盈满，看似保守，却不断取得成功。

5

委屈反能保全，弯曲反能伸直，卑下反能充盈，破旧反能创新，少学反有收获，贪多反增困惑。因此，圣人用道作为观察一切的工具。不专靠自己的眼睛，所以看得分明；不自以为是，所以功过清楚；不自我夸耀，所以有功；不自高自大，所以当首领。正因为不与天下人争，所以天下无人能与他争输赢。古人所谓"委屈反能保全"这些话，哪里是空话呢？确实能使人成功圆满。

6

踮起脚跟站得高，反而站不牢；两步并作一步走，反而快不了；专靠自己的眼睛，反而看不分明；自以为是，反而判断不清；自我夸耀，就没有功劳；自高自大，就不能当领导。从道的原则看来，以上这些行为都是剩饭、草包。谁都厌恶它，所以有道的人不这样做。

7

善于走路的，不留痕迹；善于言谈的，滴水不漏；善于计算的，不用工具；善于关闭的，不用锁钥却使人打不开；善于捆缚的，不用绳索却使人不能解。因此，圣人总是善于挽救人，所有没有无用的人；善于利用物，所以没有废弃之物。这就叫隐蔽着的聪明。所以善人是不善人的老师，不善人也可作为善人的借鉴。不尊重他的老师，不珍惜他的借鉴，自以为聪明，实为糊涂。这就是为人处世的诀窍。

8

了解别人的人叫作智，了解自己的人才是明。战胜别人的人叫作有力，克服自己的弱点的人才是刚强。知足的人就富足，坚持力行的人有志气，不失立场的人经得起考验，死后而不消失的人才是长寿。

9

城镇要小，居民要少。即使有各种器具，并不使用；使居民不用生命去冒险，不向远方迁徙；虽有舟船车马，没有地方乘坐它；虽有武器装备，没有地方显示它。使百姓回到结绳记事的生活，吃得香甜，穿得漂亮，住得安适，过得习惯，城镇之间互相望得见，鸡鸣犬吠互相听得见，百姓直到老死不相往来。

10

　　真话不漂亮,漂亮的不是真话。善人不巧辩,巧辩的不是善人。真懂的不买弄,卖弄的不真懂。圣人不保留,他尽量帮助别人,自己反更充足,一切给了人,自己反更丰富。天之道,利物而不害物。圣人之道,做了却不争功。

● 原 文

《老子》(节选)

1

　　道,可道,非常道。名,可名,非常名。无名,天地之始;有名,万物之母。故常无,欲以观其妙;常有,欲以观其徼(jiào)。此两者同出而异名,同谓之玄,玄之又玄,众妙之门。(《老子》第一章)

2

　　上善若水。水善利万物而不争,处众人之所恶(wù),故几于道。居善地,心善渊,与善仁,言善信,正善治,事善能,动善时。夫唯不争,故无尤。(《老子》第八章)

3

　　五色令人目盲,五音令人耳聋,五味令人口爽,驰骋畋(tián)猎令人心发狂,难得之货令人行妨。是以圣人为腹不为目,故去彼取此。(《老子》第十二章)

4

　　古之善为士者,微妙玄通,深不可识。夫唯不可识,故强为之容:豫兮若冬涉川,犹兮若畏四邻,俨兮其若客,涣兮若冰之将释,敦兮其若朴,旷兮其若谷,混兮其若浊,澹兮其若海,飂(liù)兮若无止。孰能浊以静之徐清?孰能安以动之徐生?保此道者,不欲盈。夫唯不盈,故能蔽而新成。(《老子》第十五章)

5

曲则全，枉则直，洼则盈，敝则新，少则得，多则惑。是以圣人抱一为天下式。不自见，故明；不自是，故彰；不自伐，故有功；不自矜，故长。夫唯不争，故天下莫能与之争。古之所谓"曲则全"者，岂虚言哉！诚全而归之。（《老子》第二十二章）

6

企者不立，跨者不行，自见者不明，自是者不彰，自伐者无功，自矜者不长。其在道也，曰余食赘行。物或恶之，故有道者不处。（《老子》第二十四章）

7

善行，无辙迹；善言，无瑕谪（zhé）；善数，不用筹策；善闭，无关楗（jiàn）而不可开；善结，无绳约而不可解。是以圣人常善救人，故无弃人；常善救物，故无弃物，是谓袭明。故善人者，不善人之师；不善人者，善人之资。不贵其师，不爱其资，虽智大迷，是谓要妙。（《老子》第二十七章）

8

知人者智，自知者明。胜人者有力，自胜者强。知足者富，强行者有志，不失其所者久，死而不亡者寿。（《老子》第三十三章）

9

小国寡民。使有什伯之器而不用；使民重死而不远徙；虽有舟舆（yú），无所乘之；虽有甲兵，无所陈之。使民复结绳而用之。甘其食，美其服，安其居，乐其俗。邻国相望，鸡犬之声相闻，民至老死不相往来。（《老子》第八十章）

10

信言不美，美言不信。善者不辩，辩者不善。知者不博，博者不知。圣人不积，既以为人，己愈有；既以与人，己愈多。天之道，利而不害；圣人之道，为而不争。（《老子》第八十一章）

假如我的学说能被这个时代或社会所接受，那就太令人高兴了

《论语》

导读

孔子（前551－前479），名丘，字仲尼，山东曲阜人。中国伟大的思想家、教育家，儒家学派的创始人。被联合国教科文组织评为"世界十大文化名人"之首。

《论语》是记载孔子及其弟子言行的书，相传为其弟子所编订。在几千年的中国历史上，没有哪一位思想家、文学家不受《论语》这本书的影响。不把这本书读懂、读通、读透，就不能深刻理解和把握中国几千年的传统文化。

下面选取的20则语录都非常简短，但是意义都很重大。"学而时习之"是《论语》首篇首章。杨朝明《论语诠解》认为，此章表述了孔子对待自己理想与信念的态度。正确理解本章，是正确认识《论语》全书乃至孔子生平思想的关键。据《孔子家语》记载，孔子临终前七日，孔子早晨起来后，背着手，拖着拐杖，悠闲地在门口散步，口里唱道："泰山其颓乎！梁木其坏乎！哲人其萎乎！"意思是说，泰山大概要坍塌了吧！栋梁大概要折坏了吧！哲人大概要逝去了吧！唱完进屋，对着门坐着。这时他的弟子子贡快步走进来见孔子。孔子叹息着说："圣明的君主不出现，那么天下谁能尊崇我

> 的学说呢?"孔子留下的最后的话意味深长,他知道自己将不久于人世,感慨自己的学说未能行世,这也映照出孔子一生都在追求学行天下。据此,《论语诠解》对"学而时习之"作出了完全不同于以往的的解释,令人耳目一新。

1

孔子说:"假如我的学说被时代或社会所接受,那不就太令人高兴了吗?退一步说,假如时代或社会没有接受,可是有很多赞同我的学说的人从远方而来跟我讨论,不也是很快乐吗?再退一步说,不但时代或社会没有接受,人们也不理解我的学说,我也不会怨愤烦恼,不也是有道德修养的君子吗?"

2

曾子说:"我每天多次反省自己:为他人做事是不是尽心竭力了呢?与朋友交往是不是不守信用了呢?老师的思想学说是不是贯彻实行了呢?"

3

孔子说:"君子饮食不贪图饱足,居住不贪图安逸,对工作勤快,说话却谨慎,主动接近有道德学问的人,用这种方式匡正自己,这样的人可以说是好学了。"

4

孔子说:"我十五岁,有志于学问;三十岁,已经在社会上找到了自己的位置;四十岁,对纷繁的事物都有了自己的主见;五十岁,认识了天道运行的规律,从而心存虔诚与敬畏;六十岁,已经心明眼亮,因而可听逆耳之言,也可退步忍让;七十岁,已经完全可以随遇而安,随心所欲,却不会超越法度。"

5

　　孔子说："温习从前的知识或经历，能够有新体会、新发现，这样的人就可以做老师了。"

6

　　孔子说："只是一味地读书而不思考，就会感到迷惑而无所得；只是一味地空想而不读书，就会精神倦怠而无所得。"

7

　　孔子说："看见贤人应想着向他看齐，看见不贤的人应该反省自己。"

8

　　孔子说："颜回的品质是多么高尚啊！一竹筐饭，一瓜瓢水，住在小巷子里，别人都不能忍受这种穷困清苦的生活，颜回却没有改变他好学的乐趣。颜回的品质是多么高尚啊！"

9

　　孔子说："质朴胜过文采，就未免粗野，文才胜过质朴，又未免虚浮。文才和质朴配合得当，相得益彰，才称得上君子。"

10

　　孔子说："吃粗粮，喝冷水，弯着胳膊当枕头，从中也可以感受到快乐。如果通过不正当的方式取得财富与地位，于我而言好似天边浮云。"

11

　　孔子说："几个人一起走路，其中一定有可以当我老师的人：我选择他们的优点加以学习，那些不好的地方我就改正。"

12

曾子说:"读书人不可以不宏大刚毅,他的担子沉重而路途遥远。把在全天下实现仁德作为自己的担子,不是很沉重吗?到死才能停止,不是很遥远吗?"

13

孔子一点也没有四种毛病:不凭空猜测,不绝对肯定,不固步自封,不自以为是。

14

孔子在河边,叹道:"流逝的时光像奔腾不息的河水一样啊!日夜不停地流去。"

15

孔子说:"一个国家的军队尽管人数众多,却可以使它丧失主帅,但一个人志向坚定,却不能强迫他放弃主张。"

16

孔子说:"智慧的人不会迷惑,仁德的人不会忧愁,勇敢的人不会畏惧。"

17

颜渊问孔子什么是仁。孔子说:"克制自己,使你的言行符合礼的规范,就是仁。一旦你的言行符合礼的规范,天下的人都会像你一样向仁靠拢。实行仁完全靠自己,难道还靠别人吗?"颜渊说:"请问实施仁的具体条目。"孔子说:"不合礼的事不看,不合礼的话不听,不合礼的话不说,不合礼的事不做。"颜渊说:"我虽然不聪明,让我按照您的话去做吧!"

18

子贡问道:"有没有一个字可以终身奉行的呢?"孔子说:"那大概就是恕吧。什么叫做'恕'呢?就是要做到:自己所不想要的,不要强加给别人。"

19

孔子说:"学生们为什么不研究《诗》呢?《诗》可以激发人的感情,可以洞悉人的内心,可以促进人的团结,可以学到讽刺的方法。近的可以明白如何侍奉父母,远的可以明白如何侍奉君主;还可以多认识一些鸟兽草木的名字。"

20

子夏说:"广泛地学习,坚守自己的志向,有不明白的就向别人请教,然后结合实际来考虑问题,如果这样做了,仁就在里面了。"

● 原 文

《论语》(节选)

1

子曰:"学而时习之,不亦说乎?有朋自远方来,不亦乐乎?人不知而不愠(yùn),不亦君子乎?"(《论语·学而》)

2

曾子曰:"吾日三省吾身:为人谋而不忠乎?与朋友交而不信乎?传不习乎?"(《论语·学而》)

3

子曰:"君子食无求饱,居无求安,敏于事而慎于言,就有道而正焉,可谓好学也已。"(《论语·学而》)

4

子曰:"吾十有五而志于学,三十而立,四十而不惑,五十而知天命,

六十而耳顺，七十而从心所欲，不逾矩。"（《论语·为政》）

5

子曰："温故而知新，可以为师矣。"（《论语·为政》）

6

子曰："学而不思则罔，思而不学则殆。"（《论语·为政》）

7

子曰："见贤思齐焉，见不贤而内自省也。"（《论语·里仁》）

8

子曰："贤哉，回也！一箪（dān）食，一瓢饮，在陋巷，人不堪其忧，回也不改其乐。贤哉，回也！"（《论语·雍也》）

9

子曰："质胜文则野，文胜质则史。文质彬彬，然后君子。"（《论语·雍也》）

10

子曰："饭疏食饮水，曲肱（gōng）而枕之，乐亦在其中矣。不义而富且贵，于我如浮云。"（《论语·述而》）

11

子曰："三人行，必有我师焉：择其善者而从之，其不善者而改之。"（《论语·述而》）

12

曾子曰："士不可以不弘毅，任重而道远。仁以为己任，不亦重乎？死而后已，不亦远乎？"（《论语·泰伯》）

13

子绝四：毋意，毋必，毋固，毋我。（《论语·子罕》）

14

子在川上曰："逝者如斯夫！不舍昼夜。"（《论语·子罕》）

15

子曰："三军可夺帅也，匹夫不可夺志也。"（《论语·子罕》）

16

子曰："知者不惑，仁者不忧，勇者不惧。"（《论语·子罕》）

17

颜渊问仁。子曰:"克己复礼为仁。一日克己复礼,天下归仁焉。为仁由己,而由人乎哉?"颜渊曰:"请问其目。"子曰:"非礼勿视,非礼勿听,非礼勿言,非礼勿动。"颜渊曰:"回虽不敏,请事斯语矣。"(《论语·颜渊》)

18

子贡问曰:"有一言而可以终身行之者乎?"子曰:"其恕乎!己所不欲,勿施于人。"(《论语·卫灵公》)

19

子曰:"小子何莫学夫《诗》?《诗》可以兴,可以观,可以群,可以怨。迩之事父,远之事君;多识于鸟兽草木之名。"(《论语·阳货》)

20

子夏曰:"博学而笃志,切问而近思,仁在其中矣。"(《论语·子张》)

洗洗澡,吹吹风,一路唱着歌回家去

《论语》

● 导 读

《论语》一书博大精深,影响深远。"子路、曾皙、冉有、公西华侍坐"一章非常生动地记录了孔子与他的弟子谈论各自志向的场景,表现了孔子的治国理想就是要在强兵、足食、知礼的基础上实现社会秩序的恢复和生产的发展。

子路、曾皙、冉有、公西华四个人陪孔子坐着。

孔子说道："不要因为我年纪比你们大一点，就不敢讲话了。你们平时总说：'没有人了解我呀！'假如有人了解你们，准备请你们去帮忙，你们怎样去做呢？"

子路抢着回答说："一个拥有一千辆兵车的国家，夹在大国中间，常常受到别的国家侵犯，加上国内又闹饥荒，让我去治理，只要三年，就可以使人们勇敢善战，而且懂得道理。"

孔子听了，微微一笑。

孔子又问："冉有，你怎么样呢？"

冉有答道："国土有六七十里或五六十里的国家，让我去治理，三年以后，就可以使百姓饱暖。至于这个国家的礼乐教化，就要等君子来施行了。"

孔子又问："公西华，你怎么样呢？"

公西华答道："我不敢说能做到什么，我愿意学习。宗庙祭祀的工作，或者是诸侯会盟，朝见天子，我愿意穿着礼服，戴着礼帽，做一个小小的赞礼人。"

孔子又问："曾皙，你怎么样呢？"

这时曾皙弹瑟的声音逐渐放慢，接着铿的一声把瑟放下，离开瑟站起来，回答说："我想的和他们三位说的不一样。"

孔子说："那有什么关系呢？也就是各人谈谈自己的志向而已。"

曾皙说："暮春三月，已经穿上了春天的衣服。我和五六位成年人，六七个少年，去沂河里洗洗澡，在舞雩台上吹吹风，一路唱着歌回家去。"

孔子长叹一声说："我是赞成曾皙的想法的。"

子路、冉有、公西华三个人都出去了，曾皙后走。他问孔子说："他们三个人的话怎么样？"

孔子说："也就是各自谈谈自己的志向罢了。"

曾皙说："夫子为什么要笑子路呢？"

孔子说："治理国家要讲礼让，可是他说话一点也不谦让，所以我笑他。"

曾皙又问："那么是不是冉有讲的不是治理国家呢？"

孔子说:"哪里见得六七十里或五六十里见方的地方就不是国家呢?"

曾晳又问:"公西华讲的不是治理国家吗?"

孔子说:"宗庙祭祀和诸侯会盟,这不是诸侯的大事又是什么?像公西华这样的人如果只能给诸侯做一个小相,那谁又能做大相呢?"

● 原　文

子路、曾晳、冉有、公西华侍坐

子路、曾晳、冉有、公西华侍坐。

子曰:"以吾一日长乎尔,毋吾以也。居则曰:'不吾知也!'如或知尔,则何以哉?"

子路率尔而对曰:"千乘之国,摄乎大国之间,加之以师旅,因之以饥馑;由也为之,比及三年,可使有勇,且知方也。"

夫子哂之。

"求,尔何知?"

对曰:"方六七十,如五六十,求也为之,比及三年,可使足民。如其礼乐,以俟君子。"

"赤,尔何如?"

对曰:"非曰能之,愿学焉。宗庙之事,如会同,端章甫,愿为小相焉。"

"点,尔何如?"

鼓瑟希,铿尔,舍瑟而作,对曰:"异乎三子者之撰。"

子曰:"何伤乎?亦各言其志也。"

曰:"莫春者,春服既成,冠者五六人,童子六七人,浴乎沂,风乎舞雩,咏而归。"

夫子喟然叹曰:"吾与点也!"

三子者出,曾晳后。曾晳曰:"夫三子者之言何如?"

子曰:"亦各言其志也已矣。"

曰:"夫子何哂由也?"

曰："为国以礼，其言不让，是故哂之。"

"唯求则非邦也与？"

"安见方六七十如五六十而非邦也者？"

"唯赤则非邦也与？"

"宗庙会同，非诸侯而何？赤也为之小，孰能为之大？"（《论语·先进》）

干得了就干，干不了就走

《论语》

导 读

这篇驳论写得波澜叠起，观点鲜明，有理有据。文中"陈力就列，不能者止""不患寡而患不均，不患贫而患不安""既来之，则安之""祸在萧墙之内"等名句振聋发聩，值得深思。

季氏准备讨伐颛臾。冉有、子路去见孔子说："季氏要对颛臾用兵。"

孔子说："冉有！这难道不该责备你吗？那颛臾，先王曾让他主持东蒙的祭祀，而且它本来在鲁国的疆域之内，是鲁国的藩属，为什么要讨伐它呢？"

冉有说："季氏要这么干，我们两个人都不想。"

孔子说："冉有！周任有句话说：'能够施展自己的才能就担任那个职位，不能胜任就该辞职。'有了危险不去帮助，跌倒了不去搀扶，那还用辅助的人干什么呢？况且你说的话错了，老虎和犀牛从笼子里跑出来，占卜用的龟甲和祭祀用的玉器毁坏在匣子里，这是谁的过错呢？"

冉有说："现在颛臾城墙坚固，而且靠近季氏的封地。如果现在不把它夺取过来，将来一定会给子孙留下祸患。"

孔子说："冉有！君子痛恨那些不肯说自己想要那样做而偏要找借口的人。我听说过，无论是诸侯还是大夫，他们不怕财富少，就怕分配不均；不怕人民少，就怕不安定。分配公平了，就无所谓贫穷；上下和睦，就不会觉得人少；社会安定，国家就没有倾覆的危险。如果做到这样，远方的人还不归服，就修治文教德政来使他归服；他们来了以后，就要使他们安定下来。现在你们两个人辅佐季氏，远方的人不归服，你们却不能召来他们；国家四分五裂，你们却不能保全；偏偏策划在国内大动干戈。我只怕季氏的忧患，不在颛臾，而在自己的内部呢。"

● 原　文

季氏将伐颛臾

季氏将伐颛臾（zhuān yú）。冉有、季路见于孔子曰："季氏将有事于颛臾。"

孔子曰："求！无乃尔是过与？夫颛臾，昔者先王以为东蒙主，且在邦域之中矣，是社稷之臣也。何以伐为？"

冉有曰："夫子欲之，吾二臣者皆不欲也。"

孔子曰："求！周任有言曰：'陈力就列，不能者止。'危而不持，颠而不扶，则将焉用彼相矣？且尔言过矣，虎兕（sì）出于柙（xiá），龟玉毁于椟（dú）中，是谁之过与？"

冉有曰："今夫颛臾，固而近于费（bì）。今不取，后世必为子孙忧。"

孔子曰："求！君子疾夫舍曰欲之而必为之辞。丘也闻有国有家者，不患寡而患不均，不患贫而患不安。盖均无贫，和无寡，安无倾。夫如是，故远人不服，则修文德以来之。既来之，则安之。今由与求也，相夫子，远人不服，而不能来也；邦分崩离析，而不能守也；而谋动干戈于邦内。

吾恐季孙之忧，不在颛臾，而在萧墙之内也。"（《论语·季氏》）

当领导的，不可优柔寡断，更不可遇事不明

[春秋] 管仲

● 导 读

管仲（约前723—前645），名夷吾，安徽颍上人。辅佐齐桓公成为春秋第一个霸主，被誉为"华夏第一相"。

《管子》一书托名管仲所作，汉代刘向编订为86篇，现存76篇。

当初，齐桓公隆重地到郊外去迎接管仲，并向管仲请教。管仲说没有什么可以指教的，桓公再三请教，管仲才谈了建立三国五鄙制度，立五乡以提高教化，建五属以整军经武，平战结合寓兵于民，利用刑罚置备兵器，讨伐无道之国以侍奉周室等等意见。齐桓公非常满意，于是斋戒十日，准备举行仪式拜管仲为相。管仲说："我是一个有大罪的人，你没有杀我，使我的头还能长在脖子上，就算我的福气了。至于管理国家政事，怕不是我所能担任的。"齐桓公说："您出来管理国家政事，我就坐得稳国君的位子。您不出来管理国家政事，我恐怕要垮台。"管仲听了这话，才答应下来，郑重地接受了丞相的任命。过了三天，齐桓公对管仲说："我有三大缺点，还能把国家搞好么？"管仲说："我还没有听说过。"齐桓公说："我喜欢打猎，不管白天夜里都想着打猎，每次打猎一定要猎获很多动物才肯回来，各国使者没时间接见，国家政事没时间管。"管仲回答说："这确实是件坏事，

但还不是最要紧的。"齐桓公又说:"我喜欢喝酒,通宵达旦地喝,各国使者没时间接见,国家政事没时间管。"管仲还是回答说:"这确实是件坏事,但还不是最要紧的。"齐桓公又说:"我有好色的污行,连姑姑姐姐都不肯嫁给别人。"管仲仍然回答说:"这确实是件坏事,但还不是最要紧的。"齐桓公变了脸色,没好气地说:"如果这些都可以,那还有什么不可以的呢!"管仲一字一顿地说:"当领导的,只有两条不可以:不可优柔寡断,更不可遇事不明。优柔寡断就没有人拥护,不明白事就会被人愚弄、不能成事。"齐桓公叫道:"说得好!"

●原 文

管子·小匡（节选）

初,桓公郊迎管子而问焉。管仲辞让,然后对以参国伍鄙,立五乡以崇化,建五属以厉武,寄兵于政,因罚备器械,加兵无道诸侯,以事周室。桓公大说,于是斋戒十日,将相管仲。管仲曰:"斧钺（yuè）之人也,幸以获生,以属（zhǔ）其腰领,臣之禄也。若知国政,非臣之任也。"公曰:"子大夫受政,寡人胜任。子大夫不受政,寡人恐崩。"管仲许诺,再拜而受相。三日,公曰:"寡人有大邪三,其犹尚可以为国乎?"对曰:"臣未得闻。"公曰:"寡人不幸而好田,晦（huì）夜而至禽侧,田莫不见禽而后反。诸侯使者无所致,百官有司无所复。"对曰:"恶则恶矣,然非其急者也。"公曰:"寡人不幸而好酒,日夜相继,诸侯使者无所致,百官有司无所复。"对曰:"恶则恶矣,然非其急者也。"公曰:"寡人有污行,不幸而好色,而姑姊有不嫁者。"对曰:"恶则恶矣,然非其急者也。"公作色曰:"此三者且可,则恶有不可者矣!"对曰:"人君唯优与不敏为不可。优则亡众,不敏不及事。"公曰:"善。"（选自《管子校注》）

不战而使敌人屈服,才算得是高明中最高明的

[春秋] 孙武

●导 读

孙武(约前545-前470),字长卿,山东广饶人,春秋时期著名的军事家、政治家。

《孙子兵法》是我国最古老的、最杰出的一部兵书,被誉为"兵学圣典"。在世界军事理论上,与克劳塞维茨的《战争论》齐名。全书共13篇,《谋攻篇》历来被认为是全书的核心。

孙子说:指导战争的法则是,使敌国完整地屈服是上策,用武力击破它就次一等;使敌人全军完整地降服是上策,用武力击破它就次一等;使敌人全旅完整地降服是上策,用武力击破它就次一等;使敌人全卒完整地降服是上策,用武力击破它就次一等;使敌人全伍完整地降服是上策,用武力击破它就次一等。因此,百战百胜,还不算高明中最高明的,不战而使敌人屈服,才算得是高明中最高明的。

所以,指导战争的上策是挫败敌人的战略计谋,其次是挫败敌人的外交,再次是进攻敌人的军队,最下策是攻城。攻城的办法,是在不得已的情况下才用的。制造攻城的大盾和四轮战车,准备攻城器械,三个月才能完成;构筑攻城用的土山又要三个月才能竣工。将帅非常焦躁忿怒,驱使军队像蚂蚁一般爬梯攻城,士兵伤亡了三分之一,而城还是攻不下来,这就是攻城的灾害呀!所以善于指导战争的人,使敌人的军队屈服而不用硬打,夺取敌人的城池而不用硬攻,灭掉敌人的国家而不须旷日持久,一定要用全胜的计谋争胜于天下,这样军队不致受到挫伤,而胜利可以完满取

得。这就是运用谋略进攻敌人的法则。

所以用兵的法则，有十倍于敌的兵力就包围敌人，有五倍于敌的兵力就进攻敌人，有一倍于敌的兵力就要设法分散敌人，有与敌相等的兵力就要善于设法战胜敌人。兵力比敌人少就要退却，实力比敌人弱就要避免决战。所以弱小的军队如果只知坚守硬拼，就会成为强大敌人的俘虏。

将帅好比国家的支柱。将帅和国君的关系亲密无间，国家一定强盛；将帅和国君的关系不和睦，国家一定衰弱。

国君可能危害军队的情况有三种：不懂得军队不可以前进而硬叫它前进，不懂得军队不可以后退而硬叫它后退，这叫做牵制军队；不懂得军队的内部事务而干预军队的行政，就会使官兵迷惑；不懂得军事的权变而干预军队指挥，就会使军队对指挥产生怀疑。军队既迷惑又怀疑，那么列国诸侯乘机进攻的灾难就会到来，这就是所谓搞乱自己的军队而导致敌人的胜利。

有五种情况可以预知胜利：懂得在什么情况下可以打和在什么情况下不可以打的，就能胜利；懂得根据兵力多少而采取不同作战方法的，就能胜利；全国上下和全军上下有共同利益的，就能胜利；随时有作战准备以等待没有准备的军队的，就能胜利；将帅有指挥才能而国君不加以控制的，就能胜利。这五条，是预见胜利的办法。

所以说，了解敌人，也了解自己，每次作战都不会有危险；不了解敌人而了解自己，胜败的可能各占一半；不了解敌人也不了解自己，那就每战都有危险了。

● 原　文

孙子兵法（节选）

［春秋］孙武

孙子曰：凡用兵之法，全国为上，破国次之；全军为上，破军次之；全旅为上，破旅次之；全卒为上，破卒次之；全伍为上，破伍次之。是故百战百胜，非善之善者也；不战而屈人之兵，善之善者也。

故上兵伐谋，其次伐交，其次伐兵，其下攻城。攻城之法，为不得已。修橹轒辒（fén wēn），具器械，三月而后成；距堙（yīn），又三月而后已。将不胜其忿，而蚁附之，杀士三分之一，而城不拔者，此攻之灾也。故善用兵者，屈人之兵而非战也，拔人之城而非攻也，破人之国而非久也，必以全争于天下，故兵不顿，而利可全，此谋攻之法也。

故用兵之法，十则围之，五则攻之，倍则分之，敌则能战之，少则能逃之，不若则能避之。故小敌之坚，大敌之擒也。

夫将者，国之辅也，辅周则国必强，辅隙则国必弱。

故君之所以患于军者三：不知军之不可以进而谓之进，不知军之不可以退而谓之退，是为縻（mí）军；不知三军之事，而同三军之政者，则军士惑矣；不知三军之权，而同三军之任，则军士疑矣。三军既惑且疑，则诸侯之难至矣，是谓乱军引胜。

故知胜有五：知可以战与不可以战者胜，识众寡之用者胜，上下同欲者胜，以虞待不虞者胜，将能而君不御者胜。此五者，知胜之道也。

故曰：知彼知己，百战不殆；不知彼而知己，一胜一负；不知彼，不知己，每战必殆。（《孙子兵法·谋攻篇》）

只在枝节上下功夫，那是做不好事情的

《大学》

导读

《大学》是《礼记》中的一篇，相传为孔子弟子曾参（前505-前434）所作。朱熹将《大学》《中庸》

> 《论语》《孟子》合在一起进行注解，称为"四书"，是宋代以后士人学子必读的经典。
>
> 《大学》这篇文章很简练而且美丽，代表了古代中原文学的精华。文中对道德修养与社会政治的关系所作的系统论述，至今深刻影响着我国的思想、文化以及社会政治生活的方方面面。

大学的宗旨，在于使人立德修身，在于使人弃旧图新，在于使人达到最完善的境界。这就是"三纲领"，是每个人努力的方向。一个人知道该往哪儿努力，才能志向坚定；志向坚定才能内心宁静；内心宁静才能遇事坦然；遇事坦然才能思虑周详；思虑周详才能把事干成。天下万事万物，都有根本有枝节，有开始有结束。知道什么是本、什么是末，何者在先、何者在后，就接近那个万事万物的"道"了。

古代那些立志以天下为己任的人，必先治理好自己的国家；要治理好自己的国家，必先管理好自己的家庭；要管理好自己的家庭，必先修养自己的德行；要修养自己的德行，必先端正自己的心思；要端正自己的心思，必先使自己的意念真诚；要使自己的意念真诚，必先使自己获得真知；要使自己获得真知，必先研究万事万物。

研究了万事万物，才能获得真知；获得了真知，才能意念真诚；意念真诚了，才能心思端正；心思端正了，才能修养德行；德行修养好了，才能管理好家庭；家庭管理好了，才能治理好国家；国家治理好了，才能使天下太平。这就是"八条目"，是实践"三纲领"的八个具体步骤。这八个具体步骤的先后顺序不容紊乱。

上自天子，下至老百姓，人人都要以修养德行为根本。根本问题没抓好，枝节问题就解决不了。分不清根本和枝节、开始和结束，该重视的不重视，只在枝节上下功夫，那是做不好事情的。把本与末、先与后的关系搞清楚了，这就叫抓住了根本，这是最重要最根本的认识。

● 原　文

大学（节选）

　　大学之道，在明明德，在亲民，在止于至善。知止而后有定，定而后能静，静而后能安，安而后能虑，虑而后能得。物有本末，事有终始，知所先后，则近道矣。

　　古之欲明明德于天下者，先治其国；欲治其国者，先齐其家；欲齐其家者，先修其身；欲修其身者，先正其心；欲正其心者，先诚其意；欲诚其意者，先致其知；致知在格物。

　　物格而后知至，知至而后意诚，意诚而后心正，心正而后身修，身修而后家齐，家齐而后国治，国治而后天下平。

　　自天子以至于庶人，壹（yī）是皆以修身为本。其本乱而末治者，否矣。其所厚者薄，而其所薄者厚，未之有也。此谓知本，此谓知之至也。

（选自《四书集注》）

"中庸" 到底是什么意思

《礼记》

● 导　读

　　《中庸》是《礼记》的一篇，相传为子思所作，后与《大学》《论语》《孟子》并称"四书"。

　　《中庸》主张处理事情不偏不倚，认为过犹不及，

> 是儒家核心伦理观之一。在现代人心目中,"中庸之道"几乎成了迂腐、缺乏个性、走中间路线、不思进取的代名词。细读《中庸》,你就会发现这完全是我们曲解了古人。《中庸》通篇都在告诫我们要至诚至性,率性而为,行于当行,止于当止,并且不厌其烦地列举各种例子,感情充沛地赞美"圣人之道"。静读此书,怎能不令人心动?

人的自然禀赋叫做"性",顺着本性行事叫做"道",按照"道"的原则修养叫做"教"。"道"于人而言是不可以片刻离开的,如果可以离开,那就不是"道"了。所以,品德高尚的人在没有人看见的地方也是警惕的,在没有人听见的地方也是畏惧的。越是隐蔽的地方越是明显,越是细微的地方越是显著,所以品德高尚的人在一个人独处的时候也是谨慎的。喜怒哀乐没有表现出来的时候,叫做"中";表现出来以后符合法度,叫做"和"。"中",是人人都有的本性;"和",是大家都遵循的原则,达到了"中和"的境界,天地便各在其位了,万物便生长繁育了。

……

广泛地学习,仔细地询问,谨慎地思考,清晰地分辨,切实地实行。不学则已,既然要学,不学到完全明白绝不能终止;不去求教则已,既然求教,不打破砂锅问到底绝不能终止;不去思考则已,既然思考了,不想出一番道理绝不能终止;不去辨别则已,既然辨别了,不分辨清楚绝不能终止;不去做则已,既然做了,不做到彻底圆满绝不能终止。别人学一次就会,我要学一百次;别人学十次就会,我要学一千次。果真能够实行这种方法,即使是愚笨的人也一定会聪明起来,即使是脆弱的人也一定会坚强起来。

原 文

《中庸》(节选)

天命之谓性，率性之谓道，修道之谓教。道也者，不可须臾离也；可离，非道也。是故君子戒慎乎其所不睹，恐惧乎其所不闻。莫见乎隐，莫显乎微，故君子慎其独也。喜、怒、哀、乐之未发，谓之中。发而皆中节，谓之和。中也者，天下之大本也。和也者，天下之达道也。致中和，天地位焉，万物育焉。
……

博学之，审问之，慎思之，明辨之，笃行之。有弗学，学之弗能，弗措也。有弗问，问之弗知，弗措也。有弗思，思之弗得，弗措也。有弗辨，辨之弗明，弗措也。有弗行，行之弗笃，弗措也。人一能之，己百之。人十能之，己千之。果能此道矣，虽愚必明，虽柔必强。(《礼记·中庸》)

理想社会

《礼记》

导 读

苏格拉底说："未经审视的人生，不值得活。"同样的道理，我们生活在其中的那个世界，如果一点也不符合我们的理想，难道是值得活的吗？从古至今，人们从未放弃对理想社会的追求，理想国、桃花源、乌托邦、太阳城、大同社会……没有最好，只有更好。

在大道施行的时候，天下是人们所共有的，人们把品德高尚的人、德才兼备的人选举出来，让他们来领导，人人讲求诚信，社会融洽和睦。人们不单单赡养自己的父母，也不仅仅抚养自己的儿女，而是使老年人能安享晚年，使壮年人能为社会效力，使孩子能健康成长，使老而无妻的人、老而无夫的人、幼而无父的人、老而无子的人、残疾人都能得到供养，男子有职业，女子有归宿。人们憎恶不爱惜也不创造社会财富的行为，但不是为了独自享用；人们憎恶不为公众之事竭尽全力的行为，但不是为了谋取私利。这样一来，就不会有盗窃、造反和害人的事情发生，家家户户的大门都不用关闭，这就叫作理想社会。

● 原　文

大道之行也

　　大道之行也，天下为公，选贤与能，讲信修睦。故人不独亲其亲，不独子其子，使老有所终，壮有所用，幼有所长，矜、寡、孤、独、废疾者皆有所养，男有分，女有归。货恶其弃于地也，不必藏于己；力恶其不出于身也，不必为己。是故谋闭而不兴，盗窃乱贼而不作，故外户而不闭，是谓大同。(《礼记·礼运》)

实践出真知

《礼记》

● 导　读

　　实践出真知是一个很朴实的道理，这个道理在古人那里是认识很深、看得很重的，不为别的，就为这道理管用。毛泽东《实践论》说:"你要知道梨子的滋味,你就得变革梨子,亲口吃一吃。""中国人有一句老话:'不入虎穴,焉得虎子。'这句话对于人们的实践是真理,对于认识论也是真理。"可以对照来读。

虽然有美味的菜肴,但不去品尝,就不知道味道的甘美。虽然有最好的道理,但不去学习,就不知道它的好处。所以,学习之后才知道自己的不足,教人之后才知道自己有不懂的地方,知道了自己的不足,然后就能自我反省;知道了自己不懂的地方,然后才能勉励自己。所以说教和学是相互促进的。《尚书·兑命》说:"教人是学习的一半。"大概说的就是这个道理吧。

●原 文

虽有嘉肴

虽有嘉肴,弗食,不知其旨也;虽有至道,弗学,不知其善也。是故学然后知不足,教然后知困。知不足,然后能自反也;知困,然后能自强也。故曰:"教学相长也。"《兑命》曰:"敩(xiào)学半。"其此之谓乎?(选自《礼记·学记》)

杞人真的可笑吗？

《列子》

> **导读**
>
> 　　列子（约前450年—前375年），本名列御寇，河南郑州人。道家学派的代表人物。
> 　　"杞人忧天"是一则寓言，本意是要劝告世人不要为一些不切实际的事情而担忧。但杞人可笑吗？如果从积极方面来看，也可理解为他善于发现宇宙人生的终极问题并且勤于探究。但他想得太远了太惊世骇俗了，世人安于现状，不愿被他打扰，于是觉得他可笑。

　　古代杞国有个人担心天会塌、地会陷，自己无处存身，便吃不下饭，睡不着觉。另外又有个人为这个杞国人的担忧而忧愁，就去开导他，说："天不过是气体在一起聚积起来的，没有一个地方没有气体。你的一举一动、一呼一吸，整天都在空气里活动，怎么还担心天会塌下来呢？"那人说："天既然是气体，那日、月、星、辰不会掉下来吗？"开导他的人说："日、月、星、辰也是空气中发光的东西，即使掉下来，也不会伤害什么。"那人说："如果地陷下去怎么办？"开导他的人说："地不过是堆积的土块罢了，填满了四处，没有什么地方是没有土块的，你跳跃舞蹈，整天都在地上活动，怎么还担心地会陷下去呢？"那个杞国人这才放下心来，很高兴。开导他的人也放了心，也很高兴。

● 原 文

杞人忧天

　　杞国有人忧天地崩坠,身亡所寄,废寝食者。又有忧彼之所忧者,因往晓之,曰:"天,积气耳,亡处亡气。若屈伸呼吸,终日在天中行止,奈何忧崩坠乎?"其人曰:"天果积气,日月星宿(xiù),不当坠耶?"晓之者曰:"日月星宿,亦积气中之有光耀者。只使坠,亦不能有所中伤。"其人曰:"奈地坏何?"晓之者曰:"地,积块耳,充塞四虚,亡处亡块。若躇步跐(cǐ)蹈,终日在地上行止,奈何忧其坏?"其人舍然大喜。晓之者亦舍然大喜。(《列子·天瑞》)

单凭你一个人的力量,能干成什么呢?

《列子》

● 导 读

　　《愚公移山》选自《列子·汤问》。毛泽东《愚公移山》一文已为大家所熟悉,但徐悲鸿1940年创作油画《愚公移山》却少为人知,画家意在以形象生动的艺术语言表达抗日民众的决心和毅力,鼓舞人民大众去争取最后的胜利。

　　太行、王屋两座山,方圆七百里,高七八千丈。这两座山本来在冀州的南面，黄河的北面。

很久很久以前，山的北面有一位叫愚公的人，年纪将近九十岁了，面对着山住着。他苦于山的北面交通堵塞，出来进去都要绕远道，就召集全家来商量说："我要和你们竭尽全力挖平挡在家门前的这两座险峻的大山，使道路一直通到豫州的南部，到达汉水的南岸，你们说行不行啊？"大家纷纷表示赞成。他的妻子提出疑问说："凭你一个人的力量，连魁父那样的小山恐怕都挖不平，又能把太行、王屋两座大山怎么样呢？况且把挖出来的泥土石头放到哪里去呢？"大家纷纷说道："把它们扔到渤海的边上、隐土的北面去。"于是愚公率领子孙中能挑担子的三个人上了山，凿开石头，挖起泥土，用箕畚装上，搬运到渤海的边上。邻居京城氏的寡妇有个孤儿，才七八岁，也蹦蹦跳跳地前来帮助他们。寒来暑往，季节交换，他们才往返一趟。

黄河边上有个叫智叟的老头知道这件事后，嘲笑愚公并劝阻他说："你太不聪明了。就凭你在这世上最后的几年和剩下的这点力气，连山上的一棵草都铲除不了，又能把太行、王屋两座大山上的泥土石头怎么样呢？"愚公长长地叹了一口气，说："你这样说我很痛心。是我脑子有毛病吗？我看是你思想顽固，顽固到了不可改变的地步，连孤儿寡妇都不如。即使我死了，还有儿子在呀；儿子又生孙子，孙子又生儿子；儿子又有儿子，儿子又有孙子；子子孙孙是没有穷尽的。然而山却不会增加高度，挖一点就少一点，有什么挖不平的呢？"智叟没有话来回答。

手里拿着蛇的山神听说了这件事，怕他不停地挖下去，就向天帝报告了这件事。天帝被愚公的诚心所感动，便命令大力神夸蛾氏的两个儿子背走了两座大山，一座放在朔方的东部，一座放在雍州的南面。从此以后，冀州的南部，一直到汉水的南边，再没有高山阻隔了。

● 原　文

愚公移山

太行、王屋二山，方七百里，高万仞（rèn）。本在冀州之南，河阳之北。

北山愚公者，年且九十，面山而居。惩山北之塞，出入之迂也，聚室而谋曰:"吾与汝毕力平险,指通豫南,达于汉阴,可乎?"杂然相许。其妻献疑曰:"以君之力,曾不能损魁父之丘,如太行、王屋何?且焉置土石?"杂曰:"投诸渤海之尾,隐土之北。"遂率子孙荷担者三夫,叩石垦壤,箕畚(běn)运于渤海之尾。邻人京城氏之孀妻有遗男,始龀(chèn),跳往助之。寒暑易节,始一反焉。

河曲智叟笑而止之曰:"甚矣,汝之不惠。以残年余力,曾不能毁山之一毛,其如土石何?"北山愚公长息曰:"汝心之固,固不可彻,曾不若孀妻弱子。虽我之死,有子存焉;子又生孙,孙又生子;子又有子,子又有孙;子子孙孙,无穷匮也,而山不加增,何苦而不平?"河曲智叟亡以应。

操蛇之神闻之,惧其不已也,告之于帝。帝感其诚,命夸娥氏二子负二山,一厝(cuò)朔东,一厝雍南。自此,冀之南,汉之阴,无陇断焉。(《列子·汤问》)

有了知己就没有孤独

《列子》

● 导 读

"高山流水"的典故最早见于《列子·汤问》,后来衍生出乐曲高妙、相知可贵、知音难觅、痛失知音等意义。传说春秋时期楚国琴师俞伯牙在武汉市汉阳区龟山西麓鼓琴抒怀,山上的樵夫钟子期能识其音津,知其志在高山流水。伯牙便视子期为知己。几年以后,伯牙又路过龟山,得知子期已经病故,他悲痛不已,摔破琴弦,终身不复鼓琴。

伯牙擅长弹琴，钟子期善于倾听。伯牙弹琴的时候，心里想着高山，钟子期高兴地说："弹得真好啊！我仿佛看见了巍巍耸立的高山！"伯牙心里想着流水，钟子期又说："弹得真好啊！我仿佛听到了流水汤汤的江河！"凡是伯牙弹琴时心中所想的，钟子期都能够从琴声中听出来。有一次，他们两人一起去泰山游玩，天空突然下起了暴雨，他们便来到一块大岩石下面避雨。伯牙心里突然感到悲伤，于是就拿出随身携带的琴弹起来。开始弹奏连绵细雨的声音，后来又弹奏大山崩裂的声音。每次弹的时候，钟子期都能听出琴声中所表达的含义。伯牙便放下琴，长叹道："你真是我的知音啊！你能想象出我弹琴时所想的意境，我的琴声无论如何也逃不掉你的耳朵了！"

●原　文

高山流水

伯牙善鼓琴，钟子期善听。伯牙鼓琴，志在高山。钟子期曰："善哉！峨峨兮若泰山！"志在流水，钟子期曰："善哉！洋洋兮若江河！"伯牙所念，钟子期必得之。伯牙游于泰山之阴，卒逢暴雨，止于岩下；心悲，乃援琴而鼓之。初为霖雨之操，更造崩山之音。曲每奏，钟子期辄穷其趣。伯牙乃舍琴而叹曰："善哉，善哉！子之听夫，志想象犹吾心也。吾于何逃声哉？"（《列子·汤问》）

我善养吾浩然之气

[战国] 孟轲

● 导　读

孟子（约前372-前289），名轲，山东邹县人。与孔子并称"孔孟"，被后人尊称为"亚圣"。

所谓浩然之气，就是刚正之气，就是人间正气，是大义大德造就的一身正气。孟子认为，一个人有了浩气长存的精神力量，面对外界一切诱惑和威胁都能处变不惊、镇定自若，达到"不动心"的境界，也就是孟子所说的"富贵不能淫，贫贱不能移，威武不能屈"的境界。孟子的浩然之气，对两千多年来中华民族思想道德的形成，产生了深远的影响。

公孙丑说："我大胆地问问您：先生的不动心和告子的不动心，可以讲给我听听吗？"

孟子说："告子说：'言语有过失，不必到内心去寻求原因；心里有所不安，不必求助于意气。'心中有所不安，不必求助于意气，是可以的；言语有过失，不必到内心去寻求原因，却不可以。思想意志是感情意气的统帅，感情意气是充满体内的力量。思想意志到哪里，感情意气就跟着到哪里。所以说：'要坚定自己的思想意志，也不要滥用感情意气。'"

公孙丑说："既然说'思想意志到哪里，感情意气就跟着到哪里'，又说'要坚定自己的思想意志，也不要滥用感情意气'，这是什么道理呢？"

孟子说："思想意志专一，就能调动感情意气跟随它；感情意气专一，也会反过来影响思想意志。比方说跌倒和奔跑，这是感情意气的两种不同表现，却会反过来影响思想意志。"

公孙丑说："请问老师您擅长哪一方面呢？"

孟子说："我善于分析别人的言语，我善于培养我的浩然之气。"

公孙丑说："请问什么叫浩然之气呢？"

孟子说："这很难用一二句话说清楚。这种气，极端浩大，极端有力量，用正直去培养它而不加以伤害，就会充满天地之间。不过，这种气必须与仁义道德相配，否则就会缺乏力量。而且，必须要有经常性的仁义道德蓄养才能生成，而不是靠偶尔的正义行为就能获取的。一旦你的行为问心有愧，这种气就会缺乏力量。所以我说，告子不懂得义，因为他把义看成心外的东西。我们一定要不断地培养义，心中不要忘记，但也不要一厢情愿地去帮助它生长。不要像宋人一样。宋国有个人嫌他种的禾苗老是长不高，于是到地里去用手把它们一株一株地拔高，累得气喘呼呼地回家，对家里人说：'今天可真把我累坏啦！不过，我总算让禾苗一下子就长高了！'他的儿子跑到地里去一看，禾苗已全部枯死了。天下不犯这种拔苗助长错误的人是很少的。认为养护庄稼没有用处而不去管它们的，是只种庄稼不除草的懒汉；一厢情愿地去帮助庄稼生长的，就是这种拔苗助长的人——不仅没有益处，反而害死了庄稼。"

公孙丑问："怎样才算善于分析别人的言语呢？"

孟子回答说："偏颇的言语知道它片面在哪里；夸张的言语知道它过分在哪里；怪僻的言语知道它离奇在哪里；躲闪的言语知道它理穷在哪里。——这四种言语从心里产生，必然会对政治造成危害，用于政治，必然会对国家大事造成危害。如果圣人再世，一定会赞同我的话。"

● 原　文

我善养吾浩然之气

[战国] 孟轲

曰："敢问夫子之不动心与告子之不动心，可得闻与？"

"告子曰：'不得于言，勿求于心；不得于心，勿求于气。'不得于心，勿求于气，可；不得于言，勿求于心，不可。夫志，气之帅也；气，体之充也。夫志至焉，气次焉；故曰：'持其志，无暴其气。'"

"既曰：'志至焉，气次焉。'又曰：'持其志，无暴其气'者，何也？"

曰："志壹则动气，气壹则动志也。今有蹶（jué）者趋者，是气也，而反动其心。"

"敢问夫子恶乎长？"

曰："我知言，我善养吾浩然之气。"

"敢问何谓浩然之气？"

曰："难言也。其为气也，至大至刚，以直养而无害，则塞于天地之间。其为气也，配义与道；无是，馁（něi）也。是集义所生者，非义袭而取之也。行有不慊（qiè）于心，则馁矣。我故曰，告子未尝知义，以其外之也。必有事焉，而勿正，心勿忘，勿助长也。无若宋人然：宋人有闵其苗之不长而揠（yà）之者，芒芒然归，谓其人曰：'今日病矣！予助苗长矣！'其子趋而往视之，苗则槁（gǎo）矣。天下之不助苗长者寡矣。以为无益而舍之者，不耘苗者也；助之长者，揠苗者也，非徒无益，而又害之。"

"何谓知言？"

曰："诐（bì）辞知其所蔽，淫辞知其所陷，邪辞知其所离，遁辞知其所穷。生于其心，害于其政；发于其政，害于其事。圣人复起，必从吾言矣。"（选自《孟子·公孙丑上》）

天时不如地利，地利不如人和

[战国] 孟轲

● 导　读

孟子文章感情充沛，辞锋犀利，犹如江河直下，所向披靡，具有磅礴的气势和强大的鼓动力量。

天时不如地利，地利不如人和。譬如有一座小城，内城方圆只有三里，外城方圆只有七里，敌人包围攻打它，却不能取胜。敌人包围攻打它，一定是得到天时了；然而不能取胜，是因为得天时不如得地利。又譬如另一座城，城墙不是不高，护城河不是不深，兵器不是不锐利，盔甲不是不坚固，粮食不是不充足；然而敌人一来，守城的士兵们就弃城而逃，是因为得地利不如得人和。所以说，限制人民不依靠国家的疆界，巩固国防不依靠山河的险要，威慑天下不依靠军队的强大。得到正义的人，帮助他的人就多；失掉正义的人，帮助他的人就少。帮助他的人少到了极点，连亲戚朋友都会反对他；帮助他的人多到了极点，天下人都会归顺他。用天下人都归顺的力量，去攻打连亲戚朋友都反对的力量，那么，得到正义的君主要么不进行战争，进行战争就一定能取得胜利。

● 原　文

天时不如地利，地利不如人和

[战国] 孟轲

孟子曰："天时不如地利，地利不如人和。三里之城，七里之郭，环而攻之而不胜。夫环而攻之，必有得天时者矣；然而不胜者，是天时不如地利也。城非不高也，池非不深也，兵革非不坚利也，米粟非不多也；委而去之，是地利不如人和也。故曰：域民不以封疆之界，固国不以山溪之险，威天下不以兵革之利。得道者多助，失道者寡助。寡助之至，亲戚畔之；多助之至，天下顺之。以天下之所顺，攻亲戚之所畔，故君子有不战，战必胜矣。"（《孟子·公孙丑下》）

鱼和熊掌我都想要，怎么办呢？

[战国] 孟轲

导读

鱼和熊掌不可兼得的问题，看似一个抽象的命题，其实是一个现实的选择。这个选择，从古至今就一直摆在那儿，拷问着人类的灵魂。

鱼是我所想要的，熊掌也是我所想要的，如果这两种东西不能同时得到，那么我宁愿舍弃鱼而选取熊掌。生命是我所想要的，正义也是我所想要的，如果这两样东西不能同时得到，那么我宁愿牺牲生命而选取大义。生命是我所想要的，但我所想要的还有胜过生命的，所以我不做苟且偷生的事；死亡是我所厌恶的，但我所厌恶的还有超过死亡的事，所以有了灾祸我不躲避。如果人们所想要的东西没有比生命更重要的，那么凡是一切可以保全生命的方法，又有什么手段不可用呢？如果人们所厌恶的事情没有超过死亡的，那么凡是能够用来逃避灾祸的坏事，哪一桩不可以干呢？采用某种手段就能够活命，可是有的人却不肯采用；采用某种办法就能够躲避灾祸，可是有的人也不肯采用。由此可见，他们所喜爱的有比生命更宝贵的东西；他们所厌恶的，有比死亡更严重的事。不仅贤人有这种思想，人人都有，只不过贤人没有丢掉罢了。

一篮饭，一碗汤，吃了就能活下去，不吃就会饿死。可是吆喝着给别人吃，过路的饥民也不肯接受；用脚踏过了给别人吃，乞丐也不愿意接受。可是有的人见了优厚俸禄却不管是否合乎礼义就接受了。如果是这样，那么优厚的俸禄对我有什么好处呢？是为了住所的华丽、妻妾的侍奉和熟识的穷人感激我吗？从前有人为了道义宁愿死也不愿接受别人的施舍，如今有人却为了住宅的华美而接受了；从前有人为了道义宁愿死也不愿接受别人的施舍，如今有人却为了得到妻妾的侍奉而接受了；从前有人为了道义宁愿死也不愿接受别人的施舍，如今有人却为了让所认识的穷困贫乏的人感激他们的恩德而接受了它。难道这些不可以不做吗？这就叫作丧失了人的本性。

●原　文

鱼我所欲也

[战国] 孟轲

鱼，我所欲也，熊掌，亦我所欲也；二者不可得兼，舍鱼而取熊掌者也。生，亦我所欲也，义，亦我所欲也；二者不可得兼，舍生而取义者也。生亦我所欲，所欲有甚于生者，故不为苟得也；死亦我所恶，所恶有甚于死者，故患有所不辟也。如使人之所欲莫甚于生，则凡可以得生者，何不用也？使人之所恶莫甚于死者，则凡可以辟患者，何不为也？由是则生而有不用也，由是则可以辟患而有不为也，是故所欲有甚于生者，所恶有甚于死者。非独贤者有是心也，人皆有之，贤者能勿丧耳。

一箪食，一豆羹，得之则生，弗得则死。呼尔而与之，行道之人弗受；蹴（cù）尔而与之，乞人不屑也。万钟则不辨礼义而受之，万钟于我何加焉？为宫室之美、妻妾之奉、所识穷乏者得我与？乡为身死而不受，今为宫室之美为之；乡为身死而不受，今为妻妾之奉为之；乡为身死而不受，今为所识穷乏者得我而为之，是亦不可以已乎？此之谓失其本心。（《孟子·告子上》）

生于忧患,死于安乐

[战国] 孟轲

导读

孟子提出并论证的"生于忧患,死于安乐"这一命题,无论对于政治、社会和人生来说,都是具有普遍意义的真理,与汤因比提出的文明起源于"挑战与应战"的学说可谓不谋而合。

舜从田野之中兴起为王,傅说曾是筑墙的工匠却被商王用为国相,胶鬲曾是贩卖鱼盐的小贩却被周文王举荐任用,管仲是从狱官手中释放后被齐桓公任命为丞相,孙叔敖是在海边隐居时被举荐进了朝廷,百里奚是秦穆公用五张黑羊皮从市场上换回来而登上了相位。所以上天要把重大责任降临到某个人身上,一定会先磨砺他的心志,劳累他的筋骨,让他的身体饥饿,让他的生活穷困,使他的每一个行为都被扰乱、不能如意,这样来警觉他的内心、坚忍他的性格,增加他所没有的能力。人们常常是有了过错才会去改正;内心困苦、思虑阻塞才会奋发有为;这一切表现在脸色上、流露在言语中才会被人了解。一个国家,国内没有法家的能臣和辅弼的贤士,国外没有与之抗衡的强国和外在的忧患,这样的国家常常是会灭亡的。由此可以知道忧患使人生存而安逸享乐使人灭亡的道理了。

原 文

生于忧患，死于安乐

［战国］ 孟轲

孟子曰："舜发于畎（quǎn）亩之中，傅说（yuè）举于版筑之间，胶鬲举于鱼盐之中，管夷吾举于士，孙叔敖举于海，百里奚举于市。故天将降大任于是人也，必先苦其心志，劳其筋骨，饿其体肤，空乏其身，行拂乱其所为，所以动心忍性，曾益其所不能。人恒过，然后能改；困于心，衡于虑，而后作；征于色，发于声，而后喻。入则无法家拂（bì）士，出则无敌国外患者，国恒亡。然后知生于忧患而死于安乐也。"（《孟子·告子下》）

高层次的生存方式，低层次的人永远不懂

［战国］ 庄周

导 读

庄子（约前369-前286），名周，安徽蒙城人，与老子并称"老庄"。

研究中国哲学，不能不读《庄子》；研究中国文学，也不能不读《庄子》。鲁迅先生说过："其文汪洋辟阖，仪态万方，晚周诸子之作，莫能先也。"

遥远北方，不见太阳，天黑水暗，一片汪洋，叫做北冥。北冥有鱼，名字叫做鲲。鲲的体积，从头到尾有几千里长，没法丈量。鲲变成鸟后，名字就叫鹏。鹏的脊背，从前到后有几千里长，没法丈量。当它奋起而飞的时候，那展开的双翅就像天边的云。鹏这种鸟，要等到海水剧烈运动的时候，才乘着大风迁徙到南冥去。南冥在遥远南方，天黑水暗，不见太阳，同北冥一样，也是一片汪洋。

齐国有个人写了本书，叫《齐谐》，专门搜集怪异的事情。书上是这样说的："鹏鸟要迁徙到南冥去，须得努力拍打翅膀，划水三千里，才能升到空中。脱离海面后，它要搅动旋风，把自己抬升到九万里的高空，才能向南飞去。从北冥到南冥路途遥远，鹏飞了六个月才停歇下来。"地表的游气蒸腾浮动，犹如野马奔腾，阳光直射下来，照得见空气中的尘埃在纷纷飞扬，难道这不是大自然里各种生物的气息在吹拂它们吗？天空是湛蓝湛蓝的，难道这就是它真正的颜色吗？还是由于天空无限高远所以看上去颜色很深很蓝呢？鹏鸟在高空看大地，也像我们在大地看高空一样。

鹏为什么必须升到九万里的高空呢？可以用船和水来做譬喻。水积得不够深，是浮不起大船的。倒一杯水在厅堂的凹处，可以浮起一根草芥；如果把杯子放在上面，就粘住了，因为水太浅而杯子太大了。同样的道理，风积得不够厚，是托举不起鹏的翅膀的。所以，鹏必须升到九万里的高空，要有这么厚的风在它的身下，然后才能凭借风力飞行。你看它的背像负着青天一样，没有什么力量能够阻遏它了，然后才向南方飞去。

鹏飞走后，消息很快传开。林间的寒蝉和小灰雀同声嘲笑说："我们想飞就飞，飞到榆树上去，飞到檀树上去，如果树远了飞不到，就落在地上歇一歇，然后再飞。为什么要升到九万里的高空而向南飞去呢？"到苍莽的郊野去，一天就可以打个来回，肚子还是饱饱的；到百里之外去，要用一整夜时间准备干粮；到千里之外去，要用三个月的时间积蓄粮食。这些常识，寒蝉和灰雀从未听说过，更不用说九万里高空鹏飞南冥一类的怪事了。高层次的生存方式，低层次的人永远不懂。

知识有层次的差距，小聪明不能理解大智慧；年寿也有层次的差距，短命的不能理解长寿的。怎么知道是这样的呢？朝生暮死的菌类不会懂得什么是初一什么是十五，生于春后死于秋前的夏蝉也不会懂得一年之中还有春天和秋天，这就是短寿。楚国南边有一种叫冥灵的树，五百年开一次花，五百年结一次果。上古之世还有一种叫香椿的树，八千年开一次花，八千年结一次果，这就是长寿。树有长寿的，人也有。彭祖活了八百岁，直到如今还因长寿而闻名于世，人们和他相比，岂不可悲可叹吗？

● 原　文

北冥有鱼

[战国] 庄周

北冥（míng）有鱼，其名为鲲（kūn）。鲲之大，不知其几千里也。化而为鸟，其名为鹏。鹏之背，不知其几千里也。怒而飞，其翼若垂天之云。是鸟也，海运则将徙（xǐ）于南冥。南冥者，天池也。

《齐谐》者，志怪者也。《谐》之言曰："鹏之徙于南冥也，水击三千里，抟（tuán）扶摇而上者九万里，去以六月息者也。"野马也，尘埃也，生物之以息相吹也。天之苍苍，其正色邪？其远而无所至极邪？其视下也，亦若是则已矣。

且夫水之积也不厚，则其负大舟也无力。覆杯水于坳（ào）堂之上，则芥为之舟。置杯焉则胶，水浅而舟大也。风之积也不厚，则其负大翼也无力。故九万里则风斯在下矣，而后乃今培风；背负青天而莫之夭阏（yāo è）者，而后乃今将图南。

蜩（tiáo）与学鸠笑之曰："我决（xuè）起而飞，抢（qiāng）榆枋（fāng），时则不至而控于地而已矣，奚以之九万里而南为？"适莽苍者，三餐而反，腹犹果然；适百里者，宿舂（chōng）粮；适千里者，三月聚粮。之二虫又何知！

小知不及大知，小年不及大年。奚以知其然也？朝菌不知晦朔，蟪蛄（huì gū）不知春秋，此小年也。楚之南有冥灵者，以五百岁为春，五百岁为秋；上古有大椿者，以八千岁为春，八千岁为秋，此大年也。而彭祖乃今以久特闻，众人匹之，不亦悲乎！（《庄子·逍遥游》）

无用之用

[战国] 庄周

导读

惠施是庄子的朋友,很有学问,精通辩术。等他飞黄腾达之后,便很瞧不起庄子的学说,认为全是大话空话,于国于己没有半点用处。惠子想要纠正庄子的思想意识,以尽朋友之谊,而收挽救之效。以下便是两人之间精彩绝伦的对答。

惠子对庄子说:"魏王赐给我大葫芦种子,我种在后院里,结了个大葫芦。匠人将它加工成容器,容量五十斗,大极了。用来盛水盛浆吧,担心容器底部薄了,承受不起自身的重量。把它剖开来做瓢吧,又嫌太大了,没有什么东西需要这么大的瓢去装啊。能说这个大葫芦不够大吗?不能。可是大而无用,没有半点用处。我干脆一锤子砸破,摔了。"

大葫芦者,大糊涂也。庄子心里明白,这是惠子变着法子骂他。于是说:"你老先生只会用小器,不会用大器,一贯如此。我也讲个故事。宋国有一家人,善于调制一种护肤的特效药,据说是祖传秘方。这家人世世代代以漂洗丝絮为职业,手上搽了药,即使寒冬腊月把手浸在冷水里,也不皴不裂,不生冻疮。有个游客听说了这件事,愿意用百金的高价收买他的药方。全家人聚集在一起商量:'我们世世代代在河水里漂洗丝絮,辛苦一年才挣几金,现在卖技术,一下子就能赚百金。卖吧。'游客得到秘方后,远游吴国,觐见吴王,获得信任。后来越国侵犯吴国,吴王就派他带领部队参加冬季水上作战。他的士兵都搽了护肤药,手脚不生冻疮,因此大败越国军队。吴王酬谢他,赐土地,封侯爵。你看,同样的是使手不皴裂,一个大用,赐土地,封侯爵;一个小用,一辈子免不了漂洗丝絮。你有大葫芦，容量五十斗，真算是大器，为什么不镂空内瓤，制成腰舟，浮游于江湖之上，倒去担忧大而无用呢？这样看来，你老先生的思路仍然乱如蓬草，是这样吗？"

庄子听不进惠子的暗讽，惠子只好明批："我有棵大树，人们都叫它'臭椿'。它的树干疙里疙瘩，不符合绳墨取直的要求，它的树枝弯弯扭扭，也不适应圆规和角尺取材的需要。虽然生长在道路旁，木匠连看也不看。你所讲的都是空话，就像那棵臭椿，大而无用，难怪啊，大家都不理睬你。"

庄子笑笑说："先生你没看见过野猫和黄鼠狼吗？低着身子匍伏于地，等待那些出洞觅食或游乐的小动物。一会儿东，一会儿西，跳来跳去，一会儿高，一会儿低，上窜下跳，不曾想落入猎人设下的机关，死于猎网之中。还有那牦牛，庞大的身躯就像天边的云；你看它还不算大吗，却不能像黄鼠狼一样捕捉老鼠。现在先生你有大树，嫌弃它不中用，为什么不把它移植到在无何有之乡、广漠之野，你悠然自得地徘徊于树旁，优游自在地躺卧于树下。你将同它一样，不会遭到刀斧砍伐，不会受害遭灾，不会被人认为没什么用处。你若这样做了，就能活得自由自在，不会再有人生的艰难困苦了。"

● 原　文

大瓠之种

[战国] 庄周

惠子谓庄子曰："魏王贻我大瓠（hù）之种，我树之成而实五石，以盛水浆，其坚不能自举也。剖之以为瓢，则瓠落无所容。非不呺（xiāo）然大也，吾为其无用而掊（pǒu）之。"

庄子曰："夫子固拙于用大矣。宋人有善为不龟（jūn）手之药者，世世以洴澼（pián pì）絖（kuàng）为事。客闻之，请买其方百金。聚族而谋曰：'我世世为洴澼絖，不过数金；今一朝而鬻（yù）技百金，请与之。'客得之，以说吴王。越有难，吴王使之将，冬与越人水战，大败越人，裂地而封之。能不龟手,一也;或以封,或不免于洴澼絖,则所用之异也。今子有五石之瓠,何不虑以为大樽(zūn)而浮乎江湖,而忧其瓠落无所容?则夫子犹有蓬之心也夫!"

惠子谓庄子曰:"吾有大树,人谓之樗(chū)。其大本拥肿而不中绳墨,其小枝卷曲而不中规矩,立之涂,匠者不顾。今子之言,大而无用,众所同去也。"

庄子曰:"子独不见狸狌(lí shēng)乎?卑身而伏,以候敖者;东西跳梁,不辟高下;中于机辟,死于罔罟(gǔ)。今夫斄(lí)牛,其大若垂天之云。此能为大矣,而不能执鼠。今子有大树,患其无用,何不树之于无何有之乡,广莫之野,彷徨乎无为其侧,逍遥乎寝卧其下。不夭斤斧,物无害者,无所可用,安所困苦哉!"(《庄子·逍遥游》)

听到了很多道理,就以为老子天下第一,说的就是我呀

[战国] 庄周

导 读

《秋水》是庄子写得最好的文章之一。开头河伯与北海若的对话,一步步地展示了一个超人间的无穷的宇宙境界,使人一读之下永难忘怀。

秋天的洪水按时到来,千百条河流同时注入黄河。河水猛涨,河面愈加宽阔,从河的这边遥望对岸,分不清牛马。黄河之神河伯得意洋洋地说:

"天下最伟大的壮观全在我这里了。"他优哉游哉地顺着河流往东走,一直走到北海,面向东边望去,看不见水的尽头。这个时候河伯才变了脸色,无限迷茫地对着海神北海若叹息道:"有句俗话说得好:'听到了很多道理,就以为老子天下第一',说的就是我呀。我曾经听说,有人并不把孔子的学识看在眼里,也有人对伯夷的义行不以为然,开始我还不相信,认为他们这样说太狂妄了;如今我看见您的大海无限广大、难以穷尽,我才明白原来是我的视野有限啊。如果我不到您的面前来,我就永远不会明白这个道理,就会一直被大方之家所讥笑。"

北海若说:"不要跟井里的蛙谈及大海,它的眼界受到环境的局限,不相信有海;不要跟夏天的虫子谈及冰雪,它的眼界受着时令的制约,不相信有冰雪;不要跟见识浅陋的人谈论大道理,他的眼界受到所受教育的束缚,不相信大道理。如今你摆脱了河岸的束缚,亲眼看到了大海,才知道你的浅陋,现在可以同你谈谈大道理了。天下的水,没有比海更大的了。万千条江河都要归入大海,不晓得要灌到何年何月,仍然灌不满。尾闾排泄它,不晓得要漏到何年何月,仍然漏不空。春天水涨,秋天水落。下雨水多,天旱水少。但我浑然不觉,海水不升不降。海的容量有多大,你难以想象。你可以去和长江比。但你和长江加在一起也没法跟我比。我与你们不在同一层次,我们之间存在着数量级的差距。但是我从来不敢在你们面前狂妄自大,因为我知道,是天赐给我海水,地赐给我海床,阴阳赐给我形体,我在天地之间,犹如小石小树在大山上一样,只嫌自己太小,岂敢自大。东海、南海、西海和我北海,统统加在一起,在天地间有多大呢?不正像石块上的一个小洞浸在巨大的水泽里吗?偌大一个中国,在天地间又有多大呢?不正像一颗米粒在装满粮食的大仓库里吗?表示事物的数量多,叫做'万',人类只是万物之一;人类遍布九州,凡是谷物所生长的地方、车船所通行的地方,都有人在那里。但是,这么多的人和万物比起来,不正像一根毫毛在整个马体上吗?五帝所连续统治的,三王所不断争夺的,仁人所忧虑担心的,贤人所劳累忙碌的,全都是这个渺小的天地里的事情。伯夷以辞让国君的位置而博得名声,孔子以谈论天下的事情而显示渊博,他们这样自我夸耀,不正像你先前看到河水上涨而得意洋洋一样吗?"

● 原 文

秋 水

[战国] 庄周

秋水时至,百川灌河,泾流之大,两涘(sì)渚崖之间,不辩牛马。于是焉河伯欣然自喜,以天下之美为尽在己。顺流而东行,至于北海,东面而视,不见水端,于是焉河伯始旋其面目,望洋向若而叹曰:"野语有之曰,'闻道百以为莫己若者',我之谓也。且夫我尝闻少仲尼之闻而轻伯夷之义者,始吾弗信;今我睹子之难穷也,吾非至于子之门则殆矣,吾长见笑于大方之家。"

北海若曰:"井蛙不可以语于海者,拘于虚也;夏虫不可以语于冰者,笃于时也;曲士不可以语于道者,束于教也。今尔出于崖涘,观于大海,乃知尔丑,尔将可与语大理矣。天下之水,莫大于海。万川归之,不知何时止而不盈;尾闾(lǘ)泄之,不知何时已而不虚;春秋不变,水旱不知。此其过江河之流,不可为量数。而吾未尝以此自多者,自以比形于天地,而受气于阴阳,吾在天地之间,犹小石小木之在大山也。方存乎见少,又奚以自多!计四海之在天地之间也,不似礨(lěi)空之在大泽乎?计中国之在海内,不似稊(tí)米之在大仓乎?号物之数谓之万,人处一焉;人卒九州,谷食之所生,舟车之所通,人处一焉;此其比万物也,不似豪末之在于马体乎?五帝之所连,三王之所争,仁人之所忧,任士之所劳,尽此矣!伯夷辞之以为名,仲尼语之以为博,此其自多也,不似尔向之自多于水乎?"(《庄子·秋水》)

子非鱼,安知鱼之乐?

[战国] 庄周

> **导读**
>
> 庄周与惠施辩论鱼是否快乐,是古代著名的辩论。诗人之移情与逻辑学家之严谨相映成趣,读此妙文,真是不亦快哉!

庄子在濮水边钓鱼,楚王派出两名高级官员,去请庄子到朝中做官。他们见到庄子,忙说:"恭喜恭喜!楚王有旨,要以朝政烦劳先生啦。"

庄子拿着鱼竿头也没回,只淡淡地说:"我听说楚国的御花园里养了一只神龟,已经三千岁了,前不久死了。楚王用锦缎将它包好,放在竹匣中,珍藏在宗庙的殿堂上。这只神龟,它是宁愿死去为了留下骨骸而显示尊贵呢?还是宁愿活在烂泥里拖着尾巴爬行呢?"

两位官员赔笑答道:"宁愿活在烂泥里拖着尾巴爬行。"

庄子笑了:"你们回去吧!我可宁愿像神龟一样,在烂泥里拖着尾巴活着。"

惠施在梁国做宰相,庄子去看望他。有人告诉惠施说:"庄子到梁国来,是想取代你做宰相。"于是惠施非常害怕,在国都里搜捕了几天几夜。

庄子前去见他,说:"南方有鸟,名叫鹓鶵,听说过吗?那鹓鶵从南海飞到北海去,不是梧桐树不栖息,不是竹子的果实不吃,不是甜美的泉水不喝。一只猫头鹰蹲在野地,正在撕啄腐臭的老鼠,瞥见鹓鶵飞来,立刻提高警惕,昂头瞪眼,发出一长串威吓的唬唬声。老兄放心撕啄你的梁国好了,何必唬我呀!"

庄子和惠子一起在濠水的桥上游玩。庄子说:"鯈鱼在水中游得悠闲自得,多么快乐!"惠子说:"你又不是鱼,怎么知道鱼是快乐的呢?"庄子说：″你又不是我，你怎么知道我不知道鱼是快乐的呢？″惠子说：″我不是你，确实不知你；但你确实不是鱼呀，那么你不知道鱼的快乐，也就不证自明了！″庄子说：″且慢！请从我们最初的话题说起。是你刚才问我从何知道鱼快乐的，对吧？你这样问我，等于默认了我已经知道鱼是快乐的，只是不明白我从何而知罢了。我现在回答你，我是从濠水的桥上知道鱼是快乐的。″

● 原　文

游于濠梁

[战国] 庄周

庄子钓于濮（pú）水，楚王使大夫二人往先焉，曰：″愿以境内累矣！″

庄子持竿不顾，曰：″吾闻楚有神龟，死已三千岁矣，王巾笥而藏之庙堂之上。此龟者，宁其死为留骨而贵乎？宁其生而曳尾于涂中乎？″

二大夫曰：″宁生而曳尾涂中。″

庄子曰：″往矣！吾将曳尾于涂中。″

惠子相梁，庄子往见之。或谓惠子曰：″庄子来，欲代子相。″于是惠子恐，搜于国中三日三夜。

庄子往见之，曰：″南方有鸟，其名为鹓鶵（yuān chú），子知之乎？夫鹓鶵，发于南海而飞于北海，非梧桐不止，非练实不食，非醴（lǐ）泉不饮。于是鸱（chī）得腐鼠，鹓鶵过之，仰而视之曰：'吓（hè）！'今子欲以子之梁国而吓我邪？″

庄子与惠子游于濠梁之上。庄子曰：″儵（tiáo）鱼出游从容，是鱼之乐也。″

惠子曰：″子非鱼，安知鱼之乐？″

庄子曰：″子非我，安知我不知鱼之乐？″

惠子曰：″我非子，固不知子矣；子固非鱼也，子之不知鱼之乐，全矣。″

庄子曰："请循其本。子曰'汝安知鱼乐'云者，既已知吾知之而问我，我知之濠上也。"（《庄子·秋水》）

多行不义，必自毙，你就等着瞧吧

《左传》

> **导读**
>
> 　　《左传》全称《春秋左氏传》，儒家十三经之一，相传为左丘明所作。《左传》既是史学名著，也是文学名著，对后世影响深远。
> 　　《郑伯克段于鄢》全文无一字褒贬，但郑庄公的老谋深算、阴险狡猾，共叔段的恃宠恣肆、贪婪愚蠢以及武姜的任性偏心无不跃然纸上，永难磨灭。

　　当初，郑武公娶了申国国君的女儿武姜为妻，生下了庄公和共叔段。庄公出生时脚先出来，武姜受到惊吓，所以给他取名叫"寤生"，武姜因此讨厌庄公，偏爱小儿子共叔段。武姜想立共叔段为太子，多次向武公请求，武公都没有答应。等到庄公当上了郑国国君，武姜请求把虎牢作为共叔段的封邑。庄公说："虎牢是个险要的城邑，郑国灭掉虢国的时候，东虢国的国君就死在那里。这个地方不能给他，如果要别的地方，我都答应。"武姜又为共叔段请求京邑，庄公就把京邑封给共叔段，从此当地百姓称共叔段为"京城太叔"。

　　郑国大夫祭仲向庄公打小报告，说："分封的都城如果城墙超过了三百丈，就会成为国家的祸害。先王的制度规定，国内最大的城邑面积不能超过国都的三分之一，中等的不得超过它的五分之一，小的不得超过它的九分之一。现在京邑的大小不合法度，违反了先王的制度，恐怕对您有所不利。"庄公回答说；"我的母亲想要这样，我能怎么样呢？"祭仲说道："姜氏哪有满足的时候！不如早些处置共叔段，不让他的势力蔓延。如果蔓延开来，就难对付了。蔓延开的野草都除不掉，更何况是您的弟弟呢？"庄公："一个人干多了不仁不义的事情，一定会自己垮台，你就等着瞧吧。"

过了不久，太叔命令郑国西边和北边的边邑也同时归他管辖。郑国大夫公子吕又向庄公打小报告，说："一个国家怎么能同时有两个国君呢，现在您打算怎么办？如果您想把国家交给太叔，就请允许我去侍奉他；如果不给，就请除掉他，不要使百姓产生二心。"庄公说："用不着，他会自食其果。"太叔见庄公没有动静，干脆把那两块地拿过来归自己管辖，还一直把封邑扩大到了廪延。公子吕又说："可以动手了。他占多了地方就会得到百姓拥护。"庄公说："做事不仁义就不会有人亲近，地方再大也会崩溃。"

太叔日夜不停地修造城池，聚集百姓，修整铠甲和武器，准备兵马战车，将要偷袭郑国国都。武姜打算为他打开城门作内应。庄公得知了太叔偷袭的日期，说："现在可以动手了！"于是，他命令公子吕率领二百辆战车去攻打京邑。京邑百姓背叛了共叔段，共叔段逃到鄢城，庄公又攻打鄢城。五月二十三日，共叔段逃奔去了共国。

对这件事，《春秋》是这样记载的："郑伯克段于鄢。"虽然只有六个字，含义却很深。孔子著《春秋》，常常在记述历史时暗寓褒贬，目的是使乱臣贼子惧。这六个字的意思是说：共叔段不遵守做弟弟的本分，所以不说他是庄公的弟弟；兄弟俩如同两个国君一样争斗，所以用"克"字；称庄公为"郑伯"，是讥讽他对弟弟失教；事情的发展是庄公蓄意的安排，《春秋》这样记载就表达了庄公的本意。不说"出奔"，是难说共叔段是主动出奔的。

于是庄公把武姜安置到城颍，并对她发誓说："不到地下黄泉，永远不再见面。"过了些时候，庄公又后悔了。

颍考叔当时是颍谷管理疆界的官员，他听说了这件事，就送了些礼物给庄公。庄公请他吃饭，他却把肉放在一旁不吃。庄公问他为什么，颍考叔回答说:"我家中有母亲,我做的饭食她都吃过,但是从未吃过君王的肉羹,请允许我带回去给她吃。"庄公说:"你有母亲可以孝敬,唯独我没有!"颍考叔说:"我冒昧问一下这话是什么意思?"庄公就把事情的原委告诉了他,并说自己很后悔。颍考叔说:"这有什么好担心的,只要挖一条地道,挖出了泉水,然后在地道中相见,谁还能说您违背了誓言呢?"庄公依他的话照着做了。庄公走进地道去见武姜,赋诗说:"走进隧道里,欢乐真无比!"武姜走出地道,赋诗说:"走出隧道外,心情多欢快!"于是母子关系和好如初。

史官评论说:"颍考叔真是个大孝子啊,他不仅孝顺自己的母亲,而且把这种孝心推广到了郑庄公身上。《诗·大雅·既醉》篇说:'孝子的孝心没有穷尽,可以永远赐给和你一样的人。'大概说的就是这样的事吧!"

● 原 文

郑伯克段于鄢

初,郑武公娶于申,曰武姜。生庄公及共叔段。庄公寤生,惊姜氏,故名曰"寤生",遂恶之。爱共叔段,欲立之,亟请于武公,公弗许。

及庄公即位,为之请制。公曰:"制,岩邑也,虢(guó)叔死焉。佗邑唯命。"请京,使居之,谓之"京城大叔"。

祭(zhài)仲曰:"都,城过百雉,国之害也。先王之制,大都不过参国之一,中五之一,小九之一。今京不度,非制也,君将不堪。"公曰:"姜氏欲之,焉辟害?"对曰:"姜氏何厌之有!不如早为之所,无使滋蔓。蔓,难图也。蔓草犹不可除,况君之宠弟乎?"公曰:"多行不义,必自毙,子姑待之。"

既而大叔命西鄙、北鄙贰于己。公子吕曰:"国不堪贰,君将若之何?欲与大叔,臣请事之;若弗与,则请除之。无生民心。"公曰:"无庸,将自及。"大叔又收贰以为己邑,至于廪(lǐn)延。子封曰:"可矣,厚将得众。"公曰:"不义不昵,厚将崩。"

大叔完聚,缮甲兵,具卒乘,将袭郑。夫人将启之。公闻其期,曰:

"可矣!"命子封帅车二百乘以伐京。京叛大叔段。段入于鄢(yān)。公伐诸鄢。五月辛丑,大叔出奔共。

书曰:"郑伯克段于鄢。"段不弟,故不言弟;如二君,故曰克;称郑伯,讥失教也;谓之郑志。不言出奔,难之矣。

遂置姜氏于城颍,而誓之曰:"不及黄泉,无相见也。"既而悔之。

颍考叔为颍谷封人,闻之,有献于公。公赐之食。食舍肉。公问之,对曰:"小人有母,皆尝小人之食矣,未尝君之羹。请以遗之。"公曰:"尔有母遗,繄(yī)我独无!"颍考叔曰:"敢问何谓也?"公语之故,且告之悔。对曰:"君何患焉?若阙地及泉,隧而相见,其谁曰不然?"公从之。公入而赋:"大隧之中,其乐也融融!"姜出而赋:"大隧之外,其乐也泄泄(yì)!"遂为母子如初。

君子曰:"颍考叔,纯孝也。爱其母,施及庄公。《诗》曰:'孝子不匮,永锡尔类。'其是之谓乎?"(《左传·隐公元年》)

打仗要一鼓作气,做事也一样

《左传》

导 读

齐鲁长勺之战,是我国历史上以弱胜强的经典战例之一。这篇文章处处围绕"论战"这一主题展开,写得短小精悍,要言不烦,是《左传》中脍炙人口的名篇。

公元前684年的春天,齐国军队攻打鲁国。鲁庄公准备应战。鲁国大夫曹刿请求进见。他的同乡说："当权的人自会谋划这件事,你又何必参与呢?"曹刿说："当权的人见识短浅,不能深谋远虑。"于是入宫进见鲁庄公。曹刿问："您凭借什么应战呢?"鲁庄公说："衣食这一类养生的东西,我从来不敢独自享用,一定把它们分给身边的大臣。"曹刿说："这种小恩小惠不能遍及老百姓,他们是不会跟随您去打仗的。"鲁庄公说："祭祀用的猪牛羊和玉器、丝织品等祭品,我从来不敢虚报夸大数目,一定对上天说实话。"曹刿说："小小信用,不能取得神灵的信任,神灵是不会保佑您的。"鲁庄公说："大大小小的诉讼案件,即使不能一一明察,也一定要按实情处理。"曹刿说："这是尽心尽力为百姓办事的表现,可以凭借这个同齐国打一仗。打起仗来,请允许我跟您一起去。"

到了打仗那天,鲁庄公和曹刿同乘一辆战车,在长勺同齐军交战。鲁庄公准备击鼓进军。曹刿说："现在不行。"齐军已经击了三通鼓,曹刿才说："现在可以击鼓进军了。"齐军大败。鲁庄公又准备驾着战车追逐齐军。曹刿说："现在还不行。"说完就下了战车,察看齐军车轮碾出的痕迹,又登上战车,扶着车前横木远望齐军的队形,这才说:"可以追击了。"于是追击齐军。

打了胜仗后,鲁庄公问他取胜的原因。曹刿回答说:"打仗,靠的是士气。第一次击鼓能够振作士兵们的士气,第二次击鼓士兵们的士气就开始低落了,第三次击鼓士兵们的士气就耗尽了。他们的士气已经耗尽而我军的士气正旺盛,所以我们战胜了他们。像齐国这样的大国,他们用兵作战难以捉摸,怕他们在那里设有伏兵。后来我看到他们车轮的痕迹混乱了,望见他们的旗帜倒下了,所以下令追击他们。"

● 原　文

曹刿论战

十年春,齐师伐我。公将战,曹刿(guì)请见。其乡人曰:"肉食者谋之,又何间焉?"刿曰:"肉食者鄙,未能远谋。"乃入见,问:"何以战?"公曰:"衣食所安,弗敢专也,必以分人。"对曰:"小惠未遍,民弗从也。"公曰:"牺牲玉帛,弗敢加也,必以信。"对曰:"小信未孚(fú),神弗福也。"公曰:"小大之狱,虽不能察,必以情。"对曰:"忠之属也,可以一战。战则请从。"

公与之乘,战于长勺。公将鼓之,刿曰:"未可。"齐人三鼓,刿曰:"可矣。"齐师败绩。公将驰之,刿曰:"未可。"下视其辙,登轼而望之,曰:"可矣。"遂逐齐师。

既克,公问其故。对曰:"夫战,勇气也。一鼓作气,再而衰,三而竭。彼竭我盈,故克之。夫大国,难测也,惧有伏焉。吾视其辙乱,望其旗靡,故逐之。"(《左传·庄公十年》)

防民之口,甚于防川

《国语》

导 读

《国语》是我国第一部国别体史书,分为《周语》《鲁语》《齐语》《晋语》《郑语》《楚语》《吴语》《越语》八部分,相传为左丘明所作。

《国语》文字质朴简练,长于记言。此文通过召公之口,阐明了"防民之口,甚于防川"的著名论题,是很值得一读的。

周厉王暴虐无道,老百姓纷纷指责他。召公对厉王说:"老百姓快受不了啦!"周厉王一听就火了,找来卫国的巫师,让他们去监视老百姓。凡是被巫师举报的人，一律杀掉。老百姓从此不敢说话，路上相见，也只能以目示意，不敢交谈。

周厉王很高兴，对召公说："我能消除老百姓的议论，他们再也不敢吭声了！"召公忧心忡忡地说："你这样做是堵老百姓的嘴。老百姓的嘴怎么堵得住呢？古话说：'防民之口，甚于防川。'堵塞的河流如果决堤，淹死的人一定很多。堵老百姓的嘴，这可太危险了。治水的人都知道要疏通河道，使水顺着河道宣泄，管理百姓的人也应该引导他们，使他们畅所欲言。古时候君王处理政事，都是广开言路，要让三公九卿以至各级官吏献诗讽谏，要让乐师采风、史官修史，要让谏官进言、百工进谏，要把平民百姓的意见、君王身边的人的意见都搜集上来，要让宗室姻亲、元老重臣参政议政补过纠偏，然后由君王斟酌取舍，因此政事施行起来才不违背情理。大地上有山川河流、沃野良田，国家的财富、百姓的衣食都从这里出产。每个人都有一张嘴，人们一说话，政事的成败得失就显露出来了。人们认为好的就实行，人们认为不好的就改正，这才是增加国家财富和百姓衣食的方法啊。人们心里怎么想，嘴里就怎么说，他们考虑成熟以后，就会自然流露出来，怎么可以堵呢？如果把老百姓的嘴都堵起来，那还有谁会关心国家政事愿意跟随您呢？"

召公的话，周厉王听不进去，老百姓对他彻底失望了。过了三年，人们就把这个暴君赶到彘地去了。

●原　文

召公谏厉王止谤

厉王虐，国人谤王。召公告曰："民不堪命矣！"王怒，得卫巫，使监谤者，以告，则杀之。国人莫敢言，道路以目。

王喜，告召公曰："吾能弭（mǐ）谤矣，乃不敢言。"召公曰："是障之也。防民之口，甚于防川。川壅而溃，伤人必多，民亦如之。是故为川者决之使导，为民者宣之使言。故天子听政，使公卿至于列士献诗，瞽（gǔ）献曲，史献书，师箴（zhēn），瞍（sǒu）赋，矇（méng）诵，百工谏,庶人传语,近臣尽规,亲戚补察,瞽、史教诲,耆、艾修之,而后王斟酌焉,是以事行而不悖。民之有口,犹土之有山川也,财用于是乎出;犹其原隰(xí)之有衍沃也,衣食于是乎生。口之宣言也,善败于是乎兴。行善而备败,其所以阜财用衣食者也。夫民虑之于心而宣之于口,成而行之,胡可雍也?若雍其口,其与能几何?"

  王不听,于是国人莫敢出言。三年,乃流王于彘(zhì)。(《国语·周语》)

为什么人人都认为我美呢?

《战国策》

导 读

《战国策》又称《国策》,是一部国别体史书,记载了西周、东周及秦、齐、楚、赵、魏、韩、燕、宋、卫、中山等12个国家的事。作者并非一人,成书并非一时,西汉刘向编定为33篇,书名亦为刘向所拟定。

本文写的是战国初期齐威王接受相国邹忌的劝谏而采纳群言,终于使齐国大治的故事。告诉当权者只有广开言路,虚心接受批评意见,并加以改正,才能把国家治理好。从表现手法上说,前一半"虚处实写",后一半"实处虚写",这是很高明的。

邹忌身高一米八几,容貌光彩照人。一天早晨,他穿好礼服,看着镜中的自己,问他的妻子:"我同城北的徐公相比,哪个更美?"他妻子说:"您美极了!徐公怎么比得上您呢?"城北的徐公,是齐国第一美男子。邹忌不相信自己会比徐公美,又问他的妾:"我同徐公比,谁美?"妾说:"徐公怎么比得上您呢?"第二天,有客人来拜访,邹忌同他谈话的间隙问他:"我和徐公谁美?"客人说:"徐公不如您美。"又过了一天,徐公来拜访,邹忌仔细端详他,觉得自己不如徐公美。又对着镜子看,就更不如了。晚上,邹忌躺在床上想这件事,说:"我妻子认为我美,是偏爱我;妾认为我美,是害怕我;客人认为我美,是有求于我。他们都没说真话啊。"

于是邹忌上朝拜见齐威王,进谏说:"我很确定自己不如徐公美。但我的妻子偏爱我,我的妾害怕我,我的客人有求于我,他们都认为我比徐公美。这太可怕了。如今齐国有方圆千里的疆土,一百二十座城池,宫中的嫔妃和身边的亲信,没有一个不偏爱您的;朝中的大臣,没有一个不害怕您的;全国的老百姓,没有一个不有求于您的。由此看来,大王您受蒙蔽一定很厉害啊!"

齐威王说:"说得好!"于是下了一道命令:"所有的大臣、官吏、百姓,能够当面指出我的过错的,给予上等奖赏;能够上书劝谏我的,给予中等奖赏;能够在公共场所议论我的过失、传到我耳朵里的,给予下等奖赏。"命令刚一下达,群臣都来进谏,宫廷内外像集市一样;几个月以后,还偶尔有人来进谏;一年以后,就是想进谏,也没有什么可说的了。

燕、赵、韩、魏等国听说了这件事,都跑到齐国来朝见。这就是通过修明国内政治而战胜敌国。

● 原 文

邹忌讽齐王纳谏

邹忌修八尺有余,而形貌昳(yì)丽。朝服衣冠,窥镜,谓其妻曰:"我孰与城北徐公美?"其妻曰:"君美甚,徐公何能及君也!"城北徐公,齐国之美丽者也。忌不自信,而复问其妾曰:"吾孰与徐公美?"妾曰:"徐公何能及君也!"旦日,客从外来,与坐谈,问之客曰:"吾与徐公孰美?"

客曰："徐公不若君之美也。"

明日，徐公来，孰视之，自以为不如；窥镜而自视，又弗如远甚。暮寝而思之，曰："吾妻之美我者，私我也；妾之美我者，畏我也；客之美我者，欲有求于我也。"

于是入朝见威王，曰："臣诚知不如徐公美。臣之妻私臣，臣之妾畏臣，臣之客欲有求于臣，皆以美于徐公。今齐地方千里，百二十城，宫妇左右莫不私王，朝廷之臣莫不畏王，四境之内莫不有求于王。由此观之，王之蔽甚矣！"

王曰："善。"乃下令："群臣吏民能面刺寡人之过者，受上赏；上书谏寡人者，受中赏；能谤讥于市朝，闻寡人之耳者，受下赏。"令初下，群臣进谏，门庭若市；数月之后，时时而间进；期年之后，虽欲言，无可进者。燕、赵、韩、魏闻之，皆朝于齐，此所谓战胜于朝廷。（《战国策·齐策》）

父母爱子女，就要为他们考虑得长远些

《战国策》

> **导读**
>
> 触龙可以说是最会做思想工作的人了。《古文观止》评论说："左师悟太后，句句闲语，步步闲情，又妙在从妇人情性体贴出来。便借燕后反衬长安君，危词警动，便尔易入。老臣一片苦心，诚则生巧，至今读之，犹觉天花满目，又何怪当日太后之欣然听受也。"细读此文，的确是不服不行。

赵太后刚刚执政，秦国就猛烈攻打赵国。赵国向齐国求救，齐国说："一定要用长安君作为人质，才出兵。"赵太后不同意，大臣们极力劝谏。太后明白地告诉左右侍臣说："有再说让长安君去做人质的，我一定当面啐他一脸唾沫！"

左师触龙说他希望进见太后。太后怒气冲冲地等着他。触龙一进殿门就做出快步走的姿势，慢慢地挪动着脚步，到了太后面前自己告罪说："老臣的脚有毛病，不能快跑，好久没来看您啦，只好私下宽恕自己。可是又总担心太后的身体有什么不舒服，所以想来看看您。"太后说："我也走不动啦，全靠坐辇行动。"触龙说："您每天的饮食该不会减少吧？"太后说："吃点稀粥罢了。"触龙说："老臣近来特别不想吃饭，于是强迫自己散步，每天走三四里，慢慢增加了点食欲，身上也舒适些了。"太后说："我不能像您那样散步。"这时太后的脸色稍微和缓了些。

触龙说："老臣的犬子舒祺，年龄最小，不成器，我私心疼爱他，希望您让他递补黑衣卫士的空额，来保卫王宫。我冒着死罪来求您！"太后说："可以。他有多大了？"触龙说："十五岁了。虽然还小，但我希望趁我还没有死的时候把他托付给您。"太后说："男人也疼爱自己的小儿子吗？"触龙说："比女人爱得还厉害些。"太后笑着说："女人爱得特别厉害。"触龙说："老臣认为老太太爱燕后超过爱长安君。"太后说："你错了。不像爱长安君那样厉害。"触龙说："父母爱子女，就要为他们考虑得长远些。老太太送燕后出嫁时，她上了车还拉着她哭，这是惦念她嫁到远方，这也够伤心的了。送走以后，您也不是不想念她；每逢祭祀，您一定为她祈祷说：'一定别让她回来啊。'这难道不是从长远考虑，希望她有子孙相继为王吗？"太后说："是这样。"

触龙说："从现在往上推三代，一直到赵国刚建立的时候，赵国君主的子孙凡被封侯的，他们的继承人还有活着的吗？"太后说："没有了。"触龙说："不仅赵国没有，其他诸侯国子孙被封候的，他们的继承人还有活着的吗？"太后说："我没有听说过。"触龙说："这些被封诸侯的人，他们当中祸患来得早的就会降临到自己身上，祸患来得晚的就降临到子孙身上。难道是他们的子孙就一定不好吗？根本的原因是他们地位高贵却没有功劳，俸禄优厚却没有苦劳，而且拥有的珍宝太多了。现在您把长安君的地位提得很高，又封给他肥沃的土地，给他很多珍宝，却不趁现在您健在时让他有功于国，一旦您驾崩了，长安君凭什么在赵国站住脚呢？老臣认为您为长安君考虑得太短浅了，所以我认为您对长安君的爱不如燕后。"太后说："好吧，任凭你怎么支使他！"

于是触龙为长安君准备了一百辆车子，把他送到齐国作人质，齐国这才出兵。

赵国有个贤士叫子义，听到了这件事，评论说："国君的儿子，算得上是亲骨肉了，尚且不能依靠没有功劳的尊位、没有苦劳的俸禄来保住国家社稷和世世代代的富贵，更何况是人臣呢！"

原 文

触龙说赵太后

赵太后新用事，秦急攻之。赵氏求救于齐，齐曰："必以长安君为质，兵乃出。"太后不肯，大臣强谏。太后明谓左右："有复言令长安君为质者，老妇必唾其面。"

左师触龙言愿见太后，太后盛气而胥之。入而徐趋，至而自谢，曰："老臣病足，曾不能疾走，不得见久矣。窃自恕，而恐太后玉体之有所郄（xì）也，故愿望见太后。"太后曰："老妇恃辇（niǎn）而行。"曰："日食饮得无衰乎？"曰："恃粥耳。"曰："老臣今者殊不欲食，乃自强步，日三四里，少益嗜食，和于身也。"太后曰："老妇不能。"太后之色少解。

左师公曰："老臣贱息舒祺，最少，不肖，窃爱怜之。愿令得补黑衣之数，以卫王宫。没死以闻。"太后曰："敬诺。年几何矣？"对曰："十五岁矣。虽少，愿及未填沟壑而托之。"太后曰："丈夫亦爱怜其少子乎？"对曰："甚于妇人。"太后笑曰："妇人异甚。"对曰："老臣窃以为媪（ǎo）之爱燕后贤于长安君。"曰："君过矣！不若长安君之甚。"左师公曰："父母之爱子，则为之计深远。媪之送燕后也，持其踵（zhǒng）为之泣，念悲其远也，亦哀之矣。已行，非弗思也，祭祀必祝之，祝曰：'必勿使反。'岂非计久长，有子孙相继为王也哉！"太后曰："然。"

左师公曰:"今三世以前,至于赵之为赵,赵主之子孙侯者,其继有在者乎?"曰:"无有。"曰:"微独赵,诸侯有在者乎?"曰:"老妇不闻也。"曰:"此其近者祸及身,远者及其子孙。岂人主之子孙则必不善哉?位尊而无功,奉厚而无劳,而挟重器多也。今媪尊长安君之位,而封之以膏腴之地,多予之重器,而不及今令有功于国,一旦山陵崩,长安君何以自托于赵?老臣以媪为长安君计短也,故以为其爱不若燕后。"太后曰:"诺。恣君之所使之。"

于是为长安君约车百乘,质于齐,齐兵乃出。

子义闻之曰:"人主之子也,骨肉之亲也,犹不能恃无功之尊、无劳之奉,而守金玉之重也,而况人臣乎。"(《战国策·赵策》)

布衣之怒与天子之怒

《战国策》

> **导 读**
>
> 秦王嬴政像秋风扫落叶一般相继灭掉韩国、魏国之后,企图以"易地"的谎言诈取安陵,安陵君识破了秦王之计,但慑于秦国的军事威胁,不得已派遣唐雎出使秦国。唐雎临危受命,在秦廷上与秦王正面交锋,有理有节,威武不屈,以实际行动捍卫了国家主权和安全,堪称大智大勇、不辱使命的大丈夫!

秦王派人对安陵君说:"我想要用方圆五百里的土地交换安陵,安陵君一定要答应我啊!"安陵君说:"大王给予我恩惠,用大的土地交换小的土地,真是太好了。即使这样,但这是我从先王那里继承的封地,我希望一生守护它,不敢交换!"秦王听后不高兴。于是安陵君派遣唐雎出使秦国。

秦王对唐雎说:"我用方圆五百里的土地交换安陵,安陵君却不听从我,这是为什么?况且秦国使韩国魏国灭亡,安陵却凭借方圆五十里的土地幸存下来,是因为我把安陵君看作忠厚的长者,所以不打他的主意。现在我拿出十倍于安陵的土地,让安陵君扩大自己的领土,但是他却违背我的意愿,是他看不起我吗?"唐雎回答说:"不是这样的,安陵君从先王那里继承了封地,只想守护它,即使是方圆千里的土地也不敢交换,更何况只是五百里的土地呢?"

秦王勃然大怒,对唐雎说:"先生也曾听说过天子发怒吗?"唐雎回答说:"我未曾听说过。"秦王说:"天子发起怒来,会使百万人的尸体倒地,鲜血流淌千里。"唐雎说:"大王曾经听说过平民发怒吗?"秦王说:"平民发起怒来,不过是摘掉帽子,光着脚,把头往地上撞罢了。"唐雎说:"这是庸人发怒,不是志士发怒。专诸刺杀吴王僚的时候,彗星的尾巴扫过月亮;聂政刺杀韩相侠累的时候,一道白光直冲太阳;要离刺杀庆忌的时候,苍鹰扑到宫殿上。他们三个人都是平民当中有胆有识的人,心里的愤怒还没发作出来,上天就降示了征兆。现在他们三个人再加上我,将成为四个人了。假若真正的志士被逼得一定要发怒,那么就让我和大王您两个人的尸体倒下,五步之内淌满鲜血,天下百姓因此穿丧服,今天的情形就是这样了。"说完唐雎握住宝剑挺身而起。

秦王马上变了脸色,慌忙从座位上挺直身子,向唐雎道歉说:"先生请坐,哪里会弄到这种地步呢!我明白了。韩国、魏国都灭亡了,但安陵却凭借方圆五十里的土地幸存了下来,是因为有先生您啊!"

● 原 文

唐雎不辱使命

秦王使人谓安陵君曰:"寡人欲以五百里之地易安陵,安陵君其许寡人!"安陵君曰:"大王加惠,以大易小,甚善;虽然,受地于先王,愿终守之,弗敢易!"秦王不说。安陵君因使唐雎(jū)使于秦。

秦王谓唐雎曰:"寡人以五百里之地易安陵,安陵君不听寡人,何也?且秦灭韩亡魏,而君以五十里之地存者,以君为长者,故不错意也。今吾以十倍之地,请广于君,而君逆寡人者,轻寡人与?"唐雎对曰:"否,非若是也。安陵君受地于先王而守之,虽千里不敢易也,岂直五百里哉?"

秦王怫(fú)然怒,谓唐雎曰:"公亦尝闻天子之怒乎?"唐雎对曰:"臣未尝闻也。"秦王曰:"天子之怒,伏尸百万,流血千里。"唐雎曰:"大王尝闻布衣之怒乎?"秦王曰:"布衣之怒,亦免冠徒跣(xiǎn),以头抢地耳。"唐雎曰:"此庸夫之怒也,非士之怒也。夫专诸之刺王僚也,彗星袭月;聂政之刺韩傀也,白虹贯日;要离之刺庆忌也,仓鹰击于殿上。此三子者,皆布衣之士也,怀怒未发,休祲(jìn)降于天,与臣而将四矣。若士必怒,伏尸二人,流血五步,天下缟(gǎo)素,今日是也。"挺剑而起。

秦王色挠,长跪而谢之曰:"先生坐!何至于此!寡人谕矣。夫韩、魏灭亡,而安陵以五十里之地存者,徒以有先生也。"(《战国策·魏策》)

以你的心,行你的意

[战国] 屈原

> ● 导 读
>
> 屈原(前340-前278),名平,字原,湖北秭归人。他创作的《楚辞》是中国浪漫主义文学的源头,开创了一个由集体歌唱到个人独创的新时代,与《诗经》并称

"风骚"，屈原被后世誉为"中华诗祖""辞赋之祖"。

《卜居》是作者对自己人生道路的疑问与选择，很像古典版的散文诗，意味浓郁而又气格疏朗。

屈原被流放后，三年不能和楚王相见。他竭尽智慧效忠国家，却被阻隔于进谗言的坏人。为此弄得心烦意乱，不知如何是好。于是去见太卜郑詹尹，说："我有疑惑不解的事情，希望先生为我作个决断。"郑詹尹就摆好蓍草、拂去龟甲上的灰尘，问道："先生有何见教？"

屈原说："我是诚恳朴实忠心耿耿好呢，还是迎来送往巧于逢迎好呢？是垦荒锄草勤劳耕作好呢，还是交游权贵沽名钓誉好呢？是直言无忌为自己招祸好呢，还是顺从世俗追求富贵苟且偷生好？是超然世外保持本性好呢，还是低眉顺眼阿谀逢迎去侍奉妇人好？是廉洁正直以保持自己的清白好呢，还是圆滑绵软见风使舵好？是志向高远像一匹千里马好呢，还是随波逐流像水中的野鸭好？是与骏马并驾齐驱好呢，还是追随劣马的足迹好？是与黄鹤比翼高飞好呢，还是同鸡鸭一道争食好？请问哪个是吉哪个是凶，哪个该舍弃哪个该遵从？现在的世道混浊不清，把轻薄的蝉翼说成很重，把千钧的重担说成很轻；把黄钟大吕毁弃了，把瓦釜陶罐敲得响如雷鸣；谗佞小人气焰高涨，贤人君子默默无闻。唉，沉默吧，谁人能知我廉洁忠贞的心哪！"

郑詹尹于是放下蓍草辞谢道："尺有所长，寸有所短。世间万物各有不足，智者有时也糊涂。卜卦也有算不准，神灵也有想不通。您还是按照自己的心志，实行自己的主张吧。龟壳蓍草实在无法知道这些事啊！"

●原　文

卜　居

[战国] 屈原

屈原既放，三年不得复见。竭知尽忠，而蔽障于谗。心烦虑乱，不知所从。乃往见太卜郑詹尹曰："余有所疑，愿因先生决之。"詹尹乃端策拂龟，曰："君将何以教之？"

屈原曰："吾宁悃悃（kǔn）款款朴以忠乎？将送往劳来斯无穷乎？宁诛锄草茅以力耕乎？将游大人以成名乎？宁正言不讳以危身乎？将从俗富贵以偷生乎？宁超然高举以保真乎？将哫訾（zú zī）栗斯喔咿儒儿以事妇人乎？宁廉洁正直以自清？将突梯滑稽如脂如韦以洁楹乎？宁昂昂若千里之驹乎？将泛泛若水中之凫，与波上下，偷以全吾躯乎？宁与骐骥亢轭乎？将随驽马之迹乎？宁与黄鹄（hú）比翼乎？将与鸡鹜争食乎？此孰吉孰凶？何去何从？世溷浊而不清，蝉翼为重，千钧为轻；黄钟毁弃，瓦釜雷鸣；谗人高张，贤士无名。吁嗟默默兮，谁知吾之廉贞！"

詹尹乃释策而谢，曰："夫尺有所短，寸有所长；物有所不足，智有所不明；数有所不逮，神有所不通。用君之心，行君之意。龟策诚不能知此事。"（选自《楚辞补注》）

学习之道，就是要青出于蓝而胜于蓝

[战国] 荀况

导 读

荀子（约前313-前238），名况，山西新绛人。先秦儒家最后一位代表人物。曾三任齐国稷下学宫的祭酒，他的学生浪牛，就事功和影响而言，李斯和韩非可以说是"青出于蓝而胜于蓝"了。

《劝学》是《荀子》一书的首篇，浪好地体现了荀子文章朴实浑厚、详尽严谨、说理透彻的特点。

君子说：学习不可以停止。靛青是从蓝草中提取的，但它的颜色比蓝草更青；冰是由水凝结而成的，但它比水更冷。一块木材很直，合乎木匠拉直的墨线，假如用火烤使它弯曲做成车轮，它的弯度就可以符合圆规画的圆。即使又晒干了，也不能再挺直，这是由于人力加工使它变成这样的。所以木材经墨线划过、斧锯加工过就直了，金属刀剑拿到磨刀石上磨过就锋利了，君子博学而且每天对自己进行检查，就能聪明智慧而行为没有过错。

　　我曾整天空想，不如片刻学习的收获大；我曾踮起脚跟远望，不如登上高处看得远。登上高处招手，手臂并没有增长，但是人在远处也能看见；顺着风向呼喊，声音并没有增强，但是听的人却听得特别清楚。借助车马的人，并不是脚走得快，但是能达到千里之外；借助船只的人，并不是会游泳，但是能横渡长江黄河。君子的本性同一般人并没有什么差别，但是他们善于借助外物进行学习。

　　泥土堆积成为山，风雨就会从那里兴起；水停蓄成为深潭，蛟龙就会在那里生长；积累善行养成良好的品德，就能达到很高的精神境界，智慧就能得到发展，圣人的心怀也就具备了。所以不积累小步，就不能到达千里之外；不汇聚细流，就不能成为长江大海。骏马跳跃一次，没有十步远；劣马拉车走十天，也能走得很远，它的成功在于不停下来。用刀子雕刻东西，如果刻一下就放下，就连腐朽的木头也不能刻断；如果不停地雕刻，哪怕坚硬的金石也能雕刻成功。蚯蚓没有锋利的爪牙，坚强的筋骨，却能上吃泥土，下饮泉水，这是因为心思专一的缘故。螃蟹有六只脚，两只蟹钳，可是没有蛇和鳝鱼钻过的洞就没有地方存身，这是因为心思浮躁的缘故。

● 原　文

劝　学

[战国] 荀况

　　君子曰：学不可以已。青，取之于蓝，而青于蓝；冰，水为之，而寒于水。木直中绳，鞣（róu）以为轮，其曲中规。虽有槁（gǎo）暴，不复挺者，鞣使之然也。故木受绳则直，金就砺则利，君子博学而日参省乎己，则知明而行无过矣。

吾尝终日而思矣，不如须臾之所学也；吾尝跂（qǐ）而望矣，不如登高之博见也。登高而招，臂非加长也，而见者远；顺风而呼，声非加疾也，而闻者彰。假舆马者，非利足也，而致千里；假舟楫者，非能水也，而绝江河，君子生非异也，善假于物也。

积土成山，风雨兴焉；积水成渊，蛟龙生焉；积善成德，而神明自得，圣心备焉。故不积跬步，无以至千里；不积小流，无以成江海。骐骥一跃，不能十步；驽马十驾，功在不舍。锲而舍之，朽木不折；锲而不舍，金石可镂。蚓无爪牙之利，筋骨之强，上食埃土，下饮黄泉，用心一也。蟹六跪而二螯（áo），非蛇鳝之穴无可寄托者，用心躁也。（选自《荀子集解》）

容貌俊美，这个不是我能左右的

[战国] 宋玉

导 读

宋玉（约前298-约前222），湖北宜城人。古代著名美男子，辞赋家，与屈原合称"屈宋"。

宋玉在此文中采用了"攻其一点，不及其余"的方法，使得登徒子从此成为好色之徒的代名词。文中"增之一分则太长，减之一分则太短。著粉则太白，施朱则太赤"等名句，已成为描写女性之美的经典之笔。

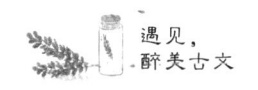

楚国大夫登徒子在楚王面前说宋玉的坏话，他说："宋玉这个人有三个特点：一是长得俊美，二是很会说话，三是生来好色，希望大王不要让他出入后宫。"

楚王拿登徒子的话去质问宋玉，宋玉说："容貌俊美，这个不是我能左右的；善于言词，是从老师那里学来的；至于好色，我敢保证绝无此事。"楚王说："你说你不好色，我怎么相信你呢？你讲个理由我听听，说得过去就算了，说不过去我就要把你请出王宫了。"宋玉于是辩解道："天下的美女，最美的是楚国的女子；楚国的美女，最美的是我家乡的姑娘；我家乡的美女，最美的是我邻居家的那位小姐。我邻居家的那位小姐，论身材，不高不矮，恰到好处，若增加一分则太长，减少一分则太短；论颜色，不俗不艳，恰到好处，涂上粉底则太白，搽了胭脂则太红。她那眉毛像翠鸟的羽毛，她那肌肤像莹洁的冰雪，她那腰身纤柔如绸缎，她那牙齿整齐如贝壳，她嫣然一笑，可以使整个阳城、下蔡的男子为之迷惑倾倒。这样一个绝代佳人，趴在墙头上偷窥了我三年，我至今也没有答应和她交往。登徒子却不是这样，他的妻子蓬头垢面，兔唇豁齿，弯腰驼背，走起路来一瘸一拐，还有痔疮和皮肤病。这样一个丑陋女人，登徒子却非常爱慕她，和她生了五个孩子。请大王明察，登徒子和我到底谁是好色之徒？"

当时秦国的章华大夫正在楚国，趁机对楚王进言说："宋玉在大王面前大肆宣扬他邻居家那位小姐的美色，而美色是能使人乱性产生邪念的东西。愚臣谨守道德底线，不敢胡来。何况楚国偏远之地的一个普通女子，怎么能对大王说呢？像我这么孤陋寡闻没见过世面的人，也曾见过几个绝色美人，我都不敢说。"

楚王说："你不妨对我说说看。"

章华大夫说："是。我年轻的时候曾经出门远游，足迹踏遍九州之土、五方之都。我去过秦国的都城咸阳，也在赵国的都城邯郸游玩过，还在郑、卫两国的溱水和洧水边逗留过。溱水和洧水边那可是个出美女的地方啊，当时正好是春末夏初，阳光很温暖，黄莺儿叫得欢，成群结队的美女来到田间采桑叶。这里的美女怎么样呢？可以说是如花似玉、光彩照人，体态曼妙，面容姣好。我瞅见那中间最漂亮的一个姑娘，就对她说：'姑娘姑娘，我愿与你携手走在大路上，折枝花儿送给你，又把甜言蜜语对你讲。'

那个姑娘似乎想要走过来,却又站着一动不动,她跟我离得那么近,却又好像远在天边。我一时间意密体疏,浑身都不自然,她却含情微笑,左顾右盼。于是我又对她说:'春风吹来,鲜花盛开。美人端庄,心地善良。拒绝我啊,令人忧伤。'那个姑娘听了我的话,立即引身后退,婉言辞谢。看来甜言蜜语打动不了她,精神的交流又是那么遥远,尽管真的很想一亲芳泽,心里还想着男女之大防。虽然我对她讲的都是《诗经》里的话,但我谨遵礼仪,始终不敢越雷池半步,大概只有这样才是合宜的吧。"

章华大夫说完,楚王连声称善,于是宋玉也没有被楚王请出王宫。

● 原 文

登徒子好色赋

[战国] 宋玉

大夫登徒子侍于楚王,短宋玉曰:"玉为人,体貌闲丽,口多微辞,又性好色。愿王勿与出入后宫。"

王以登徒子之言问宋玉,玉曰:"体貌闲丽,所受于天也;口多微辞,所学于师也;至于好色,臣无有也。"

王曰:"子不好色,亦有说乎?有说则止,无说则退。"玉曰:"天下之佳人莫若楚国,楚国之丽者莫若臣里,臣里之美者莫若臣东家之子。东家之子,增之一分则太长,减之一分则太短,著粉则太白,施朱则太赤。眉如翠羽,肌如白雪,腰如束素,齿如含贝。嫣然一笑,惑阳城,迷下蔡。然此女登墙窥臣三年,至今未许也。登徒子则不然。其妻蓬头挛(luán)耳,䏮(yàn)唇历齿,旁行踽偻(jǔ lǚ),又疥且痔。登徒子悦之,使有五子。王孰察之,谁为好色者矣。"

是时,秦章华大夫在侧,因进而称曰:"今夫宋玉盛称邻之女,以为美色,愚乱之邪!臣自以为守德,谓不如彼矣。且夫南楚穷巷之妾,焉足为大王言乎?若臣之陋,目所曾睹者,未敢云也。"王曰:"试为寡人说之。"

大夫曰:"唯唯。臣少曾远游,周览九土,足历五都。出咸阳,熙邯郸。从容郑、卫、溱(zhēn)、洧(wěi)之间。是时向春之末,迎夏之阳。仓庚喈喈（jiē），群女出桑。此郊之妹，华色含光。体美容冶，不待饰装。臣观其丽者，因称诗曰：'遵大路兮揽子袪（qū），赠以芳华辞甚妙。'于是处子怳（huǎng）若有望而不来，忽若有来而不见，意密体疏，俯仰异观，含喜微笑，窃视流眄（miǎn）。复称诗曰：'寤春风兮发鲜荣。絜斋俟兮惠音声。赠我如此兮不如无生。'因迁延而辞避，盖徒以微辞相感动，精神相依凭，目欲其颜，心顾其义，扬《诗》守礼，终不过差，故足称也。"

于是楚王称善，宋玉遂不退。（选自《文选》）

游说的困难，在于抓住游说对象的心理

[战国] 韩非

● 导 读

韩非（约前280-前233），河南新郑人。法家思想的集大成者，尊称韩非子或韩子。

《说难》是《韩非子》55篇中最重要的作品之一，文章无微不至地揣摩游说对象的心理，以及如何趋利避害、投其所好，周密细致，无以复加。

游说君主的困难，不在于你有没有真知灼见，也不在于你是不是雄辩滔滔，也不在于你敢不敢口无遮拦说出全部真理。游说君主的困难，在于抓住游说对象的逆反心理，并用巧妙的言辞去一一化解。游说对象想要追求美名，你却用厚利去说服他，就会显得你志向卑下，这样君主必然疏远你。游说对象想要追求厚利，你却用美名去说服他，就会显得你不切实际，这样君主必然不会用你。游说对象暗地追求厚利而表面追求美名，如果你用美名去说服他，他就会表面上用你而实际上疏远你；如果你用厚利去说服他，他就会暗地采纳你的意见而实际上不用你。这些是不能不明察的。

事情秘密进行才能成功，泄露了就要失败。游说者并没有泄露机密，但在游说中无意触及了君主心中的秘密，像这样的话，游说者就危险了。君主表面上做这件事，心里却想借这件事达到另外的目的，游说者不但知道君主所做的事，而且知道他要这样做的意图，像这样的话，游说者就危险了。游说者替君主谋划大事，非常符合君主心意，但聪明人从蛛丝马迹中猜出来了，并把事情泄露出去了，君主一定会怀疑这是游说者自己泄露的，像这样的话，游说者就危险了。君主并不完全信任你，游说者却对君主知无不言，如果你的主张获得成功，君主就会忘记你的功劳，如果你的主张遭到失败，君主就会怀疑你的动机，像这样的话，游说者就危险了。君主言行有瑕疵，游说者却大谈礼义，显得君主不仁不义，像这样的话，游说者就危险了。君主想把别人的计谋拿来作为自己的功绩，游说者参与并了解真相，像这样的话，游说者就危险了。强迫君主去做他做不到的事，或者阻止他做他想做的事，像这样的话，游说者就危险了。游说者在君主面前谈论大臣，会被认为是挑拨离间；谈论小人，会被认为是卖弄自己。游说者如果谈论君主喜爱的人，会被认为是拉关系；谈论君主憎恶的人，会被认为是搞试探。说话直截了当，会被认为是笨得不会说话；说话琐碎详尽，会被认为是言不及义纠缠不清。说得过于简单，会被认为是胆小怕事不敢把话说完；说得过于宽泛，会被认为是不经大脑不懂礼貌。这些困难，是不能不知道的。

游说的要领，在于懂得粉饰游说对象想要炫耀的事、掩盖游说对象感到耻辱的事。君主有私人的急事，游说者一定要明确表示这合乎公义并鼓励他去做。君主有卑下的念头无法克制，游说者一定要把它粉饰成美好的并怂恿他去干。君主心气太高而能力不足，游说者一定要指出他想干的事有很多缺点和坏处，并称赞他不去做是明智的。君主想要卖弄聪明，游说者就要用同类情况去启发他，为他留下广阔的余地，让他尽情发挥，却假装自己不知道来显示他的睿智。游说者想向君主陈说没有利益的事，一定要用美好的名声来包装它,并暗示它合乎君主的利益。游说者想向君主陈说有危险的事,一定要预先指出此事会遭到的毁谤,并暗示它对君主也有害处。游说者在君主面前称赞他人,称赞的一定是与君主行为相同的人。游说者替君主谋划大事,谋划的一定是君主心里想的计策。君主有污行,一定要对有同样污行的人大加粉饰不以为意;君主有过失,一定要对有同样过失的人极力赞美心悦诚服。君主自以为力量强大,就不要用他办不到的事去挑战他;君主自以为勇于决断,就不要用众人的反对去激怒他;君主自以为手段高明,就不要用失败的结果去责问他。

如果游说的主旨没有什么违逆了,言辞没有什么抵触了,这时就可以充分施展自己的智慧和雄辩了。如果能这样,游说者就能得到君主的亲近信任,可以畅所欲言。伊尹做过厨师,百里奚做过奴隶,都是为了引起注意以求重用。这两个人都是圣人,尚且不能不通过做低贱的事来求得进用,他们的卑下一至于此!尽管游说者的言辞就像伊尹做厨师、百里奚做奴隶一样低贱,但是一旦被君主采纳用来救世,那些有才智的游说者是不会以此为耻的。游说者与君主相处时间长了,君主对游说者的信任逐渐加深,游说者深入谋划不再被怀疑,据理力争不再被治罪,这时就可以明确剖析利害来成就君主的功业,直接指明是非来端正君主的言行,到了这个地步,游说才算成功。

从前郑武公想要讨伐胡国,就故意先把自己的女儿嫁给胡国的君主,使他高兴。然后问群臣:"我想锻炼一下军队,哪个国家可以讨伐啊?"大夫关其思回答说:"胡国可以讨伐。"武公一听,勃然大怒,杀了关其思,说:"胡国是我们的兄弟,你却说要讨伐它,是何道理?"胡国君主知道了这件事,认为郑国和自己友好,就不再防备郑国。郑国偷袭了胡国,占领了它。宋国有个富人,下雨把墙淋塌了,他儿子对他说:"不快点修好,恐怕有盗贼进来。"隔壁老王也对富人这样说了。到了晚上,富人家里果然丢失了大量财物。于是富人认为他儿子有先见之明,却怀疑隔壁老王偷了他的财物。关其思和隔壁老王说的话都对,却一个被杀,一个被疑,看来不是知道真相很难,而是如何运用这个真相很难。秦国大夫绕朝的话本来是对的,但他在晋国被看成圣人,在秦国却遭杀害,这是不可不注意的。

从前弥子瑕受宠于卫灵公,一次,他的母亲病了,有人连夜去告诉他,他就假传圣旨，驾着国君的车子出去了。按照卫国的法律，私驾国君的车子，是要处以断足的酷刑的。卫灵公听说后，却说："弥子瑕好孝顺啊！为了自己的母亲，连被断足的罪责都忘了。"还有一次，弥子瑕陪卫灵公游览果园，吃到一个很甜的桃子，没有吃完，就把剩下的半个给卫灵公吃。卫灵公说："弥子瑕多爱我啊！连自己吃过这个桃子都忘了，让给我吃。"等到弥子瑕色衰爱弛，得罪了卫灵公，卫灵公却说："这个家伙曾经假传圣旨私驾我的车子，又让我吃他吃剩的桃子。"弥子瑕的行为和当初并没有两样，但以前受到赞美，后来却因此获罪，难道不是因为卫灵公的爱憎发生了变化吗？弥子瑕受宠时，什么都好，国君亲近他；被憎恶时，什么都不好，国君疏远他。所以，游说者不可不伺察游说对象的爱憎，然后对症下药。

据说龙这种动物驯服时可以戏弄亲近，但它脖子下面有一尺见方的逆鳞，如果有人触碰了，就要遭到杀身之祸。君主也有逆鳞，游说者不去触碰君主的逆鳞，才算聪明。

●原　文

说　难

[先秦] 韩非子

凡说（shuì）之难，非吾知之有以说之之难也；又非吾辩之能明吾意之难也；又非吾敢横失而能尽之难也。凡说之难：在知所说之心，可以吾说当之。所说出于为名高者也，而说之以厚利，则见下节而遇卑贱，必弃远矣。所说出于厚利者也，而说之以名高，则见无心而远事情，必不收矣。所说阴为厚利而显为名高者也，而说之以名高，则阳收其身而实疏之；说之以厚利，则阴用其言显弃其身矣。此不可不察也。

夫事以密成，语以泄败。未必其身泄之也，而语及所匿（nì）之事，如此者身危。彼显有所出事，而乃以成他故，说者不徒知所出而已矣，又知其所以为，如此者身危。规异事而当，知者揣之外而得之，事泄于外，必以为己也，如此者身危。规异事而当，知者揣之外而得之，事泄于外，必以为己也，如此者身危。周泽未渥（wò）也，而语极知，说行而有功则德忘，说不行而有败则见疑，如此者身危。贵人有过端，而说者明言礼义以挑其恶，如此者身危。贵人或得计而欲自以为功，说者与知焉，如此者身危。强以其所不能为，止以其所不能已，如此者身危。故与之论大人，则以为间己矣；与之论细人，则以为卖重；论其所爱，则以为藉资；论其所憎，则以为尝己也；径省其说，则以为不智而拙之；米盐博辩，则以为多而交之；略事陈意，则曰怯懦而不尽；虑事广肆，则曰草野而倨侮。此说之难，不可不知也。

凡说之务，在知饰所说之所矜而灭其所耻。彼有私急也，必以公义示而强之。其意有下也，然而不能已，说者因为之饰其美而少其不为也。其心有高也，而实不能及，说者为之举其过而见其恶，而多其不行也。有欲矜以智能，则为之举异事之同类者，多为之地；使之资说于我，而佯不知也以资其智。欲内相存之言，则必以美名明之，而微见其合于私利也。欲陈危害之事，则显其毁诽（fěi），而微见其合于私患也。誉异人与同行者，规异事与同计者。有与同污者，则必以大饰其无伤也；有与同败者，则必以明饰其无失也。彼自多其力，则毋以其难概之也；自勇其断，则无以其谪（zhé）怒之；自智其计，则毋以其败穷之。

大意无所拂悟，辞言无所系縻（mí），然后极骋智辩焉。此道所得亲近不疑而得尽辞也。伊尹为宰，百里奚为虏，皆所以干其上也。此二人者，皆圣人也，然犹不能无役身以进，如此其污也！今以吾言为宰虏，而可以听用而振世，此非能仕之所耻也。夫旷日弥久，而周泽既渥，深计而不疑，引争而不罪，则明割利害以致其功，直指是非以饰其身。以此相持，此说之成也。

昔者郑武公欲伐胡，故先以其女妻胡君以娱其意，因问于群臣："吾欲用兵，谁可伐者？"大夫关其思对曰："胡可伐。"武公怒而戮之，曰："胡，兄弟之国也。子言伐之何也？"胡君闻之，以郑为亲己，遂不备郑。郑人袭胡，取之。宋有富人，天雨墙坏，其子曰："不筑，必将有盗。"其邻人之父亦云。暮而果大亡其财。其家甚智其子，而疑邻人之父。此二人说者皆当矣，厚者为戮，薄者见疑，则非知之难也，处之则难也。故绕朝之言当矣，其为圣人于晋而为戮于秦也，此不可不察。

昔者弥子瑕有宠于卫君。卫国之法，窃驾君车者罪刖（yuè）。弥子瑕母病，人闻，有夜告弥子，弥子矫驾君车以出。君闻而贤之，曰："孝哉！为母之故，忘其刖罪。"异日，与君游于果园，食桃而甘，不尽，以其半啖（dàn）君。君曰："爱我哉！忘其口味，以啖寡人。"及弥子色衰爱弛，得罪于君，君曰："是固尝矫驾吾车，又尝啖我以余桃。"故弥子之行未变于初也，而以前之所以见贤而后获罪者，爱憎之变也。故有爱于主，则智当而加亲；有憎于主，则智不当见罪而加疏。故谏说谈论之士，不可不察爱憎之主而后说焉。

夫龙之为虫也，柔可狎而骑也；然其喉下有逆鳞径尺，若人有婴之者，则必杀人。人主亦有逆鳞，说者能无婴人主之逆鳞，则几矣！（选自《韩非子集解》）

・两
汉
・

我大秦为什么唯独用人政策不能与时俱进呢？

[秦] 李斯

●导 读

李斯（约前280-前208），河南上蔡人，著名的政治家、文学家和书法家。鲁迅在《汉文学史纲要》中评论说："秦之文章，李斯一人而已。"

据《史记·李斯列传》记载，韩国派水工郑国以帮助秦国修水渠为名，企图实施"疲秦计划"，使之无力攻打韩国。这一计策不久被秦人识破，由此连累了其他从山东六国来秦国为官的人。秦王嬴政听信宗室大臣的进言，下"逐客令"。李斯也在被驱逐之列，他在临行前上书劝说秦王。秦王看了李斯的上书后幡然醒悟，罢逐客令，并恢复了李斯的官职。郑国后来帮助秦国修成了举世闻名的郑国渠，使八百里秦川成为沃野良田，不过这是后话了。

《谏逐客书》辞采华美，逻辑严密，排比铺张，音节流畅，涌动着一股不可抑制的气势，使人喜读。

我听说大家都在议论驱逐客卿这件事，臣私下以为这样做不妥。

秦国是怎么强大起来的？是从秦穆公开始的。秦穆公实施人才强国战略，西边从戎狄得到由余，东边从宛国得到百里奚，南边从宋国迎来蹇叔，北边从晋国迎来丕豹、公孙支。这五个人都不生在秦国，可穆公重用他们，结果兼并了二十多个小国，使秦国在西戎称霸。后来继起的那些有为之君，没有一个背弃这条基本国策的。秦孝公任用卫国客卿商鞅制定法律，移风易俗，使人民逐渐富裕起来，国家逐渐强盛起来，百姓乐意为国效力，诸侯都愿亲近归服，又大败楚、魏两国的军队，攻取了近千里土地，至今还巩固地统治着。秦惠王采纳魏国客卿张仪的连横之计，攻占了洛阳一带地方，往西吞并了巴、蜀，往北获取了上郡，往南夺取了汉中，并吞了九夷的土地，控制住鄢、郢，往东占据险要的虎牢，占领了肥沃的土地，就这样拆散了六国的合纵同盟，使他们乖乖地侍奉秦国，其功烈一直延续到今天。昭襄王得到魏国客卿范雎的辅佐，废黜了穰侯魏冉，赶走了华阳君芈戎，加强和巩固了王室的权力，堵塞了权贵垄断政治的局面，一步步蚕食诸侯的领土，从此奠定了秦国的帝王基业。这四位君主的成功，没有一个不是依靠客卿的功劳。由此看来，客卿没有什么对不起秦国的呀！倘若当初四位君主拒绝客卿而不予接纳，疏远贤士而不加任用，今天哪来国家富强的实绩、秦国强大的声威？

如今陛下拥有昆山的美玉，宫中藏着随侯之珠、和氏之璧，挂着明月珠，佩着太阿剑，骑着纤离马，竖着翠凤旗，架起鼍皮鼓。这许多宝物，没有一样是秦国出产的，陛下却很喜欢它们，这是为什么呢？陛下的伟大梦想，臣是这样理解的。如果一定要秦国出产的才能使用，那么，夜里闪闪发光的宝玉，决不会成为秦廷的装饰；犀角象牙雕成的器物，决不会成为陛下的玩物；郑、卫两国能歌善舞的女子，决不会填满陛下的后宫；燕代之地日行千里的良马，决不会饲养在宫外的马棚；江南的金锡不会为陛下所用，西蜀的丹青不会为宫廷所饰。如果装饰后宫的，站在后排侍奉的，娱乐心意的，好听好看的，都是秦国出产的才行，那么，镶着宛珠的簪子，配上珠玑的耳环，东阿丝织的衣服，织锦刺绣的装饰，就都不能进用了，那些时尚光鲜、高雅脱俗、妖冶娇艳、身段窈窕的赵国美女，也不能侍立在身旁了。敲着瓦瓮瓦钵，弹筝拍腿，呜呜呀呀地歌唱，聒耳嘈杂以图一时之快的，这是地道的秦国音乐。而《郑》《卫》《桑间》的民歌谣曲，《韶》《虞》《武》《象》的宫廷乐舞，都是别国的音乐。我大秦现在抛弃击瓮而欣赏《郑》《卫》民歌，不用弹筝而用《韶》《虞》雅乐，这是为什么呢？难道不是因为外国音乐适合观赏，能使您心意畅快吗？我大秦礼乐制度都可以与时俱进，为什么用人政策却与时俱退呢？不问是否可用，不管是非曲直，非我秦人就排斥，凡是客卿就驱逐。这样做难道是我大秦胸无大志了吗？把人民大众不放在心上，却把声色珠玉当成宝贝，这是谁替陛下打算的呢？难道这是陛下用来驾驭天下、制服诸侯的办法吗？

　　我听说，地域广的，粮食必多；国家大的，人民必众；武器锋利的，士兵一定勇敢。所以泰山不嫌弃泥土，方能成就高不可攀；河海不遗弃溪流，方能成就深不可测；君王不抛弃民众，方能无敌于天下。所以，地不分南北，民不论国籍，一年四季风调雨顺，天地鬼神福佑百姓，这才是三皇五帝无敌于天下的原因啊！现在陛下抛弃百姓让他们去帮助敌国，拒绝宾客让他们去侍奉诸侯，使天下的贤才退缩不敢向西，裹足不敢入秦，这就叫做"把粮食送给强盗，把武器借给敌人"啊！

　　物品不产于秦国而被我大秦当作宝贝的，很多很多；贤才不生在秦国而愿意为我大秦效力的，很多很多。现在驱逐客卿而帮助敌国，减少本国人口而增加仇人的实力，必然在内使自己虚弱，在外和诸侯结怨，像这样做而想使国家不陷于危境，这是办不到的啊！伏惟陛下三思。

● 原　文

谏逐客书

[秦] 李斯

　　臣闻吏议逐客，窃以为过矣。

　　昔缪（mù）公求士，西取由余于戎，东得百里奚于宛，迎蹇（jiǎn）叔于宋，来丕豹、公孙支于晋。此五子者，不产于秦，而缪公用之，并国二十，遂霸西戎。孝公用商鞅之法，移风易俗，民以殷盛，国以富强，百姓乐用，诸侯亲服，获楚、魏之师，举地千里，至今治强。惠王用张仪之计，拔三川之地，西并巴、蜀，北收上郡，南取汉中，包九夷，制鄢（yān）、郢（yǐng），东据成皋（gāo）之险，割膏腴（yú）之壤，遂散六国之从，使之西面事秦，功施到今。昭王得范雎（jū），废穰（ráng）侯，逐华阳，强公室，杜私门，蚕食诸侯，使秦成帝业。此四君者，皆以客之功。由此观之，客何负于秦哉！向使四君却客而不内，疏士而不用，是使国无富利之实而秦无强大之名也。

今陛下致昆山之玉，有随、和之宝，垂明月之珠，服太阿之剑，乘纤离之马，建翠凤之旗，树灵鼍（tuó）之鼓。此数宝者，秦不生一焉，而陛下说之，何也？必秦国之所生然后可，则是夜光之璧不饰朝廷，犀象之器不为玩好，郑、卫之女不充后宫，而骏良駃騠（jué tí）不实外厩，江南金锡不为用，西蜀丹青不为采。所以饰后宫充下陈娱心意悦耳目者，必出于秦然后可，则是宛珠之簪、傅玑之珥（ěr）、阿缟（gǎo）之衣、锦绣之饰不进于前，而随俗雅化佳冶窈窕（yáo tiáo）赵女不立于侧也。夫击瓮叩缶弹筝搏髀（bì）而歌呼呜呜快耳者，真秦之声也；郑、卫、桑间、昭、虞、武、象者，异国之乐也。今弃击瓮叩缶而就郑、卫，退弹筝而取昭虞，若是者何也？快意当前，适观而已矣。今取人则不然。不问可否，不论曲直，非秦者去，为客者逐。然则是所重者在乎色乐珠玉，而所轻者在乎人民也。此非所以跨海内制诸侯之术也。

臣闻地广者粟多，国大者人众，兵强则士勇。是以太山不让土壤，故能成其大；河海不择细流，故能就其深；王者不却众庶，故能明其德。是以地无四方，民无异国，四时充美，鬼神降福，此五帝、三王之所以无敌也。今乃弃黔（qián）首以资敌国，却宾客以业诸侯，使天下之士退而不敢西向，裹足不入秦，此所谓"藉寇兵而赍（jī）盗粮"者也。

夫物不产于秦，可宝者多；士不产于秦，而愿忠者众。今逐客以资敌国，损民以益雠（chóu），内自虚而外树怨于诸侯，求国无危，不可得也。
（选自《史记·李斯列传》）

忧喜是一家啊，吉凶在一起

[西汉] 贾谊

●导读

贾谊（前200-前168），河南洛阳人，西汉初年著名的文学家、政论家。赋以《鵩鸟赋》《吊屈原赋》为最有名。闻一多称《鵩鸟赋》为"哲学之诗"。

据《史记·屈原贾生列传》记载，汉文帝6年，有鵩鸟飞到贾谊的屋子里，他认为鵩鸟是不祥之鸟，本来被贬心情就不好，又不适应长沙潮热的气候，觉得自己命不久矣，于是写下这篇《鵩鸟赋》以自遣。

丁卯那年啊，初夏四月，一天下午啊，太阳偏西，猫头鹰进了我家，停在座椅的一角啊，悠然闲暇。怪物进了家啊，我暗自惊诧。翻书占卦啊，吉凶不相差："野鸟住进家啊，主人将离去。"请问猫头鹰："我将去哪里？如果有吉事，请你告诉我，即使有凶险，也请说明白。死生有定数啊，是快还是慢，告诉我期限。"猫头鹰哀哀叹息，昂头鼓翅，口不能言，于是便以心中的想法，与我对答：

万物变化啊，本无止息。移动旋转呀，或进或返。有形之体与无形之气啊，互相转变，深微无穷啊，哪能尽言？祸兮福所依，福兮祸所伏。忧喜是一家啊，吉凶在一起。那吴国多强大啊，越国栖息在会稽山，成败一瞬间啊，夫差败给了勾践。李斯游于秦国终成功啊，结果丧命遭五刑。傅说遭刑服劳役啊，武丁任他为国相。福祸相纠缠啊，如拧麻绳团。天命说不准啊，谁知结果不会变。山洪冲击水迅猛啊，壮士挽弓射得远。万物循环无穷尽啊，挨挨挤挤成一团。水变云云变雨雨降下啊，纷纭祸福相错杂。

造化旋转万物啊，无边无际不停下。天和道不可提前预判啊，生死的早晚快慢也没个准时限。

天地就像熔炉啊，造化好比工匠，阴阳变换如炭啊，万物消逝如铜。聚散生灭啊，哪有规律？千变万化啊，没有终结！偶然为人啊，何必贪恋；化为他物啊，不足忧患！小智浅薄啊，以自己为贵而以他物为贱；大智通达啊，物我齐一等量齐观。贪婪之人为财而死啊，刚烈之士为名而亡。爱慕虚荣者慑于权势，芸芸众生都贪生怕死。为权力所诱为贫贱所迫的人啊，南北奔东西走。唯有伟人不屈从于万物啊，任你七十二般变化也看得透。拘谨的人为世俗牵绊有如坐囚笼啊，洒脱的人抛弃物欲独与大道同行。众人思想混乱看不开啊，好恶亿万积成堆，何时才能领悟这天地之道，内心安静把一切都放下。智慧形体全抛弃啊，超脱万物忘自己。元气空阔啊，与道浮游。人生如木浮水啊，行止随流；把自己的身躯完全交给命运啊，不再归为己有。活着仿佛随波逐流啊，死去一时俱休。安静如深渊之水啊，浮游如不系之舟。不因活着而宝贵啊，精神超逸才能遨游。得道之人没有牵累啊，知天命而无忧。像鹏鸟入室这种如芒刺芥子一样的小事，大人先生您还看不透吗？何必苦了自己整天疑虑忧愁？

●原　文

鹏（fú）鸟赋

［西汉］贾谊

单阏（chán yān）之岁兮，四月孟夏，庚子日施兮，鹏集予舍，止于坐隅，貌甚闲暇。异物来集兮，私怪其故，发书占之兮，谶（chèn）言其度。曰："野鸟入处兮，主人将去。"请问于鹏兮："予去何之？吉乎告我，凶言其灾。淹速之度兮，语予其期。"鹏乃叹息，举首奋翼，口不能言，请对以意。

万物变化兮，固无休息。斡（wò）流而迁兮，或推而还。形气转续兮，变化而嬗（shàn）。沕（wù）穆无穷兮，胡可胜言！祸兮福所依，福兮祸所伏；忧喜聚门兮，吉凶同域。彼吴强大兮，夫差以败；越栖会稽兮，勾践霸世。斯游遂成兮，卒被五刑；傅说（yuè）胥靡兮，乃相武丁。夫祸之与福兮，何异纠纆（mò）。命不可说兮，孰知其极？水激则旱兮，矢激则远。万物回薄兮，振荡相转。云蒸雨降兮，错缪相纷。大钧播物兮，坱圠（yāng yà）无垠。天不可与虑兮，道不可与谋。迟速有命兮，恶识其时？

且夫天地为炉兮，造化为工；阴阳为炭兮，万物为铜。合散消息兮，安有常则；千变万化兮，未始有极！忽然为人兮，何足控抟（tuán）；化为异物兮，又何足患！小知自私兮，贱彼贵我；通人大观兮，物无不可。贪夫徇财兮，烈士徇名；夸者死权兮，品庶每生。怵迫之徒兮，或趋西东；大人不曲兮，亿变齐同。拘士系俗兮，僒（jiǒng）若囚拘；至人遗物兮，独与道俱。众人或或兮，好恶积意；真人淡漠兮，独与道息。释知遗形兮，超然自丧；寥廓忽荒兮，与道翱翔。乘流则逝兮，得坻则止；纵躯委命兮，不私与己。其生若浮兮，其死若休；澹乎若深渊之静，泛乎若不系之舟。不以生故自宝兮，养空而浮；德人无累兮，知命不忧。细故蒂芥兮，何足以疑！（选自《史记·屈原贾生列传》）

为什么条件好的都失败了，条件差的却成功了呢？

[西汉] 贾谊

导 读

《过秦论》上、中、下三篇是贾谊政论文章的代表作，鲁迅先生称之为"西汉鸿文"，说它"沾溉后人，其泽甚远"。该文全面分析总结了秦国速亡的历史教训，

> 见解深刻而又极富感染力，富有理论之美、逻辑之美、气势之美、语言之美。

秦孝公占据着崤山和函谷关的险固地势，拥有雍州的土地，君臣牢固地守卫着国土，并伺机夺取周王室的权力，想要吞并四海、统一天下。在这时，商鞅辅佐他，对内建立法律制度，从事耕作纺织，修造防守和进攻的武器，对外实行各个击破策略，使诸侯自相争斗。因此，秦人毫不费力地夺取了黄河以西的土地。

秦孝公去世以后，秦惠文王、武王、昭襄王继承孝公的基业，沿袭前代的策略，向南夺取汉中，向西攻取巴、蜀，向东割取肥沃的地区，向北占领战略要地。诸侯感到恐慌，于是抱团取暖，商议削弱秦国。他们不吝惜珍奇贵重的器物和肥沃富饶的土地，用来招纳天下的贤才，采用合纵的策略缔结盟约，互相援助，成为一体。在这个时候，齐国有孟尝君，赵国有平原君，楚国有春申君，魏国有信陵君，合称"战国四公子"。他们都是一等一的人才，见事明，智谋高，心地诚，讲信义，礼贤下士，宽厚爱人。他们用合纵的计谋，联合韩、魏、燕、楚、齐、赵、宋、卫、中山等国的部队，拆散了秦国的连横之策。齐、楚、燕、赵、魏、韩六国的士人中，出谋划策的有宁越、徐尚、苏秦、杜赫等人，运筹帷幄的有齐明、周最、陈轸、召滑、楼缓、翟景、苏厉、乐毅等人，统率军队的吴起、孙膑、带佗、倪良、王廖、田忌、廉颇、赵奢等人。他们曾经用十倍于秦的土地，上百万的军队，合力攻打函谷关，迫近秦国。秦人打开函谷关迎战敌人，九国的军队搞不明白秦国的战略意图，徘徊不敢前进。就这样，秦国不费一兵一卒，就搞得天下的诸侯窘迫不堪了。军队解散了，合纵失败了，各诸侯国争着割地来贿赂秦国。秦国可以从容地腾出手来一个个收拾他们，并利用他们的弱点，追赶败逃的军队，杀得尸横遍野，流淌的血可以漂浮盾牌。秦国凭借军事上的优势，割取天下的土地，重新划分山河的区域。强国主动表示臣服，弱国入秦朝拜。这种局面一直延续到孝文王、庄襄王，他们统治的时间不长，秦国在这期间并没有什么大事发生。

等到秦始皇即位，他发扬了六代君王遗留的事业，以武力来统治各国，吞并了东西二周，消灭了诸侯各国，登上皇帝宝座来控制天下，用严酷的刑罚来奴役天下的百姓，威风震慑四海。他向南攻取百越的土地，把它划为桂林郡和象郡，百越的君主低着头、用绳子捆住脖子表示投降，把自己的生命交给秦国的狱吏掌握。秦始皇又命令蒙恬在北方修筑长城，守卫边境，使匈奴退却七百多里；匈奴人不敢到南边来放牧，六国的遗民不敢拉弓射箭来报仇。秦始皇接着就废除古代帝王的治世之道，焚烧诸子百家的著作，用这种办法来愚弄百姓；毁掉高大的城墙，杀掉英雄豪杰，收缴天下的兵器，在咸阳集中起来加以销毁，铸成十二尊铜人，用这种办法来削弱百姓的反抗力量。然后据守华山以为帝都东城，以黄河当作帝都的护城河，凭借着高耸的华山和深不可测的黄河，认为这是固若金汤的地方。派出优秀的将领手执强弩守卫战略要地，派出可靠的官员和精锐的士卒拿着锋利的兵器，盘问过往行人。天下已经安定，秦始皇自以为这关中的险固地势、方圆千里的坚固城防，是子子孙孙称帝称王直至万世不易的基业。

　　秦始皇去世之后，他的余威震慑着边远地区。可是，陈胜不过是个用破罐子作窗户、用绳子系着门户的贫家子弟，是当过雇农供人役使的人，而且是被征发戍边的人；他的才能不如平常的人，更没有孔子、墨子那样的贤德，也不像陶朱公、猗顿那样的富有。他投身在军队之中，崛起于田野之间，率领着困乏不堪的士卒，指挥着数百名民众，掉转头来进攻秦国，砍削树枝作武器，举起竹竿当旗帜，天下百姓像云彩那样聚集着，像回声那样应和着，背着粮食，像影子一般跟随着他。殽山以东的六国豪杰于是一起起来，推翻了秦朝。

　　秦朝的天下并没有变小变弱，雍州土地之广，崤山和函谷关的险固，也还是原来那个样子。陈胜的地位，并不比齐、楚、燕、赵、韩、魏、宋、卫、中山的国君更加尊贵；他们的锄头木棍也不比钩戟长矛更加锋利；他们这些戍边的部队并不比九国的军队强大；陈胜的谋略和行军用兵的战术，并不比九国的武将谋臣高明。为什么条件好的失败了而条件差的却成功了呢？假使拿东方诸国跟陈胜比一比长短大小，量一量权势力量，就更不能相提并论了。但是，秦国凭借着它小小的地方，发展到兵车万乘的国势，统一了天下，使六国诸侯都来朝见，已经一百多年了；这之后又以天下为一家私有，用崤山、函谷关作为自己的内宫；为什么一个普通老百姓带头起义，就把强大的秦国给灭了呢，以致秦王子婴死在别人手里，被天下人耻笑？这是因为秦国不施行仁政，而使攻守的形势发生了变化的缘故。

● 原　文

过秦论

[西汉] 贾谊

秦孝公据崤（xiáo）函之固，拥雍州之地，君臣固守，而窥周室，有席卷天下、包举宇内、囊括四海之意，并吞八荒之心。当是时也，商君佐之，内立法度，务耕织，修守战之备；外连横而斗诸侯。于是秦人拱手而取西河之外。

孝公既没，惠文、武、昭襄蒙故业，因遗策，南取汉中，西举巴、蜀，东割膏腴之地，北收要害之郡。诸侯恐惧，会盟而谋弱秦，不爱珍器重宝肥饶之地，以致天下之士，合从缔交，相与为一。当此之时，齐有孟尝，赵有平原，楚有春申，魏有信陵。此四君者，皆明智而忠信，宽厚而爱人，尊贤而重士，约从离衡，兼韩、魏、燕、楚、齐、赵、宋、卫、中山之众。于是六国之士，有宁越、徐尚、苏秦、杜赫之属为之谋，齐明、周最、陈轸、召滑、楼缓、翟景、苏厉、乐毅之徒通其意，吴起、孙膑、带佗、倪良、王廖、田忌、廉颇、赵奢之伦制其兵。尝以什倍之地，百万之众，叩关而攻秦。秦人开关延敌，九国之师，逡巡而不敢进。秦无亡矢遗镞之费，而天下诸侯已困矣。于是从散约败，争割地而赂秦。秦有余力而制其弊，追亡逐北，伏尸百万，流血漂橹。因利乘便，宰割天下，分裂山河。强国请服，弱国入朝。延及孝文王、庄襄王，享国之日浅，国家无事。

及至始皇，奋六世之余烈，振长策而御宇内，吞二周而亡诸侯，履至尊而制六合，执敲扑而鞭笞（chī）天下，威振四海。南取百越之地，以为桂林、象郡；百越之君，俯首系颈，委命下吏。乃使蒙恬北筑长城而守藩篱，却匈奴七百余里；胡人不敢南下而牧马，士不敢弯弓而报怨。于是废先王之道，焚百家之言，以愚黔首；隳（huī）名城，杀豪杰；收天下之兵，聚之咸阳，销锋镝（dí），铸以为金人十二，以弱天下之民。然后践华为城，因河为池，据亿丈之城，临不测之渊，以为固。良将劲弩守要害之处，信臣精卒陈利兵而谁何。天下已定，始皇之心，自以为关中之固，金城千里，子孙帝王万世之业也。

　　始皇既没，余威震于殊俗。然陈涉瓮牖（yǒu）绳枢之子，氓隶之人，而迁徙之徒也；才能不及中人，非有仲尼、墨翟（dí）之贤，陶朱、猗（yī）顿之富；蹑足行伍之间，而倔起阡陌之中，率疲弊之卒，将数百之众，转而攻秦；斩木为兵，揭竿为旗，天下云集响应，赢粮而景从。山东豪俊遂并起而亡秦族矣。

　　且夫天下非小弱也，雍州之地，崤函之固，自若也。陈涉之位，非尊于齐、楚、燕、赵、韩、魏、宋、卫、中山之君也；锄櫌（yōu）棘矜（qín），非铦（xiān）于钩戟长铩也；谪戍之众，非抗于九国之师也；深谋远虑，行军用兵之道，非及向时之士也。然而成败异变，功业相反，何也？试使山东之国与陈涉度长絜大，比权量力，则不可同年而语矣。然秦以区区之地，致万乘之势，序八州而朝同列，百有余年矣；然后以六合为家，崤函为宫；一夫作难而七庙隳，身死人手，为天下笑者，何也？仁义不施而攻守之势异也。（选自《史记·秦始皇本纪》）

中国人的创世传说

《淮南子》等

●导　读

　　世界各个民族差不多都有自己的创世传说，这些传说反映了先民们对于宇宙人生的认知与梦想，充满着永不屈服的战斗精神和奇伟瑰丽的想象力。

女娲补天

在远古的时候,支撑天的四根柱子毁坏了,大地因此陷入四分五裂的境地;天不能完全覆盖大地,地也不能遍载万物;大火延烧而不能熄灭,洪水汹涌而不能停止;凶猛的野兽吃掉善良的百姓,凶猛的禽鸟抓取老人孩童。在这时,女娲冶炼五色石来修补苍天,砍断海中大鳌的脚来作撑起四边天空的栋梁,杀死水怪来救济天下九州,积起芦灰来堵塞洪水。天空得到了修补,四边支撑天的柱子摆正了,洪水得到了控制,天下九州得到了平定。恶禽猛兽都死了,善良的百姓活下来了。

夸父逐日

夸父与太阳赛跑,快要追赶到太阳了。夸父口渴,想要喝水,把黄河、渭河都喝干了,黄河、渭河的水不够,他又去北方的大湖喝水。没等夸父赶到,他就在半路上渴死了。夸父死前,把手中的手杖扔掉,化作了桃林。

共工怒触不周山

从前,共工与颛顼争当老大,共工失败了,于是共工一怒之下撞向不周山,支撑天的柱子折了,系挂地的绳子断了。天向西北方向倾斜,所以太阳、月亮、星星都朝西北方移动;地的东南角塌陷了,所以江河都朝东南方向流去。

后羿射日

尧统治的时候,有十个太阳一同出来。灼热的阳光晒焦了庄稼,花草树木都枯死了,老百姓连吃的东西也没有。猰貐、凿齿、九婴、大风、封豨、修蛇都来祸害人民。于是尧派后羿去为民除害。后羿在南方的沼泽荒野杀死凿齿,在北方的凶水杀灭九婴,在东方的大湖青丘用系着丝绳的箭射杀大风,射掉天上的九个太阳,接着又杀死猰貐,在洞庭湖砍断修蛇,在中原一带桑林擒获封豨。后羿把这些灾害一一清除,民众都非常高兴,于是推举尧为天子。

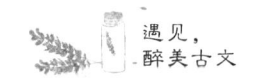

嫦娥奔月

后羿从西王母那里请来不死之药,后羿的妻子嫦娥偷吃了这颗灵药,飞往了月宫。后羿没有办法跟着嫦娥飞往月宫,感到怅然若失。为什么会这样呢?因为后羿不知道不死之药是怎么制成的。

● 原 文

神话故事五则

1

往古之时,四极废,九州裂,天不兼覆,地不周载,火爁(lǎn)炎而不灭,水浩洋而不息,猛兽食颛民,鸷鸟攫老弱。于是女娲(wā)炼五色石以补苍天,断鳌足以立四极,杀黑龙以济冀州,积芦灰以止淫水。苍天补,四极正,淫水涸,冀州平,狡虫死,颛民生。(《淮南子·览冥训》)

2

夸父与日逐走,入日。渴,欲得饮,饮于河、渭;河、渭不足,北饮大泽。未至,道渴而死。弃其杖,化为邓林。(《山海经·海外北经》)

3

昔者共工与颛顼(zhuān xū)争为帝,怒而触不周之山,天柱折,地维绝。天倾西北,故日月星辰移焉;地不满西南,故水潦(lǎo)尘埃归焉。(《淮南子·天文训》)

4

逮至尧之时,十日并出,焦禾稼,杀草木,而民无所食。猰貐(yà yǔ)、凿齿、九婴、大风、封豨(xī)、修蛇皆为民害。尧乃使羿诛凿齿于畴华之野,杀九婴于凶水之上,缴(zhuó)大风于青丘之泽,上射十日而下杀猰貐,断修蛇于洞庭,禽封豨于桑林。万民皆喜,置尧以为天子。(《淮南子·本经训》)

5

羿请不死之药于西王母,姮娥窃以奔月,怅然有丧,无以续之。何则?

不知不死之药所由生也。(《淮南子·览冥训》)

一日长于百年

[西汉] 司马相如

● 导 读

司马相如（约前179-前118），字长卿，四川成都人。西汉辞赋家。作品辞藻富丽，结构宏大，代表作为《子虚赋》《上林赋》。

汉景帝的姐姐长公主刘嫖有个女儿叫陈阿娇，刘彻的母亲王夫人地位低微时极力与之攀亲，刘彻当时只有四五岁，说："我要是娶了阿娇，就造个大大的金屋，把她藏在里面。"后来王夫人被立为皇后，刘彻也当上了皇帝。阿娇失宠，被幽闭在长门宫里，但她不甘心失败，用千金购买大文豪司马相如的赋，期冀重获宠幸。司马相如为此写下了荡气回肠的《长门赋》，开后代"宫怨"作品之先河。

什么地方的美丽女子，玉步轻轻来临。芳魂飘散不再聚，憔悴独自一身。曾许我常来看望，却为新欢而忘故人。从此绝迹不再见，跟别的美女相爱相亲。

我的所作所为是何等愚蠢，只为博取郎君的欢心。愿赐给我机会容我哭诉，愿郎君颁下回音。明知是虚言仍然愿意相信那是诚恳，期待着相会长门。每天都把床铺整理好，郎君却不肯临幸。

走廊寂寞而冷清，风声凛凛晨寒相侵。登上兰台遥望郎君啊，精神恍惚如梦如幻。浮云从四方涌至，长空骤变、天气骤阴。一连串沉重的雷声，像郎君的车群。风飒飒而起，吹动床帐帷巾。树林遥遥相接，传来芳香阵阵。孔雀纷纷来朝，猿猴长啸哀吟。翡翠翅膀相连而降，凤凰由北南飞入林。

万千感伤不能平静，沉重积压在心。走下兰台更加茫然，深宫徘徊直至黄昏。雄伟的宫殿像上苍的神工，高耸着与天堂为邻。倚东厢倍加惆怅，伤心这繁华红尘。玉雕的门户和黄金装饰的宫殿，回声好像清脆钟鸣。

木兰木雕刻的椽，文杏木装潢的梁。豪华的浮雕，密丛丛而堂皇。拱木华丽，参差不齐奋向上苍。模糊中生动地聚在一起，仿佛都在吐露芬芳。色彩明亮缤纷耀眼，灿烂辉煌发出奇光。宝石刻就的砖瓦，柔润得像玳瑁背上的纹章。床上的帷幔常打开，玉带始终钩向两旁。

深情地抚摸着玉柱，曲台紧傍着未央宫。白鹤哀哀长鸣，孤单地困居在枯杨上。又是绝望的长夜，千种忧伤都付与空堂。只有天上的明月照着我，清清的夜，紧逼洞房。抱瑶琴想弹出别的曲调，这哀思难遣地久天长。琴声转换曲调，从凄恻变为飞扬。这曲调包含着爱与忠贞，意慷慨而高昂。宫女闻声垂泪，泣声织成一片凄凉。含悲痛而唏嘘，已起身却再彷徨。举衣袖遮住满脸的泪珠，万分懊悔昔日的张狂。没有面目再见你啊，颓然上床。荃草做成的枕头席子，散发着兰茝的芳香。

忽然从梦境中醒来，隐约又躺在郎君的身旁。蓦然惊醒一切皆幻，丢了魂儿心惶惶。鸡已啼却仍是午夜，挣扎起来独对月光。看那星辰密密横亘穹苍，毕星昴星已移在东方。庭院中月光如水，像深秋降下寒霜。夜深深如年，郁郁心怀，多少感伤。再不能入睡等待黎明，乍明复暗，是如此之长。唯有自悲感伤，年年岁岁，永不相忘。

●原　文

长门赋

[西汉]　司马相如

　　夫何一佳人兮，步逍遥以自虞（yú）。魂逾佚（yì）而不反兮，形枯槁（gǎo）而独居。言我朝往而暮来兮，饮食乐而忘人。心慊（qiàn）移而不省（xíng）故兮，交得意而相亲。

　　伊予志之慢愚兮，怀贞悫（què）之欢心。愿赐问而自进兮，得尚君之玉音。奉虚言而望诚兮，期城南之离宫。修薄具而自设兮，君曾不肯乎幸临。廓独潜而专精兮，天漂漂而疾风。登兰台而遥望兮，神怳怳（huǎng）而外淫。浮云郁而四塞兮，天窈窈（yǎo）而昼阴。雷殷殷（yǐn）而响起兮，声象君之车音。飘风回而起闺兮，举帷幄（wéi wò）之襜襜（chān）。桂树交而相纷兮，芳酷烈之訚訚（yín）。孔雀集而相存兮，玄猿（yuán）啸而长吟。翡翠胁翼而来萃兮，鸾凤翔而北南。

　　心凭噫（yī）而不舒兮，邪气壮而攻中。下兰台而周览兮，步从容于深宫。正殿块以造天兮，郁并起而穹崇。间徙倚于东厢兮，观夫靡靡而无穷。挤玉户以撼金铺兮，声噌吰（chēng hóng）而似钟音。

　　刻木兰以为榱（cuī）兮，饰文杏以为梁。罗丰茸之游树兮，离楼梧而相撑。施瑰木之欂栌（bó lú）兮，委参差以槺（kāng）梁。时仿佛以物类兮，象积石之将将（qiāng）。五色炫以相曜（yào）兮，烂耀耀而成光。致错石之瓴甓（líng pì）兮，象瑇瑁（dài mào）之文章。张罗绮之幔帷兮，垂楚组之连纲。

　　抚柱楣以从容兮，览曲台之央央。白鹤噭（jiào）以哀号兮，孤雌跱（zhì）于枯杨。日黄昏而望绝兮，怅独托于空堂。悬明月以自照兮，徂（cú）清夜于洞房。援雅琴以变调兮，奏愁思之不可长。案流徵（zhǐ）以却转兮，声幼（yāo）妙而复扬。贯历览其中操兮，意慷慨而自卬（áng）。左右悲而垂泪兮，涕流离而从横。舒息悒（yì）而增欷（xī）兮，蹝（xǐ）履起而彷徨。揄长袂（mèi）以自翳（yì）兮，数昔日之愆殃。无面目之可显兮，遂颓思而就床。抟

(tuán)芬若以为枕兮,席荃(quán)兰而茝(zhǐ)香。

忽寝寐而梦想兮,魄若君之在旁。惕寤觉而无见兮,魂廷廷(wàng)若有亡。众鸡鸣而愁予兮,起视月之精光。观众星之行列兮,毕昴(mǎo)出于东方。望中庭之蔼蔼兮,若季秋之降霜。夜曼曼其若岁兮,怀郁郁其不可再更。澹偃蹇(yǎn jiǎn)而待曙兮,荒亭亭而复明。妾人窃自悲兮,究年岁而不敢忘。(选自《文选》)

欲建非常之功,必待非常之人

[西汉] 刘彻

导 读

刘彻(前156—前87),即雄才大略的汉武帝,他建立了一个国家前所未有的尊严,他给了一个族群挺立千秋的自信,他的国号成了一个伟大民族永远的名字。

在中国历史上,许多有为的君主都曾发布过求贤的诏令或采取特殊的方法去发现人才。汉武帝刘彻和魏武帝曹操就是其中最为突出的两位。刘彻《求茂材异等诏》说:"要建立异乎寻常的功业,一定要依靠异乎寻常的人。"曹操《求贤令》说:"当今天下有没有像姜子牙那样身穿粗布衣服却有真才实学,优哉游哉地在渭水岸边钓鱼,等待明君前来求贤的呢?有没有像陈平那样才能出众却被指斥为和嫂子私通,又接受贿赂,还没有遇到贵人推荐的呢?诸位要帮助我发现那些埋没在底层的人才,唯才是举!"

自古以来，凡是为国家建立非常功业的人，都是有非常才能和特殊秉性的人才，而不是那些谨小慎微、墨守成规、随波逐流的平庸无能之辈。骏马难以驾驭，驾车能把车掀翻，但如果奔跑起来，却能日行千里。士人行为不合流俗被世人讥议，却能建立丰功伟业。这些不受驾驭的良马和放纵不羁的士人，关键在于管理者如何驾驭他们、使用他们。只要驾驭得好，使用得当，就能发挥作用，为国家做贡献。现在我命令：各州各县的地方官要留心考察你们所管辖的地区的官吏和老百姓，发现那些有特殊才干，超群出众，可以担任将相及出使远国的人才，把他们推荐给国家。

● 原　文

求茂材异等诏

[西汉] 刘彻

　　盖有非常之功，必待非常之人。故马或奔踶（dì）而致千里，士或有负俗之累而立功名。夫泛（fěng）驾之马，跅（tuò）弛之士，亦在御之而已。其令州郡察吏民，有茂材异等可为将相，及使绝国者。(选自《汉书·武帝纪》)

王侯将相难道就是天生的贵种吗？

[西汉] 司马迁

● 导　读

　　司马迁（前145-约前86），字子长，陕西韩城人。《史记》是中国文化史上少数几部最伟大的著作之一，

> 被鲁迅誉为"史家之绝唱，无韵之离骚"。
>
> 陈胜吴广起义是中国历史上第一次大规模的农民起义，其首创之功不可磨灭。在司马迁笔下，这次起义被写得花团锦簇，富有细节，栩栩如生，读这样的历史，带劲。

陈胜是河南登封人，字涉。吴广是河南太康人，字叔。陈涉年轻的时候，曾经跟别人一起替人耕地，每次陈涉停止耕作到田边休息，都要失望叹息很久，发誓说："如果有一天富贵了，谁也不许忘记谁啊。"同伴们笑着回答说："你做雇工为人家耕地，还谈什么富贵呢？"陈涉长叹一声说："唉，林间小雀哪里知道大鹏的志向呢！"

公元前209年7月，朝廷征调贫苦农民九百人去戍守渔阳，驻扎在安徽宿州东南的大泽乡。陈胜、吴广都在戍边的队伍里面担任小头目。碰巧遇到下大雨，道路不通，戍边的队伍估计不能按期赶到渔阳了。按照秦朝法律，误期是要斩首的。陈胜、吴广于是一起商量说："现在逃跑是死，起义也是死，同样是死，为什么不为国事而死呢？"陈胜说："全国百姓长期受秦王朝压迫，痛苦不堪。我听说秦二世是秦始皇的小儿子，不应当立为皇帝，应当立为皇帝的人是公子扶苏。扶苏因为多次劝戒秦始皇，被派在外面带兵。现在有人听说扶苏没有罪，秦二世却杀了他。大多数老百姓都说他贤明，却不知道他已经死了。项燕做楚国将领的时候，屡立战功，爱护士兵，楚国人都很爱戴他。有人说他死了，有人说他逃跑了。现在如果我们这些人冒充是公子扶苏、楚将项燕的队伍，向全国发出号召，应该会有很多人响应吧。"吴广认为陈胜说得有理。于是二人就去占卜。占卜的人知道他们的意图，就顺着说："你们的事情都能成功，定会建功立业。为了谨慎起见，你们不妨问问鬼神的意见吧。"陈胜、吴广很高兴，一起琢磨向鬼神占卜的事，说："这是教我们首先在众人面前立威啊。"于是就用丹砂在丝绸上写道："陈胜王"，放在别人用网捕获的鱼的肚子里面。戍卒买到那条鱼回来煮着吃，发现鱼肚子里面的帛书，感到大惑不解。陈胜又暗中派吴广到戍卒驻地旁边丛林里的神庙中去，在晚上用竹笼罩着火装作鬼火，像狐狸一样叫喊道："大楚复兴，陈胜为王！"戍卒们夜里听了，都非常惊恐。第二天，戍卒中到处谈论这两件事，都指指点点地看着陈胜。

吴广向来爱护士卒，士兵们有许多愿意替他效力的人。碰上押送戍卒的两个军官喝醉了酒，吴广故意多次说想要逃跑，惹军官恼怒，让军官责辱自己，以便激怒那些戍卒。军官果真用竹板打吴广，又拔出宝剑来威吓，吴广跳起来，夺过宝剑杀死了军官。陈胜帮助吴广把两个军官都杀死了，然后召集大家说："我们碰到了大雨，已经误了朝廷规定的期限，误期是要杀头的。就算朝廷不杀我们，但是戍边的人十个里头肯定有六七个也会死。好汉不死则罢，要死也要死得值！王侯将相难道就是天生的贵种吗？"众人都说："我们愿意听从您的命令。"于是陈胜、吴广顺从人民的意愿，冒充是公子扶苏、楚将项燕的队伍。军队露出右臂作为标志，号称大楚。他们筑起高台，在台上结盟宣誓，拿两个军官的头颅祭祀天地。陈胜自立为将军，吴广为都尉。起义军首先攻下大泽乡，吸收民众参军后接着攻打蕲县。蕲县攻下之后，就派安徽宿州人葛婴率领部队去夺取蕲县以东的地方。陈胜、吴广率领军队攻打铚、酂、苦、柘、谯等地，都攻下了。在行军时又沿途吸收群众参加起义军，打到陈县的时候，起义军已有战车六七百辆，骑兵一千多人，步兵几万人。攻打陈县的时候，郡守和县令都不在城中，只有守丞在谯门中同起义军作战。守丞战败被杀，起义军占领了陈县。过了几天，陈胜下令召集三老、豪杰一起议事，三老、豪杰都说："将军亲披铠甲，甘冒矢石，讨伐无道，诛除暴秦，重新建立楚国，论功应当称王。"陈胜就自立为王，建立张楚政权。在这时，全国很多郡县受秦朝官吏压迫的人，都杀死了当地的长官来响应陈涉的号召。

●原　文

陈涉世家（节选）

[西汉] 司马迁

陈胜者，阳城人也，字涉。吴广者，阳夏人也，字叔。陈涉少时，尝与人佣耕，辍耕之垄上，怅恨久之，曰："苟富贵，无相忘。"庸者笑而应曰："若为庸耕，何富贵也？"陈涉太息曰："嗟乎，燕雀安知鸿鹄（hú）之志哉！"

二世元年七月，发闾左適戍渔阳，九百人屯大泽乡。陈胜、吴广皆次当行，为屯长。会天大雨，道不通，度已失期。失期，法皆斩。陈胜、吴广乃谋曰："今亡亦死，举大计亦死，等死，死国可乎？"陈胜曰："天下苦秦久矣。吾闻二世少子也，不当立，当立者乃公子扶苏。扶苏以数谏故，上使外将兵。今或闻无罪，二世杀之。百姓多闻其贤，未知其死也。项燕为楚将，数有功，爱士卒，楚人怜之。或以为死，或以为亡。今诚以吾众诈自称公子扶苏、项燕，为天下唱，宜多应者。"吴广以为然。乃行卜。卜者知其指意，曰："足下事皆成，有功。然足下卜之鬼乎！"陈胜、吴广喜，念鬼，曰："此教我先威众耳。"乃丹书帛曰"陈胜王"，置人所罾（zēng）鱼腹中。卒买鱼烹食，得鱼腹中书，固以怪之矣。又间令吴广之次所旁丛祠中，夜篝（gōu）火，狐鸣呼曰："大楚兴，陈胜王！"卒皆夜惊恐。旦日，卒中往往语，皆指目陈胜。

吴广素爱人，士卒多为用者。将尉醉，广故数言欲亡，忿恚（huì）尉，令辱之，以激怒其众。尉果笞（chī）广。尉剑挺，广起，夺而杀尉。陈胜佐之，并杀两尉。召令徒属曰："公等遇雨，皆已失期，失期当斩。藉第令毋斩，而戍死者固十六七。且壮士不死即已，死即举大名耳，王侯将相宁有种乎！"徒属皆曰："敬受命。"乃诈称公子扶苏、项燕，从民欲也。袒（tǎn）右，称大楚。为坛而盟，祭以尉首。陈胜自立为将军，吴广为都尉。攻大泽乡，收而攻蕲（qí）。蕲下，乃令符离人葛婴将兵徇蕲以东。攻铚（zhì）、酇（cuó）、苦（hù）、柘（zhè）、谯（qiáo），皆下之。行收兵。比至陈，车六七百乘，骑千余，卒数万人。攻陈，陈守令皆不在，独守丞与战谯门中。弗胜，守丞死，乃入据陈。数日，号令召三老、豪杰与皆来会计事。三老、豪杰皆曰："将军身被坚执锐，伐无道，诛暴秦，复立楚国之社稷，功宜为王。"陈涉乃立为王，号为张楚。当此时，诸郡县苦秦吏者，皆刑其长吏，杀之以应陈涉。（《史记·陈涉世家》）

与日月争辉

[西汉] 司马迁

● 导 读

这是一篇风格独特的人物传记,屈原的故事好,司马迁写得也好,二者都可以与日月争辉。

屈原痛心于楚怀王耳朵听不到正确的意见,眼睛被谗言和谄媚所遮蔽,邪恶之人侵害公道,正直之人不为小人所容,所以忧心忡忡,写下《离骚》这样一首诗。"离骚"就是遭遇忧愁的意思。天是人类的起源,父母是人的根本。人们身处困境就会追念本源,所以人到了极其劳苦疲倦的时候,没有不叫天的;遇到病痛或忧伤的时候,没有不叫父母的。屈原行为正直,竭尽自己的忠诚和智慧来辅佐君主,却遭到谗邪小人的离间,可以说是处境非常艰难了。他的诚信被怀疑、忠贞被诽谤,能够没有怨愤吗?屈原之所以写《离骚》,大概是因怨愤引起的。《国风》虽然多写男女爱情,但一点也不过分。《小雅》虽然多讥讽指责,但并不宣扬作乱。像《离骚》,可以说是兼有二者的特点了。它远古称颂帝喾,近世称道齐桓公,中古称述商汤和周武王,用这些来讽刺楚国当时的政事。他阐述道德的广大崇高、国家治乱兴亡的规律,无不透彻明白。他的文笔简约,他的言辞含蓄,他的志趣高洁,他的品行端正。就其文字描写来看,不过寻常事物,但它的旨趣却很重大,举的是近事,而表达的意思却很深远。他的志趣高洁,所以文章中称述的事物也是透散着芬芳的;他的品行端正,所以到死也不为奸邪势力所容。他独自远离污泥浊水之中,像蝉脱壳一样摆脱浊秽,浮游在尘世之外,不受浊世的玷辱,保持皎洁的品质,出污泥而不染。可以推断,屈原的志向,即使和日月争辉,也是可以的。

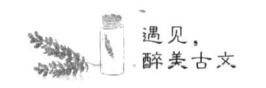

原文

屈原列传（节选）

[西汉] 司马迁

屈平疾王听之不聪也，谗谄之蔽明也，邪曲之害公也，方正之不容也，故忧愁幽思而作《离骚》。"离骚"者，犹离忧也。夫天者，人之始也；父母者，人之本也。人穷则反本，故劳苦倦极，未尝不呼天也；疾痛惨怛（dá），未尝不呼父母也。屈平正道直行，竭忠尽智以事其君，谗人间之，可谓穷矣。信而见疑，忠而被谤，能无怨乎？屈平之作《离骚》，盖自怨生也。《国风》好色而不淫，《小雅》怨诽（fěi）而不乱。若《离骚》者，可谓兼之矣。上称帝喾（kù），下道齐桓，中述汤、武，以刺世事。明道德之广崇，治乱之条贯，靡不毕见。其文约，其辞微，其志洁，其行廉，其称文小而其指极大，举类迩而见义远。其志洁，故其称物芳。其行廉，故死而不容。自疏濯淖（nào）污泥之中，蝉蜕于浊秽，以浮游尘埃之外，不获世之滋垢，皭（jiào）然泥而不滓者也。推此志也，虽与日月争光可也。（选自《史记·屈原贾生列传》）

谁又不在尘埃之中？

[西汉] 司马迁

导 读

《报任安书》大约写于司马迁完成《史记》之后不久，文中提出了"发愤著书"说，对专制权力、对历史人生、对文学创作等都提出了天问式的思考，是中国自古以来写得最真实也最深刻的少数几篇血泪文字之一。

1

太史公、像牛马一样供您驱使的仆役、司马迁谨向您再拜致意。

少卿足下：往日承蒙您写信给我，教导我待人接物要慎重，并以推举贤能、引荐人才为己任。情意十分诚恳真挚，似乎是抱怨我没有照您说的那样去做，而在附和俗人的看法。我并非如此。我虽然平庸无能，但也知道追随前辈长者的风范。只是自以为身体残缺、地位卑贱，一有行动就遭人指责，想做点贡献反倒把事情弄坏了，所以心情抑郁，无人诉说。俗话说："为谁去做？教谁来听？"钟子期死了，伯牙终身不再弹琴。为什么呢？因为士人只为知己效力，美人只为爱慕者打扮。像我这样的人，连身体都已残缺不全，就是怀抱珠玉一样的才华，行为比许由、伯夷还要高洁，又有什么用呢？难道我可以自以为荣吗？那岂不是要遭人耻笑而自取其辱吗？

来信本该及时答复，但正碰上我跟从皇上东巡归来，又忙于一些琐事，彼此相见的机会很少，忙忙碌碌的没有片刻的空闲可以让我对您倾诉衷肠。现在，您摊上了意想不到的罪名，再过一个月，就到冬末了，而我又将跟从皇上到雍地去，担心您会突然遭遇不幸。那样我就永远不能把满腔悲愤向您诉说，而您的在天之灵也一定会抱恨无穷。趁现在有空，请允许我简要地说些浅陋的意见。这么长时间不给您回信，请不要责备。

2

我曾听说："君子修身，是智慧的象征；乐于助人，是仁德的开端；取予得当，是礼义的符号；知道羞耻，是勇气的表现；建立名声，是行为的最高目标。"一个人只有具备了这五种品德，然后可以立身处世，跻身于君子的行列。所以，祸害没有比贪财更悲惨的了，悲哀没有比伤心更痛苦的了，行为没有比使祖先受辱更难堪的了，耻辱没有比遭受宫刑更严重的了。受过宫刑的人，是不能同正常人相提并论的，这不仅现在是如此，从古以来就是这样。从前，卫灵公和宦官雍渠同车，孔子感到羞耻，就离开卫国到陈国去；商鞅依靠宦官景监的推荐才被秦孝公召见，赵良为此感到寒心；宦官赵谈陪汉文帝坐车，袁盎为之脸色大变。自古以来，人们对宦官都是鄙视的。即使一个才能平平的人，一旦和宦官扯上关系，也没有不灰心丧气的，更何况那些气节高尚的人呢？如今朝廷虽然缺乏人才，又怎么会让一个受过宫刑的人来推荐天下的英才呢？

　　我依靠祖先遗留下来的名声和事业，才能够在京城做官，至今二十多年了。常常想，我一不能向皇上进献忠言，获得出谋划策的声誉，从而取得皇上的信任；二不能替皇上拾遗补缺、引荐人才，使隐居的贤士都出来效力；三不能扛枪打仗，攻城略地，建立斩将夺旗的功劳；四不能靠资历和辛劳获取高官厚禄，来为宗族和朋友增光。这四条我没有一条过硬的，所以只能曲意迎合皇上，以保全自己的地位。对于朝廷而言，我没有尺寸之功，这是确定无疑的了。

　　过去，我也曾置身于下大夫的行列，在朝堂上发表一些不值一提的意见。在这个时候，我没有申张国家的法度，竭尽自己的智谋，为国家建立尺寸之功。等到现在身体已经残废了、成了一名无足轻重的仆役，跟最卑贱的人没什么两样了，却要昂首扬眉，评论谁是谁非，不是也太轻视朝廷、太羞辱当今的士人了吗？唉！唉！像我这样的人，还有什么可说的呢？还有什么可说的呢？

3

　　而且，事情的发展变化谁又搞得清楚为什么会是这样而不是那样。我少年时自恃才华横溢，但长大后并没有在社会上建立名声。好在皇上看在我父亲是太史令的份上，让我有机会奉献微薄的才能，在宫廷里进出。我认为，头上顶了个木盆是不能望见天空的，所以我断绝了宾客的往来，抛开了家室的牵累，日夜想着竭尽所能建立功勋，希望以此获得皇上的亲近和好感。但是，事情却完全不是这样。

　　我和李陵都在朝中为官，向来没有多少交往。彼此的好恶也不相同，所以未曾在一起喝过酒，互相表示友好的感情。但是我观察李陵的为人，的确是一个有节操的奇士。他侍奉父母很孝顺，与朋友交往守信用，遇到钱财很廉洁，获取和给予都符合礼义，尊老爱幼，谦卑有礼，恭敬节俭，甘居人后，时刻准备着奋不顾身地去为国家排解危难。他的一贯表现都是这样，我认为有国士的风度。一个臣子，出于宁肯万死而不求一生的意念，奔赴国家的危难，这已经很难得了。现在，他办事一有不妥当，那些只会保全自己和妻儿的大臣们紧跟着就夸大他的短处，把他说得一无是处，我实在感到痛心。

况且李陵带领的步兵不足五千人，深入敌营，一直到了匈奴王的驻地，气势凌厉地向强悍的匈奴发起挑战，直捣虎穴，面对着亿万敌兵，与匈奴连续作战十多天，杀伤的敌人超过了自己军队的人数，使得敌人连救死扶伤都顾不上。匈奴的君主、长官们都感到震惊、恐怖，于是调集了左、右贤王的军队，征发全国擅长射箭的百姓，举国围攻李陵所部。李陵带领部队转战数千里，箭都射完了，退路也没有了，但救兵迟迟不来，士卒死伤很多。即便这样，只要李陵振臂一呼，士兵没有鼓舞士气一个不强撑着身体，流着眼泪，满脸是血，强忍悲泣，拉开没有箭的空弓，冒着寒光闪闪的锋刃，争着向北拼死杀敌的。

当李陵的军队还没有覆灭时，有信使来报捷，朝中的公卿王侯都向皇上祝贺胜利。几天后，李陵兵败的奏书传来，皇上为此食不甘味，上朝听政也闷闷不乐。大臣们都很担心害怕，不知如何是好。我见皇上悲伤痛苦，实在想要奉献自己的忠诚和愚见，心里也就不再考虑自己的卑贱。我认为李陵向来与将士们同甘共苦，所以能赢得将士们拼死效力，这一点即使古代的名将也不一定比得上他。兵败后，身陷匈奴，但他的用意，是想要寻找一个适当的机会来报效我大汉。退一万步说，即便李陵战败没有什么好辩解的，但他摧垮、打败敌军的功劳，也足以向天下人显示他的本心了。我内心打算向皇上陈述上面的看法，但没有得到适当的机会。恰逢皇上召见，询问我的看法，我就根据这些意见来论述李陵的功劳，想以此宽慰皇上，堵塞那些攻击、诬陷李陵的言论。我没有完全说清我的意思，以致圣明的君主不能进一步了解，反以为我是在攻击李夫人的长兄贰师将军李广利，而为李陵辩解，于是将我交给司法审判。耿耿忠心，终于无法自我表白，狱吏指责我欺蒙皇上，皇上最终听从了狱吏的判决。

我家境贫寒，微薄的钱财不足以拿来赎罪，朋友们谁也不肯出面营救，皇上的左右亲信也不为我说一句话。我的血肉之躯本非木石，却偏要让我同执法的狱吏在一起，被关押在重重监狱里，我心中的痛苦能向谁说呢？这些都是您亲眼所见，我的所作所为有什么不对吗？后来李陵投降了匈奴，败坏了他家族的声誉，而我接着就被关在蚕室里，被天下人所耻笑。可悲啊，可悲！

4

有些事情是难以一一向世人解释的。我的祖先并没有获得封王赐侯的功勋，所从事的是掌管文史书籍和天文历法的工作，地位接近于掌管占卜和祭祀的官员。这份差事在皇上眼里就像戏子、倡优一样，是世俗所轻视的。假如我受到法律的制裁被杀，就像从九头牛身上去掉一根毛，同蝼蚁又有什么区别？世人不会拿我的死去和那些坚持节操而死的人相比，只会认为我是想不出办法而又罪大恶极，才去死的。为什么呢？因为我所从事的职业和地位会使人们这样认为。人总有一死，有的人死得比泰山还重，有的人死得比鸿毛还轻，这是因为人们为谁而死差别很大的缘故。

人应该怎么活着呢？最上一等是不辱没祖先，其次是不辱没自己，再其次是不在道理和颜面上受辱，再其次是不在言辞上受辱，再其次是被捆缚受辱，再其次是被囚禁受辱，再其次是戴上木枷绳索被人鞭打受辱，再其次是剃光了头戴上铁链受辱，再其次是毁伤肌肤截断四肢受辱，最下等的就是遭受宫刑受辱，到极点了！没有比这更惨的了！《礼记》中说："刑罚不能加在士大夫身上。"这是说士大夫不可不保持自己的节操。猛虎在深山的时候，所有的野兽都害怕它，等到它被关进笼子里或落入了陷阱，就要摇着尾巴向人乞怜，这是人以威力逐步制服了它的结果。所以，对士大夫来说，即使在地上划个圈当作牢房，那也不能进去；用木头削成狱吏的模样，那也不能受它审讯。现在，犯人的手和脚都被刑具束缚起来，脱掉衣服，接受杖责，关闭在四面墙壁之中。在这个时候，他看见狱吏就以头碰地，看到狱卒就胆战心惊。为什么呢？这是受到威压逼迫而逐渐形成的局面啊。到了这一步，还说没有受辱，就是不要脸了，还有什么尊贵可言呢？

况且，周文王是一方诸侯，却被拘禁在羑里；李斯是秦朝的丞相，却遭受五刑；韩信被封楚王，却在陈地被戴上刑具；彭越、张敖曾南面称王，却被下狱判罪；周勃诛杀了诸吕，权力超过了春秋五霸，却被关进特设的监狱；窦婴身为大将，却穿上囚衣，手、脚和脖子都戴上了刑具；季布被卖在朱家为奴；灌夫曾在拘留室里受到侮辱。这些人可都是处在王侯将相的高位，名声远播邻国，一旦获罪以致法网加身，不能果断自杀，结果落在尘埃之中。从古至今都是如此，谁又能不受到侮辱呢？这么说来，勇敢或怯懦，坚强或软弱，都是由当时的形势所决定的。明白了这个道理，还有什么好奇怪的呢？如果一个人不在遇刑之前就自杀，等到慢慢变得卑下、志气衰微，到了遭受鞭打的时候，才想到要以自杀来保持节操，那还有什么名节可谈呢？古人之所以加刑于士大夫时极为慎重，大概就是由于这个缘故吧。

人之常情，没有谁不贪生怕死的，没有谁不挂念父母、顾虑妻子儿女的。但那些激愤于正义公理的人就不是这样了，他们内心有一种无法克制的冲动。现在，我很不幸，早早地失去了父母，又没有亲兄弟，我一个人孤独地活在世上，你看我对妻子儿女还有什么可眷恋的？勇敢的人死则死矣，不一定要为名节而死，怯懦的人如果仰慕道义，也会勉励自己宁死也要保持名节。我虽然怯懦软弱，想苟活在这人世，但也懂得舍生取义的道理，何至于沉溺在牢狱生活的侮辱中而不自知呢？奴婢尚且知道寻死，更何况像我这样有种难以抑制的冲动的人呢？我之所以忍辱偷生，情愿被囚禁在粪土一般的牢狱之中，是因为我的心愿尚未完全实现，在默默无闻中死去而文采不能流传后世，对我而言是种耻辱。

5

自古以来，身虽富贵而名字磨灭不传的人，多得数不清，只有那些卓异而不同寻常的人才著称于世。周文王被囚禁在羑里时推演了《周易》，孔子处于困境时写成了《春秋》，屈原被放逐后创作了《离骚》，左丘明失明后写出了《国语》，孙膑被剔去膝盖骨后撰修了《孙膑兵法》，吕不韦被贬到蜀地后《吕氏春秋》才流传于世，韩非被囚禁在秦国写出了《说难》《孤愤》。《诗》三百篇，大都是往圣先贤抒发愤懑的作品。这些人都是因为感情有所郁结，不能实现其理想，所以记述过去的事迹，希望将来的人了解他的志向。就像左丘明失去了双目,孙膑被砍断了双脚,再也不能为世所用,于是回家著书立说,抒发心中的愤懑,想留下文字来表现自己的思想。

我不自量力,近来将自己的心愿寄托在无用的文辞上,搜集世上散失的文献,粗略地考证历史人物的所作所为,统观他们由始至终的过程,考查他们成功、失败、兴起、衰败的规律,上起轩辕黄帝,下到如今,写成表十篇,本纪十二篇,书八章,世家三十篇,列传七十篇,共计一百三十篇。也想用来探究天道和人事的规律,贯通古往今来的历史演变,成就一家之言。此书正在起草,尚未完成,就碰上这桩灾祸,我怕自己没有写完这部书就默默无闻地死了,实在可惜,因此宁愿接受宫刑而无怨无悔。我确实想完成这部书,打算把它藏在名山之中,传给能够理解和欣赏它的人,使它流行于天下,这样我便抵偿了以前所受的侮辱,即使被杀一万次,我也死而无憾。可是,这些话世人哪里能信能懂呢,只能说给有见识的人听听罢了。

况且,戴罪的人是不容易在这世上活下去的,地位卑贱的人,受到的非议和指责也就多了去了。我因为多嘴说了几句话而遭遇这场大祸,更被天下人羞辱、耻笑,也污辱了祖先,我还有什么颜面再到父母的坟墓上去祭扫呢?即使再过千年万载,也只是耻辱更甚而已!因此我心思重重,极为痛苦,在家时总是恍恍惚惚,好像丢失了什么,出门又不知要到哪里去。每次想到这桩奇耻大辱,没有一次不汗流浃背、衣服湿透的!我的确已经山穷水尽,别无选择了!我在这世上已经无处可去了!我现在已经弄得差不多跟宦官无异了,我能引身而退、深藏到山林岩穴中去吗?没用的。所以我只好死了这颗心,随波逐流吧,这世界本来荒诞。我这样想着,以此来宽解自己内心的愤怒与矛盾。现在您却教我推举贤能、引荐人才,这岂不跟我内心的想法相反吗?到了现在这步田地,即使我想用美妙的言辞来为自己开脱,使自己变得高大一些,门都没有了,世人谁信呢,只不过自取其辱罢了。总之,人要到死的那一天,然后是非才能论定。只能这样安慰自己。就说这么多吧,言不尽意,奈何!再次向您致意。

原　文

报任安书

[西汉] 司马迁

太史公、牛马走、司马迁，再拜言。

少卿足下：曩（nǎng）者辱赐书，教以慎于接物，推贤进士为务，意气勤勤恳恳，若望仆不相师用，而流俗人之言。仆非敢如是也。虽罢（pí）驽，亦尝侧闻长者之遗风矣。顾自以为身残处秽，动而见尤，欲益反损，是以独抑郁而无谁语。谚曰："谁为为之？孰令听之？"盖钟子期死，伯牙终身不复鼓琴。何则？士为知己用，女为说己容。若仆大质已亏缺，虽材怀随、和，行若由、夷，终不可以为荣，适足以发笑而自点耳。

书辞宜答，会东从上来，又迫贱事，相见日浅，卒卒无须臾之间得竭指意。今少卿抱不测之罪，涉旬月，迫季冬，仆又薄从上上雍，恐卒然不可讳。是仆终已不得舒愤懑（mèn）以晓左右，则长逝者魂魄私恨无穷。请略陈固陋。阙然不报，幸勿过。

仆闻之，修身者智之府也，爱施者仁之端也，取予者义之符也，耻辱者勇之决也，立名者行之极也。士有此五者，然后可以托于世，列于君子之林矣。故祸莫憯（cǎn）于欲利，悲莫痛于伤心，行莫丑于辱先，而诟莫大于宫刑。刑余之人，无所比数，非一世也，所从来远矣。昔卫灵公与雍渠载，孔子适陈；商鞅因景监见，赵良寒心；同子参乘，爰丝变色。自古而耻之。夫中材之人，事关于宦竖，莫不伤气，况忼慨之士乎！如今朝虽乏人，奈何令刀锯之余荐天下之豪俊哉！仆赖先人绪业，得待罪辇毂（gǔ）下，二十余年矣。所以自惟，上之，不能纳忠效信，有奇策材力之誉，自结明主；次之，又不能拾遗补阙，招贤进能，显岩穴之士；外之，不能备行伍，攻城野战，有斩将搴（qiān）旗之功；下之，不能累日积劳，取尊官厚禄，以为宗族交游光宠。四者无一遂，苟合取容，无所短长之效，可见于此矣。向者，仆亦尝厕下大夫之列，陪外廷末议。不以此时引维纲，尽思虑，今已亏形为扫除之隶，在阘（tà）茸之中，乃欲卬（áng）首信眉，论列是非，不亦轻朝廷，羞当世之士邪！嗟乎！嗟乎！如仆，尚何言哉！尚何言哉！

　　且事本末未易明也。仆少负不羁之才，长无乡曲之誉，主上幸以先人之故，使得奉薄技，出入周卫之中。仆以为戴盆何以望天，故绝宾客之知，忘室家之业，日夜思竭其不肖之材力，务一心营职，以求亲媚于主上。而事乃有大谬不然者。夫仆与李陵俱居门下，素非相善也，趣舍异路，未尝衔杯酒接殷勤之欢。然仆观其为人自奇士，事亲孝，与士信，临财廉，取予义，分别有让，恭俭下人，常思奋不顾身以徇（xùn）国家之急。其素所畜积也，仆以为有国士之风。夫人臣出万死不顾一生之计，赴公家之难，斯已奇矣。今举事一不当，而全躯保妻子之臣随而媒孽其短，仆诚私心痛之。且李陵提步卒不满五千，深践戎马之地，足历王庭，垂饵虎口，横挑强胡，卬亿万之师，与单于连战十余日，所杀过当。虏救死扶伤不给，旃（zhān）裘之君长咸震怖，乃悉征其左右贤王，举引弓之民，一国共攻而围之。转斗千里，矢尽道穷，救兵不至，士卒死伤如积。然李陵一呼劳军，士无不起，躬流涕，沬（huì）血饮泣，张空拳（quān），冒白刃，北首争死敌。陵未没时，使有来报，汉公卿王侯皆奉觞上寿。后数日，陵败书闻，主上为之食不甘味，听朝不怡。大臣忧惧，不知所出。仆窃不自料其卑贱，见主上惨凄怛（dá）悼，诚欲效其款款之愚。以为李陵素与士大夫绝甘分少，能得人之死力，虽古名将不过也。身虽陷败，彼观其意，且欲得其当而报汉。事已无可奈何，其所摧败，功亦足以暴于天下。仆怀欲陈之，而未有路。适会召问，即以此指推言陵功，欲以广主上之意，塞睚眦（yá zì）之辞。未能尽明，明主不深晓，以为仆沮贰师，而为李陵游说，遂下于理。拳拳之忠，终不能自列，因为诬上，卒从吏议。家贫，财赂不足以自赎，交游莫救，左右亲近不为一言。身非木石，独与法吏为伍，深幽囹圄（líng yǔ）之中，谁可告愬（sù）者！此正少卿所亲见，仆行事岂不然邪？李陵既生降，隤（tuí）其家声，而仆又佴以蚕室，重为天下观笑。悲夫！悲夫！

　　事未易一二为俗人言也。仆之先人非有剖符丹书之功，文史星历近乎卜祝之间，固主上所戏弄，倡优畜之，流俗之所轻也。假令仆伏法受诛，若九牛亡一毛，与蝼蚁何异？而世又不与能死节者比，特以为智穷罪极，不能自免，卒就死耳。何也？素所自树立使然。人固有一死，死有重于泰山，或轻于鸿毛，用之所趋异也。太上不辱先，其次不辱身，其次不辱理色，其次不辱辞令，其次诎（qū）体受辱，其次易服受辱，其次关木索被箠（chuí）楚受辱，其次剔毛发婴金铁受辱，其次毁肌肤断支体受辱，最下腐刑，极矣。传曰："刑不上大夫。"此言士节不可不厉也。猛虎处深山，百兽震恐，及其在阱槛（jiàn）之中，摇尾而求食，积威约之渐也。故士有画地为牢势不入，削木为吏议不对，定计于鲜也。今交手足，受木索，暴肌肤，受榜箠，幽于圜墙之中，当此之时，见狱吏则头枪地，视徒隶则心惕息。何者？积威约之势也。及已至此，言不辱者，所谓强颜耳，曷足贵乎！且西伯，伯也，拘牖里；李斯，相也，具五刑；淮阴，王也，受械于陈；彭越、张敖南面称孤，系狱具罪；绛侯诛诸吕，权倾五伯，囚于请室；魏其（jī），大将也，衣赭（zhě）关三木；季布为朱家钳奴；灌夫受辱居室。此人皆身至王侯将相，声闻邻国，及罪至罔加，不能引决自财。在尘埃之中，古今一体，安在其不辱也！由此言之，勇怯，势也；强弱，形也。审矣，何足怪乎！且人不能蚤自财绳墨之外，已稍陵夷至于鞭箠之间，乃欲引节，斯不亦远乎！古人所以重施刑于大夫者，殆为此也。夫人情莫不贪生恶死，念亲戚，顾妻子，至激于义理者不然，乃有所不得已也。今仆不幸，蚤失二亲，无兄弟之亲，独身孤立，少卿视仆于妻子何如哉？且勇者不必死节，怯夫慕义，何处不勉焉！仆虽怯耎（nuò）欲苟活，亦颇识去就之分矣，何至自湛溺缧绁（léi xiè）之辱哉！且夫臧获婢妾犹能引决，况若仆之不得已乎！所以隐忍苟活，函粪土之中而不辞者，恨私心有所不尽，鄙没世而文采不表于后也。

古者富贵而名摩灭，不可胜记，唯倜傥（tì tǎng）非常之人称焉。盖西伯拘而演《周易》；仲尼厄而作《春秋》；屈原放逐，乃赋《离骚》；左丘失明，厥有《国语》；孙子膑脚，《兵法》修列；不韦迁蜀，世传《吕览》；韩非囚秦，《说难》《孤愤》；《诗》三百篇，大氐圣贤发愤之所为作也。此人皆意有所郁结，不得通其道，故述往事，思来者。及如左丘明无目，孙子断足，终不可用，退论书策以舒其愤，思垂空文以自见。仆窃不逊，近自托于无能之辞，网罗天下放失旧闻，考之行事，综其终始，稽其成败兴坏之理。上计轩辕，下至于兹，为十表、本纪十二、书八章、世家三十、列传七十，凡百三十篇。亦欲以究天人之际，通古今之变，成一家之言。草创未就，适会此祸，惜其不成，是以就极刑而无愠（yùn）色。仆诚已著此书，藏之名山，传之其人通邑大都，则仆偿前辱之责，虽万被戮，岂有悔哉！然此可为智者道，难为俗人言也。

且负下未易居，下流多谤议。仆以口语遇遭此祸，重为乡党戮笑，污辱先人，亦何面目复上父母之丘墓乎？虽累百世，垢弥甚耳！是以肠一日而九回，居则忽忽若有所亡，出则不知其所往。每念斯耻，汗未尝不发背沾衣也。身直为闺阁之臣，宁得自引深藏于岩穴邪！故且从俗浮湛，与时俯仰，以通其狂惑。今少卿乃教以推贤进士，无乃与仆之私指谬乎？今虽欲自雕篆，曼辞以自解，无益，于俗不信，只取辱耳。要之死日，然后是非乃定。书不能尽意，故略陈固陋。谨再拜。（选自《汉书·司马迁传》）

这可是大汉盛世，你就作吧，跟你没话

[西汉] 杨恽

导 读

杨恽（？－前45），字子幼，陕西渭南人。汉宣帝时曾任左曹，后因告发霍光子孙谋反有功，封平通侯，迁中郎将。后升为诸吏光禄勋，位列九卿。其父杨敞曾两任汉宣帝朝丞相，其母司马英是著名史学家兼文学家司马迁的女儿。司马迁死后，《史记》原稿藏匿在司马英家。杨恽将外祖父这部尘封了二十年的巨著献出，公开发行，从此天下人才得以共读这部伟大的史著。

杨恽生性孤傲不羁，树敌颇多，后被检举下狱。释放贬为庶民后杨恽开始以财自慰，纵情享乐。安定郡太

两汉

> 孙会宗是杨恽老友，写信劝他应闭门思过以再展抱负。杨恽写了这封信作答。

我杨恽才如朽木，行为不堪，从外表到内心都没什么底线。不过仰仗先人留下的影响，在宫中谋得个一官半职。事有凑巧，还让我混了个爵位。但我终究不是当官的材料，所以就摊上事了。您是看着我笨，写信教导我改正缺点。您的好心我知道，但很遗憾的是您根本就没有从头到尾作深入思考，说的都是人云亦云的那些套话。我要是说点自己的真实想法吧，就好像老跟那儿说自己对，成心跟您对着干。我要是不说呢，又怕违背了孔圣人让人畅所欲言的教诲。所以，我还是多少说点，您看是不是有道理。

我家红火的时候，能享受红轮马车待遇的有十人。我也是位列九卿，封了平通侯，统领朝内百官，参与国家大事。我这么位高权重的时候也没能有所建树，推进思想建设，也没能团结广大干部，同心协力给朝廷干点实事。尸位素餐的时间长了，自己也觉得不好意思。就是因为老惦记着那点薪水，贪恋权势，不愿意主动离开岗位，所以才摊上了事。结果因言获罪，一家老小都进了监狱。那个时候，我真觉得就算杀了我全家，也弥补不了我的过失。要不是皇上宽宏大量，我还真没想到能活着出来，家族香火还能延续。大人物想大事干大事的时候，就会乐以忘忧。小人物只要能活着，就会乐以忘罪。我觉得自己是犯过大错、造成过重大损失的人，当个农民过完这辈子也就算了。所以我就带着老婆孩子天天种地，浇园子，置产业，原以为这样也算是给国家做贡献，没想到您还拿这事挤兑我。

我跟您说，凡是人性无法克制的欲望，就是圣人也禁不了。所以伺候君王，给父亲送终，这都是有时有晌的事，干完就完了。我那点事都已经过了三年了。农家面朝黄土背朝天地干了一年，到十冬腊月，宰只羊喝点酒，犒劳一下自己不行吗？我老家就是西北的，自然就爱唱两句。我老婆是河北的，特别会鼓瑟弹琴。加上还有几个能歌善舞的丫鬟，酒酣耳热之际，唱点歌、跳点舞很正常。就算是荒淫无度了，又有什么大不了呢？我们家本来就有钱，我又会做买卖赚钱，别人看不起商人，觉得脏，我还真就是当了个商人。下九流是吧？大家都喷是吧？是个人就害怕是吧？就算是那些自以为了解我的人也都是随风倒，没一个说好话的。但是董仲舒大师说过："天天求仁求义，老惦记着教育百姓的，那是当官的心思。天天求财求利，老害怕受苦受穷的，那是老百姓的想法。"所以，道不同不相为谋，你凭什么拿当官的路数批评我一个平头百姓呢？

你老家在西河，是魏文侯的故地，那里出了清高隐居的段干木，刚直睿智的田子方，他们潇洒，有节操，有气概，拿得起放得下。但是你离开了故土，到安定去做了官。安定这地方在山谷之间，人也视野狭窄。你该不是被这种环境改变了吧？现在，我倒要看看你能混成什么样，这可是大汉盛世，你就作吧，跟你没话。

原　文

报孙会宗书

[西汉] 杨恽

恽（yùn）材朽行秽，文质无所厎（dǐ），幸赖先人余业，得备宿卫。遭遇时变，以获爵位，终非其任，卒与祸会。足下哀其愚矇（měng），赐书教督以所不及，殷勤甚厚。然窃恨足下不深惟其终始，而猥（wěi）随俗之毁誉也。言鄙陋之愚心，则若逆指而文过，默而自守，恐违孔氏各言尔志之义。故敢略陈其愚，惟君子察焉!

恽家方隆盛时，乘朱轮者十人，位在列卿，爵为通侯，总领从官，与闻政事。曾不能以此时有所建明，以宣德化。又不能与群僚并力，陪辅朝廷之遗忘，已负窃位素餐之责久矣。怀禄贪势，不能自退，遂遭变故，横被口语，身幽北阙，妻子满狱。当此之时，自以夷灭不足以塞责，岂得全其首领，复奉先人之丘墓乎？伏惟圣主之恩，不可胜量。君子游道，乐以忘忧；小人全躯，说以忘罪。窃自念过已大矣，行已亏矣，长为农夫以没世矣。是故身率妻子，戮（lù）力耕桑，灌园治产，以给公上。不意当复用此为讥议也。

夫人情所不能止者，圣人弗禁。故君父至尊亲，送其终也，有时而既。臣之得罪，已三年矣。田家作苦，岁时伏腊，烹羊炰羔，斗酒自劳。家本秦也，能为秦声。妇赵女也，雅善鼓琴。奴婢歌者数人，酒后耳热，仰天抚缶而呼呜呜。其诗曰："田彼南山，芜秽不治；种一顷豆，落而为萁。"人生行乐耳，须富贵何时？是日也，拂衣而喜，奋袖低昂，顿足起舞，诚淫荒无度，不知其不可也。恽幸有余禄，方籴（dí）贱贩贵，逐什一之利。此贾（gǔ）竖之事，污辱之处，恽亲行之。下流之人，众毁所归，不寒而栗。虽雅知恽者，犹随风而靡，尚何称誉之有？董生不云乎："明明求仁义，常恐不能化民者，卿大夫之意也；明明求财利，常恐困乏者，庶人之事也。"故道不同不相为谋。今子尚安得以卿大夫之制而责仆哉？

夫西河魏土，文侯所兴，有段干木、田子方之遗风，禀然皆有节概，知去就之分，顷者足下离旧土，临安定。安定山谷之间，昆夷旧壤，子弟贪鄙，岂习俗之移人哉！于今乃睹子之志矣。方当盛汉之隆，愿勉旃（zhān），无多谈。（选自《文选》）

非要等到有了圣明的君主才肯出来做事，那还要你辅佐干吗？

[东汉] 李固

> **导 读**
>
> 李固（94—147），字子坚，陕西南郑人，东汉名臣。黄琼（86—164），字世英，湖北安陆人，魏郡太守黄香之子，官至尚书仆射、太尉、司空等。《后汉书》中二人皆有传。

> 公元126年，屡次辞谢征召的黄琼又被朝廷征聘，当走到河南登封县时，忽然称病不行。李固向来仰慕黄琼，于是写了这封信催促他赶快来洛阳。李固写给黄琼的这封信，无论就思想还是文采而论，都是一篇好文章。尤其是"峣峣者易缺，皦皦者易污""《阳春》之曲，和者必寡；盛名之下，其实难副"等语，更是发人深省。

听说您已经渡过伊水、洛水，快到万岁亭了，难不成事情有了转圜的余地，您也准备接受朝廷的征召了？这真是极好的事情。孟子说，伯夷宁愿饿死在首阳山也不食周粟，未免过于固执；柳下惠三次被罢了官都不离去，也太不知自重了。对此，扬雄《法言》解释说："君子立身处世，既不能像伯夷那样固执狭隘，也不能像柳下惠那样降志辱身，在二者之间采取一个适当的态度才好。"这样的态度是古圣先贤所珍视的。难道您真的想效仿巢父和许由隐居山林吗？那您拒绝接受征召也是可以的。如果您还想出来一展抱负、救济苍生，那么现在正是时候！自古以来，就是治世少而乱世多，有节操的人非要等到有了圣明的君主才肯出来做事，那还要你辅佐干嘛？永远不会有机会的。

有句老话说得好：身居高位的容易遭受物议，洁身自好的容易受到污损。《阳春》之曲，和者必寡。盛名之下，其实难副。前不久，大名鼎鼎的樊英大人被请到京城，朝廷为他筑高台，设坐席，把他像神明一样供着。时过境迁，人们见他没有什么非常之举，又找不出他什么斤斤之失，于是谣言四起，樊大人的名望从此一落千丈。像这样前后判若天渊的情形，难道不是因为樊大人"盛名之下，其实难副"的缘故吗？更不用说朝廷征召的胡元安、薛孟尝、朱仲昭、顾季鸿这些人了，他们既没有煌煌功业也没有赫赫名声，以至于社会舆论都说这帮隐士完全是窃取虚名。现在先生您出山了，我希望您能大展宏图，做几件令人惊叹的大事，彻底颠覆那帮不争气的名士们用自己的言行所反复证明过的那句至理名言——盛名之下，其实难副！

原　文

遗（wèi）黄琼书

[东汉] 李固

闻已度伊、洛，近在万岁亭，岂即事有渐，将顺王命乎？盖君子谓伯夷隘，柳下惠不恭，故传曰："不夷不惠，可否之间。"盖圣贤居身之所珍也。诚遂欲枕山栖谷，拟迹巢、由，斯则可矣；若当辅政济民，今其时也。自生民以来，善政少而乱俗多，必待尧舜之君，此为志士终无时矣。

常闻语曰："峣峣（yáo）者易缺，皦皦（jiǎo）者易污。"《阳春》之曲，和者必寡，盛名之下，其实难副。近鲁阳樊君被征初至，朝廷设坛席，犹待神明。虽无大异，而言行所守无缺。而毁谤布流，应时折减者，岂非观听望深，声名太盛乎？自顷征聘之士，胡元安、薛孟尝、朱仲昭、顾季鸿等，其功业皆无所采。是故俗论皆言处士纯盗虚声。愿先生弘此远谟（mó），令众人叹服，一雪此言耳。（选自《后汉书·左周黄列传》）

· 魏晋南北朝 ·

现在江湖未静,我是不会让位的

[三国] 曹操

● 导 读

曹操(155-220),字孟德,小字阿瞒,安徽亳县人。三国时期杰出的政治家、军事家和文学家。鲁迅称赞他"是一个很有本事的人,至少是一个英雄"。

《述志令》又名《让县自明本志令》,是反映曹操思想和经历的一篇带有自传性质的重要文章。文章写得坦白直率,气势磅礴,充满豪气,表现出政治家的气度和见识。

我二十岁被举为孝廉开始仕途,当时年纪很轻,自以为不是那种隐居深山名望很高的名士,怕被天下人看作是平庸无能之辈,所以想当一个郡的太守,把它治理好,以此建立自己的名誉,让世上的人都清楚地了解我。所以我在济南任国相时,便大力革除弊政,公正地选拔、推荐官吏,这就得罪了那些朝廷的权贵。地方豪强和朝中权贵都对我心怀不满,我怕祸及家人,就托病还乡了。

辞官之后,还只三十来岁,回头看看与我一起被荐举的人当中,有的年纪已经五十多岁了,尚且不算年老。自己内心盘算,从今往后再过二十年,等到天下太平了我再出来,也就跟那些五十多岁才被举为孝廉的人差不多罢了。所以我决意归隐,并在亳县以东五十里建了一个学舍,打算在那里秋夏读书,冬春打猎,有点贫瘠的土地就够了,从此断绝和宾客交往的念头,就这样老于荒野、不被人知。但是这个愿望没能实现。

后来我被征召做了都尉,又调任典军校尉,心里就又想为国家讨平逆贼，可以立功封侯，作征西将军，死后在墓碑上刻上"汉故征西将军曹侯之墓"几个字，这就是我当时的志向。不久遇上董卓犯上作乱，各地纷纷起兵讨伐。这时我完全可以召集更多的兵马，然而我却常常压缩裁减，不愿扩充太多。之所以这样做，是怕兵多了意气骄盛，要与强敌抗争，说不定反而会成为祸端。汴水之战时，我的部下只有几千人，后来到扬州招募兵员，也没有超过三千人，这是因为我内在的志向就很有限。

后来我担任兖州刺史，打败了黄巾农民军，收编了三十多万人。袁术在九江有僭越称帝的意图，部下都向他称臣，城门也改称建号门，衣冠服饰都按照皇帝的制度预备了，两个老婆争着要当皇后。计划已定，有人劝说袁术立即登基，向天下人公开宣布。袁术回答说："曹公还在，不可称帝。"此后我出兵讨伐，擒拿了他的四员大将，俘获了大量部属，致使袁术走投无路，崩溃瓦解，最后得病而死。等到袁绍占据黄河以北，兵势强盛，我估计自己的力量实在不能和他匹敌，但想到我这是为国捐躯，舍生取义，足以留名后世，也就奋不顾身了。非常幸运的是，我打败了袁绍，还斩杀了他的两个儿子。那时刘表自以为是皇室的同族，包藏祸心，忽进忽退，观察形势，占据荆州，我又带兵平定了他，才使天下太平。等到自己当上了宰相，作为一个臣子已经显贵到极点，这就远远超过我本来的心意和愿望了。

今天我说这些，好像是自大，实在是想消除人们的非议，所以才无所隐讳罢了。假使国家没有我，还不知道会有多少人称帝，多少人称王呢！有的人看到我势力强大，又生来不相信什么天命，恐怕会私下议论我，说我有夺取帝位的野心，这种胡乱猜测，常使我心中不安。齐桓公和晋文公的名声传颂至今，是因为他们武力强大，仍然能够尊重周朝天子啊。《论语》说："周文王已占有三分之二的天下，还能恭顺地服侍商朝，周王室的道德可以说是最崇高的了。"因为他能以强大的自己来侍奉弱小的天子啊。从前燕国大将乐毅投奔赵国，赵王想与他合谋攻打燕国。乐毅跪在地上哭泣说："我侍奉燕昭王，就像侍奉大王您一样，我如果在您这儿获罪，被放逐到别国，直到死了为止，也不会忍心谋害赵国的普通百姓啊，现在我怎么忍心谋害燕国国君的后代呢？"秦二世胡亥要杀蒙恬的时候，蒙恬说："从我的祖父、父亲到我，长期受到秦国的信赖，已经三代了。现在我统兵三十多万，从实力上讲完全可以背叛朝廷，但是我自知就是被处死也要恪守君臣大义，不敢辱没祖先的教诲，更不敢忘记先王的恩德。"我每次读到这两个人的事迹，没有一次不感动得痛哭流涕的。从我的祖父、父亲到我，都担任皇帝的亲信和重臣，可以说是备受信任，现在算上我的儿子曹丕、曹植等人，汉朝皇帝对我们一家的信任已经超过三代了。

我不仅是对你们诸位才说这些，我还常常对妻妾这样说，要让他们都深知我的心意。我告诉她们说："等我死了以后，你们都应当改嫁，到那时，你们就可以把我的心意告诉更多的人，使人们都知道。"我这些话都是肺腑之言。我之所以这样反反复复地叙说这些心里话，是因为我看到周公有《金縢》之书可以表明自己的心迹，我没有《金縢》之书，怕天下人不相信我。但要我就这样放弃所统率的军队，把军权交还朝廷，回到自己的封地武平去，这却万万不可。为什么呢？怕放弃了兵权会被人加害。这既是为子孙打算，也是考虑到自己垮了台，国家将有颠覆的危险，因此不能贪图虚名而使自己处在危险之中，这是我所不能做的。此前朝廷加恩封赐我的三个儿子为侯，我坚决推辞不肯接受，现在我改变主意打算接受它。不是想以此为荣，而是想以他们作为外援，确保朝廷和自己的绝对安全。

每当我读到介子推逃避晋文公的封爵、申包胥逃避楚昭王的赏赐的事迹时，都要放下书本感叹不已，我也是想通过这些事来反省自己。我仰仗着国家的威望，代表天子出征，以弱胜强，以少胜多，心里想的、大胆干的，无不称心如意、马到成功，就这样扫平了天下，没有辜负君主的重托，可以说是天助我汉家皇室，不是人力所能企及的。现在我的封地占了四个县，享受着三万户的赋税，我有什么功德配得上这些呢！现在江湖未静，我是不会让位的。至于封地，可以退还一些。现在我把阳夏、柘、苦三县二万户的赋税退还给朝廷，只享受武平县一万户的赋税，姑且以此来平息流言蜚语，稍微减轻些别人对我的责难吧。

原 文

述志令

[三国] 曹操

孤始举孝廉,年少,自以本非岩穴知名之士,恐为海内人之所见凡愚,欲为一郡守,好作政教,以建立名誉,使世士明知之;故在济南,始除残去秽,平心选举,违迕(wǔ)诸常侍。以为强豪所忿,恐致家祸,故以病还。

去官之后,年纪尚少,顾视同岁中,年有五十,未名为老。内自图之,从此却去二十年,待天下清,乃与同岁中始举者等耳。故以四时归乡里,于谯东五十里筑精舍,欲秋夏读书,冬春射猎,求底下之地,欲以泥水自蔽,绝宾客往来之望,然不能得如意。

后征为都尉,迁典军校尉,意遂更欲为国家讨贼立功,欲望封侯作征西将军,然后题墓道言"汉故征西将军曹侯之墓",此其志也。而遭值董卓之难,兴举义兵。是时合兵能多得耳,然常自损,不欲多之;所以然者,多兵意盛,与强敌争,倘更为祸始。故汴水之战数千,后还到扬州更募,亦复不过三千人,此其本志有限也。

后领兖(yǎn)州,破降黄巾三十万众。又袁术僭(jiàn)号于九江,下皆称臣,名门曰建号门,衣被皆为天子之制,两妇预争为皇后。志计已定,人有劝术使遂即帝位,露布天下,答言"曹公尚在,未可也"。后孤讨禽其四将,获其人众,遂使术穷亡解沮,发病而死。及至袁绍据河北,兵势强盛,孤自度势,实不敌之,但计投死为国,以义灭身,足垂于后。幸而破绍,枭(xiāo)其二子。又刘表自以为宗室,包藏奸心,乍前乍却,以观世事,据有当州,孤复定之,遂平天下。身为宰相,人臣之贵已极,意望已过矣。

今孤言此,若为自大,欲人言尽,故无讳耳。设使国家无有孤,不知当几人称帝,几人称王!或者人见孤强盛,又性不信天命之事,恐私心相评,言有不逊之志,妄相忖度,每用耿耿。齐桓、晋文所以垂称至今日者,以其兵势广大，犹能奉事周室也。《论语》云："三分天下有其二，以服事殷，周之德可谓至德矣。"夫能以大事小也。昔乐毅走赵，赵王欲与之图燕。乐毅伏而垂泣，对曰："臣事昭王，犹事大王；臣若获戾，放在他国，没世然后已，不忍谋赵之徒隶，况燕后嗣乎！"胡亥之杀蒙恬也，恬曰："自吾先人及至子孙，积信于秦三世矣；今臣将兵三十余万，其势足以背叛，然自知必死而守义者，不敢辱先人之教以忘先王也。"孤每读此二人书，未尝不怆然流涕也。孤祖父以至孤身，皆当亲重之任，可谓见信者矣，以及子桓兄弟，过于三世矣。

孤非徒对诸君说此也，常以语妻妾，皆令深知此意。孤谓之言："顾我万年之后，汝曹皆当出嫁，欲令传道我心，使他人皆知之。"孤此言皆肝鬲（gé）之要也。所以勤勤恳恳叙心腹者，见周公有《金縢》之书以自明，恐人不信之故。然欲孤便尔委捐所典兵众，以还执事，归就武平侯国，实不可也。何者？诚恐己离兵为人所祸也。既为子孙计，又己败则国家倾危，是以不得慕虚名而处实祸，此所不得为也。前，朝恩封三子为侯，固辞不受，今更欲受之，非欲复以为荣，欲以为外援，为万安计。

孤闻介推之避晋封，申胥之逃楚赏，未尝不舍书而叹，有以自省也。奉国威灵，仗钺（yuè）征伐，推弱以克强，处小而禽大。意之所图，动无违事，心之所虑，何向不济，遂荡平天下，不辱主命。可谓天助汉室，非人力也。然封兼四县，食户三万，何德堪之！江湖未静，不可让位；至于邑土，可得而辞。今上还阳夏、柘（zhè）、苦三县户二万，但食武平万户，且以分损谤议，少减孤之责也。（选自《曹操集》）

希望陛下扩大自己神圣的影响力，不要随便看轻自己

[三国] 诸葛亮

> **导 读**
>
> 诸葛亮（181-234），字孔明，号卧龙，山东临沂人。中国传统文化中忠臣与智者的杰出代表。
>
> 《出师表》是诸葛亮北伐中原前呈给刘禅的表文，全文情感真挚，文笔酣畅，一片至诚溢于言表，堪称千古至文。

请允许我对您说：

先帝一生致力于恢复汉室、统一天下，但他开创的大业没来得及完成就撒手而去了。现在天下一分为三，我益州国力弱小、民生凋敝，时刻处在风雨飘摇之中。然而大臣们一刻不懈守卫着宫廷，将士们舍身忘死战斗在沙场，他们是感激先帝的知遇之恩，想要竭尽忠诚来报答陛下您啊。陛下应该继承先帝遗志，听取他们的意见，增强他们的士气，扩大您神圣的影响力，不应随便看轻自己，说话不当，堵塞了他们效忠陛下的道路。

陛下宫中与我丞相府中本是一个整体，哪些官员该升迁，哪些官员该惩罚，哪些官员表现好，哪些官员表现不好，都要用一把尺子量到底。如果有违法乱纪的人，或者尽忠职守的人，都应该交给主管部门去考核、评判，以显示陛下的公平公正，不应私心偏袒，使得内外法令不同。

郭攸之、费祎、董允等都是老实而有能力的人，他们的忠诚是经得起考验的，因此先帝把他们选拔出来辅佐陛下。我认为内政的事，不论大小，

都应当拿去问问他们，然后实施，一定能够弥补疏漏，减少过失，得到好的效果。

向宠这个人性情平和，品德端正，通晓军事，当年先帝把事情交给他去办，称赞他很"能干"，所以大家一致推举他当禁卫军统帅。我认为守卫的事，不论大小，都应当拿去问问他，然后实施，一定能够上下一心，各得其所，相安无事。

亲近贤臣，疏远小人，这是西汉之所以兴盛的原因；亲近小人，疏远贤臣，这是东汉之所以衰败的原因。先帝在世的时候，每次跟我谈起这些，没有一次不对桓帝、灵帝的失败而痛心惋惜的。侍中郭攸之、费祎，尚书陈震，长史张裔，参军蒋琬，这些人都是有本事、靠得住的臣子，希望陛下亲近他们，任用他们，这样蜀汉的兴盛就为时不远了。

我本是一介平民，在南阳种地过日子，从没想过要出来做官、海内扬名，只求尽我所能，在乱世中存活下来。先帝不嫌弃我出身卑贱，见识短浅，不惜降低身份，委屈自己，三次到小屋中来拜访我，拿天下大事来询问我，我感激先帝对我的尊重，于是答应先帝竭尽全力奔走效劳。后来遭遇重大挫折，我在军事失利之际接受重任，在形势危急之时出使东吴，从那时起到现在，已经二十一年了。

先帝深知我谨慎持重，所以临终时把您和这个国家一起托付给了我。自从那一刻起，我日日夜夜遭受着极大的痛苦，害怕把事办砸了，有损先帝的英明。所以我在盛夏之际渡过泸水，进入到遥远的荒地。如今南方已经平定，我们的力量变得强大，应当号令三军，北伐中原，我希望竭尽所能，驱除奸贼，恢复汉室，把国家迁回到以前的都城。这就是我日思夜想用来报答先帝、尽忠陛下的职责和本分。至于朝中政事的斟酌处理、存废兴革以及进献忠言等等，那就是郭攸之、费祎、董允的责任了。

希望陛下把北伐中原、恢复汉室的机会交给我，如果我让您失望了，就请治我的罪，用来告慰先帝的在天之灵。如果内政的事没有处理好，就请追究郭攸之、费祎、董允等人的责任，用来彰显他们的怠慢。陛下也要自己拿定主意，经常和臣子们讨论治国之道，寻求好的意见。我相信，陛下的心中，一定会永远牢记先帝的临终之言。如果能够这样，我会永远感激您。

现在我就要远离陛下了,面对这份奏表,我不禁流下泪来,也不知说了些什么……

原　文

出师表
[三国] 诸葛亮

臣亮言:先帝创业未半而中道崩殂(cú),今天下三分,益州疲弊,此诚危急存亡之秋也。然侍卫之臣不懈于内,忠志之士忘身于外者,盖追先帝之殊遇,欲报之于陛下也。诚宜开张圣听,以光先帝遗德,恢弘志士之气,不宜妄自菲薄,引喻失义,以塞忠谏之路也。

宫中府中,俱为一体,陟(zhì)罚臧否(zāng pǐ),不宜异同。若有作奸犯科及为忠善者,宜付有司论其刑赏,以昭陛下平明之理,不宜偏私,使内外异法也。

侍中、侍郎郭攸之、费祎(yī)、董允等,此皆良实,志虑忠纯,是以先帝简拔以遗陛下。愚以为宫中之事,事无大小,悉以咨之,然后施行,必能裨补阙漏,有所广益。

将军向宠,性行淑均,晓畅军事,试用于昔日,先帝称之曰"能",是以众议举宠为督。愚以为营中之事,悉以咨之,必能使行陈和睦,优劣得所。

亲贤臣,远小人,此先汉所以兴隆也;亲小人,远贤臣,此后汉所以倾颓也。先帝在时,每与臣论此事,未尝不叹息痛恨于桓、灵也。侍中、尚书、长史、参军,此悉贞亮死节之臣,愿陛下亲之信之,则汉室之隆,可计日而待也。

臣本布衣,躬耕于南阳,苟全性命于乱世,不求闻达于诸侯。先帝不以臣卑鄙,猥(wěi)自枉屈,三顾臣于草庐之中,咨臣以当世之事,由是感激,遂许先帝以驱驰。后值倾覆,受任于败军之际,奉命于危难之间,尔来二十有一年矣。

先帝知臣谨慎,故临崩寄臣以大事也。受命以来,夙夜忧叹,恐托付不效，以伤先帝之明，故五月渡泸，深入不毛。今南方已定，兵甲已足，当奖率三军，北定中原，庶竭驽钝，攘除奸凶，兴复汉室，还于旧都，此臣所以报先帝而忠陛下之职分也。至于斟酌损益，进尽忠言，则攸之、祎、允之任也。

愿陛下托臣以讨贼兴复之效；不效，则治臣之罪，以告先帝之灵。若无兴德之言，则责攸之、祎、允等之慢，以彰其咎。陛下亦宜自谋，以咨诹（zōu）善道，察纳雅言，深追先帝遗诏。臣不胜受恩感激。今当远离，临表涕零，不知所言。（选自《诸葛亮集》）

宁静的力量

[三国] 诸葛亮

导 读

诸葛亮《诫子书》是古代家训中的名作，全篇仅有86个字，却写出了宁静的力量、节俭的力量、理想的力量、学习的力量、性格的力量、时间的力量，可谓字字千金，使人受用终生。

君子的行为操守，从宁静来提高自身的修养，以节俭来培养自己的品德，不恬淡寡欲就无法明确志向，不排除外来干扰就无法达到远大目标。学习必须静心专一，而才干来自学习，所以不学习就无法增长才干，没有志向就不能学有所成。放纵懒散，无法振奋精神；狭隘浮躁，不能陶冶性情。年华随时光而飞驰，意志随岁月而流逝，最终枯败零落，对社会没有任何贡献，只能悲哀地守在那个破旧的小房子里，到那时悔恨又怎么来得及？

● 原　文

诫子书

[三国] 诸葛亮

　　夫君子之行，静以修身，俭以养德。非澹泊（dàn bó）无以明志，非宁静无以致远。夫学须静也，才须学也。非学无以广才，非志无以成学。慆（tāo）慢则不能励精，险躁则不能治性。年与时驰，意与日去。遂成枯落，多不接世，悲守穷庐，将复何及！（选自《诸葛亮集》）

文人都喜欢显摆

[三国] 曹丕

● 导　读

　　曹丕（187—226），字子桓，安徽亳州人。三国时期著名的政治家、文学家。

　　《典论·论文》是一篇非常重要的文论著作，在中国文学理论批评史上具有划时代的意义，它提出了"文以气为主"的著名论断，提出了文章不朽说，提出了"四科八体"的文体分类思想，所有这些，都标志着曹丕所处的时代进入了"文学的自觉时代"。

文人之间你看不起我,我看不起你,从来就是这样。就说傅毅和班固这两个人吧,本来旗鼓相当不相上下,班固却对傅毅看不上眼,给弟弟班超写信说:"傅毅因为写得一手好文章当上了国家图书馆馆长,你看看他那点出息,一写起文章来就喋喋不休的。"哎,文人都喜欢显摆。写文章这事吧,体裁不一样,各人气质也不一样,很少有人各种体裁都写得好的,你拿自己擅长的体裁去挑别人不擅长的体裁的毛病,这算怎么回事呢。乡里俗话说:"家中有一把破扫帚,你也把它当成价值千金的宝贝。"这话用在文人身上再贴切不过了。

当今的文人,排得上号的只有"建安七子"。哪七个人呢?孔融、陈琳、王粲、徐幹、阮瑀、应场、刘桢。这七个人,个个学问渊博,文辞绝妙,像千里马一样并驾齐驱于当今文坛,你要叫他们互相钦服,排个座次出来,那是一点门都没有。我是当今皇上,又不在他们这拨人里边,所以我能不挟文人相轻的私见,平心静气地评论一下他们的短长。

王粲擅长创作辞赋。徐幹的文章浑厚朴实,完全可以和王粲相匹敌。比如王粲的《初征赋》《登楼赋》《槐赋》《征思赋》,徐幹的《玄猿赋》《漏卮赋》《圆扇赋》《橘赋》,这几篇文章就是张衡、蔡邕也超不过,其他的文章却达不到这样的高度。陈琳和阮瑀的文章中,章、表、书、记这四种体裁是当今文坛一绝。应场的文章说理平和但气势不够雄壮,刘桢的文章气势雄壮但文理不够细密。孔融的文章高雅脱俗,确有过人之处,但他的文章立论不扎实,有点飘,甚至拿玩笑戏弄当有趣。至于说他所擅长的体裁,是可以归入扬雄、班固一个层次的。

一般人看重古人,轻视今人,崇尚名声,不重实际,又看不清自己的缺陷,总以为自己样样都能。要知道,文章所表达的本质内容都是差不多的,但具体表现形式却各不相同,所以奏章、驳议要文雅合宜,书信、论说要讲求义理,铭文、诔文要崇尚质实,诗歌、词赋要辞采华丽。在文学体裁中,这"四科八体"的表现形式各有侧重,所以偏才只能擅长一二种体裁,只有全才才能精通各种体裁。

文章以"气"为主,气盛则言宜。作家个性气质不同,文章风格便不同,这不是外力所能改变的。打个比方来说,音乐的曲调和节奏虽然一模一样,但是演奏者的运气发声及熟练程度却千差万别,没办法奏出同样的音乐。这都来自天赋，父亲不能传给儿子，兄长不能教给弟弟。

文章之道大矣哉！它有关治国之道，足以流传不朽。人的生死寿夭有时间的限制，荣华富贵有个体的限制，二者都有一个期限和界定，不像文章那样可以永远流传，发扬光大。因此，古代的仁人志士都把投身写作当成神圣的事业，他们自铸伟辞，把自己的思想情感寄托在文章中，不再借助官府的认可，也不再依靠显赫的权势，就能把声名流传到后世。文王被囚禁，推演出了《周易》；周公显达后，制作了《周礼》。这个例子告诉我们，既不要因穷困而放弃写作，也不要因显达而更改志向。

古人看轻一尺的玉璧而看重一寸的光阴，这是惧怕时间白白流逝啊。但是，大多数人都不愿意强迫自己戮力于文章大业，贫贱的时候则因饥寒交迫而不能，富贵的时候则因沉湎逸乐而不改，于是只知经营眼前的事务，而丢弃了流传千载的功业。太阳和月亮在天上走，长江和大河在地上流，时间一天天过去，我们的身体发肤忽然间就与天地万物一样改变而衰老，大概这就是仁人志士内心深处最深切的悲痛吧！

如今，孔融等人都已经去世了，只有徐幹著有《中论》，成为一家之言。可悲啊！

● 原　文

典论·论文

[三国] 曹丕

文人相轻，自古而然。傅毅之于班固，伯仲之间耳，而固小之，与弟超书曰："武仲以能属文为兰台令史，下笔不能自休。"夫人善于自见，而文非一体，鲜能备善。是以各以所长，相轻所短。里语曰："家有弊帚，享之千金。"斯不自见之患也。

今之文人，鲁国孔融文举，广陵陈琳孔璋，山阳王粲仲宣，北海徐幹伟长，陈留阮瑀（yǔ）元瑜，汝南应玚（yáng）德琏（liǎn），东平刘桢公干。斯七子者，于学无所遗，于辞无所假，咸以自骋骥騄（jì lù）于千里，仰齐足而并驰。以此相服，亦良难矣。盖君子审己以度人，故能免于斯累，而作《论文》。

王粲长于辞赋，徐幹时有齐气，然粲之匹也。如粲之《初征》《登楼》《槐赋》《征思》，幹之《玄猿》《漏卮（zhī）》《圆扇》《橘赋》，虽张、蔡不过也。然于他文未能称是。琳、瑀之章、表、书、记，今之隽也。应玚和而不壮。刘桢壮而不密。孔融体气高妙，有过人者，然不能持论，理不胜词，以至乎杂以嘲戏，及其所善，杨、班俦（chóu）也。

常人贵远贱近，向声背实，又患闇（àn）于自见，谓己为贤。夫文，本同而末异。盖奏议宜雅，书论宜理，铭诔（lěi）尚实，诗赋欲丽。此四科不同，故能之者偏也；唯通才能备其体。

文以气为主；气之清浊有体，不可力强而致。譬诸音乐，曲度虽均，节奏同检；至于引气不齐，巧拙有素，虽在父兄，不能以移子弟。

盖文章经国之大业，不朽之盛事。年寿有时而尽，荣乐止乎其身。二者必至之常期，未若文章之无穷。是以古之作者，寄身于翰墨，见意于篇籍，不假良史之辞，不托飞驰之势，而声名自传于后。故西伯幽而演《易》，周旦显而制《礼》，不以隐约而弗务，不以康乐而加思。夫然，则古人贱尺璧而重寸阴，惧乎时之过已。而人多不强力，贫贱则慑于饥寒，富贵则流于逸乐，遂营目前之务，而遗千载之功。日月逝于上，体貌衰于下，忽然与万物迁化，斯志士之大痛也！

融等已逝，唯幹著论，成一家言。（选自《文选》）

每个人心中都有一个女神

[三国] 曹植

导 读

曹植（192—232），字子建，又称陈思王，安徽亳州人。与曹操、曹丕合称"三曹"，谢灵运对其有"天下才有一石，曹子建独占八斗"的评价。

《洛神赋》叙述作者自己在洛水边与洛神相遇的浪漫爱情故事，充满人神之恋的惝恍迷离之感。

公元222年，我去京师朝拜天子，回来时渡过洛水，偶遇洛神。古人说，洛水之神名叫宓妃，是伏羲的小女儿，溺死洛水，故而为神。我从宋玉《神女赋》里听说过楚王遇神女的事，不知是假是真，但我在洛水遇见洛神的事却有据可查，我得把这段经历写下来，是这样的：

我从洛阳返回封邑鄄城，路途遥远，要经过龙门山、轘辕山、通谷和景山。这样一路走着，当我来到洛水的时候，太阳已经西下，人困马乏。于是我就在河边停下车来，让马在河边吃草。我在树林中悠闲地走着，纵目眺望水波浩渺的洛川。忽然间，我感到精神一阵恍惚。猛一抬头，惊呆了，只见一个绝世佳人，立于山岩之旁。我情不自禁地扯了一下车夫的衣袖："喂，你看见那个人了吗？她是谁呀？怎么那么美！"车夫说："我只听说洛水之神名叫宓妃，莫非你看见的是她！她到底长什么样，我也很想知道呢。"

于是我就把我所看见的那个女子的容貌告诉他："其形也，翩若惊鸿，婉若游龙，容光焕发，充满生气，体态婀娜，行动飘忽。远远望去，像太阳升起一样光辉灿烂。细细一看，又像芙蓉出水一样清纯。她体态适中，高矮合度，肩窄如削，腰细如束。颈长肤白，皓质呈露，既不施脂，也不敷粉。发髻高耸如云,眉毛弯曲细长,红唇鲜润,牙齿洁白。明眸善睐,酒窝隐现,姿态优雅妩媚,举止温文娴静。她情态柔美和顺,语辞得体可人,服饰超凡脱俗,骨相清奇如神。她身披五彩霞衣,耳垂明月之珠。头上满是金银翡翠,周身缀以稀世明珠。脚踏五彩斑斓的皂靴,拖着薄雾般的裙裾,隐隐散发出幽幽兰香,独自在山边徘徊倘佯。"

我接着对车夫说下去:"她忽然飘然轻举,且行且戏,左边有彩旗依靠,右边有桂枝遮荫,她把纤纤素手探到洛水之中,正采摘湍急河水中的灵芝仙草。我对她的美心生爱慕,不觉浑身不安心跳加速。恨不能立马找个媒人去提亲,没奈何只能对着洛水微波轻轻叹息。但愿她能懂得我真诚的情意,我愿解下腰间的玉佩送给她。她也举着美玉回赠给我,又指着洛水立下誓言。完美的女神啊,你知书懂礼,不亢不卑。我心里充满真诚的依恋,又怕受到神女的蛊惑诱骗。郑交甫不是在汉水边也遇到过神女解佩相赠吗?谁想到满心欢喜只是一场空。看来我还是不要相信这艳遇为好,于是我敛容定神,以礼义自持。"

车夫听到这里,刚要"啊"的一声叫起来,却被我拦住了,我继续说下去:"这时洛神受到感动,低回徘徊,神光离合,忽明忽暗。她耸起轻盈的身躯,像仙鹤般将要飞翔;她走过的路花香满径,怅然的叹息美丽悠长。于是众神纷至沓来,呼朋引类,在洛水中嬉戏,在小洲上飞翔,采集水底的明珠,拾取翠鸟的羽毛。湘水之神娥皇、女英在洛神身旁紧紧相随,郑交甫所遇见过的汉水女神挽着她的手,都为她的孤独无偶而叹息哀伤。她举起手臂用衣袖遮住阳光,久久地伫立眺望,轻薄的上衣随风摆动,呼呼作响。她行动轻盈像飞鸟一样,飘忽不定神出鬼没。她从水波上轻轻掠过,脚下生起蒙蒙水雾。你看她一忽儿行踪不定,喜忧不明。一忽儿进退难料,若往若还。你看她眼波流转,神采飞扬,内心喜悦,绽露红颜。你看她欲言又止,气若幽兰。花容婀娜,令我忘餐。"

我顿了顿,车夫催我快讲,我只好又接着说:"这时风神将风停下,水神止息了波涛,司阴阳的神敲响了天鼓,补天的女娲唱起了清歌。鲤鱼跳出水面簇拥车乘,众神随着叮当作响的玉鸾一齐离去。六条龙齐头并进,载着云车缓缓而行,鲸鱼腾跃在车驾两旁,水鸟殷勤护卫翱翔。于是洛神越过水中的岛屿,翻过南面的山冈,回转白皙的颈项,投来清秀的目光,一步一回头，想去又想留，朱唇微启，缓缓陈述无奈分离的大节纲常。她说：'谁叫你我人神有别，虽在盛年此愿难偿。'话没说完，不禁举起罗袖掩面而泣，止不住的泪水沾湿了衣裳。她又说：'我们永远也没有机会再相见了，从此天各一方。给你留点什么作个念想呢，就把这明月之珠给你吧。虽然我深居天上宫阙，我也会时常思念君王。'洛神说毕忽然不知去处，我为众神一时消失隐去光彩而深感惆怅。"

后面的故事大家都知道了。我翻山越岭，上穷碧落下黄泉，两处茫茫皆不见。洛神已去，余情绻缱，四下寻找，平添惆怅。我满心希望洛神再临人间，于是驾起小船逆流而上。找遍悠长的洛水也难觅踪影，思恋的痛使人心伤。长夜耿耿，难以入眠。和衣而卧，满身浓霜。然而直到天光大亮，她也没有回来。我不得已命令车夫起驾，继续踏上归程。当我揽住缰绳准备启程时，却又怅然若失，久久不愿离去。

●原　文

洛神赋

[三国] 曹植

黄初三年，余朝京师，还济洛川。古人有言，斯水之神，名曰宓（fú）妃。感宋玉对楚王神女之事，遂作斯赋。其辞曰：

余从京域言归东藩，背伊阙，越轘（huán）辕。经通谷，陵景山。日既西倾，车殆马烦。尔乃税驾乎蘅皋（héng gāo），秣驷（mò sì）乎芝田。容与乎阳林，流眄（miǎn）乎洛川。于是精移神骇，忽焉思散。俯则未察，仰以殊观。睹一丽人，于岩之畔。乃援御者而告之曰："尔有觌（dí）于彼者乎？彼何人斯，若此之艳也？"御者对曰："臣闻河洛之神，名曰宓妃，然则君王所见，无乃是乎？其状若何？臣愿闻之。"

余告之曰："其形也，翩若惊鸿，婉若游龙。荣曜（yào）秋菊，华茂春松。仿佛兮若轻云之蔽月，飘飖（yáo）兮若流风之回雪。远而望之，皎若太阳升朝霞；迫而察之，灼若芙蕖（qú）出渌（lù）波。秾（nóng）纤得衷，修短合度。肩若削成，腰如约素。延颈秀项，皓质呈露。芳泽无加，铅华弗御。云髻峨峨，修眉联娟。丹唇外朗，皓齿内鲜。明眸善睐，靥（yè）辅承权。瑰姿艳逸，仪静体闲。柔情绰（chuò）态，媚于语言。奇服旷世，骨像应图。披罗衣之璀粲兮，珥（ěr）瑶碧之华琚（jū）。戴金翠之首饰，缀明珠以耀躯。践远游之文履，曳雾绡之轻裾。微幽兰之芳蔼兮，步踟蹰（chí chú）于山隅。

"于是忽焉纵体，以遨以嬉。左倚采旄（máo），右荫桂旗。攘皓腕于神浒（hǔ）兮，采湍濑（lài）之玄芝。余情悦其淑美兮，心振荡而不怡。无良媒以接欢兮，托微波而通辞。愿诚素之先达兮，解玉佩以要之。嗟佳人之信修，羌习礼而明诗。抗琼珶（dì）以和予兮，指潜渊而为期。执眷眷之款实兮，惧斯灵之我欺。感交甫之弃言兮，怅犹豫而狐疑。收和颜而静志兮，申礼防以自持。

"于是洛灵感焉，徙倚彷徨。神光离合，乍阴乍阳。竦（sǒng）轻躯以鹤立，若将飞而未翔。践椒涂之郁烈，步蘅薄而流芳。超长吟以永慕兮，声哀厉而弥长。

"尔乃众灵杂遝（tà），命俦啸侣。或戏清流，或翔神渚。或采明珠，或拾翠羽。从南湘之二妃，携汉滨之游女。叹匏（páo）瓜之无匹兮，咏牵牛之独处。扬轻袿（guī）之猗（yī）靡兮，翳（yì）修袖以延伫。体迅飞凫，飘忽若神。陵波微步，罗袜生尘。动无常则，若危若安。进止难期，若往若还。转眄（miǎn）流精，光润玉颜。含辞未吐，气若幽兰。华容婀娜，令我忘餐。

"于是屏翳收风，川后静波。冯夷鸣鼓，女娲（wā）清歌。腾文鱼以警乘，鸣玉鸾以偕逝。六龙俨其齐首，载云车之容裔。鲸鲵（ní）踊而夹毂（gǔ），水禽翔而为卫。

"于是越北沚，过南冈。纡（yū）素领，回清阳。动朱唇以徐言，陈交接之大纲。恨人神之道殊兮，怨盛年之莫当。抗罗袂（mèi）以掩涕兮，泪流襟之浪浪。悼良会之永绝兮，哀一逝而异乡。无微情以效爱兮，献江南之明珰（dāng）。虽潜处于太阴，长寄心于君王。忽不悟其所舍，怅神宵而蔽光。

"于是背下陵高，足往神留。遗情想像，顾望怀愁。冀灵体之复形，御轻舟而上溯（sù）。浮长川而忘反，思绵绵而增慕。夜耿耿而不寐，沾繁霜

而至曙。命仆夫而就驾，吾将归乎东路。揽辔（fēi）辔以抗策，怅盘桓而不能去。"（选自《文选》）

绝交书原来是自供状

[三国] 嵇康

> **导读**
>
> 嵇康（224-263），字叔夜，安徽濉溪人。三国时期著名思想家、音乐家、文学家，"竹林七贤"之一。
>
> 这封信与其说是绝交，不如说是自我的表白。嵇康其实是要找一个机会，把他的志向、把他真实的自我说出来。目的是什么呢？目的就是不当司马氏政权的官，拒绝为他服务——在政治黑暗的时代，对士人来说，用就是辱。所以说，这封信其实是写给潜在的第三者——司马氏看的。后来司马氏当然也看到这封信了，也把嵇康给杀了。但山涛跟嵇康还是朋友，嵇康临死还把儿子嵇绍托孤给山涛。

嵇康谨启：

过去您曾在山嶔面前赞赏我的辞官归隐，我也总把您当作知音。所以我就奇了怪了，您怎么还是觉得我想当官，您这是从哪儿听说的呢？年前我从河东回来，显宗和阿都跟我说，是您提议要我来接替您的职务，这件事办不成不说，它还证明了您压根并不了解我。

您处事灵活，对人说好话多，批评得少。我性格直爽，心胸狭窄，对很多事情看不惯。咱俩能成为朋友，偶然罢了。近来听说您要升官了，我感到十分忧虑，恐怕您不好意思独自做官，要拉我给您当下手，就像厨师羞于一个人做菜，要拉祭师来帮忙一样，这等于使我手执屠刀，也惹上一身臊。所以给您写这封信，说说为什么不行。

过去读书，书上说有人既能兼济天下又能独善其身，我当时不信，但现在信了。性格决定命运，比如我对有些事情就看不惯，那真不必勉强。现在大家都说有一种很通达的人，对任何事情都看得惯，表面上看起来跟一般的人没有什么两样，但内心却能保持正道，他们既能和光同尘又能洁身自好。

老子、庄子当的都是小官，柳下惠、东方朔都很通达，孔子为了追求道义，还赶过大车，子文志向不高，却三次登上高位，他们都是一边脚踏实地，一边仰望星空，实现了济世救民的抱负。这就是前人说的，在显达的时候能够兼善天下而始终不改变自己的意志，在失意的时候能够独善其身而内心不觉得苦闷。

所以说，尧、舜做皇帝，许由隐居山林，张良辅助刘邦，接舆凤歌笑孔丘，他们的行为方式不同，却是殊途同归，各依本性行事，都实现了自己的志向。朝廷为官的人为了禄位不愿离开，隐居山林的人为了名声不愿出仕，这都是有的。季札推崇子臧，司马相如爱慕蔺相如，也是人各有志，没有办法改变的。我每次读尚子平传和台孝威传，心里充满羡慕，经常想见他们的为人。

我很小就没了父亲，身子骨又弱，母亲和哥哥又骄纵我，正经的书就没怎么去读。我的性情慵懒散漫，筋骨无力，肌肉松弛，头发和脸十天半月不洗一次，要不是感到特别发闷发痒，我是不会洗澡的。小便常常忍到膀胱胀得受不了，才起身去方便。骄纵的日子长了，就生成了孤傲散漫的个性，行为愈发简慢无礼。这幅臭德行能被朋友们宽容，只是因为他们不计较罢了。

后来我又读了《庄子》和《老子》，受其影响，行为更加放诞无羁。因此，追求仕进荣华的热情日益减弱，放任率真的本性却日益增强。这就像麋鹿一样，如果从小就捉来加以驯养，那就能有规矩；如果长大了才去管束，那就一定会乱蹦乱跳，宁死不屈。你就是给它套上金镳玉辔，给它锦衣玉食，它还是会迷恋山林和草原。

在阮籍口中，从不说别人的不好，这一点我就比不了他。他至性过人却从不伤人，只是爱喝点酒，就被那些嫉恶如仇的正人君子诟病，要不是大将军护着，早就玩完了。我没有阮籍那种天赋，却有无礼散漫的毛病，又不通人情，不懂潜规则，遇事不知谨慎，偏爱畅所欲言。倘若时间一长，得罪人的事情就会成为家常便饭，想不出事都难。

再说，人伦有礼，朝廷有法。我已经反复想过了，官场于我而言有七大"受不了"，两大"过不去"。

我喜欢睡懒觉，当了官差役每天就要催你起床，这是一大受不了。我喜欢弹琴吟诗、射鸟钓鱼，当了官就有一帮人盯着不能到处乱跑，这是第二大受不了。上班得正襟危坐，腿麻了也不能摇晃，我身上虱子又多，老得去挠，还要让我穿着正装去见领导，这是第三大受不了。我没写过公文，又讨厌公文，当了官就要处理很多鸡毛蒜皮的事，搞不好就会各种公文堆满一桌子，不处理失职，都处理伤身，这是第四大受不了。我不喜欢吊丧，但人情又特别重视吊丧，不去吧，人家有意见，去吧，自己又不愿意，这是第五大受不了。当了官以后，不喜欢的人，你也得应付，饭桌上喧闹嘈杂，环境污浊，各种千奇百怪的花招伎俩整天在你面前表演，这是第六大受不了。我没有什么耐心，一旦当官，部门工作你得操心，人情世故你得考虑，特别烦心，这是第七大受不了。

还有，我经常攻击周公、孔子所代表的正统思想，要是在官场上管不住嘴，被人传了出去，必为主流价值观所不容，这是第一大过不去。我脾气暴躁，爱憎分明，看不惯就说，碰上事就火，这是第二大过不去。以我这样狭隘的心胸，加上这九大隐患，要我去做官，不是被整死，就是被气死，我能撑得了几天呢？听道士说，服食山芥和黄精，可以使人长寿，我很向往。无官一身轻，可以游山玩水，怡情悦性，一旦做官，就失去了这些乐趣，怎么能够丢掉自己乐意做的事而去做自己害怕做的事呢？

人与人相知，贵在了解彼此的天性，然后成全对方。夏禹不会强迫伯成子高出来做官，是为了成全他的节操；孔子不向子夏借伞，是为了帮他护短；诸葛亮不会逼迫徐庶投奔蜀汉，华歆不会强迫管宁接任卿相，这些人才算得上是始终如一、相知相契的朋友。

您看这直的木头不可以做成轮子，弯的木头不可以做成椽子，这是因为人们不想扭曲它们的本性，让它们各适所用、各得其所罢了。所以士、农、工、商各有专长，都以顺应天性为乐，这一点只有通达的人才能看得透。您不能自己觉得官帽好戴，就非得给别人戴上，自己觉得腐臭好吃，就非得给凤凰喂死老鼠吃。

我近来正在学习养生的方法，恰要疏远荣华，摒弃美味，以此保持内心的恬淡宁静，努力追求"无为"的境界。即使没有上面所说的九大隐患，我尚且对您所爱好的那些东西不屑一顾。我有胸闷的毛病，近来又加重了，自己设想，是不能忍受那些看不惯的事的。我已经考虑清楚，如果真是无路可走，玩完就玩完呗。您可不要扭曲我的天性，使我陷于走投无路的绝境。

我刚刚失去母亲和兄长，时常感到悲伤。我的女儿才十三岁，儿子才八岁，都还没有成人，而且经常生病。每每想到这些我就十分惆怅，还有什么好说的呢！我现在唯一的愿望就是过平平淡淡的日子，教育好自己的孩子，有空就与亲朋好友叙叙家常，喝杯薄酒，弹支古曲，这样就很满足了。

您执意要骚扰我，不过是想为朝廷物色人才，满足琐事之需而已。您可早就知道我放任散漫，狗屁不通，我也是这么看自己的。世人都爱荣华，如果您看到有人独自远离，并能由衷赞赏，那么您就是我的朋友，可以无话不谈。像我这样经常生病，想远离世事以求保全的人，是没有为人民服务的高尚志向的，您怎么能够看到宦官而称赞他是守贞节的人呢！如果您急于要我跟您一同去做官，共谋前程，分享快乐，您真要是这么逼我，我一定会发疯的。没有深仇大恨，是做不出这种事的。

山野之人觉得晒太阳最快乐，吃芹菜最香甜，因此想把这两样东西献给皇上，心是好心，但用错了地方。希望您别做这种事。这封信既是向您告白，也是向您告别。

原 文

与山巨源绝交书

[三国] 嵇康

康白：足下昔称吾于颍川，吾常谓之知言。然经怪此意，尚未熟悉于足下，何从便得之也。前年从河东还，显宗、阿都说足下议以吾自代，事虽不行，知足下故不知之。足下傍通，多可而少怪。吾直性狭中，多所不堪，偶与足下相知耳。间闻足下迁，惕然不喜，恐足下羞庖（páo）人之独割，引尸祝以自助，手荐鸾刀，漫之膻腥，故具为足下陈其可否。

吾昔读书，得并介之人，或谓无之，今乃信其真有耳。性有所不堪，真不可强；今空语同知有达人，无所不堪，外不殊俗，而内不失正，与一世同其波流，而悔吝不生耳。老子、庄周，吾之师也，亲居贱职；柳下惠、东方朔，达人也，安乎卑位，吾岂敢短之哉。又仲尼兼爱，不羞执鞭；子文无欲卿相，而三登令尹，是乃君子思济物之意也。所谓达能兼善而不渝，穷则自得而无闷，以此观之，故尧、舜之君世，许由之岩栖，子房之佐汉，接舆之行歌，其揆（kuí）一也。仰瞻数君，可谓能遂其志者也。故君子百行，殊途而同致，循性而动，各附所安，故有处朝廷而不出，入山林而不反之论。且延陵高子臧（zāng）之风，长卿慕相如之节，志气所托，不可夺也。

吾每读尚子平、台孝威传，慨然慕之，想其为人。少加孤露，母兄见骄，不涉经学，性复疏懒，筋驽（nú）肉缓，头面常一月十五日不洗，不大闷痒，不能沐也。每常小便而忍不起，令胞中略转乃起耳。又纵逸来久，情意傲散，简与礼相背，懒与慢相成，而为侪（chái）类见宽，不攻其过。又读《庄》、《老》，重增其放，故使荣进之心日颓，任实之情转笃。此犹禽鹿少见驯育，则服从教制；长而见羁，则狂顾顿缨，赴蹈汤火，虽饰以金镳（biāo），飨（xiǎng）以嘉肴，逾思长林而志在丰草也。

阮嗣宗口不论人过，吾每师之，而未能及，至性过人，与物无伤，唯饮酒过差耳。至为礼法之士所绳，疾之如雠（chóu），幸赖大将军保持之耳。吾不如嗣宗之资，而有慢弛之阙；又不识人情，暗于机宜；无万石之慎，而有好尽之累，久与事接，疵衅（xìn）日兴，虽欲无患，其可得乎？

又人伦有礼，朝廷有法，自惟至熟，有必不堪者七，甚不可者二：卧喜晚起，而当关呼之不置，一不堪也；抱琴行吟，弋（yì）钓草野，而吏卒守之，不得妄动，二不堪也；危坐一时，痹（bì）不得摇，性复多虱，把搔无已，而当裹以章服，揖拜上官，三不堪也；素不便书，又不喜作书，而人间多事，堆案盈机，不相酬答，则犯教伤义，欲自勉强，则不能久，四不堪也；不喜吊丧，而人道以此为重，己为未见恕者所怨，至欲见中伤者，虽惧自责，然性不可化，欲降心顺俗，则诡故不情，亦终不能获无咎无誉如此，五不堪也；不喜俗人，而当与之共事，或宾客盈坐，鸣声聒（guō）耳，嚣尘臭处，千变百伎，在人目前，六不堪也；心不耐烦，而官事鞅掌，机务缠其心，世故繁其虑，七不堪也。又每非汤、武而薄周、孔，在人间不止，此事会显，世教所不容，此甚不可一也；刚肠疾恶，轻肆直言，遇事便发，此甚不可二也。以促中小心之性，统此九患，不有外难，当有内病，宁可久处人间邪？又闻道士遗言：饵术黄精，令人久寿，意甚信之；游山泽，观鱼鸟，心甚乐之；一行作吏，此事便废，安能舍其所乐，而从其所惧哉？

夫人之相知，贵识其天性，因而济之。禹不逼伯成子高，全其节也。仲尼不假盖于子夏，护其短也。近诸葛孔明不逼元直以入蜀，华子鱼不强幼安以卿相，此可谓能相终始，真相知者也。足下见直木，必不可以为轮；曲者，不可以为桷（jué），盖不欲以枉其天才，令得其所也。故四民有业，各以得志为乐，唯达者为能通之，此足下度内耳。不可自见好章甫，强越人以文冕也；己嗜臭腐，养鸳（yuān）雏以死鼠也。吾顷学养生之术，方外荣华、去滋味，游心于寂寞，以无为为贵。纵无九患，尚不顾足下所好者；又有心闷疾，顷转增笃，私意自试，不能堪其所不乐。自卜已审，若道尽途穷则已耳，足下无事冤之，令转于沟壑也。

吾新失母兄之欢，意常凄切。女年十三，男年八岁，未及成人，况复多病。顾此悢悢（liàng），如何可言！今但愿守陋巷，教养子孙，时与亲旧叙叙阔，陈说平生，浊酒一杯，弹琴一曲，志愿毕矣。足下若嬲（niǎo）之不置，不过欲为官得人，以益时用耳。足下旧知吾潦倒粗疏，不切事情，自惟亦皆不如今日之贤能也。若以俗人皆喜荣华，独能离之，以此为快；

此最近之，可得言耳。然使长才广度，无所不淹，而能不营，乃可贵耳。若吾多病困，欲离事自全，以保余年，此真所乏耳，岂可见黄门而称贞哉？若趣欲共登王途，期于相致，时为欢益，一但迫之，必发其狂疾，自非重怨，不至于此也。

野人有快炙背而美芹子者，欲献之至尊，虽有区区之意，亦已疏矣。愿足下勿似之，其意如此，既以解足下，并以为别。嵇康白。（选自《嵇康集校注》）

写来写去空惆怅

[西晋] 向秀

导读

向秀（约227-272），字子期，河南武陟人。"竹林七贤"之一，喜谈老庄之学，赋仅存《思旧赋》一篇。

这篇赋是作者为追思好友嵇康和吕安所作，但由于当时政治环境的险恶，不便畅言，有言犹未尽之感。鲁迅《为了忘却的记念》一文中说："要写下去，在中国的现在，还是没有写处的。年青时读向子期《思旧赋》，很怪他为什么只有寥寥几行，刚开头却又煞了尾。然而，现在我懂了。"

我与嵇康、吕安常在一起交游，这两个人都有无与伦比的才情。嵇康志向高远，不识人间险恶。吕安心性旷达，常游离在世俗之外。后来他们两个人都不明不白地被杀害了，使我感到害怕、孤单。嵇康有多方面的才能，尤其擅长音乐。当临刑之时，他回头看了看太阳的影子，拿过琴来弹奏。今天我将要西行，路过旧日的居所。此时太阳已经落山了，寒气袭上衣襟。有人在吹笛子，声音嘹亮悲催。回想起我们青春欢畅的时辰，我的内心一阵悲凉，于是执笔写下了这篇赋：

  心怀忧惧到洛阳，接受命令去北方。
  黄河水深身难渡，何故绕道来山阳。
  旧庐青青在旷野，车驾停在大路旁。
  故人已去难寻觅，空对草庐隐深巷。
  黍离之悲动我心，故国废墟生禾秧。
  今日之日路难行，万古哀愁系心上。
  无情屋宇今犹在，主人逝去在何方。
  岁月静好复何求？李斯将死痛断肠。
  嵇康已死不能言，绝世背影永难忘。
  命运堪问不可问，我的日子有多长。
  此时笛声响起来，无处不在是悲凉。
  收起悲哀往前行，写来写去空惆怅。

● 原 文

思旧赋

[西晋] 向秀

  余与嵇康、吕安居止接近，其人并有不羁之才。然嵇志远而疏，吕心旷而放，其后各以事见法。嵇博综技艺，于丝竹特妙。临当就命，顾视日影，索琴而弹之。余逝将西迈，经其旧庐。于时日薄虞渊，寒冰凄然！邻人有吹笛者，发声寥亮。追思曩（nǎng）昔游宴之好，感音而叹，故作赋云：

  将命适于远京兮，遂旋反而北徂（cú）。济黄河以泛舟兮，经山阳之旧居。瞻旷野之萧条兮，息余驾乎城隅。践二子之遗迹兮，历穷巷之空庐。叹《黍离》之愍（mǐn）周兮，悲麦秀于殷墟。惟古昔以怀今兮，心徘徊以踌躇。栋宇存而弗毁兮，形神逝其焉如。昔李斯之受罪兮，叹黄犬而长吟。悼嵇生之永辞兮，顾日影而弹琴。托运遇于领会兮，寄余命于寸阴。听鸣笛之慷慨兮，妙声绝而复寻。停驾言其将迈兮，遂援翰而写心。（选自《文选》）

感人心者，莫先乎情

[西晋] 李密

导读

李密（224-287），字令伯，四川彭山人，西晋文学家。

《陈情表》又名《陈情事表》，是李密写给晋武帝的奏章。在这篇《陈情表》中，李密向晋武帝陈述了自己与祖母刘氏相依为命、暂时不能应召为官的苦衷。作者把自己的处境和祖孙之间真挚深厚的感情写得婉转凄恻，感人肺腑，后人称赞它"沛然从肺腑中流出，殊不见斧凿痕"。古人有言："读诸葛孔明《出师表》而不堕泪者，其人必不忠。读李令伯《陈情表》而不堕泪者，其人必不孝。读韩退之《祭十二郎文》而不堕泪者，其人必不友。"

臣李密上表陈说：我命运坎坷，幼年便遭遇不幸。生下来才六个月，父亲就去世了。四岁那年，舅舅又强迫母亲改了嫁。祖母刘氏怜悯我孤单幼弱，就亲自抚养我。我小时候经常生病，九岁了还不会走路，就这样孤苦伶仃地，直到长大成人。我没有叔伯，也没有兄弟，家门衰微，福分浅薄，很晚才有孩子。我在外面没有什么近亲，在家里没有照应门户的僮仆，孤孤单单没有依靠，只有身体和影子互相安慰。而祖母刘氏多年来疾病缠身，时常卧床不起。我侍奉她服用汤药，从来没有离开过。

晋朝建立后，我蒙受朝廷清明的政治教化。先是有个叫逵的太守举荐我为孝廉，后来又有个叫荣的刺史举荐我为秀才。我因祖母刘氏无人赡养，都辞谢了，没有受命前往。陛下特地下达诏书，任命我为郎中。不久又蒙受朝廷的恩典，任命我为太子洗马。像我这样出身卑微地位低贱的人，担当侍奉太子的官职，即使肝脑涂地，也无法报答皇上的恩遇啊。我将以上苦衷如实报告，推辞不去就职。现在诏书又下，言辞急切而严峻，责备我有意回避，怠慢上命。郡县官员层层逼迫，催我上路；州官登门督促，比流星坠落还要急迫。我想接受诏命马上赶去就职，但眼看祖母刘氏的病情一天比一天加重；我想姑且迁就私情，但却未蒙允许。我的处境实在是进退两难，狼狈极了。

我想，晋朝以孝道治理天下，凡是老年人，都受到了怜悯和抚养，何况像我这样孤单困苦的人呢。再说，我年轻时曾在蜀汉任职，担任郎官；本来就希望仕途显达，并不曾顾惜自己的名誉节操。现在我是卑贱的俘虏，渺小浅陋到了极点，却受到朝廷超常的提拔、过分的恩宠，哪里还敢徘徊不前，而有非分之想呢？实在是因为祖母刘氏已经到了日薄西山、气息奄奄、生命垂危、朝不保夕的地步。我如果没有祖母，就不能活到今天；祖母如果没有我，就不能度过余年。我们祖孙二人，此时更是相依为命。因此我实在不愿放弃对祖母的奉养而离开她。我今年四十四岁，祖母九十六岁，这样看来，我尽忠于陛下的日子还长，而报答刘氏的日子却不多了。我怀着乌鸦反哺的私情，乞求能为祖母养老送终。

我的苦衷，不单单是家乡的父老乡亲和梁州、益州的长官们看见了，就连天地神明也都看得清清楚楚。希望陛下怜悯我的愚拙和至诚，准许我这个卑微的请求。如果刘氏能够侥幸地安度残年，我活着当为陛下献出生命，死了也当结草衔环来报答陛下之恩。我怀着犬马一样不胜惶恐的心情，特此上表禀报。

● 原文

陈情表

[西晋] 李密

臣密言：臣以险衅（xìn），夙（sù）遭闵（mǐn）凶。生孩六月，慈父见背。行年四岁，舅夺母志。祖母刘愍（mǐn）臣孤弱，躬亲抚养。臣少多疾病，九岁不行，零丁孤苦，至于成立。既无伯叔，终鲜（xiǎn）兄弟；门衰祚（zuò）薄，晚有儿息。外无期功强近之亲，内无应门五尺之僮（tóng）。茕茕（qióng）孑立，形影相吊。而刘夙婴疾病，常在床蓐（rù）；臣侍汤药，未曾废离。

逮奉圣朝，沐浴清化。前太守臣逵察臣孝廉，后刺史臣荣举臣秀才。臣以供养无主，辞不赴命。诏书特下，拜臣郎中，寻蒙国恩，除臣洗马。猥（wěi）以微贱，当侍东宫，非臣陨（yǔn）首所能上报。臣具以表闻，辞不就职。诏书切峻，责臣逋（bū）慢。郡县逼迫，催臣上道，州司临门，急于星火。臣欲奉诏奔驰，则刘病日笃；欲苟顺私情，则告诉不许。臣之进退，实为狼狈。

伏惟圣朝以孝治天下，凡在故老，犹蒙矜育，况臣孤苦，特为尤甚。且臣少仕伪朝，历职郎署；本图宦（huàn）达，不矜名节。今臣亡国贱俘，至微至陋，过蒙拔擢（zhuó），宠命优渥（wò），岂敢盘桓，有所希冀！但以刘日薄西山，气息奄奄，人命危浅，朝不虑夕。臣无祖母，无以至今日；祖母无臣，无以终余年。母孙二人，更相为命，是以区区不能废远。臣密今年四十有四，祖母今年九十有六，是臣尽节于陛下之日长，报养刘之日短也。乌鸟私情，愿乞终养。

臣之辛苦，非独蜀之人士及二州牧伯所见明知，皇天后土，实所共鉴。愿陛下矜愍愚诚，听臣微志，庶刘侥幸，保卒余年。臣生当陨首，死当结草。臣不胜犬马怖惧之情，谨拜表以闻。（选自《文选》）

战略决定成败

[西晋] 陈寿

导读

陈寿（233-297），字承祚，四川南充人。历经10年撰成《三国志》，与《史记》《汉书》《后汉书》并称"前四史"。

"隆中对"又称"草庐对"，实际上是诸葛亮基于对当时天下大势的清醒判断，向刘备提出的一整套战略规划，后来的形势发展印证了这个战略规划。中国历史上那些建功立业的帝王在起事之初，绝不是心中无数的。他们的身边一定会聚集一批具有超强战略谋划能力的核心智囊，替他们对形势作出清醒的判断，并提出夺取天下的战略规划。一旦战略决定下来，接下来就好办了。韩信与汉高祖刘邦的"汉中对"，邓禹与汉光武帝刘秀的"楊下对"，都具有这样的性质，非常值得研究。

诸葛亮亲自耕种田地，喜爱吟唱《梁父吟》。他身高八尺，常常把自己比作管仲、乐毅，当时人们都不以为然。只有博陵的崔州平和颖川的徐庶与诸葛亮关系好，说确实是这样。

适逢先帝刘备驻扎在新野。徐庶去拜见刘备，刘备很器重他，徐庶就向刘备举荐诸葛亮，说："诸葛亮这个人是人间卧伏着的一条龙，刘将军可愿见见他？"刘备说："您和他一起来吧。"徐庶说："这个人只能您去他那里拜访，不可以委屈他，召他上门来，将军您应该屈尊亲自去拜访他。"

因此刘备就去隆中拜访诸葛亮，总共去了三次，才见到诸葛亮。于是刘备叫跟随的人退下，然后对诸葛亮说："汉朝的统治行将崩溃，奸臣贼子到处发号施令，皇上遭难出奔。我不自量力，没有仔细考虑自己的德行能不能服人、自己的力量能不能胜任，一心想要为天下人伸张正义，没想到我的才智谋略短浅，因此遭到失败，弄到今天这个局面。但是我的志向到现在还没有罢休，您看我该怎么办呢？"

诸葛亮回答道："自董卓独掌大权以来，各地豪杰同时起兵，占据州郡的人数不胜数。曹操的声望和兵力都远远不及袁绍，然而却最终打败了袁绍，以弱胜强，这不仅仅依靠的是天时，归根结底还是人的谋划得当。现在曹操已拥有百万大军，挟持皇帝来号令诸侯，您确实不能与他争胜。孙权占据江东，已经经历三代了，地势险要，民众归附，又任用了有才能的人，孙权这方面您只可把他作为外援，别想攻取他。荆州北靠汉水、沔水，交通便利，一直到南海的物资都能得到，东面和吴郡、会稽郡相连，西边和巴郡、蜀郡相通，这是大家都想争夺的地方，但是它的主人却没有能力守住它，这大概是老天爷拿来资助将军的，将军您可有占领它的意思呢？益州地势险要，有肥沃广阔的土地，自然条件优越，高祖凭借它建立了帝业。益州牧刘璋昏庸懦弱，张鲁在北面占据汉中，那里人民殷实富裕，物产丰富，刘璋却不知道爱惜，有才能的人都渴望得到贤明的君主。将军既是皇室的后代，而且声望又高，闻名天下，广泛地罗致英雄，思慕贤才，如饥似渴，如果您能占据荆、益两州，守住险要的地方，和西边的各个民族和好，又安抚住南边的少数民族，对外联合孙权，对内革新政治；一旦天下形势发生变化，就派一员上将率领荆州的军队直指中原一带，将军您亲自率领益州的军队从秦川出击，老百姓谁敢不用竹篮盛着饭、用酒壶装着酒来欢迎将军您呢？如果真能这样做，那么称霸的伟业就可以成功，汉朝的天下就可以复兴了。"

刘备说："好！"从此与诸葛亮的关系一天天亲密起来。关羽、张飞等人不高兴了，刘备劝解他们说："我得到了孔明，就像鱼儿得到了水一样。希望你们不要再说什么了。"关羽、张飞这才不再说什么了。

原 文

隆中对

[西晋] 陈寿

亮躬耕陇亩，好为《梁父吟》。身长八尺，每自比于管仲、乐毅，时人莫之许也。惟博陵崔州平、颍川徐庶元直与亮友善，谓为信然。

时先主屯新野。徐庶见先主，先主器之，谓先主曰："诸葛孔明者，卧龙也。将军岂愿见之乎？"先主曰："君与俱来。"庶曰："此人可就见，不可屈致也。将军宜枉驾顾之。"

由是先主遂诣（yì）亮，凡三往，乃见。因屏人，曰："汉室倾颓，奸臣窃命，主上蒙尘。孤不度德量力，欲信大义于天下，而智术短浅，遂用猖蹶，至于今日。然志犹未已，君谓计将安出？"

亮答曰："自董卓已来，豪杰并起，跨州连郡者不可胜数。曹操比于袁绍，则名微而众寡，然操遂能克绍，以弱为强者，非惟天时，抑亦人谋也。今操已拥百万之众，挟天子而令诸侯，此诚不可与争锋。孙权据有江东，已历三世，国险而民附，贤能为之用，此可以为援而不可图也。荆州北据汉、沔（miǎn），利尽南海，东连吴会，西通巴蜀，此用武之国，而其主不能守，此殆天所以资将军，将军岂有意乎？益州险塞，沃野千里，天府之土，高祖因之以成帝业。刘璋暗（àn）弱，张鲁在北，民殷国富而不知存恤，智能之士思得明君。将军既帝室之胄（zhòu），信义著于四海，总揽英雄，思贤如渴，若跨有荆、益，保其岩阻，西和诸戎，南抚夷越，外结好孙权，内修政理，天下有变，则命一上将将荆州之军以向宛、洛，将军身率益州之众出于秦川，百姓孰敢不箪（dān）食壶浆以迎将军者乎？诚如是，则霸业可成，汉室可兴矣。"

先主曰："善！"于是与亮情好日密。关羽、张飞等不悦，先主解之曰："孤之有孔明，犹鱼之有水也。愿诸君勿复言。"羽、飞乃止。（选自《三国志·蜀志·诸葛亮传》）

永和九年的那场醉

[东晋] 王羲之

> **导读**
>
> 王羲之（321—379），字逸少，山东临沂人，东晋书法家、文学家，被后人尊为"书圣"，与儿子王献之合称"二王"。
>
> 《兰亭集序》是一篇哲理性的散文，从风物之美、人物之盛，写到生死之痛、今昔同悲，"苍凉感叹之中，自有无穷逸趣"，最能表达晋人超然玄远、旷达风流的胸襟。

永和九年，也就是公元353年，是癸丑年。三月三日，我们会集在会稽郡山阴县的兰亭，举行祓禊活动。很多名流贤士都来了，年长的年轻的，都聚集在一起。兰亭这个地方山岭高峻，林木茂盛，翠竹挺拔，又有清澈湍急的溪水，如同青罗带一般掩映着两旁的景物。我们就把这泓流水作为漂流酒杯的曲折水道，大家依次坐在水边，虽然没有管弦齐奏的盛况，但是一边喝酒一边赋诗，也足以畅叙内心深处的情怀。这一天，天空晴朗，空气清新，微风和暖。仰头可以看到天空的广阔，低头可以看到万物的繁庶，藉此放眼游赏，放开胸怀，可以尽情享受耳目的乐趣，真真快乐！

人们相互交往，俯仰之间就度过了一生。有的人内心丰富，常在一室之内与好友面对面畅谈自己的胸怀抱负；有的人行动力强，就将自己的志趣寄托在所爱好的事物上，不拘束自己，过着放纵性情的生活。虽然各人的取舍好恶千差万别，性格的沉静躁动各不相同，但当他们遇到可喜的事情，欢喜油然而生，感到幸福满足，竟然不知道衰老即将到来。等到他们已经厌倦了所得到或喜欢的事物，心情也随之改变，感慨就会随之而来。从前所喜欢的，转瞬间变为过眼烟云，这就是人们产生感慨的原因。更何况人的寿命有长有短，随着自然界的变化，终究要走向尽头。古人说："死生也是大事啊。"这怎么能不让人悲痛呢！

每次看到前人感慨的原因，竟然完全同我们一样，我无法不对着前人的文章慨叹，可心里又不明白为何会这样。我何尝不知，把死和生混为一谈是虚妄的，把长寿与短命等量齐观是荒诞的。后人看待今人，就像今人看待前人，谁也逃不脱这不讲理的宿命！所以我一一列出到会者的姓名，抄录他们所作的诗篇。尽管时代不同，世事变迁，但触动人们情怀的原因是一样的。后代的读者，大概也会因这些诗文引起同样的感慨吧。

原　文

兰亭集序

[东晋] 王羲之

永和九年，岁在癸丑，暮春之初，会于会稽（kuài jī）山阴之兰亭，修禊（xì）事也。群贤毕至，少长咸集。此地有崇山峻岭，茂林修竹，又有清流激湍，映带左右。引以为流觞（shāng）曲水，列坐其次。虽无丝竹管弦之盛，一觞一咏，亦足以畅叙幽情。

是日也，天朗气清，惠风和畅。仰观宇宙之大，俯察品类之盛，所以游目骋怀，足以极视听之娱，信可乐也。

夫人之相与，俯仰一世。或取诸怀抱，晤言一室之内；或因寄所托，放浪形骸之外。虽趣舍万殊，静躁不同，当其欣于所遇，暂得于己，快然自足，不知老之将至。及其所之既倦，情随事迁，感慨系之矣。向之所欣，俯仰之间，已为陈迹，犹不能不以之兴怀。况修短随化，终期于尽。古人云："死生亦大矣。"岂不痛哉！

每览昔人兴感之由，若合一契，未尝不临文嗟（jiē）悼，不能喻之于怀。固知一死生为虚诞，齐彭殇为妄作。后之视今，亦犹今之视昔，悲夫！故列叙时人，录其所述。虽世殊事异，所以兴怀，其致一也。后之览者，

亦将有感于斯文。（选自《王右军集》）

哪有什么世外桃源

[东晋] 陶渊明

> **导 读**
>
> 陶渊明（365-427），名潜，字元亮，号五柳先生，世称靖节先生，江西九江人。东晋著名诗人、文学家、辞赋家、散文家。他是中国第一位田园诗人，被称为"古今隐逸诗人之宗"。
>
> 《桃花源记》全文笔墨冲淡简净，语言精美，境界新奇。文中所描绘的世外桃源，千百年来一直是人们心目中理想社会的代称。可是，真有那个世外桃源吗？

东晋太元年间，有个武陵人以打渔为生。一天，他沿着溪水划船而行，也不知走了多远。忽然遇见一片桃花林，只见两岸几百步之内，一棵别的树也没有，悠悠的绿草散发着清香，鲜艳的桃花纷纷飘落在草地上。武陵人感到十分诧异，于是继续划船，想找到桃林的尽头。

桃林的尽头，正是溪水发源的地方。一座山横亘在那里，山下有个小洞口，隐约有光亮透出来。武陵人便舍弃了船，从洞口进去。一开始，山洞很狭窄，仅容一个人通过；又走了几十步，一下子变得豁然开朗。只见土地平坦宽广，房舍整整齐齐，有肥沃的田地、美丽的池塘、成片的桑树竹林等等。田间小路交错相通，鸡鸣狗叫之声此起彼伏。人们来来往往，耕种劳作，无论男女，穿着打扮都和外面的人一模一样。老人和小孩儿，都高高兴兴，自得其乐。

他们看见渔人，都很惊讶，问他是从哪里来的，武陵人详细地一一回答。村中人就邀请他到自己家里去，杀鸡摆酒来款待他。村里的人听说来了这么一个人，都来打听消息。他们说自己的祖先为了躲避秦时的战乱，领着妻子儿女和同乡来到这个与世隔绝的地方，再也没有出去过，于是和外面的世界断绝了来往。村中人问现在是什么朝代，他们竟然不知道有过汉朝，就更不用说魏、晋两朝了。武陵人把自己所知道的外界情形一五一十地讲给他们听，他们听了都惊叹感慨。其余的人也都把武陵人邀请到自己家中做客，拿出酒菜来款待他。武陵人一连住了好几天，才告辞离开。离别之前，村里的人叮嘱说："这里的情况可不要对外面的人说呀。"

武陵人从桃花源出来以后，找到自己的船，就顺着来时的路回家，沿途处处做了记号。到了郡城，马上去拜见太守，说了自己的这番经历。太守立即派人跟着他前往桃花源，寻找先前所做的记号，结果却迷失了方向，再也找不到通往桃花源的那条路了。

南阳人刘子骥，是个高尚的读书人，他听说了这件事，兴致勃勃地打算去寻访。但还没有成行，就病死了。此后就再也没有想去探访桃花源的人了。

●原　文

桃花源记

[东晋] 陶渊明

晋太元中，武陵人捕鱼为业。缘溪行，忘路之远近。忽逢桃花林，夹岸数百步，中无杂树，芳草鲜美，落英缤纷。渔人甚异之，复前行，欲穷其林。

林尽水源，便得一山。山有小口，仿佛若有光。便舍船，从口入。初极狭，才通人。复行数十步，豁然开朗。土地平旷，屋舍俨（yǎn）然，有良田、美池、桑竹之属。阡陌交通，鸡犬相闻。其中往来种作，男女衣着，悉如外人。黄发垂髫（tiáo），并怡然自乐。

见渔人，乃大惊，问所从来，具答之。便要还家，设酒杀鸡作食。村中闻有此人，咸来问讯。自云先世避秦时乱，率妻子邑人来此绝境，不复出焉，遂与外人间隔。问今是何世，乃不知有汉，无论魏、晋。此人一一为具言所闻，皆叹惋。余人各复延至其家，皆出酒食。停数日，辞去。此中人语云："不足为外人道也。"

既出，得其船，便扶向路，处处志之。及郡下，诣（yì）太守，说如此。太守即遣人随其往，寻向所志，遂迷，不复得路。

南阳刘子骥（jì），高尚士也，闻之，欣然规往。未果，寻病终。后遂无问津者。（选自《陶渊明集笺注》）

高高兴兴地接受命运的安排

[东晋] 陶渊明

导读

《归去来兮辞》是一首优美的抒情诗。陶渊明不愿为"五斗米折腰"，在四十一岁那年弃彭泽县令归隐，从此躬耕田园。《归去来兮辞》生动地描述了他摆脱官场生活的束缚、远道归来的喜悦心情和向往田园生活的高洁志趣，感情真切，意味醇厚，被欧阳修推崇为"晋无文章，惟陶渊明《归去来辞》而已"。

回去吧！田园快要荒芜了，为什么还不回去！既然过去曾让心灵受形体的奴役，此刻独自惆怅悲伤又有什么用！我认识到过去的错误已经不可挽回，但我坚信未来的事情还有希望。实际上我误入歧途还不算远，已觉悟到今儿回家是对的、昨儿为官多么可笑。船儿轻轻漂荡在水上，风儿轻轻吹拂着衣裳。我不断地向行人打听前面的路程，只遗憾清晨的天还没有大亮。一看到自己的家门，我便高兴地向前飞奔。家中的仆人出来笑脸相迎，年幼的孩子们等候在家门口。院中小路已经长满了青草，我心爱的松树和菊花却还是原来的模样。拉着孩儿们的手走进家里，备好的美酒已经盛满酒樽。我端起酒杯自斟自饮，悠闲地看着院子里的树木是多么地惬意开心。倚着南窗我傲然自得，环顾小屋我心中安然。每天在庭院里散步很有乐趣，园门静悄悄地关着也没人打扰。拄着拐杖四处走走歇歇，时时抬头向远方望望。白云悠悠地飘出山谷，鸟儿飞倦了也知道归来。夕阳暗淡即将隐入西山，我用手抚摸着孤松流连忘返。

　　回去吧！我要跟世俗之人断绝交往。既然这混浊的社会与我的本性不能相容，我还出去追求什么？和乡里故人说说心里话是何等快乐，弹琴读书也可以化解忧愁。农夫告诉我春天到了，西边的田地要耕种了。我有时坐着一辆小车，有时划着一叶扁舟，经过幽深曲折的山谷，走过高低不平的山路。树木欣欣向荣，泉水缓缓流动。我羡慕自然界的万物赶上了大好时光，感叹自己的一生碌碌无为就要告终。

　　算了吧！活在世间还有多少时光，为什么不按照自己的心意决定去留？为什么还心神不定地想去追求什么？荣华富贵不是我的心愿，缥缈仙境不可寻求。只希望有个好日子独自出游，或者把拐杖插在一边，去田间除草、培土。登上东边的山岗我放声长啸，面对清澈的溪流我吟咏诗章。姑且顺应自然的变化走完生命的历程，高高兴兴地接受命运的安排为何还要疑问彷徨？

● 原　文

归去来兮辞

[东晋] 陶渊明

　　归去来兮，田园将芜，胡不归！既自以心为形役，奚（xī）惆怅而独悲！悟已往之不谏，知来者之可追。实迷途其未远，觉今是而昨非。舟摇摇以轻飏（yáng），风飘飘而吹衣。问征夫以前路，恨晨光之熹（xī）微。乃瞻衡宇，载欣载奔。僮（tóng）仆欢迎，稚子候门。三径就荒，松菊犹存。携幼入室，有酒盈樽。引壶觞以自酌，眄（miǎn）庭柯以怡颜。倚南窗以寄傲，审容膝之易安。园日涉以成趣，门虽设而常关。策扶老以流憩（qì），时矫首而遐观。云无心以出岫（xiù），鸟倦飞而知还。景翳（yì）翳以将入，抚孤松而盘桓。

归去来兮，请息交以绝游。世与我而相违，复驾言兮焉求！悦亲戚之情话，乐琴书以消忧。农人告余以春及，将有事于西畴（chóu）。或命巾车，或棹（zhào）孤舟。既窈窕以寻壑，亦崎岖而经丘。木欣欣以向荣，泉涓涓而始流。善万物之得时，感吾生之行休。

已矣乎！寓形宇内复几时，曷（hé）不委心任去留？胡为遑遑欲何之？富贵非吾愿，帝乡不可期。怀良辰以孤往，或植杖而耘耔（zǐ）。登东皋（gāo）以舒啸，临清流而赋诗。聊乘化以归尽，乐夫天命复奚疑！（选自《陶渊明集笺注》）

自画像

[东晋] 陶渊明

导读

《五柳先生传》是陶渊明的自画像。这个自画像画得太妙了，简洁幽默，意味深长，《古文观止》称其"潇洒澹逸，一片神行之文"，直到如今，人们还在纷纷效仿他的智慧和幽默。

先生不知是什么地方的人,也不清楚他的姓名和字号,他的住宅旁边有五棵柳树,所以就用"五柳先生"作为称号。他淡泊宁静,寡言少语,也不羡慕荣华富贵。他喜欢读书,但不读死书、钻牛角尖。每当读到心领神会的地方,便高兴得忘了吃饭。他好喝酒,但家里穷,不能经常有酒喝。亲戚朋友知道他这种境况,时不时会请他来喝酒。他只要一去,准把酒喝光,喝醉了才心满意足。喝醉了就自己回家,说走就走,从来不掩饰自己的真情实感。他家中四壁空空,挡不住风雨,也遮不住太阳。身上的粗布衣服打满补丁,穷得常常没有饭吃,但他却泰然自若。他常常写文章自我欣赏,在文章里面寄托自己的志向。他从不把世俗得失放在心上,宁愿这样度过自己的一生。

　　总结他的一生,应该这样说:黔娄说的那种"不为贫贱而忧心忡忡,也不为追求富贵而蝇营狗苟"的人,大概就是他这类人吧?饮酒赋诗,以此抒发自己的志向,他是无怀氏时代的人呢?还是葛天氏时代的人呢?

●原　文

五柳先生传

[东晋] 陶渊明

　　先生不知何许人也,亦不详其姓字。宅边有五柳树,因以为号焉。闲静少言,不慕荣利。好读书,不求甚解。每有会意,便欣然忘食。性嗜酒,家贫,不能常得。亲旧知其如此,或置酒而招之。造饮辄(zhé)尽,期在必醉,既醉而退,曾不吝情去留。环堵萧然,不蔽风日。短褐穿结,箪(dān)瓢屡空,晏如也。常著文章自娱,颇示己志。忘怀得失,以此自终。

　　赞曰:黔(qián)娄有言:"不戚戚于贫贱,不汲(jí)汲于富贵。"其言兹若人之俦(chóu)乎?衔觞赋诗,以乐其志,无怀氏之民欤?葛天氏之民欤?(选自《陶渊明集笺注》)

自古体大而思精,未有此也

[南朝宋] 范晔

> **导读**
>
> 范晔(398-445),字蔚宗,河南南阳人。范晔才华横溢,所著《后汉书》与《史记》《汉书》《三国志》并称"前四史"。
>
> 公元445年,48岁的范晔以谋反罪被杀。死时,所著《后汉书》尚未全部完成。范晔在生命的尽头,面对孤笔薄纸,用残剩的气力,抒发一生中都未曾吐露的心语真言,与其说是讲给甥侄们听的,不如说是向天下人作宣示和告白。

我因为疏狂放肆而遭杀身之祸,还有什么可说的呢,你们都应当把我当成罪人遗弃。但我一生的行状自己心里清楚,还是可以追忆回顾的。我想在这封信里简明扼要地讲一讲,尤其是把我心里所想的讲一讲,你们不一定全都知道,我能说多少就说多少吧。

我小时候对于学问没有什么兴趣,成熟得也比较晚,一直到了三十岁左右才立志求学。但自从立定志向以后,逐渐内化于心,估计就是到老,我也是不会停止努力的。我常常有些精深微妙的见解,要表达出来总是感到困难。我的天性是不喜欢钻故纸堆的,心情又不好,稍微费力苦思一下便头昏脑胀,加之我又缺少能言善辩的口才,所以也难以因此获取功名。我的那些见解,都不是从书本中来的,而是得之于内心对事物的领悟。也因为这个缘故,文章逐渐写得好些了,但缺少才气,思维钝涩,所以每每提笔写作,写成的几乎没有一篇是自己完全满意的。

我常以作一个文人为耻。在我看来，文章的毛病要么是只求形似而缺少内涵，要么是急于言情而忽略文采，要么是头绪纷繁而主旨不明，要么是过分注重音律而妨害文意。即便那些很会写文章的人，也会犯这些毛病。这就好像一个技艺精妙的工匠绘制了一幅五彩缤纷的图案，尽管好看，却不能使人感动。我认为，文章主要是用来表达思想感情的，因此应当以意为主，以文传意。如果能够做到以意为主，那么文章的主旨就会突显出来；如果能够做到以文传意，那么文辞就不会显得枝蔓。这些都做得很好了，然后才去追求韵律和谐、声调铿锵。这里面的道理复杂难明，但还是有一定的规律可循。我自认为很懂得其中的奥妙，也曾经跟人谈起，但只有少数几个人能够理解赏识，这或许是各人看法不同的缘故罢。

对于音律，我颇有天分。我能够识别五音，也能分辨清浊，这些本是早已存在的语音现象。但是自古以来，舞文弄墨的人往往不明白这一点，即使懂得一些，也未必是从天分中得来。我说这些话都是有事实根据的，并非空谈。比如年少一辈中，谢庄算是最能辨别宫商清浊的了，可是写出来的有韵之文和无韵之文却迥然有别，这是因为无韵之文不用讲究韵律的缘故。我的看法是，要不要讲究韵律并没有固定的标准，只要能够表达出难以言传的情事，符合语音的顿挫抑扬、高低变化就可以了。但我所具有的天分，却不能完全达到这一点，因为我写的多是政府公文，很少写纯文学作品，我常常引以为憾，这大概也是因为我本来就无意于作一个文人吧。

我本来不曾涉猎史学，对于历史政治问题常常觉得难以理解。我致力于编纂《后汉书》以后，反而抓住了历史的脉络和逻辑，我用这个原则反过来仔细阅读古往今来的史学著作和评论文字，几乎很少有让我赞同的。班固最负盛名，但他按自己的想法著史，不能审辨、阐明各个历史现象之发生、发展及其归宿。《汉书》的赞文几乎一无可取，只有十志值得推崇。我所著的《后汉书》，内容的广博宏富的确比不上《汉书》，但史料的处理和编纂体例的创新，不一定比《汉书》差。我所著的各种传论，都含有精深微妙的意蕴，因为带有评判裁定的性质，所以写得简明扼要。至于《循吏》以下及《六夷》诸篇序论，更是笔势纵横奔放，实在是天下少有的奇文。那些切中时弊的文字，往往不逊色于贾谊的《过秦论》。我曾经将《后汉书》与《汉书》作过比较，一点也不感到惭愧。我还曾想把诸志全部写一遍，凡是《汉书》中有的全部都要有。虽然史实不一定面面俱到，但要使人看后有十分详尽的印象。又想就某些历史事实发些议论，以匡正一代政治的得失。遗憾的是这些设想都未能成为现实。《后汉书》里的赞文，应当说集中体现了我的见解和思想，几乎没有一个字是多余的，文字变幻无穷，内容各不相同，以至于我自己也不知道该怎样来称赞它。这本书刊行以后，一定会得到很多知音的。我在这里仅仅是举其大概，还有很多细小具体的问题，就不一一列举了。自古以来，规模宏大，思虑精密，没有哪一家能做到这样的。世人大都贵古贱今，不一定能够详细了解我写的《后汉书》，所以我就恣意狂言，自吹自擂了一通。

对于音乐，我听别人弹还不如自己弹。但我所精通的不是正声雅乐，也是一件憾事。不过，音乐到了最高境界，雅与俗又有甚么区别呢！这当中的意趣，实在难以说清楚。我弹奏时，那些弦外之响、意外之音，真不知从何而来。虽然只有那么一点点，但其中的意蕴神韵却没有穷尽。我也想把这门绝技教给别人，但那些从学的士子和庶民都只学到了一点皮毛，没有一个神似的。这一绝技恐怕要永远失传了！

我的信虽然稍微有些深意，但行文毕竟不畅快。我到底没有成功。我常常感到痛恨羞愧。

●原　文

狱中与诸甥侄书
[南朝宋] 范晔

吾狂衅（xìn）覆灭，岂复可言，汝等皆当以罪人弃之。然平生行己任怀，犹应可寻。至于能不，意中所解，汝等或不悉知。

吾少懒学问，晚成人，年三十许，政始有向耳。自尔以来，转为心化，推老将至者，亦当未已也。往往有微解，言乃不能自尽。为性不寻注书，心气恶，小苦思，便愦（kuì）闷，口机又不调利，以此无谈功。至于所通解处，皆自得之于胸怀耳。文章转进，但才少思难，所以每于操笔，其所成篇，殆无全称者。

常耻作文士。文患其事尽于形，情急于藻，义牵其旨，韵移其意。虽时有能者，大较多不免此累，政可类工巧图缋（huì），竟无得也。常谓情志所托，故当以意为主，以文传意。以意为主，则其旨必见；以文传意，则其词不流。然后抽其芬芳，振其金石耳。此中情性旨趣，千条百品，屈曲有成理。自谓颇识其数，尝为人言，多不能赏，意或异故也。

性别宫商，识清浊，斯自然也。观古今文人，多不全了此处，纵有会此者，不必从根本中来。言之皆有实证，非为空谈。年少中，谢庄最有其分，手笔差易，文不拘韵故也。吾思乃无定方，特能济难适轻重，所禀之分，犹当未尽。但多公家之言，少于事外远致，以此为恨，亦由无意于文名故也。

本未关史书，政恒觉其不可解耳。既造《后汉》，转得统绪，详观古今著述及评论，殆少可意者。班氏最有高名，既任情无例，不可甲乙辨。后赞于理近无所得，唯志可推耳。博赡（shàn）不可及之，整理未必愧也。吾杂传论，皆有精意深旨，既有裁味，故约其词句。至于《循吏》以下及《六夷》诸序论，笔势纵放，实天下之奇作。其中合者，往往不减《过秦》篇。尝共比方班氏所作，非但不愧之而已。欲遍作诸志，《前汉》所有者悉令备。虽事不必多，且使见文得尽。又欲因事就卷内发论，以正一代得失，意复未果。赞自是吾文之杰思，殆无一字空设，奇变不穷，同合异体，乃自不知所以称之。此书行，故应有赏音者。纪、传例为举其大略耳，诸细意甚多。自古体大而思精，未有此也。恐世人不能尽之，多贵古贱今，所以称情狂言耳。

吾于音乐，听功不及自挥，但所精非雅声，为可恨。然至于一绝处，亦复何异邪！其中体趣，言之不尽，弦外之意，虚响之音，不知所从而来。虽少许处，而旨态无极。亦尝以授人，士庶中未有一毫似者。此永不传矣！

吾书虽小小有意，笔势不快，余竟不成就，每愧此名。（选自《宋书·范晔传》）

魏晋风度

[南朝宋] 刘义庆

● 导 读

刘义庆（403-444），字季伯，江苏徐州人。所著《世说新语》开创了中国笔记小说的先河。这是一部由许多短小的故事编纂而成的奇书，每一篇都有一句或几句隽语，表面简单淳朴，内容却深奥异常，令人回味无穷。这本书写出了晋人的精神风貌，也写出了时代的色彩和风气。

1

王徽之住在浙江绍兴。一天夜里下大雪，他从睡梦中醒来，打开窗户一看，天地皆白，万籁俱寂，不禁心旌摇荡。于是起身，就着雪景自斟自饮起来，还意兴飞扬地吟咏起左思的《招隐诗》。忽然间，他想起戴逵来。当时戴逵远在浙江嵊县，他想也没想就连夜乘小船去找他。折腾了一夜才到，到了戴逵家门口没进去就转身回来了。有人对他的怪异举止感到疑惑，他回答说："我本是乘兴而来，现在兴尽而返，为什么一定要见戴逵呢？"

2

谢安在一个冬雪纷飞的日子里把子侄辈的人聚集在一起，跟他们一起谈论诗文。不一会儿，雪下得大了，太傅十分高兴地说："这纷纷扬扬的白雪像什么呢？"他哥哥的长子谢朗说："这情景像是把盐撒在空中。"谢安的大哥谢无奕的女儿、左将军王凝之的妻子谢道韫说："更像是柳絮凭借风而飞起。"谢太傅听了开心地大笑起来。

3

陈寔与朋友相约同行,约定在正午,正午过后朋友还没有来,陈寔便不再等候,离开了。走后朋友才到。陈寔的长子陈纪当时才七岁,正在门外玩耍。朋友问陈纪:"你的父亲在家吗?"陈纪回答说:"我父亲等了您很久,您却没有来,他已经走了。"陈寔的朋友很生气,说:"真不是人啊!与我相约同行,却抛下我自己走了。"陈纪说:"您与我父亲约定在正午出行。正午还不到,就是不讲信用;对着别人的儿子骂他的父亲,就是没有礼貌。"朋友感到惭愧,忙下车拉陈纪。陈纪头也不回地走进了大门。

●原　文

世说新语(节选)
[南朝宋] 刘义庆

1

王子猷(yóu)居山阴。夜大雪,眠觉,开室命酌酒,四望皎然。因起彷徨,咏左思《招隐》诗,忽忆戴安道。时戴在剡(shàn),即便夜乘小船就之。经宿方至,造门不前而返。人问其故,王曰:"吾本乘兴而行,兴尽而返,何必见戴!"(《世说新语·任诞》)

2

谢太傅寒雪日内集,与儿女讲论文义。俄而雪骤,公欣然曰:"白雪纷纷何所似?"兄子胡儿曰:"撒盐空中差可拟。"兄女曰:"未若柳絮因风起。"公大笑乐。即公大兄无奕女,左将军王凝之妻也。(《世说新语·言语》)

3

陈太丘与友期行。期日中,过中不至,太丘舍去,去后乃至。元方时年七岁,门外戏。客问元方:"尊君在不?"答曰:"待君久不至,已去。"友人便怒:"非人哉!与人期行,相委而去。"元方曰:"君与家君期日中。

日中不至，则是无信；对子骂父，则是无礼。"友人惭，下车引之。元方入门不顾。（《世说新语·方正》）

我代表北山之神谢绝你的到来

[南朝齐] 孔稚珪

> **导 读**
>
> 孔稚珪（447-501），字德璋，浙江绍兴人。
> 移文是古代文书的一种，大致相当于现代的公开信。《北山移文》是一篇尖锐揭露假隐士虚伪面目的檄文，钱钟书指出，此文"以风物刻画之工，佐人事讥嘲之切，山水之清音与滑稽之雅谑，相得而益彰"。

钟山的英魂，草堂的神灵，从大路上腾云驾雾而来，把这篇移文镌刻在山崖之上。

那些具备耿直磊落、超尘脱俗的风度，豁达洒脱、与众不同的情怀，纯洁的品格可以和白雪媲美，高尚的志向可以凌驾于青云之上的人，我现在才知道他们是真的隐士。至于那些亭亭玉立于世俗之外，洁身自好地站在云霞之上，把千金视为草芥而不屑一顾，把帝位看作破鞋而随手丢弃，在洛水边倾听凤鸣般的音乐，在长河畔悦纳隐者的樵歌，这样的人原本也是有的。哪里料到他们会前后不一，反复无常，就像墨翟悲素丝可黄可黑、杨朱泣歧路可南可北。刚到山中隐居忽而又牵挂功名利禄，开始耿介正直而后又同流合污，这些人是何等荒唐可笑啊！唉！尚子平已不在人间，仲长统也已逝去，山林寂寞，千秋万年，又有谁来欣赏！

当今世上有位姓周的先生，是个才智超群的人物，既有文采，又很渊博，既懂玄学，又通史书。可是他却偏要效仿颜阖遁世东鲁，学习南郭子綦隐居南郊，偷偷混在草堂里滥竽充数，戴着隐士的方巾在北山伪装清高。他诱惑我山中的青松丹桂，欺骗我山中的白云幽壑。尽管在这座长江岸边的山里装模作样，但其内心却念念不忘高官厚禄。

他刚来的时候，其态度之坚决像要压倒巢父，折服许由，傲视诸子百家，蔑视将相王侯一样。高昂的气概如狂风遮天蔽日，凛然的心志似秋霜横扫一切。他有时慨叹隐士一去不返，有时埋怨王孙不来交游，有时高谈四大皆空的佛教经典，有时研讨玄之又玄的道家学说，弄得连上古逃避禅让的务光都不能与他相比，服药求仙的涓子也不能与他匹敌。

等到朝廷使者的车马进入山谷，天子的诏书传送到北山，他立刻就得意忘形，神魂颠倒地改变了初衷。于是在筵席上眉飞色舞，捋袖揎拳。他烧毁了隐居时穿的菱花衣、荷叶裳，露出了尘世的面目和庸俗的嘴脸。此时，山中风云悲凄含愤，岩石泉水幽咽怨怒，层峦叠嶂茫然若失，花草树木黯然神伤。

等到他身佩铜印，腰系绶带，掌管一郡中最大的县，成为首屈一指的县令时，英名很快传到东海边，美誉立刻远播浙江省。从此，道家经典被永远抛弃了，佛法讲坛也蒙上了尘灰。鞭打拷问罪犯的喧嚣扰乱了他的思想，繁杂急迫的文书诉讼塞满了他的胸怀。弹琴作歌的雅事早已中断，饮酒赋诗的闲情也无法继续。平常不是为考核官吏的事务殚精竭虑，就是为审理刑事案件而忙忙碌碌。一心只想拥有张敞和赵广汉的才干，超过卓茂和鲁恭的政绩；希望追随三辅贤豪的足迹，使自己的名声传遍天下。以前，他与山中云霞为伴，林间仙鹤为侣。现在，他使山中的云霞孤单，明月独照，青松空余绿荫，白云无人作伴。山中的茅屋崩塌了，再也没有人来，石径淹没在荒草之中，似乎还在等待。旋风吹进了帐幕，云雾泻出于堂前，夜空中的鹤唳像是在埋怨人去楼空，拂晓时的猿啼像是在惊诧隐者离去。以前曾听说有人脱去官服逃到海滨隐居，今天却见到有人解下了隐士的佩兰而自缚于尘网。

于是南山送来嘲讽，北岭传出嗤笑，沟沟壑壑争相讥讽，峰峰岭岭挺身斥责。可叹我被周先生欺骗了,为什么没有人来安慰我呢。那山中的林木羞惭不已,溪涧愧悔莫及,秋桂辞谢了传播花香的秋风,女萝避开了增添春色的明月,西山还在传播着隐士的清议,东皋还在散播着布衣的高论。

如今,听说周先生又在县城里忙着整理行装,准备乘船前往京城。虽然他心中向往的是朝廷宫阙,但或许会借机再游北山吧。如果是这样,怎能让杜若厚颜相陪,薛荔遭受耻辱,碧岭再次蒙羞,丹崖重遭玷污。可别让他踩脏了芬芳的小道,污染了清澈的池水。应该拉上山洞的帷帐,紧锁白云的门户,收敛起轻盈的雾霭,掩藏好叮咚的泉流,到山口去拦截他的车驾,到郊外去堵住他乱闯的马匹。丛集的枝条已经气破了胆,重叠的野草怒火冲上了天,高扬的枝条像是要打断他的车轮,地上的落叶要扫去车辙的痕迹。请这位凡夫俗子赶快掉转车驾吧,我代表北山之神谢绝你的到来。

● 原 文

北山移文

[南朝齐] 孔稚珪

钟山之英,草堂之灵,驰烟驿(yì)路,勒移山庭。

夫以耿介拔俗之标,萧洒出尘之想。度白雪以方洁,干青云而直上,吾方知之矣。若其亭亭物表,皎皎霞外。芥千金而不眄(miǎn),屣(xǐ)万乘其如脱。闻凤吹于洛浦,值薪歌于延濑(lài),固亦有焉。岂期终始参差,苍黄翻覆。泪翟子之悲,恸(tòng)朱公之哭。乍迴迹以心染,或先贞而后黩(dú)。何其谬哉!呜呼!尚生不存,仲氏既往。山阿(ē)寂寥,千载谁赏?

世有周子,隽俗之士。既文既博,亦玄亦史。然而学遁东鲁,习隐南郭。偶吹草堂,滥巾北岳。诱我松桂,欺我云壑。虽假容于江皋(gāo),乃缨情于好爵。

其始至也,将欲排巢父,拉许由。傲百氏,蔑王侯。风情张日,霜气横秋。或叹幽人长往，或怨王孙不游。谈空空于释部，覈玄玄于道流，务光何足比，涓子不能俦（chóu）。

及其鸣驺（zōu）入谷，鹤书赴陇。形驰魄散，志变神动。尔乃眉轩席次，袂（mèi）耸筵上。焚芰制而裂荷衣，抗尘容而走俗状。风云凄其带愤，石泉咽而下怆（chuàng）。望林峦而有失，顾草木而如丧。

至其纽金章，绾（wǎn）墨绶（shòu）。跨属城之雄，冠百里之首。张英风于海甸，驰妙誉于浙右。道帙长殡，法筵久埋。敲扑喧嚣犯其虑，牒诉倥偬（kǒng zǒng）装其怀。琴歌既断，酒赋无续。常绸缪（chóu móu）于结课，每纷纶于折狱。笼张赵于往图，架卓鲁于前箓（lù）。希踪三辅豪，驰声九州牧。使我高霞孤映，明月独举。青松落阴，白云谁侣？涧石摧绝无与归，石径荒凉徒延伫（zhù）。至于还飚（biāo）入幕，写雾出楹。蕙帐空兮夜鹄（hú）怨，山人去兮晓猨（yuán）惊。昔闻投簪逸海岸，今见解兰缚尘缨。

于是南岳献嘲，北陇腾笑。列壑争讥，攒（cuán）峰竦（sǒng）诮。慨游子之我欺，悲无人以赴吊。故其林惭无尽，涧愧不歇。秋桂遣风，春萝罢月。骋西山之逸议，驰东皋之素谒（yè）。

今又促装下邑，浪栧（yì）上京，虽情投于魏阙，或假步于山扃（jiōng）。岂可使芳杜厚颜，薜荔无耻。碧岭再辱，丹崖重滓（zǐ）。尘游躅（zhú）于蕙路，污渌池以洗耳？宜扃岫（xiù）幌，掩云关，敛轻雾，藏鸣湍（tuān）。截来辕于谷口，杜妄辔（pèi）于郊端。于是丛条瞋（chēn）胆，叠颖怒魄。或飞柯以折轮，乍低枝而扫迹。请回俗士驾，为君谢逋（bū）客。（选自《文选》）

奇山异水，天下独绝

[南朝梁] 吴均

● 导 读

吴均（469~520年），浙江安吉人。南朝梁文学家、史学家。

《与朱元思书》是一篇不可多得的写景奇文，全文语言洗练，意境优美，短短几句话，写尽了富春江山水之美，读来使人无限神往。

风和烟都消散了，天和山变成了青碧色。我乘着船随着江流漂荡，任凭它向东或是向西。富春江从富阳到桐庐，大概有一百多里，可以说是"奇山异水，天下独绝"。

水都是青白色的，清澈见底。水中游来游去的鱼儿和水底的小石头，都看得清清楚楚。到了江岸陡峻的地方，湍急的水流比射出去的箭还快，凶猛的巨浪就像奔腾的骏马。

夹江而峙的高山上，到处生长着耐寒常绿的乔木。它们凭依着高峻的地势，仿佛都在争着往高处和远处伸展。无数的山峰高高地耸立着，直插云天。泉水飞溅在山石之上，发出泠泠的响声。美丽的鸟儿相互和鸣，声音欢快而又动听。蝉鸣声经久不断，猿哀声此起彼伏。那些极力追求高位的人无时不刻不在想着像老鹰一样一飞冲天，当他们看见这些雄奇的高山时，他们的内心大概也会平静下来。那些整天在名利场中忙忙碌碌的人，当他们看见这些幽美的山谷时，他们的脚步大概也会停留下来。横斜的树枝在上空遮蔽着，江面上白天也像黄昏时分那样幽暗；阳光透过稀疏的枝条直射下来，在水中投下斑驳的树影。

●原　文

与朱元思书

[南朝梁] 吴均

风烟俱净，天山共色。从流飘荡，任意东西。自富阳至桐庐，一百许里，奇山异水，天下独绝。

水皆缥碧，千丈见底。游鱼细石，直视无碍。急湍甚箭，猛浪若奔。

夹峰高山，皆生寒树。负势竞上，互相轩邈；争高直指，千百成峰。泉水激石，泠泠作响；好鸟相鸣，嘤嘤成韵。蝉则千转不穷，猿则百叫无绝。鸢飞戾天者，望峰息心；经纶世务者，窥谷忘反。横柯上蔽，在昼犹昏；疏条交映，有时见日。（选自《艺文类聚》）

三峡·彩云间

[北魏] 郦道元

●导　读

郦道元（470-527），字善长，河北高碑店人，北魏地理学家、散文家。

《水经注》既是一部地理学巨著，也是一部文学巨著。郦道元用灵动的笔触准确细致地描写了三峡山水之美，文笔绚烂，语言清丽，给人以美的享受。毛泽东评价说："《水经注》写得好！但不是深入实地地去走一走是写不出那么好的文字的。"

三峡七百里之间，两岸都是连绵的高山，完全没有中断的地方。一层层悬崖，一排排峭壁，把天空和太阳都遮蔽了。若不是在正午或是半夜的时候，连太阳和月亮都看不见。

　　到了夏天，江水漫上山岭，上行下行的船只都被阻断。有时皇帝的命令要急速传达，这时早上从白帝城出发，傍晚就到了江陵，这中间有一千二百里水路，即使骑上快马、驾着疾风，也不如顺水下行的船快呀。

　　春、冬两季时，就可以看见白色的急流，回旋的清波。碧绿的潭水倒映着各种景物的影子。极高的山峰上生长着许多奇形怪状的柏树，倒悬的瀑布泉水从其间冲泻下来。水清，树荣，山高，草盛，确实是趣味无穷。

　　在秋天，每逢雨后天晴或者下霜的早晨，树林清冷，山涧寂静，常有猿猴在高处长声大叫，连绵不断，凄凉怪异，空荡的山谷里传来猿啼的回声，悲哀婉转，好长时间才消失。所以三峡中渔民的歌谣唱道："巴东三峡巫峡长，猿鸣三声泪沾裳！"

●原　文

三　峡

[北魏] 郦道元

　　自三峡七百里中，两岸连山，略无阙处。重岩叠嶂，隐天蔽日。自非亭午夜分，不见曦（xī）月。

　　至于夏水襄陵，沿溯（sù）阻绝。或王命急宣，有时朝发白帝，暮到江陵，其间千二百里，虽乘奔御风，不以疾也。

　　春冬之时，则素湍（tuān）绿潭，回清倒影。绝巘（yǎn）多生怪柏，悬泉瀑布，飞漱（shù）其间，清荣峻茂，良多趣味。

　　每至晴初霜旦，林寒涧肃，常有高猿长啸，属（zhǔ）引凄异，空谷传响，哀转久绝。故渔者歌曰："巴东三峡巫峡长，猿鸣三声泪沾裳。"（选自《水经注校证》）

诗言志

[南朝梁] 钟嵘等

● 导 读

从古以来，中国的文学理论就异常发达，从《毛诗序》《典论·论文》《文心雕龙》《诗品》直至《人间词话》，古人为我们留下了太多太多精湛的哲思，建构了中国审美理论的辉煌大厦，借以栖息我们无处安放的心灵。

1

诗，是人的情感意志的一种表现形式，涵蓄在心里则为情感意志，用语言把它表现出来就是诗。情感在心里激荡，就用诗的语言来表现它，用语言还表达不尽，便用咨嗟叹息的声音来应和它，咨嗟叹息还不尽情，就放开喉咙来歌唱它，歌唱仍感不满足，于是不知不觉手舞足蹈起来。

2

像那春风吹，春鸟鸣，秋月明，秋蝉噪，夏天热，云雨多，冬天冷，有酷寒，这是四季给人的感触表现在诗里的。集会要用诗来表达亲密感情，离群要用诗来寄托孤独怨恨。至于楚国臣子离开国都，汉朝的宫女辞别宫廷，尸骨横在北方的荒野，魂魄追逐着风中的蓬草；扛着戈矛在边塞守卫，战斗的气氛充溢着天地；在边关的游子衣裳单薄，闺中独居的思妇眼泪哭干了；士人辞官离开朝廷，一去不再回来；女子扬眉吐气，入宫受宠，顾盼多姿，倾动国人。这种种情形感动人的心灵，不作诗怎么能表达出其中深意呢？不长歌怎么能抒发出心中深情呢？所以说："诗可以群，可以怨。"

3

能够感化人心的事物，没有超过情感的，没有不是从语言开始的，没有比声律更切合的，没有比意义更深入的。诗歌是以情感为主干，以语言为枝叶，以声律为花朵，以意义为果实。

4

在江边的私塾教书，每逢清爽的秋天，早晨常起来欣赏竹子。这时，白茫茫的烟雾、太阳的影子、露水的白气，都在疏枝密叶之间飘浮流动。于是，胸中情致勃动，就有了作画的兴致。这时在脑海里映现的竹子，已经不是眼睛所看到的竹子了。于是赶快取砚磨墨，展开画纸，趁着高兴落笔作画，尽情挥毫，迅即呵成了一幅图画。这时，笔下所画出来的竹子又不是脑海里映现的竹子了。总而言之，立意要在下笔之先决定，这是不变的法则；而情趣却在技法之外，这是随机的灵感。难道唯独画画是这样的吗？

● 原　文

古代文论四则

1

诗者，志之所之也，在心为志，发言为诗。情动于中而形于言，言之不足故嗟叹之，嗟叹之不足则永歌之，永歌之不足，不知手之舞之足之蹈之也。（《毛诗序》）

2

若乃春风春鸟，秋月秋蝉，夏云暑雨，冬月祁寒，斯四候之感诸诗者也。嘉会寄诗以亲，离群托诗以怨。至于楚臣去境，汉妾辞宫，或骨横朔野，魂逐飞蓬；或负戈外戍，杀气雄边；塞客衣单，孀闺泪尽；或士有解佩出朝，一去忘返；女有扬蛾入宠，再盼倾国：凡斯种种，感荡心灵，非

陈诗何以展其义？非长歌何以骋其情？故曰："诗可以群，可以怨。"（钟嵘《诗品·序》）

3

感人心者，莫先乎情，莫始乎言，莫切乎声，莫深乎义。诗者：根情，苗言，花声，实义。（白居易《与元九书》）

4

江馆清秋，晨起看竹，烟光日影露气皆浮动于疏枝密叶之间。胸中勃勃遂有画意。其实胸中之竹，并不是眼中之竹也。因而磨墨展纸，落笔倏作变相，手中之竹又不是胸中之竹也。总之，意在笔先者，定则也；趣在法外者，化机也。独画云乎哉！（郑燮《题画》）

树犹如此，人何以堪

[北周] 庾信

导读

庾信（513—581），字子山，河南新野人。南北朝著名文学家。

《枯树赋》是庾信羁留北方时抒写对故乡的思念并感伤自己身世的作品，全篇荡气回肠，劲健苍凉。毛泽东晚年曾反复圈阅此篇，非常喜欢。

殷仲文年轻时风流儒雅，海内知名。后来遭遇世事巨变，被贬为东阳太守，常常精神恍惚郁郁不乐。有一天他望着院子里的槐树叹息说："这棵树曾经婆娑多姿,现在却连一点生机也没有了!"

殷仲文之叹使我感慨。我听说,甘肃敦煌白鹿塞有很多耐寒古松,常有白鹿栖息其下。我又听说,秦文公在陕西凤翔的南山中砍伐梓树时,有青牛从里面跑出来。多少年来,山野里的这些古树根深蒂固,遍布山崖水畔。但是,为什么匠人们悉心呵护的宫中桂树却枯死了呢?那高大的龙门梧桐为什么看起来半死不活呢?人们辛辛苦苦地把它们从山西河南一带的旷野中移植过来,静静地看着它们在建始殿前开花、睢阳园中结果,细细地听着它们在月夜或午后发出的含有嶰谷竹声、合于《云门》舞乐的沙沙声,每次看到凤凰扶老携幼停落在树上、鸳鸯双栖双宿筑巢于枝间,心中就无比欣喜。想到这些,我的内心是多么渴望在故乡临风的亭子上听一声鹤鸣啊,但现在却只能在异国他乡听猿猴对着明月下的峡谷凄厉惨叫。

树的形状千奇百怪,使人骇叹。远远看去,树冠的形状有的卷曲如拳,有的臃肿肥大,有的根部隆起,有的扭结盘旋,有的像熊虎回头顾盼,有的像鱼龙跃出水面。近而观之,从树下处分出的枝丫有如群山相连,皴皱的树皮就像水波重叠。这些奇形怪状的木材就连鲁班看了都要眼花缭乱。于是,工匠们便用斧子、锯子、凿子、刨子加诸其身,使劲摧残。刮除树皮,铲平隆起,砍掉丫杈,挫去疤痕,然后在上面镂刻出重重碎锦、片片真花。而被砍伐过的树林,却草木纷披,一片狼藉,就像笼罩在散乱的烟岚雾霭之中。

松子、古度、平仲、君迁这些南方的树,也曾茂盛劲健,覆盖广大,即使几经砍伐,仍然发芽抽枝,千年不死。谁人不知,秦始皇当年东封泰山,避雨于松下,于是封此树为"五大夫松"。东汉的大将冯异,在诸将争功时常常退坐于一棵大树之下,被称为"大树将军",至今传为美谈。可叹可怜啊!它们如今全都埋没在青苔之下,被菌落覆盖、飞鸟啄食、蛀虫吞噬。有的在霜露中枝叶低垂,有的在风雨中摇摇欲坠。我还曾听说,在东边的河南密县,黄帝曾将女儿葬在遍野白皮松的地方,称为"白木庙";在西边的黄河上游,有人在空桑中种李,栖息树下可治目疾,人们因此为枯桑立了神社;在北边的边塞之地,有著名的"榆关"古城;在南边的安徽贵池,当地以梅树根作冶炼金属时用的燃料,后来这个地方就叫"梅根冶"。汉代的淮南小山曾在《招隐士》中留下"桂树丛生兮山之幽"的名句，晋朝的刘琨也曾在《扶风行》中写下"系马长松下，发鞍高岳头"的佳篇。在历史上留下赫赫声名的，哪里只有细柳营、桃林塞呢？

唉！人世间那些背井离乡、流落异域的人，难道不正像树木被连根拔起、移植异地吗？君不见，树被拔起泪水落，伤及根本心滴血。君不见，从此后，老干空心，烧成灰烬，枝节断裂，流出脂汁。君不见，横亘在山洞口的，躯干斜卧；颠仆在山腰间的，躯干折断。纹理斜曲粗可百围的，如坚冰破碎；纹理正直高达千寻的，如屋瓦破裂。长了疙瘩的树干满身赘瘤，被蛀穿的树心成了鸟的巢穴。于是乎，树怪木精目光灼灼，山鬼妖孽暗中出没。

想起树的前世今生，我更加悲叹自己的命运。我遭遇国家衰亡，一直客居异邦。虽然我没有完成出使北朝的使命，被迫淹留北方，难道我就要学伯夷、叔齐采薇而食，饿死首阳吗？如今我沉沦在穷街陋巷之中，埋没在蓬户柴门之内，既伤心树木凋零，更叹息人生易老。《淮南子》说："树叶飘落，老人生悲。"说的就是我呀！

想到这些，我写下了这样的歌辞："建章三月火，黄河万里槎。若非金谷满园树，即是河阳一县花。"意思是说：当初建章宫被焚，大火烧了三个月；黄河里的木筏众多，人们乘坐木筏可以通达万里之外。谁知？谁怜？建章宫劫后的灰烬和黄河上漂浮的木筏，本是昔日金谷园里的密树、河阳县中的繁花呢！据说，桓温从江陵北伐，行经金城，看见自己年轻时所种的柳树已长到十围，禁不住悲叹道："当年我在汉水之南种下柳树，杨柳随风飘舞似有眷恋；今天看到它枝叶飘零，禁不住泪洒江潭。树犹如此，人何以堪！"

●原 文

枯树赋

[北周] 庾信

殷仲文风流儒雅，海内知名。世异时移，出为东阳太守。常忽忽不乐，顾庭槐而叹曰："此树婆娑（pó suō），生意尽矣！"

至如白鹿贞松，青牛文梓。根柢（dǐ）盘魄，山崖表里。桂何事而销亡？桐何为而半死？昔之三河徙植，九畹（wǎn）移根。开花建始之殿，落实睢（suī）阳之园。声含嶰（xiè）谷，曲抱《云门》。将雏集凤，比翼巢鸳。临风亭而唳（lì）鹤，对月峡而吟猿。乃有拳曲拥肿，盘坳（ào）反覆。熊彪顾盼，鱼龙起伏。节竖山连，文横水蹙（cù）。匠石惊视，公输眩目。雕镌始就，剞劂（jī jué）仍加：平鳞铲甲，落角摧牙；重重碎锦，片片真花；纷披草树，散乱烟霞。

若夫松子、古度、平仲、君迁，森梢百顷，槎枿（chá niè）千年。秦则大夫受职，汉则将军坐焉。莫不苔埋菌压，鸟剥虫穿。或低垂于霜露，或撼顿于风烟。东海有白木之庙，西河有枯桑之社，北陆以杨叶为关，南陵以梅根作冶。小山则丛桂留人，扶风则长松系马。岂独城临细柳之上，塞落桃林之下。

若乃山河阻绝，飘零离别。拔本垂泪，伤根沥血。火入空心，膏流断节。横洞口而敧（yǐ）卧，顿山腰而半折。文斜者百围冰碎，理正者千寻瓦裂。载瘿（yǐng）衔瘤（liú），藏穿抱穴，木魅睒睗（shǎn shì），山精妖孽。

况复风云不感，羁旅无归。未能采葛，还成食薇。沉沦穷巷，芜没荆扉，既伤摇落，弥嗟变衰。《淮南子》云："木叶落，长年悲。"斯之谓矣。乃歌曰："建章三月火，黄河万里槎（chá）。若非金谷满园树，即是河阳一县花。"桓大司马闻而叹曰："昔年种柳，依依汉南；今看摇落，凄怆（chuàng）江潭。树犹如此，人何以堪！"（选自《庾子山集注》）

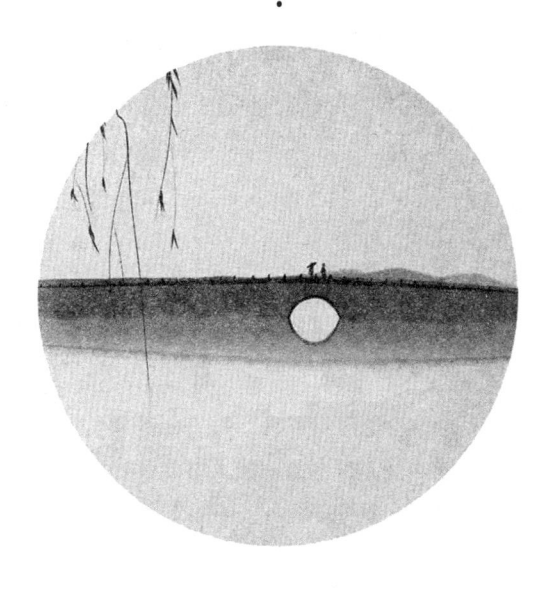

唐

百姓像水一样，既可以载舟，也可以覆舟

[唐] 魏征

● 导 读

魏征（580-643），字玄成，河北巨鹿人。中国历史上最负盛名的谏臣，位列凌烟阁二十四功臣之一。

《谏太宗十思疏》是魏征写给唐太宗的一篇奏疏，寓意深刻，词锋犀利，特别是以排比的句式写出的"十思"，有如警句格言，令人刻骨铭心。

我听说过，要想让树木长得高大，必须使树木的根扎得牢固；要想让河水流得长远，必须疏通它的源头；要想使国家长治久安，就一定要积聚自己的道德信义。河流的渊源不深却希望河水流得长远，树木的根基不牢却希望树木长得高大，国君的道德不深厚却想使国家安定，我虽然十分愚笨，也知道那是不可能的，更何况聪明的人呢？国君掌握国家大权，处于天地间至尊的地位，如果不能居安思危，力戒奢侈而提倡节俭，这就像砍断树根而希望树木茂盛，堵塞源头而希望河水长流一样是不可能的了！

所有的君主，承受上天赋予的重大使命，开始做得好的确实很多，但是能够坚持到底的却很少。难道是取得天下容易、守住天下就困难吗？大概是他们在忧患深重的时候，必然竭尽诚意对待下属，一旦得志，便放纵情欲，傲视他人。竭尽诚意，那么即使像吴、越那样敌对的国家也能结为一个整体；傲视他人，那么骨肉至亲也会疏远得像陌生人一样。即使用严酷的刑罚督责人们，用威风怒气恫吓人们，结果只能使人们期冀苟且免于刑罚，却不会怀念国君的恩德，表面上态度恭敬，可是心里并不服气。怨恨不在大小，可怕的只是百姓。百姓像水一样，既可以载舟，也可以覆舟，这是应该特别谨慎的。

假如真的能够见了想要得到的东西,就想到应该知足以警戒自己;将要大兴土木,就想到要适可而止以使百姓安宁;考虑到地位高随时会有危险,就想到要谦虚,并且加强自我修养;害怕骄傲自满,就想到江海是居于百川的下游;喜欢打猎游乐,就想到每年三次的限度;担心意志懈怠,就想到做事要小心开始、认真完成;忧虑会受蒙蔽,就想到要虚心接纳下属的意见;害怕谗佞奸邪,就想到要端正自身以斥退邪恶小人;加恩于人时,就想到不要因为一时高兴而赏赐不当;施行刑罚时,就想到不要因为正在发怒而滥施刑罚。总结以上的"十思",都是要弘扬古代的"九德"。选拔有才能的人并任用他,选择好的意见并实施它,那么,聪明的人就会竭尽他们的智谋,勇敢的人就会竭尽他们的气力,仁爱的人就会广施他们的恩惠,诚实的人就会奉献他们的忠诚。文臣武将都得到任用,就可以垂衣拱手,无为而治了。何必劳神苦思,代行百官的职能呢?

● 原 文

谏太宗十思疏

[唐] 魏征

臣闻求木之长者,必固其根本;欲流之远者,必浚(jùn)其泉源;思国之安者,必积其德义。源不深而望流之远,根不固而求木之长,德不厚而思国之安,臣虽下愚,知其不可,而况于明哲乎?人君当神器之重,居域中之大,不念居安思危,戒奢以俭,斯亦伐根以求木茂,塞源而欲流长也。

凡百元首,承天景命,善始者实繁,克终者盖寡。岂取之易、守之难乎?盖在殷忧,必竭诚以待下。既得志,则纵情以傲物。竭诚则胡越为一体,傲物则骨肉为行路。虽董之以严刑,振之以威怒,终苟免而不怀仁,貌恭而不心服。怨不在大,可畏惟人;载舟覆舟,所宜深慎。

诚能见可欲,则思知足以自戒;将有作,则思知止以安人;念高危,则思谦冲而自牧;惧满盈,则思江海下百川;乐盘游,则思三驱以为度;忧懈怠,则思慎始而敬终;虑壅(yōng)蔽,则思虚心以纳下;惧谗邪,则思正身以黜恶；恩所加，则思无因喜以谬赏；罚所及，则思无以怒而滥刑。总此十思，宏兹九德。简能而任之，择善而从之，则智者尽其谋，勇者竭其力，仁者播其惠，信者效其忠。文武并用，垂拱而治，何必劳神苦思，代百司之职役哉？（选自《古文观止》）

本来无一物，何处惹尘埃

《坛经》

导读

惠能（638—713），一作慧能，俗姓卢，北京大兴人。禅宗的创立者，倡导"直指人心，见性成佛"。《坛经》是最能代表禅宗思想特质的著作，一般认为是惠能所说、其弟子法海所记。

五祖弘忍的禅堂前面有三间走廊，廊壁空着，本来准备请宫廷供奉画师卢珍在上面画《楞伽经》的经文故事和五代祖师传承图，好让后世流传供养。神秀上座作好了偈语，好几次准备呈送给五祖过目，走到禅堂前，心中就恍惚犹豫，浑身流汗，想呈送却不敢去，这样经过了四天，做了十三次尝试都没有勇气呈送上去。于是，神秀便想，不如把偈语就写在这面墙壁上吧，让众和尚自然看见，要是说好，我就出来礼拜说是我作的；要是说不好，我就算白白在山中修行多年，受人礼拜，哪里修得什么道行呢！当天夜里三更天，神秀不让人知道，自己掌了灯，把偈语书写在南面的走廊墙壁上，表达自己对佛性的见解。偈语是这样写的："身是菩提树，心如明镜台。时时勤拂拭，勿使惹尘埃。"神秀写完偈语，就回到自己的禅房去了，别人都不知道。神秀想，明天五祖要是看了偈语很高兴，那就是我和佛法有缘了；如果他说不好，那就是我本性迷惑，前世业障太重，不应该得到佛法。总之，圣者的境界与心意是不可思议而难以测度的啊！神秀在房中左思右想，坐卧不安，一直到五更天。

　　五祖其实早就知道神秀平日功夫还没有入门，并没有真正了悟而得见自性。天亮了，五祖请了卢珍来，到南边廊壁上绘画图像，忽然看见廊壁上神秀写的偈语。就对卢珍说："供奉！辛苦你白跑一趟。经上说：'世上一切有形体相状的东西，都是虚妄不实的。'就保留这首偈颂让大众念诵修持吧。照这篇偈语修持，就不会堕入地狱道、饿鬼道、畜生道，可以获得很大好处。"五祖让弟子众人烧香礼拜，都来念诵这篇偈语，以便觉悟佛性。众人念诵偈语，都惊叹叫好。晚上三更时分，五祖把神秀叫进禅堂内室，问他说："那篇偈子是你作的吗？"神秀回答说："的确是我作的，我并不敢妄想追求第六代祖师之位，只希望老师大发慈悲，看看弟子还算有一点智慧吗？"五祖说："你作的这篇偈子虽然不错，但并没有认识到佛性本心。你只到了门外，还没有登堂入室。以你目前这样的见解，要想寻求最高的觉悟，是不可能的。所谓最高的觉悟，必须要在当下就能认识自己的本心，亲见自己的佛性，并且认识到这个本心佛性是不生不灭的。在任何时候，在每一个念头中，都能真正了悟而见自性。见到了自性，就会远离虚妄。自心如实呈现，就是本来真实。如果能达到这样的认识，就是获得了最高觉悟的本心佛性。你再思考几天，重新作一篇偈语，拿来给我看，你的偈语如果能觉悟入门，我就把衣钵传给你。"神秀向五祖行礼后出来，心情恍恍惚惚，神思不安，好像在梦中一样，行走坐卧都闷闷不乐。过了好几天，偈语也没有作出来。

　　一天，寺院中的一个小童从舂米房前经过，一边走一边唱诵神秀的偈语。惠能一听，就知道这篇偈子没有认识佛的本性，就问小童说："你念诵的是什么偈子？"童子回答说："你这南方蛮子知道什么，没听到大师说吗？世上最大的事就是生死，谁也逃不脱。大师也不能长生不老，他老人家想要把衣钵传承下去，就让门人都作个偈子给他看，要是谁能觉悟大意，就把衣钵传给他，做第六代祖师。神秀上座在走廊墙壁上写了一篇偈语，大师让众人都来唱诵，说只要按照这篇偈子修持，就不会堕入地狱道、饿鬼道、畜生道，可以获得很大好处。"惠能听了童子的话，说："我也要念诵这篇偈语，好结下辈子的佛缘。上人，我在这儿踏碓舂米已经八个多月了，从来没到前面法堂去过，希望你能引导我到偈语前礼拜。"童子就引导惠能到偈语前礼拜。惠能又说："我不识字，请上人念给我听一听。"这时正好有一个佛门信徒在旁边，姓张名日用，现任九江省副省长。他便高声朗诵这篇偈语给惠能听。惠能听了以后，就说："我也有了一篇偈子，希望官人替我写到墙壁上。"张居士大吃一惊："你不识字，也能作偈子吗？这真是一件稀奇事。"惠能说："要想学到最高的智慧，就不要轻视初学的人。最下等的人也有最上等的智慧，最上等的人也有愚昧无知的。如果你看不起人，就犯下了不可估量的罪过。"居士说："你念你的偈子吧，我替你写。如果你将来得到佛法，要第一个超度我，可别忘了。"惠能就念偈语："菩提本无树，明镜亦非台。本来无一物，何处惹尘埃？"张居士把偈子写在墙壁上，弟子众人看了都惊讶不已，没有一个不唏嘘赞叹的，一时间传得沸沸扬扬："真是奇迹啊！他来的时间不长，怎么就成了肉身菩萨了！看来不能以貌取人。"五祖看到众人大惊小怪，唯恐有人起心加害惠能，就用鞋子把偈语擦掉，说："这篇偈语也没有觉悟到佛性。"大家信以为真，一哄而散。

●原文

坛经（节选）

五祖堂前，有步廊三间，拟请供奉卢珍画《楞伽（léng qié）经》变相及五祖血脉图，流传供养。神秀作偈（jì）成已，数度欲呈，行至堂前，心中恍惚，遍身汗流，拟呈不得。前后经四日，一十三度呈偈不得。秀乃思惟："不如向廊下书著，从他和尚看见。忽若道好，即出礼拜，云是秀作。若道不堪，枉向山中数年，受人礼拜，更修何道？"是夜三更，不使人知，自执灯，书偈于南廊壁间，呈心所见。偈曰："身是菩提树，心如明镜台。时时勤拂拭，勿使惹尘埃。"秀书偈了，便却归房，人总不知。秀复思惟：

"五祖明日见偈欢喜，即我与法有缘。若言不堪，自是我迷，宿业障重，不合得法。圣意难测！"房中思想，坐卧不安，直至五更。

祖已知神秀入门未得，不见自性。天明，祖唤卢供奉来，向南廊壁间绘画图相。忽见其偈，报言："供奉却不用画，劳尔远来。经云：'凡所有相，皆是虚妄。'但留此偈，与人诵持。依此偈修，免堕恶道。依此偈修，有大利益。"令门人炷香礼敬："尽诵此偈，即得见性。"门人诵偈，皆叹善哉。祖三更唤秀入堂，问曰："偈是汝作否？"秀言："实是秀作。不敢妄求祖位，望和尚慈悲，看弟子有少智慧否？"祖曰："汝作此偈，未见本性。只到门外，未入门内。如此见解，觅无上菩提，了不可得。无上菩提，须得言下识自本心，见自本性，不生不灭。于一切时中，念念自见，万法无滞（zhì）。一真一切真，万境自如如。如如之心，即是真实。若如是见，即是无上菩提之自性也。汝且去，一两日思惟，更作一偈，将来吾看。汝偈若入得门，付汝衣法。"神秀作礼而出。又经数日，作偈不成，心中恍惚，神思不安，犹如梦中，行坐不乐。

复两日，有一童子于碓（duì）坊过，唱诵其偈。惠能一闻，便知此偈未见本性。虽未蒙教授，早识大意。遂问童子曰："诵者何偈？"童子曰："尔这獦獠（gé liáo）不知！大师言：'世人生死事大，欲得传付衣法，令门人作偈来看。若悟大意，即付衣法，为第六祖。神秀上座于南廊壁上书《无相偈》，大师令人皆诵，依此偈修，免堕恶道。依此偈修，有大利益。'"惠能曰："我亦要诵此，结来生缘。上人，我此踏碓八个余月，未曾行到堂前，望上人引至偈前礼拜。"童子引至偈前礼拜。惠能曰："惠能不识字，请上人为读。"时有江州别驾，姓张，名日用，便高声读。惠能闻已，遂言："亦有一偈，望别驾为书。"别驾言："汝亦作偈，其事希有！"惠能向别驾言："欲学无上菩提，不可轻于初学。下下人有上上智，上上人有没意智。若轻人，即有无量无边罪。"别驾言："汝但诵偈，吾为汝书。汝若得法，先须度吾，勿忘此言。"惠能偈曰："菩提本无树，明镜亦非台。本来无一物，何处惹尘埃。"书此偈已，徒众总惊，无不嗟（jiē）讶。各相谓言："奇哉！不得以貌取人。何得多时使他肉身菩萨！"祖见众人惊怪，恐人损害，遂将鞋擦了偈，曰："亦未见性。"众以为然。（选自《坛经》）

落霞与孤鹜齐飞，秋水共长天一色

[唐] 王勃

导读

王勃（649-676），字子安，山西河津人，与杨炯、卢照邻、骆宾王并称"初唐四杰"。毛泽东评价说："这个人高才博学，为文光昌流丽，反映当时封建盛世的社会动态，很可以读。"

《滕王阁序》又称《秋日登洪府滕王阁饯别序》，这篇骈文一洗六朝骈文纤丽绮靡、空洞无物之弊，于工整的对偶、华丽的辞藻之外，展示出流走活泼的生气和注重骨力的刚健风格。

汉代的南昌郡城，如今是洪州都督府。天上的方位属于翼、轸两座星宿的分野，地上连结着衡山和庐山。以三江为衣襟，以五湖为衣带，控制着楚地，连接着闽越。这里有万物的精华，上天的珍宝，宝剑的光芒直射牛、斗两个星座之间；这里有杰出的人物，灵秀的大地，太守陈蕃曾经专为徐孺设下几榻。雄伟的郡城，在烟雾中若隐若现，杰出的人才，像繁星一般光彩熠熠。城池楼阁座落在夷夏交界的要害之地，主人宾客囊括了东南地区的著名人物。都督阎公，享有崇高的名望，远道来到洪州坐镇；宇文州牧，是美德的楷模，赴任途中在此停留。趁十天一次的休假时间，好友聚集；不远千里而来的高贵宾客，济济一堂。文坛领袖孟学士的文章犹如龙腾凤舞，王将军的胸中韬略好比紫电清霜。由于父亲在交趾做县令，我在探亲途中经过这个著名的地方。我年幼无知，竟有幸参加了这次盛大的宴会。

时当九月，已是深秋。积水消尽，潭水清澈，天空中凝结着淡淡的云烟，暮霭中山峦呈现一片紫色。驾着马车驰骋在大路上，去崇山峻岭访求风景。走到了滕王的长洲，登上了仙人的宫殿。山峦高耸，层层叠叠直插云霄。楼阁凌空，从上往下看不到地面。白鹤野鸭栖宿的河滩沙洲，极尽纡曲回环之势，雕栏画栋的宫殿，排列得像起伏的山峦。推开雕花的阁门，俯视彩饰的屋脊，山峰平原尽收眼底，河流沼泽一见惊心。这里房舍遍地，住着许多钟鸣鼎食的富贵人家。船舶塞满渡口，尽是雕有青雀黄龙花纹的大船。雨过天晴，彩虹消失，阳光明亮，天空广阔。落霞与孤雁一起飞翔，秋水和长天连成一片。傍晚渔舟中传出的歌声，响彻鄱阳湖畔；寒夜雁群发出的惊叫声，回荡在回雁峰下。

登高远望，放声长吟，心情舒畅，兴致勃发。箫管的音响引来了清风，柔缓的歌声令白云陶醉。就像睢园竹林的聚会，嘉宾的酒量豪情超过陶渊明；就像邺水聚会赞咏莲花，诗人的文采才华胜过谢灵运。良辰、美景、赏心、乐事，这四种美好的事物都已具备；贤明的主人和美好的宾客，这两个难得的条件也已相逢。极目远眺天空，尽情欢度假日。苍天高远，大地寥廓，让人感到宇宙的无穷无尽。欢乐逝去，悲哀袭来，我明白了兴衰成败都是命中注定。在夕阳下遥望长安，在白云间指点苏州。陆地的尽头，是深不可测的大海，天柱山高不可攀，像北斗星一样遥远。山川关隘难以逾越，谁会同情不得志的人？浮萍与流水偶尔相逢，谁又不是漂泊他乡之客？怀念朝廷，却不被召见；侍奉君王，还要等到什么时候？

啊！各人的时机有所不同，人们的命运充满不幸。冯唐到老了只是个郎官，李广军功显赫却难得封侯。贾谊遭受委屈，流放长沙，并不是没有圣明的君主；梁鸿隐居在海边，难道是缺乏政治清明的时代吗？只不过由于君子安于清贫，通达的人知道自己的命运罢了。年纪大了，志气应当更加旺盛，怎能在白头时改变心情？境遇越是困苦，节操越要坚定，决不能抛弃自己的凌云壮志。即使喝了贪泉的水，头脑依然清醒；即使身处困境，心情照样愉快。北海虽然遥远，乘着旋风可以到达；早晨已经过去，珍惜黄昏为时不晚。孟尝君操行高洁，徒然怀有报国的忠心；阮籍放荡不羁，怎能学他在无路可走时痛哭流涕！

我王勃地位卑微，只是一个书生。虽然和终军年龄相当，却无处去请缨杀敌。我也有投笔从戎之志，羡慕宗悫那种"乘长风破万里浪"的英雄气概。如今，我抛弃了一生的功名，到万里之外去侍奉双亲。虽然不是谢玄那样的人才，却也从小和贤德之士交游。不久我将见到父亲，聆听他的教诲。今天我幸运地奉陪各位长者，高兴地登上龙门。司马相如如果没有碰上杨得意那样的荐举之人，只能捧着赋而自我惋惜。伯牙既然遇到了钟子期那样的知音，弹奏一曲《高山流水》又有什么羞愧的呢?

唉！名胜之地不能常游，盛大的宴会难以再遇。兰亭雅集已经成了古迹，金谷名园也变为了废墟。承蒙阎公的恩情，让我临别时写一篇序文，至于登高作赋，就要仰望在座诸公的诗才了。请允许我冒昧地倾吐诚意，恭恭敬敬地写下这篇短序。在座诸位都按各自分到的韵字赋诗，我已写成了四韵八句。请在座诸位施展潘岳、陆机一样的才华，各自谱写瑰丽的诗篇吧！

●原 文

秋日登洪府滕王阁饯别序

[唐] 王勃

豫章故郡，洪都新府；星分翼轸（zhěn），地接衡庐。襟三江而带五湖，控蛮荆而引瓯（ōu）越。物华天宝，龙光射牛斗之墟；人杰地灵，徐孺下陈蕃之榻。雄州雾列，俊采星驰。台隍枕夷夏之交，宾主尽东南之美。都督阎公之雅望，棨（qǐ）戟（jǐ）遥临；宇文新州之懿（yì）范，襜（chān）帷暂驻。十旬休假，胜友如云；千里逢迎，高朋满座。腾蛟起凤，孟学士之词宗；紫电青霜，王将军之武库。家君作宰，路出名区；童子何知，躬逢胜饯。

时维九月，序属三秋。潦（lǎo）水尽而寒潭清，烟光凝而暮山紫。俨（yǎn）骖𬴂（cān fēi）于上路，访风景于崇阿（ē）。临帝子之长洲，得天人之旧馆。层台耸翠，上出重霄；飞阁翔丹，下临无地。鹤汀凫（fú）渚（zhǔ），穷岛屿之萦（yíng）回；桂殿兰宫，即冈峦之体势。

披绣闼（tà），俯雕甍（méng），山原旷其盈视，川泽纡（yū）其骇瞩。闾阎扑地，钟鸣鼎食之家；舸（gě）舰迷津，青雀黄龙之舳（zhú）。云销雨霁（jì），彩彻区明。落霞与孤鹜齐飞，秋水共长天一色。渔舟唱晚，响穷彭蠡（lǐ）之滨；雁阵惊寒，声断衡阳之浦。

遥襟甫畅，逸兴遄（chuán）飞。爽籁发而清风生，纤歌凝而白云遏。睢（suī）园绿竹，气凌彭泽之樽；邺水朱华，光照临川之笔。四美具，二难并。穷睇眄（dì miǎn）于中天，极娱游于暇日。天高地迥（jiǒng），觉宇宙之无穷；兴尽悲来，识盈虚之有数。望长安于日下，目吴会（kuài）于云间。地势极而南溟（míng）深，天柱高而北辰远。关山难越，谁悲失路之人；萍水相逢，尽是他乡之客。怀帝阍（hūn）而不见，奉宣室以何年？

嗟乎！时运不齐，命途多舛（chuǎn）。冯唐易老，李广难封。屈贾谊于长沙，非无圣主；窜梁鸿于海曲，岂乏明时？所赖君子见机，达人知命。老当益壮，宁移白首之心；穷且益坚，不坠青云之志。酌贪泉而觉爽，处涸（hé）辙而相欢。北海虽赊，扶摇可接；东隅（yú）已逝，桑榆非晚。孟尝高洁，空余报国之情；阮籍猖狂，岂效穷途之哭！

勃，三尺微命，一介书生。无路请缨，等终军之弱冠；有怀投笔，爱宗悫（què）之长风。舍簪笏（zān hù）于百龄，奉晨昏于万里。非谢家之宝树，接孟氏之芳邻。他日趋庭，叨陪鲤对；今兹捧袂（mèi），喜托龙门。杨意不逢，抚凌云而自惜；钟期既遇，奏流水以何惭？

呜呼！胜地不常，盛筵难再；兰亭已矣，梓泽丘墟。临别赠言，幸承恩于伟饯；登高作赋，是所望于群公。敢竭鄙怀，恭疏短引；一言均赋，四韵俱成。请洒潘江，各倾陆海云尔。（选自《王子安集注》）

187个字就把钱说透了

[唐] 张说

> **导读**
>
> 张说（667-730），字道济，河南洛阳人。官至中书令，封燕国公，与许国公苏颋并称"燕许大手笔"。
> "本草"，就是药材，把钱作为药材来论述药理，可谓惊天动地、前无古人。这篇奇文仅用了187个字，就把钱的性质、利弊、聚散之道描写得淋漓尽致，真是绝了。

钱这个东西，味甘，性热，有毒，却能使人青春常在，容光焕发，又能使人免于饥寒，远离困苦，效果都是立竿见影的。钱这个东西，从好的方面说，对国家和老百姓都有益处，从坏的方面说，哪怕达官贵人也会受到污染和损害，所以，那些清正廉洁的人对它畏之如虎、避之如仇。人们服用这味药，如果恰到好处就没事。如果贪心不足，服用过量，就会作冷作热，行为狂乱。这味药材一年四季皆可采摘，但是如果乱采乱用，就会使人精神损伤。

钱这个东西在人间到处流通，使众生颠倒，法力无边，可以把神灵和恶鬼召之即来挥之即去。人们如果只知聚财而不知散财，就会带来水火盗贼等灾难。如果只知散财而不知聚财，就会带来饥寒困顿等祸患。聚财散财都有度，这就叫作道；不把它当作珍宝，这就叫作德；取得与给予都适宜，这就叫作义；不求非分之财，这就叫作礼；乐善好施，这就叫作仁；交易不违约，这就叫作信；不让它伤害自己，这就叫作智。用这七种方法精炼此药，才可以长时间地服用，使人长寿。如果乱服乱用，就会使人沉湎其中，丧失志气，损伤精神，一定要特别小心注意！

原文

钱本草

[唐] 张说

钱,味甘,大热,有毒。偏能驻颜,彩泽流润。善疗饥寒、困厄之患,立验。能利邦国,污贤达,畏清廉。贪婪者服之,以均平为良;如不均平,则冷热相激,令人霍乱。其药采无时,采至非理,则伤神。此既流行,能役神灵,通鬼气。如积而不散,则有水火盗贼之灾生;如散而不积,则有饥寒困厄之患至。一积一散谓之道,不以为珍谓之德,取与合宜谓之义,使无非谓之礼,博施济众谓之仁,出不失期谓之信,入不妨己谓之智。以此七术精炼,方可久而服之,令人长寿。若服之非理,则弱志伤神,切须忌之!(选自《张说集校注》)

清晨的麦田里,野鸡在鸣叫

[唐] 王维

导读

王维(701-761),字摩诘,山西永济人,有"诗佛"之称。盛唐山水诗派的代表人物,与孟浩然合称"王孟"。苏轼评价说:"味摩诘之诗,诗中有画;观摩诘之画,画中有诗。"

> 《山中与裴迪秀才书》是一封短简，内涵丰富，意境深远，作者写了落寞的寒山、隐约的城郭、沧涟的水波、明灭的灯火、深巷的寒犬、村墟的夜舂、山寺的疏钟，可谓"文中有画，画中有诗"。

现在正是农历十二月的末尾，天气温和舒畅，旧居蓝田山很可以一游。您正在温习经书，仓促中不敢打扰，我就一个人到山中，在感配寺休息，在寺中吃了饭，便离开了。

我向北渡过灞水，月色清朗，映照着城郭。夜色中登上华子冈，见辋水泛起涟漪，水波或上或下，水中的月影也随之上下。那寒山中远远的灯火，在树林深处忽明忽暗。深巷中的狗叫，像豹子一样。村子里传来舂米的声音，又与稀疏的钟声相互交错。跟来的僮仆已入睡，这时我独自静坐，又想起了从前你我手挽着手吟诵诗歌，在狭窄的小路上漫步、在清澈的流水边驻足的情景。

等到了春天，草木蔓延滋长，山景更可观赏，轻捷的鲦鱼跃出水面，白色的鸥鸟张开翅膀，晨露打湿了青草地，清晨的麦田里，野鸡在鸣叫。这些景色离现在不远了，您能和我一起游玩吗？如果你不是您天性聪颖性情美好，我又怎能用游览辋川春色这样的闲事来邀请您呢？但这里面的确大有趣味！切莫错过。

因为有载运黄檗药材的人出山，就托他带给您这封信，不一一详述了。

● 原　文

山中与裴迪秀才书

[唐] 王维

近腊月下，景气和畅，故山殊可过。足下方温经，猥（wěi）不敢相烦，辄便往山中，憩（qì）感配寺，与山僧饭讫（qì）而去。

北涉玄灞（bà），清月映郭。夜登华子冈，辋水沦涟，与月上下。寒山远火，明灭林外。深巷寒犬，吠声如豹。村墟夜舂（chōng），复与疏钟相间。此时独坐，僮（tóng）仆静默，多思曩（nǎng）昔，携手赋诗，步仄径，临清流也。

当待春中，草木蔓发，春山可望，轻鲦（tiáo）出水，白鸥矫翼，露湿青皋（gāo），麦陇朝雊（gòu），斯之不远，倘能从我游乎？非子天机清妙者，岂能以此不急之务相邀？然是中有深趣矣！无忽。因驮黄檗（bò）人往，不一。山中人王维白。（选自《王右丞集》）

请您尽管测试我的文才

[唐] 李白

导读

李白（701-762），字太白，号青莲居士，出生于四川江油。唐代伟大的浪漫主义诗人，诗风奔放飘逸，被后人誉为"诗仙"，与杜甫并称"李杜"。

李白二十五岁离开家乡外出游历，广结朋友，四方求见，推销自己。三十五岁那年，骄傲的李白在京城长安给善于举荐人才的名臣韩朝宗写了这封求职信。

我听说精英群里流传着这样一句话："生不用封万户侯，但愿一识韩荆州。"我就想，这得是一个什么样的人，才能被人崇拜到如此程度。难道不是因为您像礼贤下士的周公一样，为天下英才操碎了心，海内豪俊才都跑到了您的门下吗？而且一登您的门，立刻身价十倍。在我看来，之所以怀才不遇的人都想在您这里收名定价，那是因为您不会只看重富贵之人，而忽略贫贱之人，于是这众多投奔您的人中，就一定会有像毛遂这样的奇才。如果您给我个机会，我就是那个会脱颖而出的人。

我叫李白，出生在陇西一个平民家庭，目前在楚汉之地晃荡。我十五岁就喜欢剑术，见过很多地方官员。三十岁写得一手好文章，又去京城拜会过很多中央领导。我虽身高不足七尺，但胸中志向无人能敌。那些王公大人都夸我有格局、有气概。过去的这些心路历程，我就都跟您一五一十说了。

您的作品出神入化，您的德行感天动地，可以说是笔参造化，学究天人。希望您高高兴兴的，别因为我的失礼而拒绝我。如果我运气好，我想您定会备上一桌好酒菜，任凭我高谈阔论，那时请您尽管测试我的文才，区区万言，倚马可待。现在天下人都把您当成评价文章好坏、衡量人才高下的最高权威，只要得到您的认可，那就是牛人。那您干嘛舍不得给我个机会，让我也能扬眉吐气、激昂青云呢？

想当年，王允出任豫州使，还没下车，就举荐了荀爽。刚下了车，又举荐了孔融。山涛去冀州的时候，甄选了三十多位能人，有当侍中的，有当尚书的。这些都是历史上的美谈。而您也推荐了严协律，当了秘书郎，后来又推荐了崔宗之、房习祖、黎昕、许莹等人，这些人有的以才名著称，有的以清白著称。我看着他们不忘师恩，忠义奋发，总是备受鼓舞。您是在用赤诚之心对待这些有能力的人啊，所以我也不想投奔别人，只想跟着您。万一您碰上急事、难事，有用得着我的地方，我这条小命就是您的。

话说回来，人非尧舜，谁能全是优点呢？我这点谋略修为，还不足以自夸。至于作品，倒积了不少。也真想让您给看看，又怕雕虫小技，不合您的胃口，入不了您的法眼。要是您真想看看我的草根习作，那就请您给我纸和墨，再找个能抄写的人，我回去收拾一间安静的屋子，写好誊正了再给您呈上。

几乎所有的宝剑、美玉，都是在识货的人手中才能卖出高价。像我这样的草根，也只有您给点阳光，才能灿烂。您就看着办吧。

●原　文

与韩荆州书

［唐］李白

白闻天下谈士相聚而言曰："生不用［封］万户侯，但愿一识韩荆州。"何令人之景慕，一至于此耶！岂不以有周公之风，躬吐握之事，使海内豪俊，奔走而归之，一登龙门，则声誉十倍。所以龙盘凤逸之士，皆欲收名定价于君侯。愿君侯不以富贵而骄之、寒贱而忽之，则三千宾中有毛遂，使白得颖脱而出，即其人焉。

白，陇西布衣，流落楚汉。十五好剑术，遍干诸侯。三十成文章，历抵卿相。虽长不满七尺，而心雄万夫。王公大人，许与气义。此畴曩（nǎng）心迹，安敢不尽于君侯哉！

君侯制作侔（móu）神明，德行动天地，笔参造化，学究天人。幸愿开张心颜，不以长揖见拒。必若接之以高宴，纵之以清谈，请日试万言，倚马可待。今天下以君侯为文章之司命，人物之权衡，一经品题，便作佳士。而君侯何惜阶前盈尺之地，不使白扬眉吐气、激昂青云耶？

昔王子师为豫州，未下车即辟荀慈明；既下车，又辟孔文举。山涛作冀州，甄拔三十余人，或为侍中、尚书，先代所美。而君侯亦荐一严协律，入为秘书郎。中间崔宗之、房习祖、黎昕、许莹之徒，或以才名见知，或以清白见赏。白每观其衔恩抚躬，忠义奋发，以此感激，知君侯推赤心于诸贤腹中，所以不归他人，而愿委身国士。傥（tǎng）急难有用，敢效微躯。

且人非尧舜，谁能尽善？白谟（mó）猷（yóu）筹画，安能自矜？至于制作，积成卷轴，则欲尘秽视听。恐雕虫小技，不合大人。若赐观刍荛（chú ráo），请给纸墨，兼之书人。然后退扫闲轩，缮写呈上。庶青萍、结绿，长价于薛、卞之门。幸惟下流，大开奖饰，唯君侯图之。（选自《李太白全集》）

生命就像一个很深很深的梦，
欢乐是多么虚浮而又短暂

[唐] 李白

> **导 读**
>
> 李白无疑是个天才，这篇文章就是一个例子。全文笔势纵横开阖，如行云流水，通篇洋溢着诗情画意，光明洞彻，爽朗不尽，将生活升华到诗的高度。

天地是什么？是万物寄居的客舍。时间是什么？是匆匆过去的生命历程。在这四维时空的变幻中，生命就像一个很深很深的梦，欢乐是多么虚浮而又短暂。古人秉烛夜游，想要扯住时光的衣襟，他们做得对呀。

现在芳香的春天向我扑来，开花的大地向我扑来，我怎能辜负这番美意呢？不用相邀，兄弟们就聚到桃花园来了，这人间乐事使我笑逐颜开。哎呀，兄弟们一个个英姿勃发，才华横溢，我看着高兴，竟忘了施展谢灵运的捷才了。

春夜的幽景赏之不尽，高谈阔论的欢谑又转向了雅意款款的清谈。在鲜花丛中摆开精美的筵席，在月光下频频举杯痛饮。此花此月，此情此景，哪能没有好诗？哪能不一抒怀抱？来来来，我们要定个规矩，谁要是吟不出诗来，要按照当年石崇在金谷园饮酒赋诗的先例，罚酒三杯！

● 原 文

春夜宴从弟桃花园序
[唐] 李白

夫天地者，万物之逆旅也；光阴者，百代之过客也。而浮生若梦，为欢几何？古人秉烛夜游，良有以也。况阳春召我以烟景，大块假我以文章。会桃花之芳园，序天伦之乐事。群季俊秀，皆为惠连；吾人咏歌，独惭康乐。幽赏未已，高谈转清。开琼筵以坐花，飞羽觞（shāng）而醉月。不有佳咏，何伸雅怀？如诗不成，罚依金谷酒数。（选自《李太白全集》）

真理掌握在谁手里，谁就是我的老师

[唐] 韩愈

● 导 读

韩愈（768-824），字退之，河南孟县人，郡望河北昌黎，故世称"韩昌黎"。唐代杰出的文学家、思想家，被后人尊为"唐宋八大家"之首，有"文章巨公""百代文宗"之名。

叶朗教授指出："理论文章，无论是短论，还是长篇大论，都必定要有理论支撑。没有理论支撑，文章就立不起来。'道之所存，师之所存'，这八个字就是

> 《师说》这篇短论的理论支撑和灵魂。文章中其他论点，如'古之学者必有师''圣人无常师''弟子不必不如师，师不必贤于弟子'等，在逻辑上都是由这八个字支撑的。"

古代求学的人一定有老师。所谓的老师，就是传授真理、讲授学业、解答疑难问题的人。人不是生下来就懂道理、有知识的，谁能没有疑惑呢？有了疑惑却不请教老师，他的疑惑就永远没法解决了。年龄比我大的人，他懂得道理本来比我早，我可以向他请教；年龄比我小的人，如果他懂得道理也比我早，我也可以向他请教。我是向他学习真理，哪管他年龄比我大还是比我小呢？因此，无论地位高低贵贱，无论年纪大小，真理掌握在谁手里，谁就可以做我的老师。

唉！从师求学的风气已经很久没有了，要想人们没有疑惑也就太难了！古代的圣人，比一般人高明多了，尚且还要拜师求教；如今的一般人呢，比圣人差得太远了，却以向老师请教为耻。所以，圣人就更加圣明，愚人就更加愚昧。圣人之所以能成为圣人，愚人之所以那么愚昧，大概就是这个原因吧。人们爱自己的孩子，可以给他选择老师来教育他；到了自己呢，却耻于向老师学习，这太糊涂了！那些孩子们的老师是教他们读书、断句的人，不是我所说的传授真理、解答疑难问题的人。不会断句，愿意去找老师请教；有了解不开的疑惑，却不肯去请教老师。这是学了小的知识，却放弃了大的学问，我看不出这种人高明在哪里。巫医、乐师和各行各业的工匠都不以向别人学习为耻。而士大夫之流，一说到"老师"呀、"弟子"呀什么的，就聚在一起嘲笑人家。问他们为什么笑，他们就说："他和他年龄相近，道德学问也差不多，以地位低的人为师，那是很羞耻的，以官职高的人为师，那不是拍马屁吗。"唉！由此可见拜师求教的风尚是不可能恢复的了。巫医、乐师和各行各业的工匠，是君子们不屑于为伍的，如今君子们的见识反倒赶不上他们，真是太奇怪了！

圣人没有固定的老师。孔子就曾经向郯子、苌弘、师襄、老聃请教过。郯子这班人的品德能力可赶不上孔子。孔子说："很多人走在一起，那里面一定有可以当我老师的人。"因此，弟子不一定就不如老师，老师也不一定就比弟子强。掌握真理有先有后，所学专业各有所长，如此而已。

有个叫李蟠的青年，才十七岁，爱好古文，已经全面研习了六经的经文和传文。他不受时俗观念的影响，来向我学习。我赞许他能够遵循古人从师学习的正道，所以写了这篇《师说》送给他。

●原　文

师　说
［唐］韩愈

古之学者必有师。师者，所以传道受业解惑也。人非生而知之者，孰能无惑？惑而不从师，其为惑也，终不解矣。生乎吾前，其闻道也固先乎吾，吾从而师之；生乎吾后，其闻道也亦先乎吾，吾从而师之。吾师道也，夫庸知其年之先后生于吾乎？是故无贵无贱，无长无少，道之所存，师之所存也。

嗟乎！师道之不传也久矣！欲人之无惑也难矣！古之圣人，其出人也远矣，犹且从师而问焉；今之众人，其下圣人也亦远矣，而耻学于师。是故圣益圣，愚益愚。圣人之所以为圣，愚人之所以为愚，其皆出于此乎？爱其子，择师而教之；于其身也，则耻师焉，惑矣。彼童子之师，授之书而习其句读（dòu）者，非吾所谓传其道解其惑者也。句读之不知，惑之不解，或师焉，或不（fǒu）焉，小学而大遗，吾未见其明也。巫医乐师百工之人，不耻相师。士大夫之族，曰师曰弟子云者，则群聚而笑之。问之，则曰："彼与彼年相若也，道相似也。位卑则足羞，官盛则近谀（yú）。"呜呼！师道之不复，可知矣。巫医乐师百工之人，君子不齿，今其智乃反不能及，其可怪也欤！

圣人无常师。孔子师郯（tán）子、苌（cháng）弘、师襄、老聃（dān）。郯子之徒，其贤不及孔子。孔子曰："三人行，则必有我师。"是故弟子不必不如师，师不必贤于弟子，闻道有先后，术业有专攻，如是而已。

李氏子蟠，年十七，好古文，六艺经传皆通习之，不拘于时，学于余。余嘉其能行古道，作《师说》以贻之。（选自《韩愈选集》）

千里马是养成的，不是天生就有的

[唐] 韩愈

导读

《马说》是脍炙人口的名篇，它给我们一个重要的启示：千里马是养成的，不是天生就有的。关键在于识别，并给予较好的条件，只有这样，才能使他们很好地发挥作用，但这在现实中却是很难做到的。

世上有了伯乐，然后千里马才能被发现。千里马常有，但是伯乐却不常有。因此，即使有出色的马，也只是辱没在庸夫的手里，一个接一个地死在马厩之中，并不作为千里马而著称于世。

日行千里的马，一顿有时能把一石粟米全吃了。喂马的人不知道它能日行千里，也就不把它作为千里马来喂养。这样的马，虽然有日行千里的本领，但由于吃不饱，力气不足，因而能力和特长不能表现出来。这样下去，即便想要它和普通的马一样尚且做不到，又怎么能要求它日行千里呢？

驾驭它，不能用正确的方法；喂养它，又不能满足它的需要；听到它的嘶鸣，不能懂得它的心意，却拿着马鞭子对着它说："天下没有好马！"唉！是真的没有好马吗？是真的不会识别好马罢了！

●原 文

马　说
[唐] 韩愈

世有伯乐，然后有千里马。千里马常有，而伯乐不常有。故虽有名马，只辱于奴隶人之手，骈死于槽枥之间，不以千里称也。

马之千里者，一食或尽粟一石。食马者，不知其能千里而食也。是马也，虽有千里之能，食不饱，力不足，才美不外见，且欲与常马等不可得，安求其能千里也！

策之不以其道，食之不能尽其材，鸣之而不能通其意，执策而临之曰："天下无马！"呜呼！其真无马邪？其真不知马也！（选自《韩愈选集》）

宁鸣而死，不默而生

[唐] 韩愈

●导 读

孟郊（751-814）是韩愈的学生，一生穷困潦倒，直到46岁才考中进士，50岁被任命为溧阳县尉。本文是孟郊上任前韩愈写给他的赠序。范仲淹《灵乌赋》言："宁鸣而死，不默而生。"与此文宗旨实有相通之处，可参看。

一般说来，各种事物不能平静的时候就会发出声音。草木本来没有声音，风吹动它就会发出声音。水本来没有声音，风激荡它就会发出声音。水波翻涌，是岩石冲击了它；水流湍急，是高山阻塞了它；水气沸腾，是火在烧煮它。钟、磬一类乐器本来是没有声音的，有人敲击它就会发出声音。人们说话也是这样，往往到了感情不可抑制的时候才会表达出来。人们唱歌是为了寄托情思，人们哭泣是因为怀念故人。凡是从口中发出声音的，大概都有他不能平静的原因吧！

　　音乐，是人们内心郁结的情感无法宣泄而发出来的声音，人们往往挑选那些最适合发音的东西来发出声音。金、石、丝、竹、匏、土、革、木八种物质，就是各种物质中最适合发音的，人们把它们制成乐器，用来演奏音乐。自然界对于一年四季也是这样，挑选四季当中最适合发音的东西来发出声音。所以春天让百鸟啁啾，夏天让雷霆轰鸣，秋天让虫声唧唧，冬天让寒风呼啸。一年四季互相推移变化，也一定有它不能平静的原因吧！

　　对于人来说也是这样。人类声音的精华是语言，文辞又是语言的精华，时代挑选善于表达的人，借助他们来发出声音。在尧舜时代，皋陶、大禹是最善于表达的，因此就借他俩来发出时代的声音。夔不能用文辞来表达，就作《韶》乐来表达。夏朝的时候，太康的五个弟弟作《五子之歌》来表达。商朝的表达者是伊尹，周朝的表达者是周公。凡是记载在《诗经》《尚书》等六经上的文辞，都是表达得很高明的。周朝衰落时，孔子和他的弟子发出了声音，他们的声音宏大而且传得很远。《论语》上说："上天将使孔子成为宣扬教化的人。"这难道不是真的吗？周朝末年，庄子用他那荒诞不经的文辞来表达。楚国是大国，它灭亡的时候依靠屈原的创作来表达。臧文仲、孟轲、荀子等人用他们的学说来表达。杨朱、墨子、管仲、晏婴、老子、申不害、韩非、慎到、田骈、邹衍、尸佼、孙武、张仪、苏秦这些人，都用他们各自的主张来表达。秦朝兴起，李斯是表达者。汉朝的时候，司马迁、司马相如、扬雄等人是其中最善于表达的人。到了魏、晋时期，能表达的人不及古代，但也没有中断。就其中比较好的来说，他们作品的声音清浅而虚浮，节奏短促而急迫，辞藻浮华而哀伤，志趣颓废而放旷。他们写的文章，杂乱而没有章法。这大概是上天厌弃这个时代的丑德败行而不愿照顾他们吧？为什么不让那些善于表达的人出来表达呢？

唐朝建立以后，陈子昂、苏源明、元结、李白、杜甫、李观都凭他们出众的才华来表达心声。活着的人当中还没有崭露头角的，孟郊在用他的诗歌表达心声。他好的诗篇超过了魏、晋时代的诗，如不懈怠，继续努力，可以达到古代诗歌的水平，其它的诗也接近汉代诗歌的水平。同我交往的人中，李翱和张籍是最突出的。他们三位的文辞表达确实是很好的。但不知道上天将应和他们的声音，使他们表达国家的强盛呢？还是要让他们贫穷饥饿、愁肠百结，让他们为自己的不幸而发出声音呢？他们三位的命运，就掌握在上天的手里啊。那么，身居高位有什么可喜的，沉沦下僚又有什么可悲的呢！

孟郊将到江南地区的溧阳县担任县尉，心里好像有些想不开，所以我讲了这番命由天定的话来解开他心里的疙瘩。

● 原　文

送孟东野序
[唐] 韩愈

大凡物不得其平则鸣。草木之无声，风挠之鸣。水之无声，风荡之鸣。其跃也，或激之；其趋也，或梗之；其沸也，或炙之。金石之无声，或击之鸣。人之于言也亦然。有不得已者而后言，其歌也有思，其哭也有怀。凡出乎口而为声者，其皆有弗平者乎！

乐也者，郁于中而泄于外者也，择其善鸣者而假之鸣。金、石、丝、竹、匏（páo）、土、革、木八者，物之善鸣者也。维天之于时也亦然，择其善鸣者而假之鸣。是故以鸟鸣春，以雷鸣夏，以虫鸣秋，以风鸣冬。四时之相推夺，其必有不得其平者乎！

其于人也亦然。人声之精者为言。文辞之于言，又其精也，尤择其善鸣者而假之鸣。其在唐虞，咎陶（gāo yáo）、禹，其善鸣者也，而假以鸣。夔（kuí）弗能以文辞鸣，又自假于《韶》以鸣。夏之时，五子以其歌鸣。伊尹鸣殷，周公鸣周。凡载于《诗》《书》六艺，皆鸣之善者也。周之衰，孔子之徒鸣之，其声大而远。传曰："天将以夫子为木铎（duó）。"其弗信矣乎？其末也，庄周以其荒唐之辞鸣。楚，大国也，其亡也，以屈原鸣。臧（zāng）孙辰、孟轲、荀卿，以道鸣者也。杨朱、墨翟（dí）、管夷吾、晏婴、老聃（dān）、申不害、韩非、慎到、田骈、邹衍、尸佼、孙武、张仪、苏秦之属，皆以其术鸣。秦之兴，李斯鸣之。汉之时，司马迁、相如、扬雄，最其善鸣者也。其下魏、晋氏，鸣者不及于古，然亦未尝绝也。就其善者，其声清以浮，其节数以急，其辞淫以哀，其志弛以肆，其为言也，杂乱而无章。将天丑其德莫之顾邪？何为乎不鸣其善鸣者也？

唐之有天下，陈子昂、苏源明、元结、李白、杜甫、李观，皆以其所能鸣。其存而在下者，孟郊东野始以其诗鸣。其高出魏、晋，不懈而及于古，其他浸淫乎汉氏矣。从吾游者，李翱（áo）、张籍其尤也。三子者之鸣信善矣。抑不知天将和其声而使鸣国家之盛邪？抑将穷饿其身，思愁其心肠，而使自鸣其不幸邪？三子者之命，则悬乎天矣。其在上也，奚以喜？其在下也，奚以悲？

东野之役于江南也，有若不释然者，故吾道其命于天者以解之。（选自《韩愈选集》）

你一个书生跑到燕赵之地去干嘛？

[唐] 韩愈

导读

此文入选了《古文观止》，的确是一篇好文章。全文不足二百字，而有无限开合、无限变化、无限含蓄。安史之乱后，河北藩镇势力纷纷招揽贤才，董邵南举进士不第，准备前往谋求出路，韩愈写序送行，一方面对董邵南怀才不遇表示惋惜，一方面委婉地劝他不要去那里谋求出路。

自古以来，燕赵之地（今河北山西一带）就有许多慷慨悲歌的勇士、壮士。有个小伙子叫董邵南，千里迢迢从安徽跑到长安来参加进士考试，一连几次都没有考中。这小子很郁闷，难道满腹经纶也得不到主考官赏识吗？于是他准备到河北去碰碰运气。那地方藩镇割据势力正日渐强大，天下义士都奔那儿去。你一个书生跑那儿去干嘛呢？哎，我瞎操心了，士为知己者死嘛，说不定你小子在那里就遇到贵人了呢？董生努力啊！

你小子现在还年轻，虽然不走运，但是那些仰慕仁义并努力实行的人都会珍惜你的，更不用说那些骨子里都流淌着侠义精神的燕赵之士了！可我听说风气是会随着教化改变的，我怎么知道那个地方现在的风气跟过去一样呢？那个地方过去有慷慨悲歌的勇士，我怎么知道那里的人变了没有呢？那就要靠你去碰碰运气了。董生努力啊！

以上所说，都是些胡思乱想，是因你小子要去河北这事引起的。末了，还要嘱咐你几句。请替我凭吊乐毅将军的墓，并且留心观察一下当地的集市，看看还有没有过去那种像高渐离一样屠狗的人？如果有，请替我向他们致意："当今圣上英明，赶快出来为朝廷效力吧。"

●原　文

送董邵南序
［唐］韩愈

燕赵古称多感慨悲歌之士。董生举进士，连不得志于有司，怀抱利器，郁郁适兹土，吾知其必有合也。董生勉乎哉！

夫以子之不遇时，苟慕义强仁者，皆爱惜焉。矧（shěn）燕赵之士出乎其性者哉！然吾尝闻风俗与化移易，吾恶知其今不异于古所云邪？聊以吾子之行卜之也。董生勉乎哉！

吾因子有所感矣。为我吊望诸君之墓,而观于其市,复有昔时屠狗者乎?为我谢曰:"明天子在上,可以出而仕矣。"(选自《韩愈选集》)

鳄鱼,你不可以和我一起生活在这片土地上

[唐] 韩愈

导读

公元819年,韩愈因谏迎佛骨事被贬至潮州。到任后,当地百姓反映有鳄鱼为害,于是韩愈亲注探查,并搭起祭坛,宣读了这封写给鳄鱼的信。

我,潮州刺史韩愈,派我的手下秦济,把一只羊、一头猪扔进这恶溪的潭水之中,给你们这些鳄鱼吃。你们吃着,我有话要跟你们说:

远古的时候,帝王们一旦拥有了天下,都会放火烧山,结网捕兽,灭除危害百姓的虫蛇恶物,把它们驱赶到四海之外。后来的帝王,德行威望减弱,管不了太大的地方。结果江汉之间都归了蛮夷。岭海之间的潮州,更是距京师万里之遥,你们这帮鳄鱼在这里生息繁衍,也很正常。

但是现在不一样了。当今可是大唐王朝,皇上神圣慈武。四海之外,六合之内,全都归他管。更何况在先圣大禹到过的潮州,皇上还专门派了刺史、县令来管理。这里是国家看重的物产富饶之地,你们鳄鱼是不可以跟我这个刺史一起生活在这片土地上的。

我受皇上的委托,镇守这片土地,管理这里的民众。但你们这帮鳄鱼不在水里好好待着,竟然称霸一方,凶残地吞食民众的牲畜,吃肥了自己,

养大了儿孙。这就是跟刺史我叫板,分不清谁是大哥了。刺史我虽然没什么本事,但怎么可能向你们这些鳄鱼低头呢?我要是怕了你们,还不得让百姓笑话死,我在这儿就没法混了。

我是皇上派到这儿的,职责所在,我必须跟你们这帮鳄鱼说清楚。你们这帮鳄鱼要是能明白,就听我一句话:这里是潮州,大海就在它的南边。大到鲸鲲,小到虾蟹,大海里应有尽有。那儿才是你们吃饭拉屎的地方。路也不远,你们早上走,晚上就到。我今天跟你们说好了,给你们三天,你们所有这些浑蛋都给我搬到南海去,省得我收拾你们。三天搬不完,给你们五天。五天搬不完,给你们七天。七天搬不完,那就是你们真的不想走了,是眼里没有我刺史、不肯听劝了。不然就是你们这帮鳄鱼冥顽不灵,我虽然说清楚了,可你们装没听见。但不管怎样,你们不尊重我就是不尊重皇上。要是不听劝、不搬家,你们就跟所有祸害百姓的浑蛋一样,都该被杀光。我会挑选能射箭的官员百姓,拿着强弓,配上毒箭,见着鳄鱼就杀,直到杀完为止。到那个时候,你们再后悔可就晚了。

● 原　文

祭鳄鱼文

[唐] 韩愈

维年月日,潮州刺史韩愈,使军事衙推秦济,以羊一、猪一,投恶溪之潭水,以与鳄鱼食,而告之曰:

昔先王既有天下,列山泽,罔绳擉(chuò)刃,以除虫蛇恶物为民害者,驱而出之四海之外。及后王德薄,不能远有,则江汉之间,尚皆弃之以与蛮、夷、楚、越;况潮岭海之间,去京师万里哉!鳄鱼之涵淹卵育于此,亦固其所。

今天子嗣唐位,神圣慈武,四海之外,六合之内,皆抚而有之;况禹迹所揜(yǎn),扬州之近地,刺史、县令之所治,出贡赋以供天地宗庙百神之祀之壤者哉!鳄鱼其不可与刺史杂处此土也。

刺史受天子命,守此土,治此民,而鳄鱼睅(hàn)然不安溪潭,据处食民畜、熊、豕、鹿、獐，以肥其身，以种其子孙，与刺史亢拒，争为长雄。刺史虽驽弱，亦安肯为鳄鱼低首下心，伈伈（xǐn）睍睍（xiàn），为民吏羞，以偷活于此邪！且承天子命以来为吏，固其势不得不与鳄鱼辨。

鳄鱼有知，其听刺史言：潮之州，大海在其南，鲸鹏之大，虾蟹之细，无不容归，以生以食，鳄鱼朝发而夕至也。今与鳄鱼约，尽三日，其率丑类南徙于海，以避天子之命吏；三日不能，至五日；五日不能，至七日；七日不能，是终不肯徙也。是不有刺史，听从其言也；不然，则是鳄鱼冥顽不灵，刺史虽有言，不闻不知也。夫傲天子之命吏，不听其言，不徙以避之，与冥顽不灵而为民物害者，皆可杀！刺史则选材技吏民，操强弓毒矢，以与鳄鱼从事，必尽杀乃止。其无悔！（选自《韩愈选集》）

我的悲伤你可知道

[唐] 韩愈

导读

《祭十二郎文》是韩愈为亡侄韩老成所写的祭文，文中韩愈呜咽着追叙自己和老成幼年的孤苦伶仃、成年后的东奔西走、聚日无多，以及得知老成死讯时极度悲痛的心情，正如《古文观止》所说："读此等文，须想其一面哭、一面写，字字是血，字字是泪。未尝有意为文而文无不工，祭文中千年绝调。"

某年某月某日，叔父韩愈在听到你去世消息的第七天，才能忍着悲痛向你表达心意，派建中远路赶去，备办些时鲜祭品，告慰在你十二郎的灵前：

唉！我从小就成了孤儿，等到长大，连父亲长什么样子都不知道，唯有哥哥和嫂嫂可以依靠。哥哥才到中年，就死在南方，我和你都年幼，跟着嫂嫂把哥哥的灵柩送回河阳安葬。随后你我又到江南谋生。虽然孤苦伶仃，但不曾有一天与你分离。我上面有三个哥哥，都不幸早早去世。继承先人后嗣的，在孙子辈里只有你，在儿子辈里只有我。子孙两代都是独苗，身子孤单，影子也孤单。嫂嫂曾经一手抚摸着你，一手指着我说："韩家两代人，就只有你们俩了。"当时你还小，大概没有什么记忆，我虽然能够记得，但也不能体会这些话中的悲凉。

我十九岁那年，初次来到京城。四年以后，才回去看你。又过了四年，我去河阳扫墓，碰上你送嫂嫂的灵柩来安葬。又过了两年，我到汴州辅佐董丞相，你来看望我。住了一年，你要求回去接家眷。第二年，董丞相去世，我离开了汴州，你也没有来成。这年，我在徐州协理军务，派去接你的人刚刚动身，我就被罢了官，你又没有来成。我想，就算你跟着我到东边来，依旧是客居他乡，不能长久居住；若做长远打算，不如我回到西边去，等我安好家，然后接你来。唉！谁能料到你会突然离我而去了呢？我和你都还年轻，总以为只是暂时分离，终会长久在一起的，所以我才离开了你跑到京城谋生，指望挣些微薄的俸禄。如果早知道是这样，即使给我高官厚禄，我也不愿离开你一天啊！

去年孟郊去你那边，我让他捎信给你说："我还不到四十岁，眼睛就看不清东西了，头发都白了，牙齿也开始松动了。想到我的几位叔伯和兄长都健康强壮却早早离世，像我这样衰弱的人，哪能活得长久呢？我不能离开这里，你又不能来，生怕有一天我死去，使你无法忍受无尽的悲伤！"谁能想到，年轻的死了而年长的还活着，强壮的夭折了而病弱的却保全了呢？唉！是真的这样呢？还是在做梦呢？还是传来的消息不可靠呢？如果是真的，那么我哥哥品德高尚但是他的儿子却要短命吗？你这样纯洁聪明却不能蒙受先人的恩泽吗？难道年轻强壮的反而要早早死去，年老衰弱的却应活在世上吗？这是不能让人相信的啊！这是梦吧？传来的消息是错的吧？可是，孟郊的信、耿兰的报表，为什么明明又在我身边呢？唉！这是真的啊！我哥哥品德高尚反而儿子夭折了啊！你纯洁聪明本可继承家业，现在却不能蒙受先人的恩泽了啊！这真是天意难以揣测而神明难以知晓啊！这真是天理不可推求而寿夭不能预知啊！

苍天啊，我从今年以来，斑白的头发有的已经全白了，松动的牙齿有的已经脱落了，气血一天比一天衰弱，精神一天比一天减退，我还有多久就要随你而去呢？死后如果有知觉，那么我们还能分离几天呢？死后如果没有知觉，那我哀伤的时间也就不会长久，而不哀伤的日子倒是没有尽头啊！你的儿子才十岁，我的儿子才五岁。年轻力壮的都保不住，这样的小孩子，还能指望他们长大成人吗？唉！真是悲哀啊！真是悲哀啊！

你去年来信说："近来得了软脚病，常常疼得厉害。"我回信说："这种病，江南人经常得的。"没有把这当回事。唉！难道竟然是因为这个病而丧了命吗？还是因为患了其他的重病而导致这样的不幸呢？你的信是六月十七日写的，孟郊说你死于六月二日，耿兰报丧没有说日期。大概是孟郊的使者不知道向你家里的人问明日期，而耿兰报丧竟不知道应该告诉日期。或者是孟郊在给我写信时，才去问使者，而使者随口说了一个日期。是这样呢？还是不是这样呢？

如今我派建中来祭奠你，来慰问你的孩子和你的乳母。如果他们有粮食可以维持到三年丧满，就等到丧满以后接他们过来；如果他们生活困难，不能守满丧期，就现在把他们接过来。其余的奴婢，都让他们给你守丧。等到我有能力改葬的时候，一定会把你安葬在祖先的坟地，这样才算了却了我的心愿。唉！我不知道你生病的时间，也不知道你去世的时间，你活着时我们不能彼此照应住在一起，你死后我不能抱你在怀中痛哭。你入殓时我不能紧靠你的棺材，你下葬时我不能亲临你的墓穴。我的德行有负神明，因而使你夭亡。我对上不孝，对下不慈，所以不能和你相互照顾，一同生活，不能和你相互依偎，一同死去。我们一个在天涯，一个在地角。活着的时候，你的影子不能和我的身影相互依偎，死了以后，你的魂魄不能和我的梦魂相互亲近。这都是我造成的灾难，又能怨谁呢？苍天啊，我的悲伤何时是个尽头？

从今以后，我对这个世界没有什么可留恋的了！我要在伊水和颍水边上买上几亩良田，来度过我的余生。教育我的儿子和你的儿子，希望他们长大成才;抚养我的女儿和你的女儿,等待她们出嫁,如此而已。唉!话有说尽的时候,但悲痛的心情却没完没了,你是知道呢?还是不知道呢?唉!悲哀啊!希望你的灵魂能来享用我的祭品啊!

● 原　文

祭十二郎文

[唐] 韩愈

年月日,季父愈闻汝丧之七日,乃能衔哀致诚,使建中远具时羞之奠,告汝十二郎之灵:

呜呼!吾少孤,及长,不省所怙(hù),惟兄嫂是依。中年,兄殁(mò)南方,吾与汝俱幼,从嫂归葬河阳。既又与汝就食江南。零丁孤苦,未尝一日相离也。吾上有三兄,皆不幸早世。承先人后者,在孙惟汝,在子惟吾。两世一身,形单影只。嫂常抚汝指吾而言曰:"韩氏两世,惟此而已。"汝时尤小,当不复记忆。吾时虽能记忆,亦未知其言之悲也。

吾年十九,始来京城。其后四年,而归视汝。又四年,吾往河阳省(xǐng)坟墓,遇汝从嫂丧来葬。又二年,吾佐董丞相于汴(biàn)州,汝来省吾。止一岁,请归取其孥(nú)。明年,丞相薨(hōng)。吾去汴州,汝不果来。是年,吾佐戎徐州,使取汝者始行,吾又罢去,汝又不果来。吾念汝从于东,东亦客也,不可以久;图久远者,莫如西归,将成家而致汝。呜呼!孰谓汝遽(jù)去吾而殁乎!吾与汝俱少年,以为虽暂相别,终当久相与处。故舍汝而旅食京师,以求斗斛(hú)之禄。诚知其如此,虽万乘之公相,吾不以一日辍(chuò)汝而就也!

去年,孟东野往。吾书与汝曰:"吾年未四十,而视茫茫,而发苍苍,而齿牙动摇。念诸父与诸兄,皆康强而早世。如吾之衰者,其能久存乎!吾不可去,汝不肯来,恐旦暮死,而汝抱无涯之戚也。"孰谓少者殁而长者存,强者夭而病者全乎!呜呼!其信然邪?其梦邪?其传之非其真邪?信也,吾兄之盛德而夭其嗣乎?汝之纯明而不克蒙其泽乎?少者强者而夭殁,长者衰者而存全乎?未可以为信也。梦也,传之非其真也。东野之书,耿兰之报，何为而在吾侧也？呜呼！其信然矣！吾兄之盛德而夭其嗣矣！汝之纯明宜业其家者，不克蒙其泽矣！所谓天者诚难测，而神者诚难明矣！所谓理者不可推，而寿者不可知矣！虽然，吾自今年来，苍苍者或化而为白矣，动摇者或脱而落矣。毛血日益衰，志气日益微，几何不从汝而死也！死而有知，其几何离；其无知，悲不几时，而不悲者无穷期矣。汝之子始十岁，吾之子始五岁。少而强者不可保，如此孩提者，又可冀其成立邪？呜呼哀哉！呜呼哀哉！

汝去年书云："比得软脚病，往往而剧。"吾曰："是疾也，江南之人常常有之。"未始以为忧也。呜呼！其竟以此而殒（yǔn）其生乎？抑别有疾而至斯乎？汝之书，六月十七日也，东野云汝殁以六月二日，耿兰之报无月日。盖东野之使者，不知问家人以月日；如耿兰之报，不知当言月日。东野与吾书，乃问使者，使者妄称以应之乎。其然乎？其不然乎？

今吾使建中祭汝，吊汝之孤与汝之乳母。彼有食，可守以待终丧，则待终丧而取以来；如不能守以终丧，则遂取以来。其余奴婢，并令守汝丧。吾力能改葬，终葬汝于先人之兆，然后惟其所愿。呜呼！汝病吾不知时，汝殁吾不知日。生不能相养以共居，殁不能抚汝以尽哀。敛不凭其棺，窆（biǎn）不临其穴。吾行负神明，而使汝夭，不孝不慈，而不能与汝相养以生，相守以死。一在天之涯，一在地之角。生而影不与吾形相依，死而魂不与吾梦相接。吾实为之，其又何尤！彼苍者天，曷（hé）其有极！

自今已往，吾其无意于人世矣。当求数顷之田于伊、颍之上，以待余年，教吾子与汝子幸其成，长吾女与汝女待其嫁，如此而已。呜呼！言有穷而情不可终，汝其知也邪？其不知也邪？呜呼哀哉！尚飨（xiǎng）！（选自《韩愈选集》）

从内向外散发光辉

[唐] 刘禹锡

导读

刘禹锡（772-842），字梦得，江苏涂州人，唐代著名诗人，有"诗豪"之称。

《陋室铭》不足百字，却是传世杰作。此文通过赞美陋室，完美地表达了作者安贫乐道、不慕富贵、不与世俗同流合污的意趣。

山不在于高低，只要有神仙居住就会出名；水不在于深浅，只要有蛟龙栖息就会显灵。我住的是简陋的房子，但是我的品德好，就感觉不到简陋了。

苔藓碧绿，铺满阶前；草色青葱，映入帘中。到这里来谈笑的都是知识渊博的大学者，跟我交往的没有一个见识浅薄的人，可以弹奏不加装饰的古琴，可以阅读泥金书写的佛经。

没有乐器演奏的声音扰乱双耳，没有官府的公文劳心费神。南阳有诸葛亮的草庐，西蜀有扬子云的亭子。孔子说：有什么简陋的呢？

原文

陋室铭

[唐] 刘禹锡

山不在高，有仙则名。水不在深，有龙则灵。斯是陋室，惟吾德馨（xīn）。苔痕上阶绿，草色入帘青。谈笑有鸿儒，往来无白丁。可以调素

琴，阅金经。无丝竹之乱耳，无案牍（dú）之劳形。南阳诸葛庐，西蜀子云亭。孔子云："何陋之有！"（选自《全唐文》）

我只是顺应它的天性，使它生长罢了，我能有什么办法？

[唐] 柳宗元

导 读

柳宗元（773-819），字子厚，山西永济人。唐代文学家、哲学家、思想家，唐宋八大家之一，与韩愈并称"韩柳"。

这是一篇具有文学性的人物传记，写得简洁生动，婉而多讽。文中提出的"顺木之天，以致其性"的种树法则，直到今天仍然具有重要现实意义。

郭橐驼，人称"驼背老郭"，没有人知道他原来叫什么名字。他因病背驼了，走起路来低着头弯着腰，就像骆驼一样，所以乡里人都叫他"驼背"。驼背老郭听了也不介意，说："这个名字好啊，这样称呼我本来就合宜。"于是他就干脆舍弃了自己的名字，也自称起"驼背"来。

驼背的家乡叫丰乐乡，在长安城西边。他家世代以种树为业，凡是长安城里经营园林和做水果买卖的富贵人家，都争着把他接到家里奉养。也真是奇怪，驼背种的树，或者移植的树，没有不成活的；而且长得高大茂盛，果实结得早而且多。其他种树的人即使暗中观察模仿，也比不上他。

有人问他有什么秘诀,他笑笑说:"我又不能使树木活得久而且生长得快,我只是顺应它的天性,使它生长罢了,我能有什么办法?种树的方法不就是这样吗?树根要舒展,培土要均匀,要用原来的熟土,不要用新土,还要把土捣结实。已经这样做完了,就不要再动它,不要再管它,随它去了。种树时,要像对待子女一样精心爱护,栽好后就把它丢在一边,这样它的先天本性就会得以保全,它的后天习性就会慢慢养成。所以我只不过不妨碍它生长、不损害它结果罢了,并不能使它长得高大茂盛、果实结得又早又多。其他种树的人却不是这样。种树的时候,把树根弯在一起不能伸展,而且更换了新土;培土的时候,不是多了就是少了。还有一些与此相反的人,又对树木爱护得太过分了,担心得太过分了。早晨去看了,晚上又去摸,已经离开了,又回头去看。甚至抠破树皮来看它是活了还是死了,摇动树根来看它是否栽结实了,这样它的天性就一天天丧失了。看起来是爱护它,实际上是害了它;看起来是担心它,实际上是仇视它。所以他们都不如我。除此之外,我能有什么办法?"

问的人说:"把你种树的道理,用到做官治民上来,可行吗?"驼背说:"我只知道种树,做官治民,不是我的事。但是我住在乡里,看见那些当官的喜欢不断地发号施令,好像是很怜惜老百姓,实际上最终遭殃的还是老百姓。那些跑腿的小吏早上跑来喊,晚上跑来喊,'长官来命令啦!催你们快耕呢,叫你们快种呢,要你们快收呢,早些缲你们的丝,早些把你们的丝织成布,养育你们的小孩,喂大你们的鸡和猪。'一会儿打鼓叫人们集合,一会儿又敲梆子把大家召来。我们这些小民就是不吃饭去应付那些当官的都来不及,哪里还有心思繁荣我们的生计、安排我们的生活呢?所以我们既困苦又疲乏。像这样的官吏,与我说的那种不会种树的同行大概也有相似的地方吧?"

问的人说:"我问你种树的方法,却得到了治理百姓的方法。这不是也很好吗?"

我为驼背老郭种树的事作传,是要给那些当官的人作警戒。

● 原 文

种树郭橐驼传

[唐] 柳宗元

郭橐(tuó)驼,不知始何名。病偻(lǚ),隆然伏行,有类橐驼者,故乡人号之"驼"。驼闻之,曰:"甚善,名我固当。"因舍其名,亦自谓"橐驼"云。

其乡曰丰乐乡,在长安西。驼业种树。凡长安豪富人为观游及卖果者,皆争迎取养。视驼所种树,或移徙,无不活;且硕茂,早实以蕃(fán)。他植者虽窥伺效慕,莫能如也。

有问之,对曰:"橐驼非能使木寿且孳(zī)也,能顺木之天以致其性焉尔。凡植木之性,其本欲舒,其培欲平,其土欲故,其筑欲密。既然已,勿动勿虑,去不复顾。其莳(shì)也若子,其置也若弃。则其天者全,而其性得矣。故吾不害其长而已,非有能硕茂之也;不抑耗其实而已,非有能早而蕃之也。他植者则不然。根拳而土易,其培之也,若不过焉则不及。苟有能反是者,则又爱之太恩,忧之太勤。旦视而暮抚,已去而复顾。甚者爪其肤以验其生枯,摇其本以观其疏密,而木之性日以离矣。虽曰爱之,其实害之;虽曰忧之,其实仇(chóu)之,故不我若也。吾又何能为哉?"

问者曰:"以子之道,移之官理,可乎?"驼曰:"我知种树而已,官理,非吾业也。然吾居乡,见长(zhǎng)人者好烦其令,若甚怜焉,而卒以祸。旦暮吏来而呼曰:'官命促尔耕,勖(xù)尔植,督尔获,早缫(sāo)而绪,早织而缕,字而幼孩,遂而鸡豚。'鸣鼓而聚之,击木而召之。吾小人辍飧(sūn)饔(yōng)以劳吏者且不得暇,又何以蕃吾生而安吾性耶?故病且怠。若是,则与吾业者其亦有类乎?"

问者曰:"嘻,不亦善夫!吾问养树,得养人术。"

传(zhuàn)其事,以为官戒。(选自《柳宗元选集》)

难道我在冥冥之中还要感谢被贬永州吗?

[唐] 柳宗元

> **导读**
>
> 805年,柳宗元因参与王叔文领导的永贞革新失败,被贬为永州司马。在此期间,他写下了著名的"永州八记",是古典散文中难得一见的佳品。《钴鉧潭西小丘记》是《永州八记》的第三篇。

我找到西山后的第八天,沿着山口向西北再走二百步,又发现了一个像熨斗一样的水潭,当地人称为钴鉧潭。离钴鉧潭西边二十五步远,在水流又深又急的地方筑了一道石坝。石坝顶上是一片小丘,乱石林立、竹树丛生。那些石头像是从泥土里钻出来似的,耸立成一片,千奇百怪的,数也数不清。那些倾侧堆垒而下的怪石,好像是俯身在小溪里喝水的牛马;那些猛然前突、争先恐后往上冲的奇石,好像是熊罴在往山上攀登。

这小丘不到一亩,小到可以装进袖子里。我打听这小丘的主人是谁,有人说:"这是唐家不要的地方,想出售却卖不出去。"我问它的价钱,有人说:"只要四百文。"我很喜欢这个小丘,就把它买了下来。李深源、元克己当时与我同游,都非常高兴,以为是意想不到的收获。买下小丘后,我们拿来工具,铲除败草,砍掉杂树,燃起熊熊大火烧掉一切荒秽。顿时,美好的树木树立起来了,秀美的竹子显露出来了,奇峭的石头呈现出来了。我们站在小丘中间向四面眺望,只见远山高耸、浮云悠悠、溪流淙淙、飞禽走兽自由自在地翱翔,全都欢快地呈献出它的巧技,呈现在这小丘之下。我们随意地倚靠在石头上,斜卧在草地上,眼睛触及的是清澈明净的景色,耳朵触及的是潺潺流淌的水声,精神感受到的是悠远空旷的天地,心灵感受到的是恬静幽深的大道。人生是如此的精彩,还有什么可苛求的呢?不满十天我就得到了两处风景胜地,即使古代爱好山水的人士,也未必会有我这样的奇遇吧。

唉!凭着这小丘优美的景色,如果把它放到长安附近的沣、镐、鄠、杜这些繁华的地方,那么那些喜欢游赏的人会争相购买,即使每天涨价一千文也不一定买得到它。如今它被抛弃在这荒僻的永州,连农民、渔夫走过去也不看它一眼,售价只有四百文钱,却一连几年也卖不出去。而唯独我和李深源、元克己得到了它,难道我在冥冥之中还要感谢被贬永州吗?要不是有这遭遇,我恐怕这辈子都没有机会遇到这个被弃山野的小丘了。我把这些经过刻在石头上,用来祝贺我和小丘的遇合。

● 原 文

钴𬭁潭西小丘记

[唐] 柳宗元

得西山后八日,寻山口西北道二百步,又得钴𬭁(gǔ mǔ)潭。潭西二十五步,当湍(tuān)而浚(jùn)者为鱼梁。梁之上有丘焉,生竹树。其石之突怒偃蹇(yǎn jiǎn),负土而出,争为奇状者,殆不可数。其嵚(qīn)然相累而下者,若牛马之饮于溪;其冲然角列而上者,若熊羆(pí)之登于山。

丘之小不能一亩,可以笼而有之。问其主,曰:"唐氏之弃地,货而不售。"问其价,曰:"止四百。"余怜而售之。李深源、元克己时同游,皆大喜,出自意外。即更取器用,铲刈(yì)秽草,伐去恶木,烈火而焚之。嘉木立,美竹露,奇石显。由其中以望,则山之高,云之浮,溪之流,鸟兽之遨游,举熙熙然回巧献技,以效兹丘之下。枕席而卧,则清泠(líng)之状与目谋,潆潆(yíng yíng)之声与耳谋,悠然而虚者与神谋,渊然而静者与心谋。不匝(zā)旬而得异地者二,虽古之好事之士,或未能至焉。

噫(yī)!以兹丘之胜,致之沣(fēng)、镐(hào)、鄠(hù)、杜,则贵游之士争买者,日增千金而愈不可得。今弃是州也,农夫渔父过而陋之,贾四百,连岁不能售。而我与深源、克己独喜得之,是其果有遭乎!

书于石,所以贺兹丘之遭也。(选自《柳宗元选集》)

优雅地忧伤

[唐] 柳宗元

导读

《小石潭记》是《永州八记》的第四篇,全名为《至小丘西小石潭记》。此文语言精美,意境幽深,表面上无一字不是写景,实际上无一字不是写心,柳宗元被贬后无法排遣的忧伤与凄苦之情就这样优雅地传达出来了。

从小丘向西走一百二十多步,隔着竹林,可以听到流水的声音,好像人身上佩戴的玉佩、玉环相互碰撞发出的声音,我听了心里高兴。于是砍掉竹子,开辟出一条道路,顺着往下走,就看见一个小潭,水格外清澈。小潭以整块石头为底,靠近岸边,石底有些部分翻卷过来,露出水面,成为水中高地、小岛、凹凸不平的岩石、岩洞等各种不同的形状。青葱的树木、翠绿的藤蔓,覆盖缠绕,摇动下垂,参差不齐,随风飘拂。

潭中的鱼大约有一百多条,都好像在空中游动,什么依靠也没有。阳光直射到水底,鱼的影子映在水底的石上。鱼儿呆呆地一动不动,忽然间又向远处游去了,来来往往,轻快敏捷,好像在和游人逗乐。

向小石潭的西南方望去,小溪像北斗七星一样曲折,像蛇爬行一样弯曲,一段看得见,一段看不见。小潭的岸势像狗的牙齿那样互相交错,不能知道溪水的源头在哪里。

我坐在潭边，四周竹林和树木环绕合抱，寂静冷落、空无一人，使人感到心神凄凉，寒气透骨，真是寂静极了，幽深极了。因为这里的环境太过凄清，不能长时间停留，于是我写下这篇文章，记录下当时的情景，就离开了。

和我一同游览的人还有吴武陵、龚古和我的堂弟宗玄。作为随从跟着去的，还有姓崔的两个年轻人。一个名叫恕己，一个名叫奉壹。

●原　文

小石潭记
[唐] 柳宗元

从小丘西行百二十步，隔篁（huáng）竹，闻水声，如鸣珮环，心乐之。伐竹取道，下见小潭，水尤清冽。全石以为底，近岸，卷石底以出，为坻（chí）为屿，为嵁（kān）为岩。青树翠蔓，蒙络摇缀，参差披拂。

潭中鱼可百许头，皆若空游无所依。日光下澈，影布石上，佁（yǐ）然不动，俶（chù）尔远逝，往来翕忽，似与游者相乐。

潭西南而望，斗折蛇行，明灭可见。其岸势犬牙差互，不可知其源。

坐潭上，四面竹树环合，寂寥无人，凄神寒骨，悄怆（chuàng）幽邃。以其境过清，不可久居，乃记之而去。

同游者吴武陵、龚古、余弟宗玄；隶而从者，崔氏二小生，曰恕己，曰奉壹。（选自《柳宗元选集》）

敌人也是朋友，对我们大为有利

[唐] 柳宗元

> **导读**
>
> 此文开头劈空立论，锋芒直指常人头脑中根深蒂固的习惯观念，接下来用历史经验反复论说"敌存灭祸，敌去召过"的真理。通篇不到二百字，从头到尾闪耀着辩证法的光辉，是古人所谓"大手笔"。

地球人都知道，敌人就是敌人，是要害我们的，却不知道敌人也是朋友，对我们大为有利。举个例子来说吧。秦国还没有统一天下的时候，因为有齐、楚、燕、赵、魏、韩这六个合纵国专门与它捣乱，它便小心翼翼，谋求富国强兵；等它灭了六国之后，就有点飘飘然，放纵恣肆起来，最终二世而亡。晋国在鄢陵之战中打败了楚国，范文子为此感到忧虑；晋厉公却得意洋洋，搞得举国上下怨声载道。同朝为官的孟庄子与臧孙纥有仇，但孟庄子死后臧孙纥却非常悲戚，说："孟庄子是治我的病的药石啊，如今药石没了，我离死也不远了。"这个道理高智商的人都能懂，但还是有人栽在这上头。现在有些人，做梦都没有想到这一层，何其危险啊！有个敌人在眼前晃，还知道警惕小心，敌人一旦躲起来，他就得意忘形了。这边厢放下了戒备，那边厢就骄傲自满起来，积以时日，不酿成大祸才怪？这样看来，敌人的作用大着呢！敌人在，灾祸就少；敌人不在，过失就多。把这个道理想明白了，便能弘扬大道获得美名。俗话说：精壮暴死，久病延年。如果我们放纵欲望不知警惕，那就真是昏聩愚蠢。我写这篇文章，就是希望引起大家的思考，少些过失。

● 原 文

敌 戒

[唐] 柳宗元

皆知敌之仇，而不知为益之尤；皆知敌之害，而不知为利之大。秦有六国，兢兢以强；六国既除，訑訑（dàn）乃亡。晋败楚鄢（yān），范文为患；厉之不图，举国造怨。孟孙恶（wù）臧，孟死臧（zāng）恤，"药石去矣，吾亡无日"。智能知之，犹卒以危，矧（shěn）今之人，曾不是思。敌存而惧，敌去而舞，废备自盈，祗益为愈。敌存灭祸，敌去召过。有能知此，道大名播。惩病克寿，矜壮死暴；纵欲不戒，匪愚伊耄（mào）。我作戒诗，思者无咎。（选自《柳宗元选集》）

京城里的人都说您家太有钱了

[唐] 柳宗元

● 导 读

王参元，出身名门，其家庭在京城以富足著称。早年与柳宗元、李贺等人交游。元和年间，王参元家遭遇大火，远在永州的柳宗元给他写了这封慰问信。信中洞悉世态人情，显示出深邃的智慧，遂成为千古奇文。

我收到杨八的来信，知道您家遭了火灾，家里已经烧得什么都没了。

我最初听到这个消息的时候很担心,后来又有些困惑,不过最后想通了却非常高兴,所以就把这封慰问信写成了祝贺信。杨八的信写得很简单,使我没法了解详细的情况,如果大火真的把您家的每一处都烧成了灰烬,让您一无所有了,那就是我要向您特别祝贺的了。

您有一大家人需要奉养,大家在一起快快乐乐的,每天只想着平安无事就行了。现在来了这么一场巨大的火灾,周围的人一定都吓坏了,过去的锦衣玉食没准也供不上了,所以一开始我是很担心的。所有的人都会说什么月有阴晴圆缺,祸福无常啊,什么天将降大任给谁,必然会先用艰难困苦、水火之灾、小人之祸让他勤劳精进,然后才有好日子啊等等之类的套话。过去的人还真就相信这些。其实这些话完全不靠谱,就是圣人也不能证明真有这回事。所以我对如何安慰您又陷入了困惑。

您读书读得好,文章写得漂亮,学问又扎实。像您这样的全才,却一直没有提拔到朝廷的重要岗位上去,原因只有一个,那就是京城里的人都说您家太有钱了。凡是洁身自好的人都怕闲言碎语,所以都不敢说您的好话。您家里有没有钱,您有没有才华,其实他们心里一清二楚,都存心憋着,不说。天下的道理本来就很难说清,社会上又最喜欢猜忌。谁要是敢说您一句好话,立刻就会被嚼舌根子的人认定为是拿了您家的重金贿赂才这么干的。

我六七年前就看过您写的文章,这六七年里就一直憋着没夸过您一句。我像这样只想着自己而不顾公义已经很长时间了,并不是光对不起您一个人。后来我做了监察部长,感觉这回是天子近臣了,该能说点真话了,就琢磨着替您洗刷洗刷,把您埋没的才能彰显出来。但每次一跟大伙推荐您,就老是有人把脸转过去偷笑。我心里这个恨呀,恨我怎么就落到这个田地了,怎么就没个让人相信的、坦坦荡荡的好名声,反倒被那些流言蜚语弄得百口莫辩呢。我常和孟几道说起这些,心里非常痛苦。

现在好了,您家被大火烧光了,所有人的猜忌也好、顾虑也罢,也都被大火一块儿烧没了。房子烧黑了,墙烧红了,所有人都知道您一无所有了。但是您的才能却可以好好传扬而不怕被玷污了,您终于熬出头了。这是火神在帮您啊。我和孟几道十年里对您的相知相惜,也比不上这把火一个晚上给您带来的帮助。以后大家都可以轻轻松松地跟你站在同一条起跑

线上了，再也不怕说您的好话了，那些当官作宰的人，也可以大胆任用您而不必害怕别人说三道四了。再想跟过去似的畏畏缩缩，连个理由都没了。从现在起，我就可以看着您施展抱负了。所以，对您家着火这件事，我最终变得非常高兴起来。

古代的时候，列国有灾，其他的国家都要慰问。有一次许国没来慰问，有识之士就很鄙夷许国。现在，我把信写成这样，跟过去所有人说的都不一样，这是将慰问信改成祝贺信了。您应该会明白我的意思的。颜回一箪食一瓢饮也过得很快乐很知足，曾参用自己的成就给父母带来了荣耀，这才是最大的快乐，尽管您现在什么都没了，但您什么也不缺。

您上次来信跟我要的文章和古书，我绝不敢忘。等我写上几十篇一块儿寄给您。吴二十一从湖南常德来看我，说起您写的《醉赋》和《对问》，评价极高，可以寄给我一本看看。我最近也喜欢写文章，感觉和在京城时很不一样。本想和您多谈几句，但现在我被看管得很严，不敢肆意胡说。如果有人往南边来，就捎封信给我，也好知道我是否还活着。言不尽意。柳宗元问好。

● 原 文

贺进士王参元失火书

[唐] 柳宗元

得杨八书，知足下遇火灾，家无余储。仆始闻而骇，中而疑，终乃大喜，盖将吊而更以贺也。道远言略，犹未能究知其状，若果荡焉泯焉，而悉无有，乃吾所以尤贺者也。

足下勤奉养，宁朝夕，惟恬安无事是望也。乃今有焚炀（yáng）赫烈之虞，以震骇左右，而脂膏滫瀡（xiǔ suǐ）之具，或以不给，吾是以始而骇也。

凡人之言，皆曰盈虚倚伏，去来之不可常。或将大有为也，乃始厄困震悸，于是有水火之孽，有群小之愠（yùn）。劳苦变动而后能光明，古之人皆然。斯道辽阔诞漫，虽圣人不能以是必信，是故中而疑也。

以足下读古人书，为文章，善小学，其为多能若是，而进不能出群士之上，以取显贵者，无他故焉。京城人多言足下家有积货，士之好廉名者，皆畏忌，不敢道足下之善，独自得之心蓄之，衔忍而不出诸口。以公道之难明，而世之多嫌也，一出口则嗤嗤者以为得重赂。

仆自贞元十五年见足下之文章，蓄之者盖六七年，未尝言是。仆私一身，而负公道久矣，非特负足下也。及为御史、尚书郎，自以幸为天子近臣，得奋其舌，思以发明天下之郁塞。然时称道于行列，犹有顾视而窃笑者。仆良恨修己之不亮，素誉之不立，而为世嫌之所加，常与孟几道言而痛之。

乃今幸为天火之所涤荡，凡众之疑虑，举为灰埃。黔其庐，赭（zhě）其垣，以示其无有。而足下之才能乃可显白而不污。其实出矣，是祝融、回禄之相吾子也。则仆与几道十年之相知，不若兹火一夕之为足下誉也。宥（yòu）而彰之，使夫蓄于心者咸得开其喙（huì），发策决科者，授子而不慄（lì）。虽欲如向之蓄缩受侮，其可得乎？于兹吾有望乎尔，是以终乃大喜也。

古者列国有灾，同位者皆相吊。许不吊灾，君子恶之。今吾之所陈若是，有以异乎古，故将吊而更以贺也。颜、曾之养，其为乐也大矣，又何阙焉？

足下前章要仆文章古书，极不忘，候得数十篇乃并往耳。吴二十一武陵来，言足下为《醉赋》及《对问》，大善，可寄一本。仆近亦好作文，与在京城时颇异。思与足下辈言之，桎梏（zhì gù）甚固，未可得也。因人南来，致书访死生。不悉。宗元白。（选自《柳河东集》）

毁灭自己的人是自己

[唐] 杜牧

导 读

杜牧（803-853），字牧之，宰相杜佑之孙，陕西西安人。杜牧与李商隐并称"小李杜"，以别于李白与杜甫。

《阿房宫赋》生动形象地总结了秦朝统治者骄奢亡国的历史教训，为当时最高统治者提供了深刻警示。全文除了具有震撼人心的思想力量外，也具有很高的艺术价值。

六国灭亡了，天下才归于一统；蜀中的山林被砍伐一空了，阿房宫才得以建成。阿房宫覆盖了三百多里地面，遮蔽了天空和太阳。它从骊山向北建起，再往西转弯，直奔咸阳而去。渭水和樊川浩浩荡荡，流进阿房宫的宫墙。五步之间一座楼，十步之间一重阁。长廊如绸带在萦绕，飞檐像鸟嘴在啄食。楼阁各自依地势的高低倾斜而建，四方向中心攒聚，屋角却互相对峙。建筑群盘旋曲折，就像密集的蜂房和旋转的水涡，高高地耸立着，不知道它有几千万座。没有风起云涌，哪里来的苍龙？原来是一座座长桥横卧在水波上。不是雨过天晴，哪里来的彩虹？原来是沟通楼阁的通道横贯在空中。房屋忽高忽低，幽深迷离，使人分不清南北西东。台上歌声嘹亮，热闹温暖，有如春光和煦；殿中舞袖飘拂，一片寒意，有如风雨凄凉。一天之间，同一座宫殿里，气候的变化竟是这样不同。

六国的后宫嫔妃和王子皇孙，辞别本国的宫殿楼阁，坐着辇车来到秦国。她们早上唱歌，晚上弹琴，成为秦国的宫女。她们打开梳妆的镜子，犹如明亮的星星晶莹闪烁；她们披散的秀发，犹如天边的云彩美丽变幻；她们倒掉的脂粉水，使渭河泛起了油腻；她们燃起了香料，使得烟雾到处弥漫。雷霆般的响声骤然而起，是宫车从这里经过；辘辘的车声渐渐远去，也不知道它将去向何方。每一个宫女都尽力展示着自己的妩媚娇艳，久久地伫立着遥望远方，盼望着皇帝的到来。其中有的宫女竟然整整三十六年没能与皇帝见上一面。燕国赵国收藏的金银，韩国魏国经营的珠玉，齐国楚国搜罗的珍宝，都是多少代、多少年从它们国家的人民手中掠夺得来的，堆积得像山一样。一旦国破家亡，都运到这里来了。在这里，宝鼎被当作铁锅，美玉被当作顽石，黄金被当作土块，珍珠被当作砂砾，四处抛弃，秦国人见得多了，也不觉得怎么可惜。

　　唉！一个人的心愿，就是千万人的心愿啊。秦始皇喜欢奢侈浪费，老百姓也顾念自己的家啊。怎么掠取珍宝时连一锱一铢都不放过，使用起来竟像泥沙一样呢？为何要使庭中的柱子，比地里耕田的农夫还多呢？为何要使梁上的椽子，比织机上的织女还多呢？为何要使一个个显露的钉头，比粮仓里的粟粒还多呢？为何要使参差不齐的瓦缝，比人们身上穿的丝缕还多呢？为何要使直的栏杆和横的门槛，比天下的城郭还多呢？为何要使咿呀嘈杂的管弦声，比集市上人们的话语还多呢？于是，天下人都敢怒而不敢言，秦始皇的心却日益骄横顽固。结果，陈胜、吴广振臂一呼，刘邦一举攻占函谷关，项羽点上一把火，可惜那阿房宫瞬间化为了一片焦土。

　　唉！灭亡六国的，是六国自己，不是秦国啊。灭亡秦国的，是秦国自己，不是天下人啊。可叹啊！如果六国君主都爱惜它的百姓，就足以抵抗秦国；如果秦国也能爱惜六国的百姓，那就可以传到三世，以至万世，世世做皇帝，谁又能灭亡秦国呢？秦国人来不及为自己的灭亡哀叹，只好让后世的人来替它哀叹；如果后人只知道哀叹却不知道吸取教训，那就会使后来的人再来哀叹他们了！

● 原 文

阿房宫赋

[唐] 杜牧

六王毕，四海一。蜀山兀，阿房（ē páng）出。覆压三百余里，隔离天日。骊（lí）山北构而西折，直走咸阳。二川溶溶，流入宫墙。五步一楼，十步一阁；廊腰缦（màn）回，檐牙高啄；各抱地势，钩心斗角。盘盘焉，囷囷（qūn）焉，蜂房水涡，矗（chù）不知其几千万落。长桥卧波，未云何龙？复道行空，不霁（jì）何虹？高低冥迷，不知西东。歌台暖响，春光融融；舞殿冷袖，风雨凄凄。一日之内，一宫之间，而气候不齐。

妃嫔媵（yìng）嫱（qiáng），王子皇孙，辞楼下殿，辇（niǎn）来于秦。朝歌夜弦，为秦宫人。明星荧荧，开妆镜也；绿云扰扰，梳晓鬟也；渭流涨腻，弃脂水也；烟斜雾横，焚椒兰也；雷霆乍惊，宫车过也；辘辘远听，杳（yǎo）不知其所之也。一肌一容，尽态极妍，缦立远视，而望幸焉。有不见者，三十六年。燕、赵之收藏，韩、魏之经营，齐、楚之精英，几世几年，剽（piāo）掠其人，倚叠如山。一旦不能有，输来其间。鼎铛（chēng）玉石，金块珠砾，弃掷逦迤（lǐ yǐ），秦人视之，亦不甚惜。

嗟乎！一人之心，千万人之心也。秦爱纷奢，人亦念其家。奈何取之尽锱铢（zī zhū），用之如泥沙！使负栋之柱，多于南亩之农夫；架梁之椽（chuán），多于机上之工女；钉头磷磷，多于在庾（yǔ）之粟粒；瓦缝参差（cēn cī），多于周身之帛缕；直栏横槛，多于九土之城郭；管弦呕哑（ōu yā），多于市人之言语。使天下之人，不敢言而敢怒。独夫之心，日益骄固。戍卒叫，函谷举。楚人一炬，可怜焦土。

呜呼！灭六国者，六国也，非秦也；族秦者，秦也，非天下也。嗟乎！使六国各爱其人，则足以拒秦。使秦复爱六国之人，则递三世可至万世而为君，谁得而族灭也？秦人不暇自哀，而后人哀之；后人哀之而不鉴之，亦使后人而复哀后人也。（选自《樊川文集》）

宋

相忘于江湖

[宋] 王禹偁

导读

王禹偁（954-1001），字元之，山东巨野人。北宋诗文革新运动的先驱。出身贫寒，秉性刚直，晚年被贬黄州，世称王黄州。

竹楼虽然简陋，作者却安之若素，自得其乐，即使被贬黄州，也能云淡风轻，随遇而安。不是真正的君子，不能做到这样。

黄冈这个地方盛产竹子，大的有椽子粗。竹匠们把竹子剖开，削去竹节，制成竹瓦，用来代替用泥土烧成的瓦。每家每户的房屋都用竹瓦，因为竹瓦价格便宜而且省工。

黄州城的西北角上，矮墙毁坏，长着茂密的野草，一片荒芜，我就在那里建造了两间小竹楼，与月波楼相连。登上竹楼，远眺可以尽览山色，平视可以纵观江景。那清幽静谧、辽阔绵远的景象，实在无法一一描述出来。如果夏天急雨来袭，人在楼中可以听到瀑布声；冬天大雪飘零，人在楼中可以听到碎琼乱玉的敲击声；在这里弹琴，琴声清虚和畅；在这里吟诗，诗韵清雅绝伦；在这里下棋，棋声丁丁动听；在这里投壶，箭声铮铮悦耳。这些奇妙的声音都是竹楼所促成的。

我在公务之暇，常常披着鹤毛大衣，戴着方巾，手执一卷《周易》，在竹楼中焚香默坐，观书究理，可以抛开一切世俗杂念。坐在竹楼上，面对浩浩江水和巍巍青山，只见远处风帆点点，沙洲上禽鸟翔集，天边的烟云模模糊糊的，笼罩着一片竹树。等到酒醒之后，茶炉的烟火差不多也熄灭了,这时送走落日、迎来皓月,一天光阴就这样消逝了。这样的日子,也算是谪居生活中的一大乐事罢。那齐云楼和落星楼,算是高的了;井干楼和丽谯楼,算是华丽的了,可惜只是用来蓄养妓女,表演歌舞,那就不是风雅之士的所作所为了,我是不赞成的。

我听竹匠说:"竹制的瓦只能用十年,如果铺两层,能用二十年。"唉,我在至道元年由翰林学士被贬到滁州,至道二年调到扬州,至道三年又回到中书省,咸平元年除夕接到贬往黄州的调令,今年闰三月来到黄州。四年当中,奔波不息,不知道明年又在何处,我难道还怕竹楼容易毁坏吗?希望接任我的人与我志趣相同,继承我爱楼的心意而常常修缮它,那么这座竹楼大概可以不朽了。

● 原 文

黄冈竹楼记
[宋] 王禹偁(chēng)

黄冈之地多竹,大者如椽(chuán)。竹工破之,刳(kū)去其节,用代陶瓦。比屋皆然,以其价廉而工省也。

子城西北隅,雉堞(dié)圮(pǐ)毁,蓁(zhēn)莽荒秽,因作小楼二间,与月波楼通。远吞山光,平挹(yì)江濑(lài),幽阒(qù)辽敻(xiòng),不可具状。夏宜急雨,有瀑布声;冬宜密雪,有碎玉声。宜鼓琴,琴调和畅;宜咏诗,诗韵清绝;宜围棋,子声丁丁(zhēng)然;宜投壶,矢声铮铮然;皆竹楼之所助也。

公退之暇,被鹤氅(chǎng)衣,戴华阳巾,手执《周易》一卷,焚香默坐,消遣世虑。江山之外,第见风帆沙鸟,烟云竹树而已。待其酒力醒,茶烟歇,送夕阳,迎素月,亦谪居之胜概也。彼齐云、落星,高则高矣;井干、丽谯(qiáo),华则华矣;止于贮妓女,藏歌舞,非骚人之事,吾所不取。

吾闻竹工云:"竹之为瓦,仅十稔(rěn);若重覆之,得二十稔。"噫!吾以至道乙未岁,自翰林出滁上,丙申,移广陵;丁酉又入西掖;戊戌岁除日，有齐安之命；己亥闰三月到郡。四年之间，奔走不暇；未知明年又在何处，岂惧竹楼之易朽乎！后之人与我同志，嗣而葺（qì）之，庶斯楼之不朽也！（选自四部丛刊本《小畜集》）

不以物喜，不以己悲

[宋] 范仲淹

导读

范仲淹（989-1052），字希文，苏州吴县人。北宋杰出的思想家、政治家、文学家。毛泽东说："中国历史上有些知识分子是文武双全，不但能够下笔千言，而且是知兵善战。范仲淹就是这样的一个典型。"

作者将自己"先天下之忧而忧，后天下之乐而乐"的宏大抱负融入岳阳楼的壮美景色之中，使得外界景物超脱了一己私情界限，而成为承载天下公心的浩浩历史长流。这篇文章的思想性是超越了时空界限的。

公元1044年的春天，滕子京降职到岳州做太守。到了第二年，政事顺利，百姓和乐，各种荒废了的事业都兴办起来了。于是重新修建岳阳楼，扩展它原有的规模，把唐代名家和当代贤人的诗赋刻在上面。滕子京是我的老朋友，他嘱咐我写一篇文章来记述这件事。

我看那巴陵郡的美景，全在洞庭湖上。它连接着远处的山脉，吞吐着长江的流水，浩浩荡荡，无边无际。清晨湖面洒满阳光，黄昏大地映照夕阳,景色千变万化、层出不穷。这就是岳阳楼的壮丽景象,前人的记述已经很详尽了。然而这里向北通到巫峡,向南直到潇水湘水,降职的官吏和来往的诗人,大多在这里聚会,他们观赏景物的心情,大概会有所不同吧?

像那连绵细雨纷纷而下,整月不放晴的时候,阴冷的风怒吼着,浑浊的波浪冲向天空,日月星辰隐藏起光辉,山岳也隐没了形迹。商人和旅客无法通行,航船的桅杆倒下,船桨折断,傍晚时分天色昏暗,只听到老虎的吼叫和猿猴的悲啼。这时登上这座楼,就会产生离开京城、怀念家乡、担心人家说坏话、惧怕人家指责的心情,再抬眼望去尽是萧条冷落的景象,心情也就十分悲凉了。

到了春风和煦、阳光明媚的时候,湖面风平浪静,无边天色青,万顷波光影,远近交融,归于澄碧。沙洲上的白鸥,时而飞翔时而停歇,美丽的鱼儿游来游去,或浮或沉。岸上的小草,沙洲上的兰花,香气浓郁,颜色青翠。有时湖面上的大片烟雾完全消散了,皎洁的月光一泻千里;有时湖面上微波荡漾,浮动的月光闪耀着金辉;有时湖面波澜不起,明月的倒影犹如一块璧玉,静静地沉浸在水底。渔夫的歌声响起来了,一唱一和,真是使人感到快乐!这时登上这座楼,就会感到胸怀开阔、精神愉快乃至把一切光荣和屈辱都忘掉了,在清风吹拂中端起酒杯痛饮,那心情真是快乐高兴极了。

唉!我曾经探求古时品德高尚的人的心情,他们或许不同于以上两种情况吧。这是什么缘故呢?因为古时品德高尚的人不因环境的好坏和一己的得失而或喜或悲。在朝廷做官就为百姓忧虑,在江湖为民就为国君忧虑。他们是做了官也忧虑,不做官也忧虑,什么时候才会高高兴兴呢?大概他们一定会说:"在天下人忧愁之前先忧愁,在天下人快乐以后才快乐"吧。唉!除了这种充满大爱之心的人,我还能去追随谁呢?

原 文

岳阳楼记

[宋] 范仲淹

庆历四年春,滕子京谪(zhé)守巴陵郡。越明年,政通人和,百废俱兴。乃重修岳阳楼,增其旧制,刻唐贤今人诗赋于其上,属予作文以记之。

予观夫巴陵胜状,在洞庭一湖。衔远山,吞长江,浩浩汤汤(shāng),横无际涯。朝晖夕阴,气象万千。此则岳阳楼之大观也,前人之述备矣。然则北通巫峡,南极潇湘,迁客骚人,多会于此,览物之情,得无异乎?

若夫霪(yín)雨霏霏,连月不开,阴风怒号,浊浪排空,日星隐曜(yào),山岳潜形,商旅不行,樯(qiáng)倾楫摧,薄暮冥冥,虎啸猿啼。登斯楼也,则有去国怀乡,忧谗畏讥,满目萧然,感极而悲者矣。

至若春和景明,波澜不惊,上下天光,一碧万顷,沙鸥翔集,锦鳞游泳,岸芷汀兰,郁郁青青。而或长烟一空,皓月千里,浮光耀金,静影沉璧,渔歌互答,此乐何极!登斯楼也,则有心旷神怡,宠辱皆忘,把酒临风,其喜洋洋者矣。

嗟夫!予尝求古仁人之心,或异二者之为。何哉?不以物喜,不以己悲。居庙堂之高则忧其民,处江湖之远则忧其君。是进亦忧,退亦忧。然则何时而乐耶?其必曰:"先天下之忧而忧,后天下之乐而乐"欤!噫!微斯人,吾谁与归!(选自《范文正公文集》)

宋

醉翁之意不在酒

[宋] 欧阳修

导读

欧阳修（1007-1072），字永叔，江西吉安人，"唐宋八大家"之一。欧阳修是北宋中期诗文革新运动的领袖，在散文、诗词及文学批评各方面都有很高成就。

《醉翁亭记》直抒胸臆，色彩缤纷，气韵生动，全篇连用二十一个"也"字，抑扬顿挫，朗朗上口，不愧为宋人散文中的千古名篇。

滁州城的四周都是山。西南方的山峰，树林和山谷尤其秀美。远远望去，那草木繁茂、幽深秀丽的地方，就是琅琊山。沿着山路走六七里，渐渐听到潺潺的水声，从两座山峰之间倾泻而出的，就是酿泉。山峰回环，道路蜿蜒，有座亭子像飞鸟展翅般坐落在泉水边的，就是醉翁亭。建造亭子的人是谁？就是这座山上的和尚智仙。给亭子取名的人是谁？就是自号"醉翁"的滁州太守我。我和宾客们来到这里喝酒，一喝就醉了，我年龄又最大，所以就自号"醉翁"。醉翁的乐趣不在于酒，而在于山水之间。山水的乐趣，领略在心里，而寄托在酒中！

太阳出来时，林中雾气就消散了；烟云聚拢时，山岩洞穴就昏暗了。这种阴晴明暗的变化，就是山间的清晨与黄昏。野花绽放，送来清香；树木繁茂，一片浓阴；天高气爽，霜色洁白；溪水低落，山石显露，这是山间四季的美景。早晨上山，傍晚下山，四季景色各不相同，这其中的乐趣是无穷无尽的。

至于那些背东西的人在路上歌唱，走路的人在树下休息，前呼后应，老老少少，来来往往，络绎不绝，这是滁州人在出游。到溪边钓鱼，溪水深而鱼儿肥；用酿泉酿酒，泉水香而酒汁清。山中的野味野菜，横七竖八摆在面前，这是太守宴请宾客的筵席。酒宴上畅饮的乐趣，不在弹琴奏乐。投壶的投中了，下棋的下赢了，酒杯和筹码杂乱交错，人们起来坐下，大声喧哗，这是宾客们欢乐的情景。那个容颜苍老、满头白发、醉醺醺地倒在众人中间的，是喝醉了的太守。

过不了多久，夕阳落到山边，人影渐渐散乱，这是宾客们跟着太守回去了。树林茂密的影子越发幽暗了，到处都是鸟鸣声，这是游人离开了而鸟儿在欢唱。但是禽鸟只知道栖息山林的乐趣，却不知道人们游山玩水的乐趣；人们只知道跟随太守游览山水的乐趣，却不知道太守以他们的快乐为快乐。醉了，能和大家一起快乐，醒了，又能把它写成文章的，是太守。太守是谁呢？就是庐陵的欧阳修啊。

●原　文

醉翁亭记

[宋] 欧阳修

环滁（chú）皆山也。其西南诸峰，林壑尤美。望之蔚然而深秀者，琅琊（láng yá）也。山行六七里，渐闻水声潺潺（chán）而泻出于两峰之间者，酿泉也。峰回路转，有亭翼然临于泉上者，醉翁亭也。作亭者谁？山之僧曰智仙也。名之者谁？太守自谓也。太守与客来饮于此，饮少辄醉，而年又最高，故自号曰醉翁也。醉翁之意不在酒，在乎山水之间也。山水之乐，得之心而寓之酒也。

若夫日出而林霏（fēi）开，云归而岩穴暝，晦明变化者，山间之朝暮也。野芳发而幽香，佳木秀而繁阴，风霜高洁，水落而石出者，山间之四时也。朝而往，暮而归，四时之景不同，而乐亦无穷也。

至于负者歌于途，行者休于树，前者呼，后者应，伛偻（yǔ lǚ）提携，往来而不绝者，滁人游也。临溪而渔，溪深而鱼肥。酿泉为酒，泉香而酒洌（liè）。山肴野蔌（sù），杂然而前陈者，太守宴也。宴酣之乐，非丝非竹，射者中，弈者胜，觥筹交错，起坐而喧哗者，众宾欢也。苍颜白发，颓然乎其间者，太守醉也。

已而夕阳在山，人影散乱，太守归而宾客从也。树林阴翳（yì），鸣声上下，游人去而禽鸟乐也。然而禽鸟知山林之乐，而不知人之乐；人知从太守游而乐，而不知太守之乐其乐也。醉能同其乐，醒能述以文者，太守也。太守谓谁？庐陵欧阳修也。（选自《欧阳文忠公文集》）

祸患常积于忽微，智勇多困于所溺

[宋] 欧阳修

● 导 读

这篇著名史论通过后唐庄宗李存勖复仇前励精图治，继位后宠幸优伶最终受其祸害杀身亡国的事例，揭示出"忧劳可以兴国，逸豫可以亡身"的统治经验，总结出"祸患常积于忽微，智勇多困于所溺"的至理名言。整篇文章短小精悍，感情深沉浓烈。

呜呼！一个国家的兴衰存亡，虽说是天意，难道不是人为的吗？后唐庄宗李存勖是怎样得到天下的，又是怎样失去天下的，如果我们探究一下这段历史，就可以明白这个道理。

传言说，晋王李克用临死时，曾经交给儿子李存勖三支箭，并告诫他说："梁国是我的仇人；燕王是我扶起来的；契丹与我结为兄弟，但又背叛了晋国而依附于梁。这三件事，是我一生最大的遗憾。现在交给你三支箭，你不要忘记为父亲报仇雪恨。"李存勖收下三支箭,把它藏在宗庙里。从此以后,每逢出兵打仗,他都是先派人到宗庙里祭祀先王,然后恭敬地取出箭,装进锦囊,背在身上,冲杀在最前面,等到胜利归来,再恭敬地把箭送回太庙。

遥想当年,当李存勖用绳子捆绑了燕王父子,用木匣装着梁王君臣的头颅,献入太庙,把箭放回先王灵位之前,禀告大功告成,这时他的意气之盛,真称得上是雄壮啊!等到仇敌已灭,天下平定,一个普通的军士在夜间一声呼喊,作乱的人就四方响应,李存勖仓皇往东出逃,敌人还没影呢,官兵们就溃散了,只剩下君臣面面相觑,不知投奔哪里是好。以至于割断头发,嚎啕大哭,这个时候,他又是多么凄惨衰弱!难道是得到天下艰难而失掉天下容易吗?还是他的成功或失败都是他自己造成的呢?

《尚书》说:"满招损,谦受益。"忧患辛劳可以使国家强盛,安逸享乐能够断送自身,这是很平实的道理。所以当他强大的时候,天下的英雄没有一个可以和他争锋;等他衰败落魄的时候,几十个伶人就可以制服他,以致杀身亡国,被天下人耻笑。由此可见,祸患常常是由微小的事情积累而成的,智勇双全的人往往被他溺爱的人或事所困扰。足以败国亡身的,难道只有伶人吗?

●原 文

伶官传序

[宋] 欧阳修

呜呼!盛衰之理,虽曰天命,岂非人事哉!原庄宗之所以得天下,与其所以失之者,可以知之矣。

世言晋王之将终也,以三矢赐庄宗而告之曰:"梁,吾仇也;燕王,吾所立;契丹与吾约为兄弟,而皆背晋以归梁。此三者,吾遗恨也。与尔三矢,尔其无忘乃父之志!"庄宗受而藏之于庙。其后用兵,则遣从事以一少牢告庙,请其矢,盛以锦囊,负而前驱,及凯旋而纳之。

方其系燕父子以组,函梁君臣之首,入于太庙,还矢先王而告以成功,其意气之盛,可谓壮哉!及仇雠(chóu)已灭,天下已定,一夫夜呼,乱者四应,仓皇东出,未及见贼,而士卒离散,君臣相顾,不知所归。至于誓天断发,泣下沾襟,何其衰也!岂得之难而失之易欤(yú)?抑本其成败之迹而皆自于人欤?

《书》曰:"满招损,谦得益。"忧劳可以兴国,逸豫可以亡身,自然之理也。故方其盛也,举天下之豪杰,莫能与之争;及其衰也,数十伶人困之而身死国灭,为天下笑。夫祸患常积于忽微,而智勇多困于所溺,岂独伶人也哉!作《伶官传》。(选自《欧阳文忠公文集》)

秋天的样子

[宋] 欧阳修

导 读

《秋声赋》写于1059年,此时欧阳修已经过了知天命之年。经历了宦海沉浮和人生变幻之后,他的人生体验和感慨变得广大而深沉,结实而苍凉。

夜里,欧阳子正在读书,听到有声音从西南方向传来,心中一惊:"奇怪啊!"这声音初听淅淅沥沥,萧萧飒飒,忽然变得汹涌澎湃,像是夜间波涛涌起,又像风雨骤然而至。它碰到物体上,叮叮当当,如金属撞击,又像奇袭的士兵衔枚快速奔走,听不到号令声,只听见人马行进的声音。我对童子说:"这是什么声音?你出去看看。"童子回答说:"月色皎洁,浩瀚银河高悬中天,四下里没有人声,那声音是从树林里传来的。"

我叹道："唉！好悲伤啊！这是秋天的声音呀，它为什么来临了呢？秋天是这样的：它的色调惨淡苍凉，就像彩云飘散；它的形貌清新明净，就像天空高远、阳光灿烂；它的气候凛冽寒冷，就像冰霜刺人肌骨；它的意境冷落萧条，就像山川寂静无声。所以它发出的声音就凄凄切切，呼啸激昂。秋风未起时，绿草丰茂，树木葱茏，令人怡悦。然而秋风一过，草就要变色，树就要落叶。它之所以能使草木摧折凋零，乃是秋气的肃杀余威。

"秋天，是行刑的季节，在时令上属阴；秋天，又是战争的象征，在五行上属金。这就是所谓的"天地之义气"，它常常以肃杀为本心。自然之于万物，是春天生长，秋天结实，所以秋天在五声中又属商声。商声是西方之声，夷则是七月的音律。商，是悲伤的意思，万物衰老，都会感到悲伤。夷，是杀戮的意思，繁华之后，万物都要衰亡。

"唉！草木本来无情，到了季节尚且飘零。人有情感，在万物中又最有灵性，万千忧愁来煎熬他的心，大事小情来劳累他的身体，内心受到刺激，必然耗费精力。更何况常常思考自己的力量所办不到的事情，常常忧虑自己的智慧所不能解决的问题呢？自然会使红润的面容变得苍老枯槁，乌黑的青丝变得花白斑驳。既然如此，为何还要以并非金石的肌体，与草木去竞争一时的荣盛呢？人们应该想想谁是残害自己的凶手，为什么要去怨恨这秋声呢？"

书童没有应答，低头沉沉睡去。只听见四壁虫声唧唧，像是在附和我的叹息。

● 原 文

秋声赋

[宋] 欧阳修

欧阳子方夜读书，闻有声自西南来者，悚（sǒng）然而听之，曰："异哉！"初淅沥以萧飒（sà），忽奔腾而砰（pēng）湃，如波涛夜惊，风雨骤至。其触于物也，铁铁（cōng）铮铮，金铁皆鸣。又如赴敌之兵，衔枚疾走，不闻号令，但闻人马之行声。予谓童子："此何声也？汝出视之。"童子曰："星月皎洁，明河在天，四无人声，声在树间。"

余曰:"噫嘻,悲哉!此秋声也,胡为而来哉?盖夫秋之为状也:其色惨淡,烟霏云敛;其容清明,天高日晶;其气栗冽,砭(biān)人肌骨;其意萧条,山川寂寥。故其为声也,凄凄切切,呼号愤发。丰草绿缛(rù)而争茂,佳木葱茏而可悦,草拂之而色变,木遭之而叶脱。其所以摧败零落者,乃其一气之余烈。夫秋,刑官也,于时为阴;又兵象也,于行用金。是谓天地之义气,常以肃杀而为心。天之于物,春生秋实。故其在乐也,商声主西方之音,夷则为七月之律。商,伤也,物既老而悲伤;夷,戮(lù)也,物过盛而当杀。

"嗟乎!草木无情,有时飘零。人为动物,惟物之灵。百忧感其心,万事劳其形。有动于中,必摇其精。而况思其力之所不及,忧其智之所不能,宜其渥然丹者为槁(gǎo)木,黟(yī)然黑者为星星。奈何以非金石之质,欲与草木而争荣?念谁为之戕(qiāng)贼,亦何恨乎秋声!"

童子莫对,垂头而睡。但闻四壁虫声唧唧,如助余之叹息。(选自《欧阳文忠公文集》)

我的父亲母亲

[宋] 欧阳修

> ● 导 读
>
> 《泷冈阡表》明表其父、暗表其母,可谓一碑双表、二水分流,全文感情发自肺腑,语言不事雕饰,而又句句入情感人至深。《泷冈阡表》与韩愈的《祭十二郎文》、袁枚的《祭妹文》同为中国古代三大祭文,被称为千古至文。

唉！我的父亲崇国公安葬在泷冈六十年以后，他的儿子欧阳修才在墓前的道路上立碑撰表。我并不是有意拖延，而是有所期待啊！

　　我很不幸，四岁时父亲就去世了。我的母亲立誓守节，因为家境贫寒，母亲靠一人之力操持家计，抚养我，教育我，使我长大成人。母亲告诉我说："你的父亲为官清廉，乐善好施，喜欢结交朋友。他的俸禄虽然微薄，却不求节余，说：'不要因为钱财使我受累。'所以，你父亲去世的时候，没有留下一间房子、一垄土地，让我们有所依赖，以维持生活。是什么支撑我活下去的呢？是因为我知道了你父亲的一些事情，因而对你有所期望啊。我刚嫁到你们家做媳妇时，没赶上服侍婆婆，可是却知道你父亲是个孝顺的人。你父亲去世的时候你还小，我不知道你将来能否有所作为，但我相信你父亲一定会后继有人。我刚嫁来时，你父亲服完母丧刚过一年。逢年过节祭祀，你父亲一定流着泪说：'祭祀父母的物品再丰富，也比不上在世时的微薄奉养啊！'有时吃顿好的酒菜，也会掉下眼泪：'从前母亲在的时候没有吃的，现在生活宽裕了，可母亲却没法尝到了。'我起初见了一两回，以为他是刚刚服完丧才这样。但以后时常这样，直到他去世也没有改变。我虽然没赶上服侍婆婆，却能从这里看出你父亲是很孝顺的。你父亲做官时，曾经在夜里点着蜡烛批阅官府断案的文书，屡次停下来叹息。我问他，他便说：'这是死罪的案子啊，我想为他寻求一条活路，却找不到。'我说：'犯了死罪还能活命吗？'他说：'我尽力为他寻找活路却还是找不到，那么死者和我就都没有遗憾了。况且经我设法努力，有的犯人确实可以免去死罪呢！正因为有人能够得到赦免，所以我知道没有认真审核就被处死的人一定是有遗恨的。像我这样尽力替死者求生路，尚且还有误判而屈死的，更何况世上的官吏常常是要治人死罪呢？'说完，回过头来看见乳母抱着你站在身旁，就指着你叹息道：'算命先生说，我到了狗年就要死去，如果他说的是真的，我就看不到儿子长大成人了，将来你要把我的这些话告诉他。'你父亲平时教导别人的子弟，也常说这些话，我听熟了，所以能详细地告诉你。他在外边怎么办公事，我无法知道；他在家里做事，没有一点虚伪做作，所做的一切全是发自内心啊！唉！他的心比仁人的心还要厚道啊！仅凭这一点，我就知道你父亲一定后继有人。孩子，你一定要努力按你父亲的话去做啊！奉养父母不一定要很丰厚，关键是要有孝心；自己所做的事虽然不能对所有的人都有益处，重要的是要有深厚的仁爱之心。我没有什么能够教导你的，这些都是你父亲的心愿啊！"我流着泪牢牢记下了这些话，一辈子都不敢忘记。

我的父亲也是幼年丧父，经过努力学习，于咸平三年考中进士，先后做过道州判官、泗州和绵州推官，又做过泰州判官。享年五十九岁，葬在沙溪的泷冈。

我的母亲姓郑，她的父亲名德仪，世代都是江南的名门望族。母亲庄重俭朴，仁爱宽厚而有礼仪教养，起初诰封为福昌县太君，后来又进封为乐安、安康、彭城三郡太君。家境贫寒时，母亲就勤俭持家，后来宽裕了也一直不让家用超过当初的标准。她说："我不能让儿子苟且迎合世俗，平时节俭是为了将来应付患难。"后来我被贬为夷陵县令，母亲仍谈笑自若地说："咱们家本来就贫贱，我早已习惯这样的日子。你能安于这种生活，我也就安心了。"

自先父逝世后二十年，我才得到俸禄来奉养母亲。又过了十二年，我到朝廷做官以后，才能使父母获得封赠。又过了十年，我担任龙图阁直学士、尚书吏部郎中，留守南京，母亲因病在官舍去世，享年七十二岁。又过了八年，我何德何能，竟被任命为枢密副使，接着充任参知政事，七年后被罢免。自从我进入军、政二府为官，天子推恩，褒奖我家三代。自嘉祐年间以来，每逢国家大庆，必定加以封赏。曾祖父累赠至金紫光禄大夫、太师、中书令，曾祖母累封至楚国太夫人，祖父累赠至金紫光禄大夫、太师、中书令兼尚书令，祖母累封至吴国太夫人，父亲崇国公累赠至金紫光禄大夫、太师、中书令兼尚书令，母亲累封至越国太夫人。当今圣上即位后第一次郊祀，赐予父亲崇国公爵位，母亲进封号为魏国太夫人。

于是我流着泪说："唉！做善事绝不会没有回报，只不过时间的早晚有不同，这是常理。我的祖先世代积善成仁，理应享有这样优厚的报偿。虽然他们在世时不能得到，但是身后能够赐爵受封，显赫荣耀，褒扬光大，获得仁宗、英宗、神宗三朝的恩赏诰封。这就足以使他们的德行显扬于后世，荫庇他们的子孙了。"于是我列出世代的族谱，一一刻在石碑上。又把父亲的遗训和母亲对我的教育和期待，都写在墓表上，使人们知道我的德行浅薄，才能有限，只是适逢其时才窃据高位，但是我能侥幸保全大节，不使祖先受辱，这是有来由的。

熙宁三年，也就是庚戌年，四月初一辛酉日，十五乙亥日，予推诚保德崇仁翊戴功臣、观文殿学士、特进、行兵部尚书、知青州军州事、兼管内劝农使、充京东路安抚使、上柱国、乐安郡开国公，食邑四千三百户、食实封一千二百户欧阳修敬撰此表。

●原　文

泷冈阡表

[宋] 欧阳修

呜呼！惟我皇考崇公卜吉于泷（shuāng）冈之六十年，其子修始克表于其阡。非敢缓也，盖有待也。

修不幸，生四岁而孤。太夫人守节自誓，居穷，自力于衣食，以长以教，俾（bǐ）至于成人。太夫人告之曰："汝父为吏廉，而好施与，喜宾客。其俸禄虽薄，常不使有余，曰：'毋以是为我累。'故其亡也，无一瓦之覆、一垄之植，以庇而为生。吾何恃（shì）而能自守邪？吾于汝父，知其一二，以有待于汝也。自吾为汝家妇，不及事吾姑，然知汝父之能养也。汝孤而幼，吾不能知汝之必有立，然知汝父之必将有后也。吾之始归也，汝父免于母丧方逾年。岁时祭祀，则必涕泣曰：'祭而丰，不如养之薄也。'间御酒食，则又涕泣曰：'昔常不足而今有余，其何及也！'吾始一二见之，以为新免于丧适然耳。既而其后常然，至其终身未尝不然。吾虽不及事姑，而以此知汝父之能养也。汝父为吏，尝夜烛治官书，屡废而叹。吾问之，则曰：'此死狱也，我求其生不得尔。'吾曰：'生可求乎？'曰：'求其生而不得，则死者与我皆无恨也，矧（shěn）求而有得邪？以其有得，则知不求而死者有恨也。夫常求其生犹失之死，而世常求其死也。'回顾乳者剑汝而立于旁，因指而叹曰：'术者谓我岁行在戌（xū）将死，使其言然，吾不及见儿之立也，后当以我语告之。'其平居教他子弟，常用此语，吾耳熟焉，故能详也。其施于外事，吾不能知。其居于家，无所矜（jīn）饰，而所为如此，是真发于中者邪。呜呼！其心厚于仁者邪，此吾知汝父之必将有后也。汝其勉之！夫养不必丰，要于孝；利虽不得博于物，要其心之厚于仁。吾不能教汝，此汝父之志也。"修泣而志之，不敢忘。

先公少孤力学，咸平三年进士及第，为道州判官，泗、绵二州推官，又为泰州判官。享年五十有九，葬沙溪之泷冈。

太夫人姓郑氏，考讳德仪，世为江南名族。太夫人恭俭仁爱而有礼，初封福昌县太君，进封乐安、安康、彭城三郡太君。自其家少微时，治其家以俭约，其后常不使过之，曰："吾儿不能苟合于世，俭薄所以居患难也。"其后修贬夷陵，太夫人言笑自若，曰："汝家故贫贱也，吾处之有素矣。汝能安之，吾亦安矣。"

自先公之亡二十年，修始得禄而养。又十有二年，列官于朝，始得赠封其亲。又十年，修为龙图阁直学士、尚书吏部郎中，留守南京。太夫人以疾终于官舍，享年七十有二。又八年，修以非才入副枢密，遂参政事。又七年而罢。自登二府，天子推恩，褒（bāo）其三世。故自嘉祐以来，逢国大庆，必加宠锡。皇曾祖府君累赠金紫光禄大夫、太师、中书令。曾祖妣（bǐ）累封楚国太夫人。皇祖府君累赠金紫光禄大夫、太师、中书令兼尚书令。祖妣累封吴国太夫人。皇考崇公累赠金紫光禄大夫、太师、中书令兼尚书令。皇妣累封越国太夫人。今上初郊，皇考赐爵为崇国公，太夫人进号魏国。于是小子修泣而言曰："呜呼！为善无不报，而迟速有时，此理之常也。惟我祖考，积善成德，宜享其隆，虽不克有于其躬，而赐爵受封，显荣褒大，实有三朝之锡命。是足以表见于后世，而庇赖其子孙矣。"乃列其世谱，具刻于碑。既又载我皇考崇公之遗训，太夫人之所以教而有待于修者，并揭于阡，俾知夫小子修之德薄能鲜，遭时窃位，而幸全大节不辱其先者，其来有自。

熙宁三年，岁次庚戌，四月辛酉朔，十有五日乙亥，男推诚保德崇仁翊（yì）戴功臣、观文殿学士、特进、行兵部尚书、知青州军州事、兼管内劝农使、充京东路安抚使、上柱国、乐安郡开国公、食邑四千三百户、食实封一千二百户，修表。（选自《欧阳文忠公文集》）

怕是没有道理的

[宋] 苏洵

导读

苏洵（1009-1066），字明允，自号老泉，四川眉山人。与其子苏轼、苏辙合称"三苏"，俱为"唐宋八大家"之一。

《六国论》提出并论证了六国灭亡"弊在赂秦"的精辟论点，借古讽今抨击了宋王朝对辽和西夏的屈辱政策，告诫北宋统治者要吸取六国灭亡的教训，以免重蹈覆辙。

六国灭亡，不是武器不锋利，不是仗打得不好，问题出在贿赂秦国。贿赂秦国导致国力亏损，这是六国灭亡的原因。

有人说："六国相继灭亡，难道都是因为贿赂秦国吗？"我的回答是："不贿赂秦国的国家因为贿赂秦国的国家而灭亡，因为他们失去了强有力的外援，不能单独保全。所以说，问题出在贿赂秦国。"

秦国取得土地，一是攻占，二是诸侯割地贿赂。小的得到城镇，大的得到城池。秦国通过接受贿赂得到的土地比通过攻占得到的土地，要多一百倍；诸侯贿赂秦国丢掉的土地比战败丢掉的土地，也要多一百倍。那么秦国的最大欲望，诸侯的最大祸患，当然就不是战争了。回想他们的父辈祖辈，冒着风霜，披荆斩棘，才得到了方寸之地。可到了他们的子孙那里，却毫不珍惜，拱手送人，如同丢弃一棵草一样。今天割去五座城，明天割去十座城，然后才能睡上一夜安稳觉。早上起来一看周边环境，秦国的军队又打来了。想想看，诸侯国的土地是有限的，而暴虐的秦国的欲望又老填不满，给的越多，秦国侵略得就越厉害。所以不用打仗，强弱胜负就已经判然分明了。六国落到灭亡的地步，难道不是理所当然的吗？古人说："用割让土地来讨好秦国，就好比抱着木柴去救火，木柴不烧完，火就不会熄灭。"这话说得在理啊！

齐国没有贿赂秦国，最后也随着五国灭亡，为什么呢？这是因为他跟秦国交好而不帮助五国啊。五国灭亡之后，齐国也就不能幸免了。燕国和赵国的国君一开始有长远的谋略，能够守住自己的土地，坚持正义不贿赂秦国。所以燕国虽是小国却最后灭亡，这是用兵抵抗秦国的效果啊。直到燕太子丹派遣荆轲刺杀秦王，才加速了燕国的灭亡。赵国曾经与秦国五次交战，败少胜多。后来秦国又两次进攻赵国，李牧都打退了它。直到李牧因为谗言被赵王杀害，都城邯郸才变成了秦国的一个郡，可惜赵国用兵抵抗却没有坚持到底啊！况且燕国、赵国处在秦国将各国消灭殆尽之时，可以说是智穷力尽，战败亡国，实在是没有办法的事。如果韩、魏、楚三国各自珍惜自己的土地，齐国不与秦国交好，燕国不派刺客，赵国大将还在，那么六国与秦国抗衡，胜负存亡恐怕还说不定呢。

唉！如果把六国贿赂秦国的土地封赏给天下的谋士，用侍奉秦国的心意礼遇天下的人才，各国联合起来向西进攻秦国，恐怕秦国人连饭也咽不下喉呢。悲哀啊！有这样的形势，却被秦国历年积累的威势所迫，一日日，一月月，削弱国力，割让城池，以至于灭亡。治理国家的人可不要被敌人历年积累的威势所胁迫啊！

六国与秦国都是诸侯，它们的国势比秦国弱，尚且有不贿赂秦国而战胜它的可能性。如果拥有偌大统一的江山，却自取下策以致重蹈六国灭亡的覆辙，那就连六国都不如了！

● 原 文

六国论

［宋］苏洵

六国破灭，非兵不利，战不善，弊在赂（lù）秦。赂秦而力亏，破灭之道也。

或曰：六国互丧，率赂秦耶？曰：不赂者以赂者丧。盖失强援，不能独完。故曰：弊在赂秦也。

秦以攻取之外，小则获邑，大则得城。较秦之所得，与战胜而得者，其实百倍；诸侯之所亡，与战败而亡者，其实亦百倍。则秦之所大欲，诸侯之所大患，固不在战矣。思厥先祖父暴霜露，斩荆棘，以有尺寸之地。子孙视之不甚惜，举以予人，如弃草芥。今日割五城，明日割十城，然后得一夕安寝。起视四境，而秦兵又至矣。然则诸侯之地有限，暴秦之欲无厌，奉之弥繁，侵之愈急，故不战而强弱胜负已判矣。至于颠覆，理固宜然。古人云："以地事秦，犹抱薪救火，薪不尽，火不灭。"此言得之。

齐人未尝赂秦，终继五国迁灭，何哉？与嬴而不助五国也。五国既丧，齐亦不免矣。燕、赵之君，始有远略，能守其土，义不赂秦。是故燕虽小国而后亡，斯用兵之效也。至丹以荆卿为计，始速祸焉。赵尝五战于秦，二败而三胜。后秦击赵者再，李牧连却之。洎（jì）牧以谗诛，邯郸（hán dān）为郡，惜其用武而不终也。且燕、赵处秦革灭殆尽之际，可谓智力孤危，战败而亡，诚不得已。向使三国各爱其地，齐人勿附于秦，刺客不行，良将犹在，则胜负之数，存亡之理，当与秦相较，或未易量。

呜呼！以赂秦之地封天下之谋臣，以事秦之心礼天下之奇才，并力西向，则吾恐秦人食之不得下咽也。悲夫！有如此之势，而为秦人积威之所劫，日削月割，以趋于亡。为国者无使为积威之所劫哉！

夫六国与秦皆诸侯，其势弱于秦，而犹有可以不赂而胜之之势。苟以天下之大，下而从六国破亡之故事，是又在六国下矣。（选自《嘉祐集笺注》）

宋

亭亭玉立于莲之畔

[宋] 周敦颐

导读

周敦颐（1017-1073），字茂叔，号濂溪，湖南道县人，北宋著名哲学家，程朱理学的开山鼻祖。

《爱莲说》写出了莲的品格，同时也是中国士大夫理想人格的象征，也因此，这篇短文千百年来一直不断地被解读和传诵。

水上、陆地上的各种花草树木，值得喜爱的非常多。东晋的陶渊明单单喜爱菊花。从李唐王朝以来，世人大多喜爱牡丹。我独独喜爱莲花。它长于淤泥之中却不受污染，经过清水的洗涤却不妖媚。它的茎中间贯通，外形挺直，不枝枝蔓蔓、牵牵连连。它的香气传播很远，越发清香。它亭亭玉立，人们可以远远地观赏，却不能玩弄它。

我认为，菊花是花中的隐士；牡丹是花中的富贵者；莲花是花中的君子。唉！对于菊花的喜爱，在陶渊明以后很少听到了。对于莲花的喜爱，和我一样的还有谁呢？对于牡丹的喜爱，这大概就是大众口味了。

原文

爱莲说

[宋] 周敦颐

水陆草木之花，可爱者甚蕃（fán）。晋陶渊明独爱菊。自李唐来，世人甚爱牡丹。予独爱莲之出淤泥而不染，濯（zhuó）清涟（lián）而不妖，中通外直，不蔓不枝，香远益清，亭亭净植，可远观而不可亵（xiè）玩焉。

予谓菊，花之隐逸者也；牡丹，花之富贵者也；莲，花之君子者也。噫！菊之爱，陶后鲜（xiǎn）有闻。莲之爱，同予者何人？牡丹之爱，宜乎众矣。（选自《周敦颐集》）

我们都是一家人

[宋] 张载

导 读

张载（1020-1077），字子厚，陕西眉县人，世称横渠先生。北宋著名的思想家、教育家，与周敦颐、邵雍、程颐、程颢合称"北宋五子"。

《西铭》原名《订顽》，与《砭愚》同为张载悬挂在书房里的座右铭。程颐见后，将《砭愚》改称《东铭》、《订顽》改称《西铭》。《西铭》全面透沏地阐述了儒家乾坤一体、天地一家的道理，"民胞物与"这个成语即源于此。

乾为天，被称作万物之父；坤为地，被称作万物之母。我如此藐小，却混合天地之形气而处于天地之间。所以充塞于天地之间的阴阳二气，是我的形体；主宰天地性质的常理，是我的本性。黎民百姓是我的同胞兄弟姐妹，万事万物和我是同类。天子，是我乾坤父母的嫡长子；大臣，是嫡长子的好帮手。尊敬年长者，以此尊重同胞中年长者；慈爱孤苦弱小者，以此爱护同胞中年幼者。圣人与天地德性相合为一，贤人钟集天地灵秀而产生。天底下凡是衰老体弱者、残疾者、孤苦伶仃者以及鳏夫寡妇，都是我处于困厄苦难中却无处诉说的兄弟姐妹。在这时保护他们，是子女对乾坤父母的协助；不仅保护他们而且感到快乐无忧，这是对乾坤父母最纯粹的孝顺。违背乾坤父母的意旨，就叫做"悖德"；残害仁德，就叫做"贼"。助长为恶者是无能之人，体现出天赋品质者都是与乾坤父母相似的人。知晓天地乾坤化育万物的功业，才算是善于叙述乾坤父母的事迹；能洞悉天地乾坤神妙的天机，才算是善于继承乾坤父母的意志。有天地见己所为而己不惭愧，才是真正的无愧于乾坤父母；时时存仁心、养天性，才是真正地事天奉天无所懈怠。崇伯之子夏禹顾念父母的养育之恩，厌恶美酒而喜欢有益的话；颍谷封人颍考叔事母至孝，从而影响孝子同类。勤劳不松懈，以使父母感到快乐，这便是舜的成功；父欲杀之，等待而不逃跑，这是太子申生被谥为"恭"的原因。将从父母那里得来的身体完整地归还父母，曾参就是这么做的啊！勇于顺从父母旨意的人就是伯奇。乾坤父母的福利恩泽，将使我丰衣足食；贫穷卑贱忧虑烦恼，是用来帮助你成就一番事业的。活着，我顺从天地之事；死，我安宁而逝。

● 原　文

西　铭

[宋] 张载

乾称父，坤称母。予兹藐焉，乃混然中处。故天地之塞，吾其体；天地之帅，吾其性。民吾同胞，物吾与也。大君者，吾父母宗子；其大臣，宗子之家相也。尊高年，所以长其长；慈孤弱，所以幼吾幼。圣其合德，贤其秀也。凡天下疲癃残疾、惸独鳏寡，皆吾兄弟之颠连而无告者也。于时保之，子之翼也；乐且不忧，纯乎孝者也。违曰悖德，害仁曰贼；济恶者不才，其践形，唯肖者也。知化则善述其事，穷神则善继其志。不愧屋漏为无忝，存心养性为匪懈。恶旨酒，崇伯子之顾养；育英才，颍封人之锡类。不弛劳而底豫，舜其功也；无所逃而待烹，申生其恭也。体其受而归全者，参乎！勇于从而顺令者，伯奇也！富贵福泽，将厚吾之生也；贫贱忧戚，庸玉汝于成也。存，吾顺事；没，吾宁也。（选自《张载集》）

无限风光在险峰

[宋] 王安石

导读

王安石（1021-1086），字介甫，号半山，江西临川人，"唐宋八大家"之一。

《游褒禅山记》是一篇通过记游来说理的名作，有学者指出，其"俱在学问上立论，寓意最深"。

褒禅山又叫华山。唐代的和尚慧褒当初在这里筑室居住，死后就埋葬在这里。因为这个缘故，以后就把这座山称为褒禅山。现在所说的慧空禅院，就是慧褒和尚生前居住、死后埋葬的地方。距离禅院东边五里远的地方，有个华山洞，是因为它在华山的南面而得名的。距离山洞百余步的地方，有块石碑倒伏在路上，碑文已经模糊不清，只有"花山"两个字还能辨认出来。现在把"华"字读成"华实"的"华"，大概是把音读错了。

山洞下面平坦而空阔，有一股泉水从旁边涌出，到这里来游览并在洞壁题字留念的人很多，这就是人们所说的"前洞"。由此往上走五六里，有个深远幽暗的山洞，进去后感到寒气逼人，要问这个洞有多深，就连那些喜欢探险的人也没有走到它的尽头，这就是人们所说的"后洞"。我和其他四人打着火把进去,越往里走,前进越难,而见到的景致越发奇妙。这时,同伴中有人退缩了,想要回去,说:"再不出去,火把就要烧完了。"于是,大家都跟着他一起出来了。估计我们所到的地方,其深度同那些喜欢游览的人比起来还不到十分之一,但看看左右的石壁,到这里来题字留念的人已经很少了。大概再往里走,到的人就更少了。当我们从洞里退出来的时候,我们的体力还足够继续往前走,火把还足够继续照明。出来后,就有人埋怨那个吵着要退出来的人,我也后悔跟着他们一起出来了,没有尽享游览的乐趣。

于是,我有些感叹。古人观察天地、山川、草木、虫鱼、鸟兽,往往都有心得,这是因为他们思考得很深入并且没有考虑不到的。那些平坦路近的地方,游人就多;危险路远的地方,游人就少。但是,世上奇妙壮丽、不同寻常的景象,常常是在艰险偏远而且人们很少到达的地方,因此没有坚强意志的人是不能到达的。即便有意志,也不随着别人中途停止,但是体力不足,也不能到达。既有意志又有体力,也不随随便便跟着别人松懈下来,但是到了幽深昏暗令人迷惘的地方,如果没有外力辅助辨路,也还是不能到达。可是,如果体力足够到达目的地而实际上却没有到达,就会被人嘲笑,自己也会后悔。如果我自己已经尽了全力但仍然不能到达目的地,那就可以不必懊悔了,谁又会来讥笑我呢?这些就是我的心得。

对于那些倒伏在路上的石碑,我又产生了感慨。由于古代文献资料的散失,后代的人以讹传讹乃至无法弄清许多事物的真实情况,这样的例子哪里说得完呢?这就是读书求学的人对于学问不能不深入思考并谨慎加以选择的原因啊。

● 原 文

游褒禅山记

[宋] 王安石

褒禅山亦谓之华山,唐浮图慧褒始舍于其址,而卒葬之,以故其后名之曰"褒禅"。今所谓慧空禅院者,褒之庐冢(zhǒng)也。距其院东五里，所谓华山洞者，以其乃华山之阳名之也。距洞百余步，有碑仆道，其文漫灭，独其为文犹可识，曰"花山"。今言"华"如"华实"之"华"者，盖音谬也。

　　其下平旷，有泉侧出，而记游者甚众，所谓前洞也。由山以上五六里，有穴窈（yǎo）然，入之甚寒。问其深，则其好游者不能穷也，谓之后洞。余与四人拥火以入，入之愈深，其进愈难，而其见愈奇。有怠而欲出者，曰："不出，火且尽。"遂与之俱出。盖余所至，比好游者尚不能十一，然视其左右，来而记之者已少。盖其又深，则其至又加少矣。方是时，余之力尚足以入，火尚足以明也。既其出，则或咎其欲出者，而余亦悔其随之，而不得极夫游之乐也。

　　于是余有叹焉。古人之观于天地、山川、草木、虫鱼、鸟兽，往往有得，以其求思之深而无不在也。夫夷以近，则游者众；险以远，则至者少。而世之奇伟、瑰怪、非常之观，常在于险远，而人之所罕至焉。故非有志者，不能至也。有志矣，不随以止也，然力不足者，亦不能至也。有志与力，而又不随以怠，至于幽暗昏惑而无物以相之，亦不能至也。然力足以至焉，于人为可讥，而在己为有悔。尽吾志也而不能至者，可以无悔矣，其孰能讥之乎？此余之所得也。

　　余于仆碑，又以悲夫古书之不存，后世之谬其传而莫能名者，何可胜道也哉！此所以学者不可以不深思而慎取之也。

　　四人者：庐陵萧君圭（guī）君玉，长乐王回深父，余弟安国平父、安上纯父。

　　至和元年七月某日，临川王某记。（选自《临川先生文集》）

你加的罪名我不承认

[宋] 王安石

导 读

　　1069年，王安石在宋神宗的支持下，以"天变不足畏，祖宗不足法，人言不足恤"的精神推行变法，力图革除积弊，实现富国强兵。

　　王安石性格孤傲执着，特立独行，有"拗相公"之称。毛泽东指出，王安石变法失败的原因在于"无通识，并不周知社会之故，而行不适之策也"。

　　《答司马谏议书》是王安石写给司马光的一封回信，信中对司马光加给作者的"侵官、生事、征利、拒谏、怨谤"五个罪名逐一作了反驳，言辞犀利，针锋相对，是古代的驳论名篇之一。

　　鄙人王安石径启：昨天承蒙您来信指教，我自认为与您交往相好的时间很久了，但是议论起政事来却意见常常不一致，这是因为我们的政治主张本就不同的缘故。即使我想要强作解释，终究不能蒙您详察，所以我只能简单地给您写封回信，不再一一为自己辩解了。但是考虑再三，一则承蒙您重视厚遇，二则书信往来不应简慢无礼，所以我现在详细说明事情的原委，希望您或许稍微能够原谅我一点吧。

　　读书人争论的问题，首在名实是否相符。如果把名为何实为何搞清楚了，那么天下的道理也就清楚了。现在您批评我的，无非是说我推行新法侵夺了官吏们的职权，制造了无谓的事端，争夺了百姓的财利，拒绝接受不同的意见，因而招至天下人的怨恨和诽谤。我却认为，从皇帝那里接受命令,在朝廷上议订法令制度,并把它交给专职人员去执行,这不能算是侵夺职权;推行古代贤明君主的政策,为全天下兴利除弊,这不能算是制造事端;为国家统筹管理钱财,这不能算是与老百姓争夺财利;抨击不正确的言论,斥责心术不正之人,这不能算是拒绝接受规劝。至于社会上对我的怨恨和诽谤越来越多,那是我早就料到会这样的。

人们习惯于苟且偷安、得过且过已不是一天两天了。士大夫们也多把不顾国家大事、附和世俗的见解、向众人献媚讨好当作好事。皇上想要改变这种风气,所以我才不自量力,不管反对者有多少,一心只想帮皇上抵制这股势力,这样一来,众人怎会不对我大吵大闹呢?盘庚迁都的时候,连老百姓都抱怨呢,并不只是朝廷上的士大夫反对。盘庚没有因为大家抱怨就改变自己的计划,他考虑到迁都合理,就坚决行动,因为自己做得对就没有什么可以后悔的啊。如果您责备我在位时间长却没能帮助皇上成就一番事业,也没能让老百姓得到实惠,那么我承认自己是有罪的。如果您说现在应该什么事都不用去做,墨守前人的陈规旧法就好了,这就不是我愿意领教的了。

没有机会与您见面,私心不胜仰慕。

原 文

答司马谏议书

[宋] 王安石

某启:

昨日蒙教,窃以为与君实游处相好之日久,而议事每不合,所操之术多异故也。虽欲强聒(guō),终必不蒙见察,故略上报,不复一一自辨。重念蒙君实视遇厚,于反复不宜卤莽,故今具道所以,冀君实或见恕也。

盖儒者所争,尤在于名实。名实已明,而天下之理得矣。今君实所以见教者,以为侵官、生事、征利、拒谏,以致天下怨谤也。某则以谓受命于人主,议法度而修之于朝廷,以授之于有司,不为侵官;举先王之政,以兴利除弊,不为生事;为天下理财,不为征利;辟邪说,难壬人,不为拒谏。至于怨诽（fěi）之多，则固前知其如此也。

人习于苟且非一日，士大夫多以不恤国事、同俗自媚于众为善。上乃欲变此，而某不量敌之众寡，欲出力助上以抗之，则众何为而不汹汹然？盘庚之迁，胥怨者民也，非特朝廷士大夫而已。盘庚不为怨者改其度，度义而后动，是以不见可悔故也。如君实责我以在位久，未能助上大有为，以膏泽斯民，则某知罪矣。如曰今日当一切不事事，守前所为而已，则非某之所敢知。

无由会晤，不任区区向往之至。（选自《临川先生文集》）

这世上没有万全之策

[宋] 苏轼

导读

苏轼（1037—1101），字子瞻，号东坡居士，四川眉山人。苏轼在诗、文、词、书、画等方面都取得了登峰造极的成就，是中国历史上少有的文学天才和艺术全才。与父苏洵、弟苏辙合称"三苏"，与黄庭坚并称"苏黄"。

苏轼好作翻案文章，《晁错论》就是一篇翻案的佳作。此文议论虽不尽当，但能翻空出奇，发人之所未见，启人之所未思，所以好。

天下的祸患，最让人左右为难的，是表面上看起来太平无事，实际上却有难以预见的灾难。如果只知冷眼旁观事情的发展变化，却不想办法解决，那么恐怕事情就会发展到无可挽救的地步。如果一开始就用强硬的手腕断然处置，那么天下人由于习惯了太平安逸，就不会相信和支持我们。在这个时候，只有那些仁人君子、英雄豪杰，才会挺身而出为天下人承担大难，以求建立伟大的功业。这样的事情当然不是那些贪图名利的人在短时期内所能做到的。天下太平的时候，仁人君子为了消除巨大的隐患就会把问题摆到桌面上来。如果你把问题提出来了，又能很好地解决它，这是可以向天下人交代的。如果你把问题提出来后，又犹豫不决、动作缓慢，又想要逃避、让别人去承担责任，那么天下人的责难，就一定会集中到你的身上。

从前晁错竭尽忠心为汉朝出力，谋划削弱七国诸侯的势力。于是七国打着诛晁错的旗号联合起兵，反叛朝廷。景帝没有洞察他们的用心，就杀了晁错来说服他们退兵。天下人都为晁错因尽忠为国而遭杀身之祸感到痛心，却不知道晁错也有自取其祸的地方。

自古以来，凡是能成大事的人，不仅要有出类拔萃的才能，也一定要有坚韧不拔的意志。从前大禹治水，凿开龙门，疏通黄河，让水流进大海。当他的工程尚未完成时，也有决堤、漫堤、洪水泛滥等可怕的灾难发生，只是他事先就预料到了这些情形，所以事情来了也不惊慌，而是从容不迫地应对解决，最后获得了成功。

当时七国诸侯那样强盛，却要一下子削弱它们，他们起来叛乱有什么奇怪的呢？晁错不在这个时候豁出命来，替天下人做抵挡大难的先锋，置吴、楚等国于死地，却为保全自己着想，想让景帝亲征，而自己却在后方留守。那么试问，挑动七国叛乱的是谁呢？自己想要赢得美名，哪里能逃避祸乱呢？谁都知道皇帝亲征极为危险，留守后方十分安全，你自己是引发叛乱的罪魁祸首，却选择最安全的事来做，把最危险的事留给皇帝去做，这就是让忠臣义士们愤愤不平的原因啊。在这个时候，就算没有袁盎进言，晁错也不能免于杀身之祸，为什么呢？因为按照常理来说，晁错想要留守，却让皇帝亲征，这是皇帝很难接受的，加上很多人又不同意这么做，所以袁盎的话就能在这中间发生作用。假使七国起兵时，晁错挺身而出承担危险，夜以继日训练军队，率兵向东去阻击他们，不至于使自己的君王受到牵累，那么皇帝将依靠他而无所畏惧，即使有一百个袁盎，可以离间得了吗？

哎！世上的君子，想要建立不平凡的功业，就不要去考虑保全自己。假使晁错自己带兵去讨伐吴、楚，未必就不能成功。只因他一心想保全自己，而惹得皇帝不高兴，奸臣正好乘机进谗言。晁错用来保全自己的计策，不就是用来加害自己的吗？

● 原 文

晁错论

[宋] 苏轼

  天下之患，最不可为者，名为治平无事，而其实有不测之忧。坐观其变，而不为之所，则恐至于不可救。起而强为之，则天下狃（niǔ）于治平之安，而不吾信。唯仁人君子豪杰之士，为能出身为天下犯大难，以求成大功。此固非勉强期月之间，而苟以求名者之所能也。天下治平，无故而发大难之端，吾发之，吾能收之，然后有以辞于天下。事至而循循焉欲去之，使他人任其责，则天下之祸，必集于我。

  昔者晁错尽忠为汉，谋弱山东之诸侯。山东诸侯并起，以诛错为名。而天子不以察，以错为说。天下悲错之以忠而受祸，而不知错之有以取之也。

  古之立大事者，不唯有超世之才，亦必有坚忍不拔之志。昔禹之治水，凿龙门，决大河而放之海。方其功之未成也，盖亦有溃冒冲突可畏之患，唯能前知其当然，事至不惧，而徐为之所，是以得至于成功。

  夫以七国之强而骤削之，其为变岂足怪哉！错不于此时捐其身，为天下当大难之冲，而制吴楚之命，乃为自全之计，欲使天子自将，而己居守。且夫发七国之难者，谁乎？己欲求其名，安所逃其患。以自将之至危，与居守至安；己为难首，择其至安，而遗天子以其至危，此忠臣义士所以愤惋而不平者也。当此之时，虽无袁盎，错亦未免于祸。何者？己欲居守，而使人主自将，以情而言，天子固已难之矣。而重违其议，是以袁盎之说，得行于其间。使吴、楚反,错以身任其危,日夜淬(cuì)砺,东向而待之,使不至于累其君,则天子将恃之以为无恐,虽有百袁盎,可得而间哉?

嗟夫!世之君子,欲求非常之功,则无务为自全之计。使错自将而击吴楚,未必无功。唯其欲自固其身,而天子不悦,奸臣得以乘其隙。错之所以自全者,乃其所以自祸欤!(选自《苏轼文集》)

唯有这江上清风与山间明月,谁都可以拥有

[宋] 苏轼

导读

宇宙无限,人生有限,自古以来引发人们无穷感叹。在《前赤壁赋》中,苏轼却跳出常人的胸怀和眼界,深刻地指出,有限和无限是相对的。就世界上的事物时刻都在变化而言,任何事物都是一瞬间的事;但事物在变化中又有不变存在,这样看任何事物又都是无穷尽的。所以,我们不必为人生的有限而感叹,而应该把握现在,珍惜当下,诗意地栖居在这天地之间。这多美!

公元1082年秋天,七月十六日,我和友人在赤壁下泛舟游玩。清风徐徐吹来,江面波澜不兴。我举起酒杯,吟诵着《诗经·陈风·月出》里的诗句,邀请友人同饮。一会儿月亮从东山上升起来了,徘徊在斗牛两个星宿之间。白茫茫的雾气笼罩着江面,水光与夜空融为一体。我们听任苇叶

般的小船在茫茫无边的江面上自由漂荡。多么辽阔啊，像是凌空乘风飞去，不知将停留在何处；多么飘逸啊，仿佛脱离了尘世，自由自在，化为轻举飞升的神仙。

于是，大家喝着酒，快乐极了，敲打着船舷唱起歌来。歌词说："桂木做的棹啊，兰木做的桨，拍打着清澈的江水啊，追逐着江面上的月光。我的思念啊悠远绵长，心中的美人啊在遥远的地方。"一位朋友吹起了洞箫，按着节拍为歌声伴奏，箫声呜呜咽咽，像是哀怨，又像是思慕，像是哭泣，又像是倾诉，尾声悠长婉转，恰像细丝不断。这箫声啊，能使潜藏在深渊里的蛟龙起舞，孤舟上的寡妇啜泣。

我不禁感伤起来，整理好衣襟，端正地坐着，问吹箫的朋友："这箫声为什么如此悲凉呢？"朋友答道："'月明星稀，乌鹊南飞'，这不是曹操的诗句吗？从这里向西可以望到夏口，向东可以望到武昌，山水相接，郁郁苍苍，这不正是曹操被周瑜围困的地方吗？当他攻陷荆州，夺取江陵，沿长江顺流东下的时候，战船绵延千里，旌旗遮蔽天空，当他面对长江举杯痛饮，手执长矛吟诗作赋，真是气吞山河的英雄豪杰啊，可是他如今又在哪里呢？何况你我像渔夫和樵夫一样生活在江湖沙洲之间，与鱼虾为伴，和麋鹿作友，驾一叶小船，举着酒葫芦畅饮。在永恒的宇宙中寄托我们蜉蝣似的短暂生命，在汪洋大海里自由漂荡，渺小得像一颗沙粒。唉！我们的生命不过匆匆片刻，长江的流水却是无穷无尽。哀叹又有什么用，羡慕又有什么用，只想和仙人携手遨游天下，更愿和明月相拥永存世间。但这些哪里是想得到就可以得到的，所以我只能借箫声把无穷的遗恨洒向江上的秋风。"

我对朋友说："您也了解那水和月吗？江水总是不停地流逝，但它并没有真正逝去；月亮总是时圆时缺，但它并没有增加或减少。若从事物变化的角度来看，整个天地没有一瞬一息静止不动；若从事物不变的角度来看，万物和我们都是永恒不变的，您又为什么羡慕它们呢？再说，天地之间，万物都有自己的归属，若不是自己应该拥有的，即便是一分一毫也不能据为己有。只有江上的清风，以及山间的明月，耳朵听到就是妙音，眼睛看到就是美景，获得这些没有人来干涉，享用这些永远不会穷尽。这是大自然的无穷无尽的宝藏，你我可以尽情地享受。"

朋友听了之后，高兴地笑了。于是，大家又洗干净酒杯，重新斟酒，直到酒干菜尽，杯盘凌乱。大家相拥着在船上睡去，连天亮了也不知道。

●原　文

前赤壁赋

[宋] 苏轼

壬戌（rén xū）之秋，七月既望，苏子与客泛舟游于赤壁之下。清风徐来，水波不兴。举酒属（zhǔ）客，诵明月之诗，歌窈窕（yǎo tiǎo）之章。少焉，月出于东山之上，徘徊于斗牛之间。白露横江，水光接天。纵一苇之所如，凌万顷之茫然。浩浩乎如冯（píng）虚御风，而不知其所止；飘飘乎如遗世独立，羽化而登仙。

于是饮酒乐甚，扣舷而歌之。歌曰："桂棹（zhào）兮兰桨，击空明兮溯（sù）流光。渺渺兮予怀，望美人兮天一方。"客有吹洞箫者，倚歌而和之。其声呜呜然，如怨如慕，如泣如诉，余音袅袅，不绝如缕。舞幽壑之潜蛟，泣孤舟之嫠（lí）妇。

苏子愀（qiǎo）然，正襟危坐而问客曰："何为其然也？"客曰："'月明星稀，乌鹊南飞'，此非曹孟德之诗乎？西望夏口，东望武昌，山川相缪（liáo），郁乎苍苍，此非孟德之困于周郎者乎？方其破荆州，下江陵，顺流而东也，舳舻（zhú lú）千里，旌旗蔽空，酾（shī）酒临江，横槊（shuò）赋诗，固一世之雄也，而今安在哉？况吾与子渔樵于江渚之上，侣鱼虾而友麋（mí）鹿，驾一叶之扁舟，举匏（páo）樽以相属。寄蜉蝣（fú yóu）于天地，渺沧海之一粟。哀吾生之须臾，羡长江之无穷。挟飞仙以遨游，抱明月而长终。知不可乎骤得，托遗响于悲风。"

苏子曰："客亦知夫水与月乎？逝者如斯，而未尝往也；盈虚者如彼，而卒莫消长也。盖将自其变者而观之，则天地曾不能以一瞬；自其不变者而观之，则物与我皆无尽也，而又何羡乎？且夫天地之间，物各有主；苟非吾之所有，虽一毫而莫取。惟江上之清风，与山间之明月，耳得之而为声，目遇之而成色，取之无禁，用之不竭，是造物者之无尽藏也，而吾与子之所共适。"

客喜而笑,洗盏更酌。肴核既尽,杯盘狼藉。相与枕藉乎舟中,不知东方之既白。(选自《苏轼文集》)

月白风清,如此良夜何?

[宋] 苏轼

> **导读**
>
> 《后赤壁赋》是《前赤壁赋》的姐妹篇。作者第二次游赤壁,离上次只有三个月。《后赤壁赋》描绘了赤壁冬夜的凄清孤寂景象,流露出作者内心的矛盾和苦闷之情。

这年十月十五日,我从雪堂步行,准备回临皋馆。两位朋友跟着我,一起走过黄泥坂。这时已经降过霜露,草木的叶子全掉光了,明月当空照着,我们的身影倒映在地上,我们感到高兴,一边走一边吟诗唱和。过了一会儿,我叹息说:"朋友来了不能没有酒,有了酒不能没有下酒的菜。今夜月色皎洁,晚风清凉,叫我们如何消受这美好的夜晚?"朋友说:"今儿黄昏,我撒网捉到了鱼,大嘴细鳞,就像吴淞江的鲈鱼。不过到哪儿弄酒呢?"我回家找妻子想办法,妻子说:"我有一斗酒,藏了很长时间了,就是为了你的不时之需。"

就这样,我们带着酒和鱼,再次到赤壁下游览。江水发出声响,两岸石壁峭立;山峦很高,月亮很小,水位降低,礁石显露。这才隔了几天啊?

江山的面貌竟变得认不出来了！我撩起衣襟上岸，登上险峻的山崖，拨开杂乱的丛草；蹲在状如虎豹的怪石上，攀援着龙蟠虎曲似的树枝，攀上雄鹰栖息的高崖，向下眺望水神冯夷的深宫。两位朋友没有跟我上山来。我高声长啸，草木摇动，高山共鸣，深谷回应，大风忽起，波涛汹涌。我自己也不禁感到孤独悲凉、紧张恐惧，只觉寒风凛冽，令人毛骨悚然，片刻也不敢停留。于是我快速返回岸边，把船划到江心，任它漂流。这时快到半夜了，环顾四周冷清寂寞。恰好有一只白鹤，从东而来横穿江面，翅膀如同车轮大小，黑裙白衣，高声大叫，擦过我们的船向西飞去。

一会儿，朋友们离开了，我也上床就寝。朦胧中梦见一位道士，穿着羽衣，轻盈飘逸，从临皋馆下经过，拱手作揖对我说："你们的赤壁之游，玩得高兴吧？"我问他的姓名，他低头不语。"啊！我知道了。昨天夜里，高声大叫着飞过我们船边的，不就是你吗？"道士回过头对我笑笑，我也忽然惊醒了。开门一看，哪里还有他的影子。

●原　文

后赤壁赋

[宋] 苏轼

是岁十月之望，步自雪堂，将归于临皋（gāo）。二客从予，过黄泥之坂（bǎn）。霜露既降，木叶尽脱，人影在地，仰见明月，顾而乐之，行歌相答。已而叹曰："有客无酒，有酒无肴。月白风清，如此良夜何！"客曰："今者薄暮，举网得鱼，巨口细鳞，状如松江之鲈（lú）。顾安所得酒乎？"归而谋诸妇。妇曰："我有斗酒，藏之久矣，以待子不时之需。"于是携酒与鱼，复游于赤壁之下。江流有声，断岸千尺；山高月小，水落石出。曾日月之几何，而江山不可复识矣！予乃摄衣而上，履巉（chán）岩，披蒙茸，踞虎豹，登虬（qiú）龙，攀栖鹘（hú）之危巢，俯冯夷之幽宫。盖二客不能从焉。划然长啸，草木震动，山鸣谷应，风起水涌。予亦悄然而悲，肃然而恐，凛乎其不可留也。反而登舟，放乎中流，听其所止而休焉。时夜将半，四顾寂寥。适有孤鹤，横江东来。翅如车轮，玄裳缟（gǎo）衣，戛(jiá)然长鸣,掠予舟而西也。

须臾客去,予亦就睡。梦一道士,羽衣翩跹(pián xiān),过临皋之下,揖予而言曰:"赤壁之游乐乎?"问其姓名,俯而不答。"呜呼噫嘻!我知之矣。畴昔之夜,飞鸣而过我者,非子也耶?"道士顾笑,予亦惊寤(wù)。开户视之,不见其处。(选自《苏轼文集》)

承天寺的月光

[宋] 苏轼

● 导 读

《记承天寺夜游》只有八十四字,却全从胸中自然流出。作者对月夜景色作出了美妙描绘,真实记录了作者被贬黄州的一个生活片段,写来极富人情味、极富审美感,使人心里感到温润熨帖而又充满感动。

公元1083年十月十二日夜,我脱下衣服准备睡觉时,月光透过窗户劈面照来,惹人高兴。于是我起身走出门外。徘徊中庭,想:此刻要是有与我一同分享快乐的人,那该多好啊!于是我信步朝承天寺走去,去找张怀民。张怀民也没有睡,我们便一同在庭院中散步。庭院中洒满了月光,就像积水充满了院落,一片澄澈透明,水中又有水藻、荇菜轻轻摇摆,那是院中竹柏的影子在摇晃。哪一个夜晚没有月光?哪一个地方没有竹子和柏树?只是缺少像我们两个这样心心相印的朋友罢了。

● 原　文

记承天寺夜游
[宋] 苏轼

元丰六年十月十二日夜，解衣欲睡，月色入户，欣然起行。念无与为乐者，遂至承天寺寻张怀民。怀民亦未寝，相与步于中庭。

庭下如积水空明，水中藻荇（xìng）交横，盖竹柏影也。何夜无月？何处无竹柏？但少闲人如吾两人者耳。（选自《苏轼文集》）

不经过调查，永远不知道真相

[宋] 苏轼

● 导　读

《石钟山记》通过记叙考察、探究石钟山得名原由的过程，说明凡事必须亲临实践、调查研究，才能获得真相，切不可主观臆断、轻信传言。文章熔生动的记叙与抽象的说理于一炉，读来既优美又深刻。

《水经》上说："鄱阳湖的湖口，有一座石钟山。"郦道元认为这座山下面是个深潭，微风吹起波浪，湖水拍打礁石，发出洪钟般的声音，所以得名石钟山。这种说法，人们常常怀疑它。现在把钟磬放在水中，即便是大风大浪也不能使它发出声响，更何况是石头呢！到了唐代，李渤访求石钟山的所在地，在深潭边找到两块礁石，敲击它们，听它发出的声音，南边山石发出的声音重浊模糊，北边山石发出的声音清脆响亮，鼓槌停止敲击，声音还在回荡，许久才消失。李渤认为自己找到了石钟山命名的原因。然而对于这种说法，我却更加怀疑。能发出铿锵声响的石头，到处都是，为什么偏偏这座山用钟来命名呢？

公元1084年六月初九，我从黄州坐船去临汝，大儿子苏迈正好要去饶州的德兴县就任县尉，我送他到湖口，因此有机会去看看石钟山。庙里的和尚让小童拿着斧头，在乱石中间选择几块来敲击，石头发出硿硿的响声。我笑了笑，没有相信。到了晚上，月光明亮，我同儿子苏迈坐着小船，来到峭壁下。巨大的山石耸立在水边，高达千尺，形状就像凶猛的野兽和奇异的鬼怪，阴森森地，像要扑击我们似的。山上宿巢的老鹰，听到人声惊飞起来，磔磔地鸣叫着飞向云霄。又有什么动物，在山谷中发出像老人边咳嗽边大笑的声音，有人说这是鹳鹤。我正有些害怕，想要回去，忽然水上发出巨大的声响，像敲击钟鼓一样，响个不停。船夫非常害怕。我慢慢地查看，才发现原来山下都是石洞和裂缝，不知深浅，波浪涌进里面，水波激荡，才发出这样的声音。小船迂回到两山之间，正要进入港口时，有块大石头立在水中央，上面可坐百来人，中间是空的，有许多窟窿，风卷着水灌进这块大石中，一吞一吐，发出窾坎镗鞳的声音，同刚才敲击钟鼓的声音相应和，如同奏乐一般。于是我笑着对苏迈说："你知道吗？刚才像敲击钟鼓一样的声音，就像周景王的无射钟；眼前发出窾坎镗鞳的响声，就像魏庄子的编钟。看来古人并没有欺骗我们！"

任何事情，不亲眼目睹、亲耳听闻，只凭主观想象来判断它有没有，这样行吗？郦道元的所见所闻，大概和我一样，但说得不详细。一般士大夫哪里肯在夜里驾着小船停在绝壁之下来仔细观察呢，所以没有谁能了解真相。打渔人和船夫，即使知道真相却说不出道理来。这就是石钟山得名由来不能流传于世的原因。浅陋的人竟然用斧头敲击石头来寻求石钟山得名的原由，自认为找到了石钟山命名的真相。我记下这次游历的经过，一则惋惜郦道元记载的简单，一则窃笑李渤的浅陋。

原文

石钟山记

[宋] 苏轼

《水经》云:"彭蠡(lí)之口,有石钟山焉。"郦(lì)元以为下临深潭,微风鼓浪,水石相搏,声如洪钟。是说也,人常疑之。今以钟磬(qìng)置水中,虽大风浪不能鸣也,而况石乎!至唐李渤(bó)始访其遗踪,得双石于潭上,扣而聆(líng)之,南声函胡,北音清越,枹(fú)止响腾,余韵徐歇。自以为得之矣。然是说也,余尤疑之。石之铿(kēng)然有声者,所在皆是也,而此独以钟名,何哉?

元丰七年六月丁丑,余自齐安舟行适临汝,而长子迈将赴饶之德兴尉,送之至湖口,因得观所谓石钟者。寺僧使小童持斧,于乱石间择其一二扣之,硿(kōng)硿然。余固笑而不信也。至莫夜,月明,独与迈乘小舟,至绝壁下。大石侧立千尺,如猛兽奇鬼,森然欲搏人;而山上栖鹘(hú),闻人声亦惊起,磔(zhé)磔云霄间;又有若老人咳且笑于山谷中者,或曰:"此鹳(guàn)鹤也。"余方心动欲还,而大声发于水上,噌吰(chēng hóng)如钟鼓不绝。舟人大恐。徐而察之,则山下皆石穴罅(xià),不知其浅深,微波入焉,涵澹澎湃而为此也。舟回至两山间,将入港口,有大石当中流,可坐百人,空中而多窍,与风水相吞吐,有窾(kuǎn)坎镗鞳(táng tà)之声,与向之噌吰者相应,如乐作焉。因笑谓迈曰:"汝识之乎?噌吰者,周景王之无射(yì)也;窾坎镗鞳者,魏庄子之歌钟也。古之人不余欺也!"

事不目见耳闻,而臆断其有无,可乎?郦元之所见闻,殆与余同,而言之不详;士大夫终不肯以小舟夜泊绝壁之下,故莫能知;而渔工水师,虽知而不能言。此世所以不传也。而陋者乃以斧斤考击而求之,自以为得其实。余是以记之,盖叹郦元之简,而笑李渤之陋也。(选自《苏轼文集》)

看看别人是怎么好好说话的

[宋] 苏辙

> **导读**
>
> 苏辙（1039-1112），字子由，四川眉山人。"唐宋八大家"之一，与父亲苏洵、兄长苏轼合称"三苏"。
>
> 本文的主旨只有一个，就是求见太尉韩琦。文中写了作者的文学主张，写了作者的经历和志向，写了对韩琦的仰慕和期待。句句言在此而意在彼，绝无阿谀奉承之私，也没有扬才炫己之意，文辞恳切，才华毕显，可佩可叹！可学可师！

太尉大人阁下：

我生来喜欢写文章，对文章之道想得很深。我认为，文章靠的是内在的气，气充实，文章内容就充实、形式就完美。外在的学习是不能使文章写好的，内在的气却可以通过培养而得到。孟子说："我善养吾浩然之气。"我看他的文章深厚宽广、宏伟博大，充塞于天地之间，同他的气刚好相称。司马迁周游天下，遍览名山大川，交接燕赵的英雄豪杰，所以他的文章疏放不羁，颇有奇伟之气。这两个人难道曾经学过怎么写文章吗？没有。那他们是怎么写出这种文章的呢？这是因为他们的气充塞于心而呈现于外，发为音声而撰为文章，自己却一点也没有觉察到。

我从出生一直长到十九岁，都住在眉山老家，交往的是邻居同乡，看到的是百里之内的景物，既没有高山旷野可以登临观览以开阔自己的心胸，也没有新鲜的事物和经验可以激发自己的志气，尽管诸子百家的书无所不读，但那都是很久以前的人写的很久以前的事。我担心就这样虚度一生，所以断然离开家乡，去寻求天下的奇闻壮观，以便了解天地的广大。我经过秦朝、汉朝的故都咸阳，饱览终南山、嵩山、华山的高峻，眺望黄河奔腾的急流，感慨万端地想起了古代的英雄豪杰。到了京城，抬头看到皇宫的壮丽，以及粮仓、府库、城墙、园林的富庶广大，这才知道天下的广阔富丽。见了翰林学士欧阳修，聆听了他宏大雄辩的议论，看到了他秀美奇伟的容貌，又同他的学生和许多读书人探讨交流，这才知道天下的文章都汇聚在这里。太尉大人以雄才大略冠甲天下，有您在，全国人民无忧无虑，四方异族不敢入侵；朝廷之内，您像周公、召公一样辅佐有方；领兵出征，您像方叔、召穆公一样斩将立功。可是我至今还没有见到您呢。

再说了，一个人的学习如果不是有志于大的方面，即使学了很多东西又有什么用呢？我这次来到京城，于山，看到了终南山、嵩山、华山的高峻；于水，看到了黄河的深广；于人，看到了欧阳修的风采；可是仍以没有谒见您而引为憾事。我希望能够一睹您的风采，就是听到您的一句话也足以激发我的雄心壮志，见到了您我就算是看遍了天下的奇观而不会再有什么遗憾了。

我少不更事，对于如何做官还不太明白。我跑到京城来应试，并不是为了谋取养家糊口的俸禄，没想到却得到了功名利禄，但这并不是我内心想要的。现在我有幸得到皇上的恩赐，正等待吏部的选用，使我能够有几年空闲的时间，用来更好地研习文章，并且学习从政之道。太尉大人如果认为我还可以教诲并且愿意屈尊教导我的话，那我就感到太幸运了！

●原　文

上枢密韩太尉书

[宋] 苏辙

太尉执事：辙生好为文，思之至深，以为文者，气之所形，然文不可以学而能，气可以养而致。孟子曰："我善养吾浩然之气。"今观其文章，宽厚宏博，充乎天地之间，称其气之小大。太史公行天下，周览四海名山大川，与燕、赵间豪俊交游，故其文疏荡，颇有奇气。此二子者，岂尝执笔学为如此之文哉？其气充乎其中而溢乎其貌，动乎其言而见乎其文，而不自知也。

辙生十有九年矣，其居家所与游者，不过其邻里乡党之人，所见不过数百里之间，无高山大野可登览以自广，百氏之书虽无所不读，然皆古人之陈迹，不足以激发其志气。恐遂汩（gǔ）没，故决然舍去，求天下奇闻壮观，以知天地之广大。过秦、汉之故都，恣观终南、嵩（sōng）、华之高，北顾黄河之奔流，慨然想见古之豪杰。至京师，仰观天子宫阙之壮，与仓廪（lǐn）、府库、城池、苑囿（yòu）之富且大也，而后知天下之巨丽。见翰林欧阳公，听其议论之宏辨，观其容貌之秀伟，与其门人贤士大夫游，而后知天下之文章聚乎此也。

太尉以才略冠天下，天下之所恃以无忧，四夷之所惮（dàn）以不敢发，入则周公、召公，出则方叔、召虎。而辙也未之见焉。且夫人之学也，不志其大，虽多而何为？辙之来也，于山见终南、嵩、华之高，于水见黄河之大且深，于人见欧阳公，而犹以为未见太尉也。故愿得观贤人之光耀，闻一言以自壮，然后可以尽天下之大观而无憾者矣。

辙年少，未能通习吏事。向之来，非有取于斗升之禄。偶然得之，非其所乐。然幸得赐归待选，使得优游数年之间，将归益治其文，且学为政。太尉苟以为可教而辱教之，又幸矣！（选自《苏辙集》）

读书的乐趣远在声色狗马之上

[宋] 李清照

导 读

李清照（1084-1155），号易安居士，山东济南人。宋代女词人。

> 《金石录后序》是一篇带有自传性质的散文,记叙了赵明诚、李清照夫妇收集、整理金石文物的经过和《金石录》的内容以及成书过程,回忆了二人婚后三十四年间的忧患得失。李清照在行云流水般的文字中,倾注着对于丈夫赵明诚真挚而深婉的感情,令人动容。

我是1101年跟赵明诚结的婚。当时他的父亲赵挺之是中央组织部副部长,后来还当了宰相,我的父亲李格非则是文化部下面一个司的副司长。我们结婚的时候赵明诚才二十一岁,还是国家最高学府的一名学生。我们并非出生在贵族世家,过的是清贫俭朴的生活。每月初一、十五,明诚都请假跑出来,先把衣服押在当铺里,换五百个铜钱,然后走进大相国寺,购买碑文和应时的水果,兴冲冲地跑回来。我们两个人一边吃着水果,一边欣赏碑文,快乐得像远古时代葛天氏的臣民一样。两年以后,明诚毕业后走上了仕途,他对于金石学的兴趣更大了,发誓说,即使节衣缩食,也要走遍四方,把全天下的古文奇字全部搜集起来。从此以后,日积月累,文物古籍也越积越多。他的父亲在政府工作,亲戚故旧中有人掌管着国家图书馆和编修史志的事,常常可以看到《诗经》中没有收录的佚诗、正史中没有记载的野史,以及从鲁国孔子旧壁中、汲郡魏襄王墓中发掘出来的古文经传和竹简文字,于是我们就借来尽力抄写,渐渐感到趣味无穷,到了难以抑制的地步。从那以后,如果看到古今名人的书画和夏、商、周三代的奇器,我俩就是当了衣服也要把它买下来。曾记得1102年到1106年间,有一个人不知从什么地方弄来一幅南唐著名画家徐熙所画的《牡丹图》,开价二十万。这可不是一个小数目,即使官宦子弟,一时半会要拿出二十万贯铜钱来也难以做到。我们夫妻二人把玩了两夜,想尽办法筹钱,也没有筹到,只得还给人家。为了这事,我们哀叹痛惜了好几天。

后来明诚罢官,带我回青州故乡闲居了十年。我们勤俭持家,只能勉强填饱肚子,没有多少闲钱来搜集金石文物。明诚复官后,接连做了莱州和淄州的知州,他把全部俸禄都拿出来,从事书籍的校勘、刻写。每得一本书,我们就一起校勘,整理分类,题上书名。得到书画和彝、鼎古玩,也摩挲把玩或摊开来欣赏，指出存在的不足，每夜都要等到一根蜡烛点完了才去睡觉。正因为我们下了这么深的功夫，因此我们所收藏的古籍在装订精致和保存完整上超过了许多收藏家。我天性喜欢热闹又博闻强记，每次吃完饭，和明诚坐在归来堂上饮茶，就玩游戏赌胜负。我们随便从堆积在书架上的书中挑一本，说哪个典故出在哪本书哪一卷第几页第几行，猜中为赢，猜不中为输，以此来决定饮茶的先后。每次都是我猜中，猜中了就端起杯子大笑，常常不小心把茶洒在胸前衣襟上，不仅没喝到茶，还要一骨碌站起来抖衣服上的茶水。真愿意就这样过一辈子啊！我们即使生活颠沛流离，也从来没有忘记初心。我们收集的书籍达到一定规模后，就在归来堂中建起书库，像图书馆一样，给每本书编上号码，分类登记，给每个书柜也编上号码，分类放置。如果想取下来阅读或研究，就拿来钥匙打开书柜，在簿子上登记后，才取出所要的书籍。如果谁把书籍损坏或弄脏了一点，定要责令他揩拭干净涂改正确，不再像以前那种随随便便无拘无束的情形了。唉！本来是想要舒心快意，却反而使人心生不安。我的性子实在耐不住，就想办法节省开支来购买书籍副本。哪怕少吃一道荤菜，少穿一件衣服，头上不戴首饰，家里不添家具，也要把钱省下来买书。遇到想要的书籍，只要版本正规、字迹清晰，就马上买下，储存起来作为副本。我们家祖传的有两套书：《周易》和《左传》，所以这两种书的版本最为完备。想想看，有那么多书罗列在几案上，堆积在枕席间，我们天天坐拥书城，思接千载，神游万里，这种乐趣远在声色狗马之上。

● 原 文

金石录后序（节选）

[宋] 李清照

　　余建中辛巳，始归赵氏。时先君作礼部员外郎，丞相时作吏部侍郎。侯年二十一，在太学作学生。赵、李族寒，素贫俭。每朔望谒告，出，质衣，取半千钱，步入相国寺，市碑文果实。归，相对展玩咀嚼，自谓葛天氏之民也。后二年，出仕宦，便有饭蔬衣练，穷遐方绝域，尽天下古文奇字之志。日就月将,渐益堆积。丞相居政府,亲旧或在馆阁,多有亡诗、逸史,鲁壁、汲冢所未见之书,遂力传写,浸觉有味,不能自已。后或见古今名人书画,一代奇器,亦复脱衣市易。尝记崇宁间,有人持徐熙《牡丹图》,求钱二十万。当时虽贵家子弟,求二十万钱,岂易得耶。留信宿,计无所出而还之。夫妇相向惋怅者数日。

后屏(bǐng)居乡里十年,仰取俯拾,衣食有余。连守两郡,竭其俸入,以事铅椠(qiàn)。每获一书,即同共勘校,整集签题。得书、画、彝、鼎,亦摩玩舒卷,指摘疵病,夜尽一烛为率。故能纸札精致,字画完整,冠诸收书家。余性偶强记,每饭罢,坐归来堂,烹茶,指堆积书史,言某事在某书、某卷、第几叶、第几行,以中否角胜负,为饮茶先后。中即举杯大笑,至茶倾覆怀中,反不得饮而起。甘心老是乡矣。故虽处忧患困穷,而志不屈。收书既成,归来堂起书库,大橱簿甲乙,置书册。如要讲读,即请钥上簿,关出卷帙。或少损污,必惩责揩完涂改,不复向时之坦夷也。是欲求适意,而反取憀慄(liáo lì)。余性不耐,始谋食去重肉,衣去重采,首无明珠、翠羽之饰,室无涂金、刺绣之具。遇书史百家,字不刓(wán)缺,本不讹谬者,辄市之,储作副本。自来家传周易、左氏传,故两家者流,文字最备。于是几案罗列,枕席枕藉,意会心谋,目往神授,乐在声色狗马之上。(选自《李清照集校注》)

弄潮儿向涛头立

[宋] 周密

导 读

周密(1232-1298),字公谨,号草窗,浙江湖州人,南宋词人、文学家。

宋人

> 《观潮》描写作者耳闻目睹钱塘江大潮潮来前、潮来时、潮头过后的景象,以及观潮的盛况,将自然美、人情美巧妙地交织在一起,读来使人神注不已。

钱塘江大潮是全天下最为雄伟的景观。农历八月十六日至十八日,潮水最为盛大。当潮水远远地从钱塘江入海口涌起之时,看上去几乎只是一条银色的白线;不久,潮水渐渐近了,就像玉石雕砌的城墙、白雪覆盖的山岭一般连天涌来,声音大得像万钧雷霆,震撼天地,激扬喷薄,吞没天空,冲荡太阳,气势极其雄伟豪壮。杨万里的诗句"海涌银为郭,江横玉系腰"描写的就是这样的景象。

每年八月,京都临安府的长官都要到钱塘江来训练水军。此时,几百艘战舰分列两岸演习阵势,忽而疾驶,忽而腾起,忽而分,忽而合,极尽种种变化,那些在水面上骑马、舞旗、举枪、挥刀的人,如同踏在平地上一般。忽然黄色烟雾从四面八方升腾而起,人和物彼此一点儿也看不见了,只听得一阵阵水爆的轰鸣声,如同山崩地坼。等到烟雾消散,水面又恢复了平静,却连一条船的踪迹也没有了,只剩下被火焚毁的"敌船",随着波浪流走了。

浙江一带善于游泳的健儿数百人,每个人都披散着头发,身上满是刺青,手里拿着十面大彩旗,在潮水中奋勇争先,逆流而上。他们在极高的波涛中翻腾着身子,变换着各种姿态,忽隐忽现,而旗尾却一点也不被水沾湿,以此来夸耀自己的高超技能。

钱塘江岸上下十几里,满眼都是穿戴华丽的观潮人,真是车如流水马如龙。所贩卖的饮食物品,价格比平时高出几倍。而租用看棚的人非常多,密密麻麻的,中间连一席空地都没有。

● 原　文

观　潮

[宋] 周密

浙江之潮，天下之伟观也。自既望以至十八日为盛。方其远出海门，仅如银线；既而渐近，则玉城雪岭际天而来，大声如雷霆，震撼激射，吞天沃日，势极雄豪。杨诚斋诗云"海涌银为郭，江横玉系腰"者是也。

每岁京尹（yǐn）出浙江亭教阅水军，艨艟（méng chōng）数百，分列两岸；既而尽奔腾分合五阵之势，并有乘骑弄旗标枪舞刀于水面者，如履平地。倏（shū）尔黄烟四起，人物略不相睹，水爆轰震，声如崩山。烟消波静，则一舸（gě）无迹，仅有"敌船"为火所焚，随波而逝。

吴儿善泅（qiú）者数百，皆披发文身，手持十幅大彩旗，争先鼓勇，溯迎而上，出没于鲸波万仞（rèn）中，腾身百变，而旗尾略不沾湿，以此夸能。

江干上下十余里间，珠翠罗绮溢目，车马塞途，饮食百物皆倍穹（qióng）常时，而僦（jiù）赁（lìn）看幕，虽席地不容间也。（选自《武林旧事》）

・元明・

活生生拆散了一对鸳鸯在两下里

[元] 王实甫

导读

王实甫（约1260-1316），名德信，字实甫，北京人。元代最有才华的剧作家之一。

《西厢记》鲜明地提出了"愿天下有情人都成了眷属"的主张，成功地塑造了崔莺莺、张生、红娘等个性鲜明的人物形象，热情讴歌了青年一代追求个性解放和美好理想的战斗精神，作品体制宏伟谨严，文词华美生动，极具诗情画意，金圣叹将《西厢记》评为第六才子书。

老夫人、长老上，旁白："今天张生进京赶考，在十里长亭安排下筵席，为他饯行。我和长老先来，不见张生和小姐来到。"张生、崔莺莺、红娘一起上，崔莺莺旁白："今天送张生进京考功名去。离别使人伤感，何况在这暮秋天气？好生烦恼啊！"崔莺莺唱："碧云天，黄花地，西风紧，北雁南飞。是什么染得满树白霜，如痴如醉？是别离人的眼泪。""我与他相见恨晚，才相见又要分离。柳丝再长也拴不住马儿，恨不得叫疏林留住余晖。马儿缓缓而行，车儿快快相随，刚刚相聚在一起，头一遭又要分离。我一听说他要走，如雷轰顶，远远看见十里长亭，愁上心头。谁能理解我的心情！"红娘问："小姐今天怎么不打扮？"崔莺莺叹口气："你哪里知道我的心啊！"崔莺莺唱："看见那一排排的车儿、马儿，不由人熬熬煎煎的气；有什么心情花儿、坠儿，打扮得娇娇滴滴地媚；准备着被儿、枕儿，只想昏昏沉沉地睡；从今后衫儿、袖儿，都是我重重叠叠的泪。心里堵得慌啊，心里闷得慌。从今以后你可要书儿、信儿，给我三天两头地寄。"

崔莺莺到后，拜见夫人完毕。老夫人发话："张生和长老请坐，小姐到我这边坐，红娘拿酒来。张生，你向前来，都是自家亲眷，不要不好意思。现如今我把莺莺许配给了你，你到京师赶考，不要辱没了我家千金小姐，可要中个状元回来啊！"张生答："小生托夫人余荫，凭着满腹才华，要考个状元就像捡根草一样容易。"长老忙说："还是夫人眼光好，张生是个有志向的人。"大家吃酒毕，落座。崔莺莺在一旁叹气，唱道："风吹大地，衰草凄迷。你张生酒席上坐立不安，我愁眉紧锁憔悴无力。""我见他眼泪汪汪不敢流，猛然瞧见连忙把头低，叹口气假装在整衣。""虽然终将成佳配，无奈时间难捱流眼泪。意似痴，心如醉，从昨晚到今朝，又瘦了一圈腰围。"夫人叫："小姐吃酒！"红娘连忙递酒，崔莺莺吃了。又唱："吃完这杯酒，他就要远走。想着我和他前天晚上私会，昨天夜里成亲，今天早晨分别。我现在才知道，这几天相思的滋味，要比今朝离别难受十倍。""年纪轻容易别，感情浅丢得开。一点儿也不想想我和你曾腿压着腿，脸偎着脸，手拉着手。现如今你做了我们崔家的女婿，有权有势妻荣夫贵，只要天天在一起，强过你状元及第。"红娘低声说："小姐不曾吃早饭，喝口水吧。"崔莺莺说："什么样的水我才咽得下。"又唱："这筵席怎么散得这么快，刚刚见面，就要分离。若不是老夫人在场，我也好与你张生亲近亲近。""哪怕一刻厮守，也胜似对面无缘，手儿难牵。我心里想着，眼巴巴看着，难不成要我把泪眼望穿？"夫人又叫："红娘斟酒！"红娘斟完酒，崔莺莺又唱："吃不下这美酒佳肴啊，尝起来像是土和泥。即便是土和泥，也该有些土气息、泥滋味。""暖溶溶玉杯，白泠泠似水，多半是相思泪。眼前茶饭吃不下，一腔忧愁塞满胃。蜗牛角上争什么虚名，苍蝇肉里抠什么微利，活生生拆散了一对鸳鸯在两下里。一个这边，一个那边，你一声我一声只叹气。"夫人站起来，说："套上车子，赶路吧！我先回去，小姐和红娘随后就来。"夫人下，长老向张生告辞，说："相公此行一路顺风，我等着买登科录看相公的好消息，洞房花烛夜，金榜题名时，不要忘了请我喝喜酒。相公保重！"长老下。

崔莺莺唱："千里搭凉棚，没个不散的筵席。他要走，谁拽得住他腿？他今宵会住在哪里？我在梦里到哪里寻觅？"崔莺莺就与张生作别，说：

"公子此行得官不得官没什么要紧,要紧的是要早点回来。"红娘帮着说:"小姐是心儿难受。我说啊,相公这一去,一定得个状元回来。"崔莺莺又说:"相公远行,没有什么送给你,有几句话送给你,相公要记着:'忍心别离,当时情意。希望你记得往日情意,把我常常放在心里。"张生忙说:"小姐之意差矣!我张珙除了小姐,心里没有别人。我也有几句话送给你,表白我的心意:'离别常有,而你常在。如果没有遇到知音,我不会与你心心相印。"崔莺莺唱:"哭红了双眼,沾湿了衣襟。劳燕分飞各西东,问君归期未有期。转眼千里,且饮一杯。未饮心已醉,眼中流泪,心里成灰。""到京师路远,急着赶路,不要醉酒流连,保重身体要紧。荒村雨露宜眠早,野店风霜要起迟!""我这忧愁说与谁?老天爷不管人憔悴。泪水漫过了黄河,忧愁高过了华山。夕阳西下,倚在楼头望你,只看见绵绵古道,衰柳长堤。""笑吟吟一起来,哭啼啼独自归。回到家里,躺在床上,昨天还是绣衾香暖春风一度,今夜何堪翠被生寒孤枕难眠。留恋你,留不住你,别无情,转身而去。你跨上马去,挥一挥手,我禁不住泪流泪滴。"张生回过头来,问:"小姐还有什么话要吩咐小生的?"崔莺莺唱:"你不要担心中了状元我把你抛弃,我怕你中了状元把我忘了再娶娇妻。你不要一去无消息,你不要为了功名忘了妻,要记得常常把信给我寄。你若见了那花花草草,不要花丛里踏足留意。"张生说:"还有谁比得上小姐?小生绝无此念。我们赶早启程,好寻歇处。"张生下。

崔莺莺唱:"青山迢迢,夕阳古道,疏林淡烟,暮霭遮蔽。车马已远,看了又看,来时很急,不想回去。"红娘轻声劝说:"老夫人已经走了好一会了,小姐,我们回去吧!"崔莺莺唱:"四围山色中,一鞭残照里。满世界的烦恼塞在心中,量这些大小车儿如何载得起?"

● 原 文

西厢记·长亭送别
[元] 王实甫

(夫人、长老上,开)今日送张生赴京,就十里长亭,安排下筵席。我和长老先行,不见张生、小姐来到。(旦、末、红同上,旦云)今日送张生上朝取应去。早是离人伤感,况值那暮秋天气,好烦恼人也呵!"悲欢聚散一杯酒,南北东西万里程。"(旦唱)

【正宫】【端正好】碧云天,黄花地,西风紧,北雁南飞。晓来谁染霜林醉?总是离人泪。

【滚绣球】恨相见得迟,怨归去得疾。柳丝长玉骢(cōng)难系,恨不得倩疏林挂住斜晖。马儿迍(zhūn)迍行,车儿快快随,却告了相思回避,破题儿又早别离。听得道一声"去也",松了金钏;遥望见十里长亭,减了玉肌。此恨谁知!

(红云)姐姐今日不打扮?(旦云)红娘啊,你那里知道我的心哩!(旦唱)

【叨叨令】见安排着车儿、马儿,不由人熬熬煎煎的气;有甚么心情花儿、靥(yè)儿,打扮得娇娇滴滴的媚;准备着被儿、枕儿,只索昏昏沉沉的睡;从今后衫儿、袖儿,揾(wèn)湿做重重叠叠的泪。兀的不闷杀人也么哥,兀的不闷杀人也么哥,久已后书儿、信儿,索与我恓(qī)恓惶惶的寄。

(做到了科,见夫人了)(夫人云)张生和长老坐,小姐这壁坐,红娘将酒来。张生,你向前来,是自家亲眷,不要回避。俺今日将莺莺与你,到京师休辱末了俺孩儿,挣揣一个状元回来者。(末云)小生托夫人余荫,凭着胸中之才,觑官如拾芥耳。(洁云)夫人主张不差,张生不是落后的人。(把酒了,坐)(旦长吁了)(旦唱)

【脱布衫】下西风黄叶纷飞,染寒烟衰草萋迷。酒席上斜签着坐地,蹙(cù)愁眉死临侵地。

【小梁州】我见他阁泪汪汪不敢垂,恐怕人知。猛然见了把头低,长吁气,推整素罗衣。

【幺】虽然久后成佳配,奈时间怎不悲啼。意似痴,心如醉,昨宵今日,清减了小腰围。

(夫人云)小姐把盏者!(红递酒了,旦把盏了)(旦唱)

【上小楼】合欢未已,离愁相继。想着俺前暮私情,昨夜成亲,今日别离。我谂(shěn)知,这几日相思滋味,却元来比别离情更增十倍。

283

【幺】年少呵轻远别,情薄呵易弃掷。全不想腿儿相压,脸儿相偎,手儿相携。你与俺崔相国做女婿,妻荣夫贵,但得一个并头莲,强似状元及第。

(红云)姐姐,不曾吃早饭,饮一口儿汤水。(旦云)红娘呵,甚么汤水咽得下。(唱)

【满庭芳】供食太急,须臾对面,顷刻别离。若不是酒席间子母们当回避,有心待与他举案齐眉。

【幺】虽然是厮守得一时半刻,也合着俺夫妻共桌而食。眼底空留意,寻思起就里,险化做望夫石。

(夫人云)红娘把盏者。(红把酒科了)(旦唱)

【快活三】将来的酒共食,尝着似土和泥。假若便是土和泥,也有些土气息、泥滋味。

【朝天子】暖溶溶玉杯,白泠泠似水,多半是相思泪。眼面前茶饭怕不待要吃,恨塞满愁肠胃。蜗角虚名,蝇头微利,拆鸳鸯在两下里。一个这壁,一个那壁,一递一声长吁气。

(夫人云)辆起车儿,俺先回去,小姐随后和红娘来。(下)(末辞洁科)(洁云)此一行别无话说,贫僧准备买登科录看,做亲的茶饭少不了贫僧的。先生在意,鞍马上保重者。"从今经忏(chàn)无心礼,专听春雷第一声。"(下)(旦唱)

【四边静】霎(shà)时间杯盘狼藉,车儿投东,马儿向西。两意徘徊,落日山横翠。知他今宵宿在那里?有梦也难寻觅。

(旦云)张生,此一行得官不得官,疾早便回来。(末云)小姐心儿里艰难。小生这一去,白夺一个状元,真乃是"青霄有路终须到,金榜无名誓不归。"(旦云)君行别无所赠,口占一绝,为君送行:"弃掷今何在,当时且自亲。还将旧来意,怜取眼前人。"(末云)小姐之意差矣,张珙(gǒng)更敢怜谁?谨赓(gēng)一绝,以剖寸心:"人生长远别,孰与最关亲?不遇知音者,谁怜长叹人?"(旦唱)

【耍孩儿】淋漓襟袖啼红泪,比司马青衫更湿。伯劳东去燕西飞,未登程先问归期。虽然眼底人千里,且尽生前酒一杯。未饮心先醉,眼中流泪,心内成灰。

【五煞】到京师服水土,趁程途,节饮食,顺时自保揣身体。荒村雨露宜眠早,野店风霜要起迟!鞍马秋风里,最难调护,最要扶持。

【四煞】这忧愁诉与谁?相思只自知,老天不管人憔悴。泪添九曲黄河溢,恨压三峰华岳低。到晚来闷把西楼倚,见了些夕阳古道,衰柳长堤。

【三煞】笑吟吟一处来,哭啼啼独自归。归家若到罗帏里,昨日个绣衾香暖留春住,今夜个翠被生寒有梦知。留恋你别无意,见据鞍上马,阁不住泪眼愁眉。

(末云)有甚言语嘱付小生咱?(旦唱)

【二煞】你休忧文齐福不齐,我则怕你停妻再娶妻。休要"一春鱼雁无消息"!我这里"青鸾有信频须寄",你却休"金榜无名誓不归"。此一节君须记:若见了那异乡花草,再休似此处栖迟。

(末云)再谁似小姐?小生又生此念。仆童赶早行一程儿,早寻个宿处。(末念)泪随流水急,愁逐野云飞。(下)(旦唱)

【一煞】青山隔送行,疏林不做美,淡烟暮霭相遮蔽。夕阳古道无人语,禾黍秋风听马嘶。我为甚么懒上车儿内,来时甚急,去后何迟!

(红云)夫人去好一会,姐姐,咱家去!(旦唱)

【收尾】四围山色中,一鞭残照里。遍人间烦恼填胸臆,量这些大小车儿如何载得起?(选自《西厢记》第四本第三折)

江山如此多娇,我要怎样才能使它金瓯无缺呢?

[明] 宋濂

> **导读**
>
> 宋濂(1310—1381),字景濂,浙江金华人。与高启、刘基并称"明初诗文三大家"。

《阅江楼记》是作者奉诏而作,写得庄重典雅,含蓄委婉,简洁自然,完全没有歌功颂德的扭怩之态,分寸拿捏得刚刚好,宋濂不愧为"开国文臣之首"。

自古以来,金陵就是帝王建都的地方。但是从孙吴算起,中间经过东晋、宋、齐、梁、陈,直到南唐,共七个朝代,全都是偏安一方,不能与金陵山川的恢弘气势相称。直到当今皇上,建国定都于此,才配得上这里的王气。从此声威教化所及,不因地分南北而有所阻隔,从此我朝奉天承运,将千秋万代而不朽。至于我朝的恢弘创制,亦将为天下后世所效法。

京城的西北方有座狮子山,是从卢龙山蜿蜒伸展而来。长江犹如一道彩虹,环绕盘旋在他的脚下。皇上看见这里地势雄伟壮丽,就颁下诏书来,要在这里建一座楼,美其名曰"与民同乐",并赐这座楼叫"阅江楼"。大自然是神秘莫测的,当你登上阅江楼放眼一望,就有一种仿佛某个千载之秘一下子在你面前显露无遗的感觉。这真是天造地设难得一见的奇观!它难道是在等待一个一统天下的君王,只有他来了,才肯揭开这个秘密?每当风日清美,皇上驾临,登上高山之巅,凭栏远眺,他就会想得很远很远。他看到江汉之朝宗、诸侯之述职、城池之高深、关隘之险固,一定会说:"这是我的将士们千辛万苦才打下来的江山啊!江山如此多娇,我要怎样才能使它金瓯无缺呢?"他看见滚滚的波涛、穿梭的船只、外国人排着队来朝见、四方争先恐后献上珍宝,一定会说:"这是我的官员们恩威并用殚精竭虑才换来的结果啊!天下之大,四陲之远,我要怎样才能使他们相安无事呢?"他看见大江两岸之间、四郊田野之上,耕地的农民、采桑的女子受着日晒风吹、饥寒劳顿之苦,一定会说:"这是我打天下的时候,从水深火热之中拯救出来的黎民百姓啊!现在天下还有这么多黎民百姓在受苦受难,我要怎样才能使他们安居乐业呢?"从这些地方,我就知道,这座楼的兴建,是皇上日思夜想如何达到天下大治、如何振奋君臣精神的地方,哪里仅仅是为了观赏长江呢!

那临春阁、结绮阁,不是不华美;那齐云楼、落星楼,不是不高大。但它们不过是用来演奏淫荡的乐曲、收藏燕赵的美女的。这些亭台楼阁转瞬间便人去楼空，我真不知说什么好。但我时常想到这长江，它发源于岷山，曲折蜿蜒七千余里，才滚滚流入东海。历史上那些偏安的王朝往往凭借它作为防御敌人的天然屏障，甘心划江而治。现在南北统一，天下一家，长江也成为了一条和平的河流，再也派不上用场了。这是自然的力量？还是人民的力量？那些读书人登上这座楼观赏长江时，应当会感觉到英雄豪杰改天换地的伟力吧，应当会想到皇上的圣德有如青天一样，浩荡广大，无边无际吧。大禹治水之功，泽被千秋，大概也不能与之相比吧。这样一想，那些读书人忠君报国建功立业的急切心情，难道不会油然而生吗？

我才疏学浅，奉旨撰文，我得写得庄重些。因此我写下这些宵衣旰食励精图治之类的话，把它们刻在石碑上，用来激励世人。至于那些留连光景的空话，只能一概删去了。

原　文

阅江楼记

[明] 宋濂

金陵为帝王之州。自六朝迄于南唐，类皆偏据一方，无以应山川之王气。逮我皇帝，定鼎于兹，始足以当之。由是声教所暨（jì），罔间朔南，存神穆清，与道同体，虽一豫一游，亦思为天下后世法。

京城之西北有狮子山，自卢龙蜿蜒（wān yán）而来。长江如虹，实蟠绕其下。上以其地雄胜，诏建楼于巅，与民同游观之乐，遂锡嘉名为"阅江"云。登览之顷，万象森列，千载之秘，一旦轩露。岂非天造地设，以俟（sì）大一统之君，而开千万世之伟观者欤？当风日清美，法驾幸临，升其崇椒，凭阑遥瞩，必悠然而动遐思。见江汉之朝宗，诸侯之述职，城池之高深，关阨（ài）之严固，必曰："此朕沐风栉雨战胜攻取之所致也。中夏之广，益思有以保之。"见波涛之浩荡，风帆之下上，蕃舶接迹而来庭，蛮琛（chēn）联肩而入贡，必曰："此朕德绥威服覃及外内之所及也。四夷之远，益思所以柔之。"见两岸之间、四郊之上，耕人有炙肤皲（jūn）足之烦，农女有将桑行饁（yè）之勤，必曰："此朕拔诸水火而登于衽席者也。万方之民，益思有以安之。"触类而推，不一而足。臣知斯楼之建，皇上所以发舒精神，因物兴感，无不寓其致治之思，奚止阅夫长江而已哉？

彼临春、结绮，非弗华矣；齐云、落星，非不高矣。不过乐管弦之淫响，藏燕赵之艳姬。一旋踵间而感慨系之，臣不知其为何说也。虽然，长江发源岷山，委蛇（wēi yí）七千余里而始入海，白涌碧翻。六朝之时，往往倚之为天堑。今则南北一家，视为安流，无所事乎战争矣。然则，果谁之力欤？逢掖之士，有登斯楼而阅斯江者，当思帝德如天，荡荡难名，与神禹疏凿之功同一罔极。忠君报上之心，其有不油然而兴者耶？

臣不敏，奉旨撰记。欲上推宵旰（gàn）图治之切者，勒诸贞珉（mín）。他若留连光景之辞，皆略而不陈，惧亵（xiè）也。(选自四部丛刊本《宋学士文集》)

嚼得菜根者，百事可做

[明] 宋濂

●导 读

这是宋濂写给他的同乡、浙江东阳县青年马君则，勉励他刻苦学习的一篇赠序，文章说理透彻，文字朴素，字里行间有一种感动人心的力量。古话说：嚼得菜根者，百事可做。读书人要磨炼的，正是这种心智。

我小时候就爱学习。因为家里穷，没钱买书看，常向藏书的人家借书看，借来后我就动手抄写，并约好日期归还。天气寒冷时，砚池中的水冻成了坚冰,手指僵硬不能弯曲,我也毫不懈怠。抄完后,赶快跑去还给人家,丝毫不敢耽误还书的期限。就为这,人们大多肯将书借给我,我就这样看了不少书。成年以后,我更加仰慕圣贤的学说,又担心住在乡间,视野狭隘,没机会向学识渊博的人请教,为此,我跑到百里之外,手拿着经书向前辈求教。前辈道德高,名望大,哪怕学生挤满了屋子,他也从不把言辞放委婉些、把脸色放温和些。我恭敬地站在旁边,提出疑难,询问道理,低身侧耳向他请教;有时遭到他的训斥,我的表情更为恭敬,礼貌更为周到,不敢答复一句话;等到他高兴时,就又向他请教。所以我虽然愚钝,却得到不少教益。

当我跑那么远的路去求学时,一个人背着书箱,拖着鞋子,行走在深山大谷之中,严冬寒风凛冽,大雪有几尺深,脚和皮肤冻破裂开了都不知道。到达学舍后,四肢都冻僵了,不能动弹,仆人端着热水给我擦洗,又用被子盖在我身上,过了很久才暖和过来。我寄居在旅馆里,每天只吃两顿饭,吃得也很差。同学舍的人有的穿着华丽的衣服,戴着穿有珠穗、饰有珍宝的帽子,腰间挂着白玉佩环,左边佩戴着短刀,右边备有香囊,光彩鲜明,如同神人;我却穿着破旧的衣服,天天跟他们在一起,但我一点也不羡慕他们。因为我一心求学,感到很快乐,并不觉得吃穿的享受不如人家。我的勤劳和艰辛就是这样。现在我虽已年老,没有什么成就,尚且能够幸运地厕身在君子的行列,承受着天子的恩宠荣耀,位列公卿,每天陪着皇上,听候询问,天底下都称颂我的姓名。我如此平庸的资质尚且能够做到这样,更何况那些才能超过我的人呢?

●原 文

送东阳马生序

[明] 宋濂(lián)

余幼时即嗜学,家贫,无从致书以观,每假借于藏书之家,手自笔录,计日以还。天大寒,砚冰坚,手指不可屈伸,弗之怠。录毕,走送之,不敢稍逾约。以是人多以书假余,余因得遍观群书。既加冠,益慕圣贤之道,又患无硕师、名人与游,尝趋百里外,从乡之先达执经叩问。先达德隆望尊,门人弟子填其室,未尝稍降辞色。余立侍左右,援疑质理,俯身倾耳以请;或遇其叱咄(chì duō),色愈恭,礼愈至,不敢出一言以复;俟(sì)其欣悦,则又请焉。故余虽愚,卒获有所闻。

当余之从师也,负箧曳屣(xǐ)行深山巨谷中,穷冬烈风,大雪深数尺,足肤皲(jūn)裂而不知。至舍,四肢僵劲不能动,媵(yìng)人持汤沃灌,以衾拥覆,久而乃和。寓逆旅,主人日再食,无鲜肥滋味之享。同舍生皆被绮绣,戴朱缨宝饰之帽,腰白玉之环,左佩刀,右佩容臭,煜然若神人;余则缊(yùn)袍敝衣处其间,略无慕艳意。以中有足乐者,不知口体之奉不若人也。盖余之勤且艰若此。今虽耄(mào)老,未有所成,犹幸预君子之列,而承天子之宠光,缀公卿之后,日侍坐备顾问,四海亦谬称其氏名,况才之过于余者乎?(选自四部丛刊本《宋学士文集》)

这世上谁又不是金玉其外败絮其中呢?

[明] 刘基

导 读

刘基(1311—1375),字伯温,浙江青田人。明朝开国元勋,中国民间广泛流传着"三分天下诸葛亮,一统江山刘伯温;前朝军师诸葛亮,后朝军师刘伯温"的说法。

《卖柑者言》是一篇政治寓言。作者满腔愤世之心,而以痛哭流涕出之。士之金玉其外败絮其中者,闻卖柑者之言,亦可以少愧矣。

江南盛产柑桔,老百姓酷爱食之。因为这个缘故,杭州那些卖水果的人,没有一个不擅长贮藏柑桔的。他们给柑桔打上蜡,放在地窖里保存,一整年也不会腐烂。等到第二年柑桔下市了,他们才取出来,拿到市场上去卖,往往比平时要高出十倍的价钱,人们争相购买,还不一定买得到。

你还别说,虽是隔年的柑桔,拿出来的时候却光鲜亮丽,黄澄澄的,看起来质地很好。我忍不住买了一个,剥开,有股烟味直扑口鼻,再细看它的瓤瓣,已经完全失去了水分,干枯得像败絮一样。我对此感到奇怪,就问卖柑桔的人:"你卖给别人的柑橘,是准备让人家装在容器中用来祭祀祖先、招待宾客的呢?还是要炫耀它的外表用来欺骗世人的呢?你们这种欺诈行为实在是太过分了。"

卖柑桔的人听了我说的话,一点也没有感到惊讶和冒犯。他笑着对我说:"我从事这个行业已有好多年了,我就靠卖这个来养活自己。我卖它,别人买它,也不曾有人说过什么啊,为什么唯独不能使您满意呢?这世上骗人的事还少吗?难道只有我一个吗?大人先生您考虑过这个问题吗?现在那些带兵打仗的武将,佩戴着虎符,坐在虎皮交椅上,威风凛凛地像是保卫国家的柱石,他们果真有孙武、吴起的谋略吗?现在那些治理国家的文臣,戴着高高的礼帽,拖着长长的绅带,神气十足地像是治理国家的栋梁,他们果真能够建立伊尹、皋陶一样的丰功伟业吗?盗贼蜂起却不知道抵御,百姓困苦却不知道救助,官吏贪赃枉法却不知道制止,法律败坏却不知道整顿,白白地耗费国家的粮食却不知道羞耻。你看看他们,哪一个不是坐在高堂上,骑着大马,喝着美酒,吃着美味?哪一个不是威风凛凛得令人生畏、气势烜赫得令人向往?昭昭日月,朗朗乾坤。无论你走到哪里,放眼望去,谁又不是金玉其外、败絮其中呢?这些普遍存在的社会现象,你难道没有看到吗?为什么偏偏跟我卖的几个破桔子过不去呢!"

我发现自己说不出一句话来。回来再仔细想想他说的话,觉得他有点像东方朔,大概是个诙谐多讽、机智善辩的人罢。莫非他是一个愤世嫉俗的人,想假托柑桔的事来讽刺这世道人心吗?他有这个意思吗?额,谁知道呢?

原 文

卖柑者言

[明] 刘基

杭有卖果者,善藏柑,涉寒暑不溃。出之烨然,玉质而金色。置于市,贾十倍,人争鬻之。予贸得其一,剖之,如有烟扑口鼻,视其中,则干若败絮。予怪而问之曰:"若所市于人者,将以实笾(biān)豆、奉祭祀、供宾客乎?将炫外以惑愚瞽(gǔ)乎?甚矣哉,为欺也。"

卖者笑曰:"吾业是有年矣,吾赖是以食吾躯。吾售之,人取之,未尝有言,而独不足子所乎?世之为欺者不寡矣,而独我也乎?吾子未之思也。今夫佩虎符、坐皋比者,洸洸(guāng)乎干城之具也,果能授孙、吴之略耶?峨大冠,拖长绅者,昂昂乎庙堂之器也,果能建伊、皋之业耶?盗起而不知御,民困而不知救,吏奸而不知禁,法斁(dù)而不知理,坐糜廪粟而不知耻。观其坐高堂、骑大马、醉醇醴(lǐ)而饫(yù)肥鲜者,孰不巍巍乎可畏,赫赫乎可象也?又何往而不金玉其外,败絮其中也哉!今子是之不察,而以察吾柑。"

予默然无以应。退而思其言,类东方生滑稽之流。岂其愤世疾邪者耶?而托于柑以讽耶?(选自《古文观止》)

难道天意会这样安排吗?

[明] 方孝孺

导 读

方孝孺(1357-1402),字希直,浙江宁波人。因拒绝为燕王朱棣草拟即位诏书,牵连其亲友学生870余人全部被杀,成为中国历史上唯一一个被"诛十族"的人。

《深虑论》讨论的是国家怎样才能长治久安的大问题,值得我们重视和思考。

筹划国家大事的人,常常注重那些艰难危险的事情,而忽略那些简单容易的事情;常常防范那些他们认为可怕的事情,而遗漏那些他们深信怀疑的事情。然而,祸患常常埋藏在被忽略的事情当中,变乱常常发生在不足以引起怀疑的事情上。难道是他们考虑得不周到吗?不是的。人们所能考虑到的,只是人世间本来就应当如此的事情。而超出人的智力范围的那个天道,却是人的智力不能左右的。

秦始皇剿灭了诸侯,统一了天下,但他认为周朝灭亡的原因是诸侯太强大了,于是改封建制为郡县制。满以为这样一来可以不用打仗了,皇位可以世代相传,却不料汉高祖崛起于乡野之间,最终颠覆了秦朝的江山。汉朝鉴于秦朝的孤立无援,于是大肆分封同姓宗亲为诸侯,自以为凭着同胞骨肉的亲情,可以共保江山,不生变乱,然而吴王刘濞等七国还是萌生了弑君篡位的阴谋野心。汉武帝、汉宣帝等几代帝王逐渐剥夺刘姓诸侯的封地,削弱他们的势力,以为这样便平安无事了,没想到外戚王莽最终夺取了汉家的皇位。光武帝刘秀吸取了汉哀帝、汉平帝的教训,曹魏吸取了东汉的教训,西晋吸取了曹魏的教训,他们都有针对性地制定了防范措施,可是他们灭亡的原因,都在防备的范围之外。唐太宗听信传言,认为姓武的人会杀戮李氏的子孙,便将可疑之人找出来统统杀掉。可武则天每天侍奉在他身边,唐太宗却压根也没想到会是她。宋太祖看到唐末五代的藩镇势力足以挟制君王,便全部解除了武将的兵权,使他们的力量薄弱而容易控制,没想到子孙后代竟在敌国的胁迫下逐渐衰亡。这些人都有着超人的智慧,盖世的才华,他们对国家治乱存亡的微妙之处,考虑得很详尽,防范得很周密。但是他们思虑的重心在这边,灾祸却在那边发生,终于招致动乱和灭亡,这是为什么呢?就是因为人的智慧只能考虑人的作为,却无法预测上天的安排。

良医的子女,大多死于疾病;神巫的子女,大多死于鬼神。难道是他们善于救活别人而不善于救活自己的子女吗?不是的。是因为他们善于谋划人事而不善于预测天道啊!古代的圣人知道国家将来的变化不是人的智力所能考虑周全的,也不是政治法律手段所能控制的,因此不敢滥用阴谋诡计,唯有积累真诚,用大德来感动天心,使上天顾念他的恩德,像慈母保护婴儿那样不忍心舍弃他。尽管他的子孙中有愚笨不成才的,足以使国家灭亡,但上天却因他的至诚而不忍心使他的国家灭亡。这才是思虑深远呀!假如不能用大德赢得天心,仅凭着微不足道的智谋,却想要包揽天下的事务,确保国家没有危亡,这从道理上是讲不过去的,难道天意会如此安排吗?

● 原 文

深虑论

[明] 方孝孺

虑天下者,常图其所难,而忽其所易;备其所可畏,而遗其所不疑。然而祸常发于所忽之中,而乱常起于不足疑之事。岂其虑之未周与?盖虑之所能及者,人事之宜然,而出于智力之所不及者,天道也。

当秦之世,而灭诸侯,一天下。而其心以为周之亡在乎诸侯之强耳,变封建而为郡县。方以为兵革可不复用,天子之位可以世守,而不知汉帝起陇亩之中,而卒亡秦之社稷。汉惩秦之孤立,于是大建庶孽(niè)而为诸侯,以为同姓之亲,可以相继而无变,而七国萌篡(cuàn)弑之谋。武、宣以后,稍剖析之而分其势,以为无事矣,而王莽卒移汉祚(zuò)。光武之惩哀、平,魏之惩汉,晋之惩魏,各惩其所由亡而为之备。而其亡也,盖出于所备之外。唐太宗闻武氏之杀其子孙,求人于疑似之际而除之,而武氏日侍其左右而不悟。宋太祖见五代方镇之足以制其君,尽释其兵权,使力弱而易制,而不知子孙卒困于敌国。此其人皆有出人之智、盖世之才,其于治乱存亡之几,思之详而备之审矣。虑切于此而祸兴于彼,终至乱亡者,何哉?盖智可以谋人,而不可以谋天。

良医之子,多死于病;良巫之子,多死于鬼。岂工于活人,而拙于谋子也哉?乃工于谋人而拙于谋天也。古之圣人,知天下后世之变,非智虑之所能周,非法术之所能制,不敢肆其私谋诡计,而唯积至诚,用大德以结乎天心,使天眷其德,若慈母之保赤子而不忍释。故其子孙,虽有至愚不肖者足以亡国,而天卒不忍遽(jù)亡之。此虑之远者也。夫苟不能自结于天,而欲以区区之智笼络当世之务,而必后世之无危亡,此理之所必无者,而岂天道哉!(选自《古文观止》)

忽然间,我对大自然的神奇感到惊讶不已

[明] 沈周

导 读

沈周(1427-1509),号石田,江苏吴县人。明代著名画家,与文征明、唐伯虎、仇英合称"明四家"。

> 作者以画家特有的眼光和诗人的气质，生动地再现了月光照耀下的雪景，"若涂银，若泼汞，腾光炀人，骨肉相莹"，这种"骨肉相莹"的雪景，把人都净化了。

1487年的冬天是个暖冬，一场雪都没下。直到第二年正月初三，才下了第一场雪。正月初五雪停了，天气放晴。但寒风依然肆虐，冰封雪冻，直到正月初十大地依然银装素裹。当晚，月亮升起来后，明月与积雪相映争辉，我坐在纸窗底下，感到明亮无比。于是披了件衣服走出门去，登上溪水西边的一座小楼。小楼临着溪水，往下望，水中空明澄澈，岸边覆盖着皑皑白雪，如同涂上了一层白银，又如同水银泼了一地，晶莹闪耀，人的肌肤也被映照得晶莹透明。明月映照着寒冷的水波，树的影子在水中晃动，如同几根稀疏的头发映照在镜子里一样，历历分明。清冷的寒气透入肌骨，沁入肺腑，我扶着栏杆往楼上走。仰视明月中天，茫然无际；俯看冰雪大地，混沌一片。忽然间，我对大自然的神奇感到惊讶不已，久久地凝视着这造物主的杰作。我的精神与外物融为一体，一起成为一个伟大的奇观。上苍将我放置在这茫茫宇宙之间，使我能够见到这奇观，但我却无法用丹青来描摹、用文字来铺陈，将我所看到的一切、所感受到的一切传达给那些没有亲临其境的人们。这样看来，我得到的不也很多吗？

我想，天下名山大川此刻应该比这里更为壮观吧，那里雪月辉映的景致应该也比这里更为神奇吧。此刻，我多想驰骋于四海八荒，将全天下的美景一一挟持而来，拥抱在自己的怀中。可是我已年老体衰，禁不住寒冷的侵袭。于是便放声歌唱走下小楼，这时已经是二更天了。回到窗前，我独自端坐，如有所失。想到这辈子这样的景致并未多见，并且会一天天地淡忘，一天天地被记忆改变，最终变得模糊不清，于是我写下当时的情景和感受，作为一个纪念。

原文

记雪月之观

[明] 沈周

丁未之岁，冬暖无雪。戊申正月之三日始作，五日始霁。风寒沍（hù）而不消，至十日犹故在也。是夜月出，月与雪争烂。

坐纸窗下，觉明彻异常，遂添衣起，登溪西小楼。楼临水，下皆虚澄。又四圈（yòu）于雪，若涂银，若泼汞，腾光炤（zhào）人，骨肉相莹。月映清波间，树影滉（huàng）弄，又若镜中见疏发，离离然可爱。寒浃肌肤，清入肺腑。因凭栏楯（shǔn）上，仰而茫然，俯而恍然，呀而莫禁，眄而莫收。神与物融，人观两奇。盖天将致我于太素之乡，殆不可以笔画追状，文字敷说，以传信于不能从者，顾所得不亦多矣。

尚思若时天下名山川，宜大乎此也，其雪与月当有神矣。我思挟之以飞，遂八表而返其怀。汗漫虽未易平，而老气衰飒（sà），有不胜其冷者。乃浩歌下楼，夜已过二鼓矣。仍归窗间，兀坐若失。

余平生此景亦不屡过，而健忘日寻，改数日则又荒荒不知其所云，因笔之。（选自《沈石田先生诗文集》）

知而不行，只是未知

[明] 王阳明

导读

王守仁（1472－1529），字伯安，别号阳明，浙江余姚人。王阳明是明代真正做到"内圣外王"，兼具立德、立言、立功三不朽的一个传奇式的人物。王阳明的心学思想是明代影响最大的哲学思想,《传习录》是其主要哲学著作。

徐爱是王阳明的妹夫,也是王阳明的第一个学生。《传习录》一书最初就是由徐爱记录整理并命名的,关于他向王阳明问学的情形,书中有很多生动的记录。

徐爱没有理解王阳明知行合一的学说,就去与同学黄绾、顾应祥讨论,讨论了好多次,还是有很多疑问不能解决,于是再次去请教王阳明。

王阳明说:"你不妨举个例子来说明。"

徐爱问:"现在世人都知道对父母应该孝顺,对兄长应该尊敬,但往往不能孝,不能敬,可见知与行是两回事。"

王阳明答:"这是被私欲迷惑蒙蔽了,不是知行的本意。没有知而不行这回事,知而不行,只是未知。圣贤教给世人知行的道理,正是要回到知行的本意上去,不是像世人那种肤浅的理解。《大学》用'如好好色''如恶恶臭'来启示人们,什么是真正的知,什么是真正的行。看到美女是知,喜欢美女是行。在见到美女时就喜欢她了,不是在见了美女之后才想起来要去喜欢她。闻到臭味是知,讨厌臭味是行。闻到臭味时就讨厌臭味了,不是在闻到臭味之后才想起来要去讨厌它。一个人如果鼻子不好,就是臭味在跟前,也根本闻不到,更别说去讨厌它了。我们说某人'知'孝悌,绝对是他已经做到了对父母孝顺、对兄长尊敬,才能称为'知'孝悌。不是说他光说些'对父母要孝顺''对兄长要尊敬'之类的空话,就可以称为'知'孝悌了。什么叫'知'痛?绝对是他身体已经痛极了,才叫'知'痛。什么叫'知'寒?绝对是他身体已经冷极了,才叫'知'寒。什么叫'知'饥?绝对是他肚子已经饿极了,才叫'知'饥。你说说看,知与行怎么能够分开?这就是'知'与'行'的本意,一个人没有被私欲迷惑蒙蔽时就是这样理解的。圣贤教给世人知行的道理,一定是这样的,不是这样就不能称为'知'。既要真知,又要真行,这是多么紧要切实的工夫啊!现在有人煞费苦心,非要把知行说成是两回事,是什么用意?我要把知行说成是一回事，是什么用意？如果不懂得立言的宗旨，只管说什么'一件事''两件事'，那有什么用呢？"

徐爱又问："古人把知行分开来讲，也是为了让人们有所区分，知道既要从'知'努力、又要从'行'努力，只有这样，努力才有着落。"

王阳明答："这样理解就歪曲古人的意思了。我曾经说过这样两句话：'知是行的主意，行是知的功夫''知是行之始，行是知之成'。如果你们好好体会这些话的意思就知道，'行'包含在'知'之中，'知'也包含在'行'之中，二者是不能割裂的。古人为什么要把'知和行'分开来说呢？因为这个世界上有一种人，只知道稀里糊涂地任意胡为，根本不去思考琢磨，对这种人就要强调'知'的重要。这个世界上还有另一种人，只知道天马行空漫无边际地去思考，根本就不愿切实力行，对这种人就要强调'行'的重要。这正是古人为了纠正世人的偏颇，为了帮助他们全面完整地理解圣贤的教诲，没有别的办法才把知行二者分开来说的。如果你明白了这一点，就不会多废话了。现在人们非要把知行分为两件事去做，认为必须先有知，然后才能行。他们天真地认为，我现在姑且先去坐而论道，等我把书本上的知识、把理论问题统统搞清楚了，再去实践也不迟啊。这些人终生不会投入实践、不会去'行'的，所以他们终身得不到真知、也不会'知'。这种糊涂认识不是今天才有的，这可不是一个小问题。现在我提出知行合一的学说，正是要对症下药，治这个病。知行合一学说不是我凭空想出来的。如果你们真正学懂弄通了知行合一学说的精髓要义，那么你们就是把知行分开来说也无关紧要，其实二者仍是一体。如果没有搞清楚，那么你们就是每天把知行合一念上一千遍，又有什么用呢？那才真是吃饱了撑的在这里说空话。"

● 原　文

传习录（节选）

［明］王阳明

爱因未会先生知行合一之训，与宗贤、惟贤往复辩论，未能决，以问于先生。

先生曰："试举看。"

爱曰："如今人尽有知得父当孝、兄当弟者，却不能孝，不能弟，便是知与行分明是两件。"

先生曰："此已被私欲隔断，不是知行的本体了。未有知而不行者；知而不行，只是未知。圣贤教人知行，正是安复那本体，不是著你只恁（nèn）的便罢。故《大学》指个真知行与人看，说'如好好色，如恶（wù）恶臭'。见好色属知，好好色属行，只见那好色时已自好了，不是见了后又立个心去好。闻恶臭属知，恶恶臭属行，只闻那恶臭时已自恶了，不是闻了后别立个心去恶。如鼻塞人虽见恶臭在前，鼻中不曾闻得，便亦不甚恶，亦只是不曾知臭。就是称某人知孝、某人知弟，必是其人已曾行孝、行弟，方可称他知孝、知弟；不成只是晓得说些孝、弟的话，便可称为知孝、弟。又如知痛，必已自痛了方知痛；知寒，必已自寒了；知饥，必已自饥了。知行如何分得开？此便是知行的本体，不曾有私意隔断的。圣人教人必要是如此，方可谓之知；不然，只是不曾知。此却是何等紧切著（zhuó）实的工夫，如今苦苦定要说知行做两个，是甚么意？某要说做一个，是甚么意？若不知立言宗旨，只管说一个两个，亦有甚用！"

爱曰："古人说知行做两个，亦是要人见个分晓，一行做知的功夫，一行做行的功夫，即功夫始有下落。"

先生曰："此却失了古人宗旨也。某尝说知是行的主意，行是知的功夫；知是行之始，行是知之成。若会得时，只说一个知，已自有行在；只说一个行，已自有知在。古人所以既说一个知，又说一个行者，只为世间有一种人，懵懵（měng）懂懂的任意去做，全不解思惟省察，也只是个冥行妄作，所以必说个知，方才行得是；又有一种人，茫茫荡荡悬空去思索，全不肯著实躬行，也只是个揣摸影响，所以必说一个行，方才知得真。此是古人不得已补偏救弊的说话，若见得这个意时，即一言而足。今人却就将知行分作两件去做，以为必先知了，然后能行，我如今且去讲习讨论做知的工夫，待知得真了，方去做行的工夫；故遂终身不行，亦遂终身不知。此不是小病痛，其来已非一日矣。某今说个知行合一，正是对病的药，又不是某凿空杜撰。知行本体原是如此。今若知得宗旨时，即说两个亦不妨，亦只是一个；若不会宗旨，便说一个，亦济得甚事？只是闲说话。"（选自《传习录注疏》）

元明

她没能和我们一起好好活着，这是命啊

[明] 归有光

●导读

归有光（1507-1571），江苏昆山人。明代著名散文家，世称"震川先生"。其散文风格朴实，感情真挚，后世称为"明文第一"。

婢女名寒花，是我妻子魏孺人的陪嫁丫环。死于嘉靖十六年五月四日，葬在土山之上。她没能和我们一起好好活着，这是命啊！

寒花当初陪嫁来我家时，只有十岁，她那个样子我至今记得，梳着两条大辫子，一身深绿色的布裙拖到了地上。一天，天气很冷，家中正在烧火煮荸荠，寒花将已煮熟的荸荠一个个削好皮盛在小瓦盆中，已盛满了。我刚从外面进屋，取来就吃。寒花立即拿开，不给我。我妻子就笑她真是个小孩子家。我妻子经常叫寒花倚着小矮桌吃饭，她一边吃，一边两个眼珠子滴溜溜地转。我妻子又指给我看，非常开心。

回想当时，一晃已经十年了。唉，真可悲啊！

●原文

寒花葬志

[明] 归有光

婢，魏孺人媵（yìng）也。嘉靖丁酉五月四日死，葬虚丘。事我而不卒，命也夫！

婢初媵时，年十岁，垂双鬟（huán），曳深绿布裳。一日天寒，爇

(ruò)火煮荸荠(bí qí)熟,婢削之盈瓯(ōu),予入自外,取食之,婢持去不与。魏孺人笑之。孺人每令婢倚几旁饭,即饭,目眶冉冉动。孺人又指予以为笑。

回思是时,奄忽便已十年。吁!可悲也已!(选自《震川先生集》)

庭前的枇杷树如今已经亭亭如盖了

[明] 归有光

●导 读

《项脊轩志》是一篇回忆性记事散文。全文以作者青年时代朝夕所居的书斋项脊轩为经,以家里几代人的人事变迁为纬,真切再现了祖母、母亲、妻子的音容笑貌,也表达了作者对于三位已故亲人的深沉怀念。全文语言质朴,细节逼真,意境空灵,一往情深。

项脊轩,原来叫做南阁子。屋子很小,只有十来个平方,可以容纳一个人居住。由于是一间历史久远的老房子,灰尘与泥土常从屋顶上掉下来,特别是下雨时,雨水直往下灌。为了避雨,每次都要移动桌子,但环顾四周却没有地方可以安放。又加上屋门朝北开,难得见到阳光,一过中午,太阳偏西,屋里就暗了下来。我刚到轩中读书的时候,把这个屋子稍稍修理了一下,使屋顶不再漏雨、落灰。又在前面开了四扇窗子,院子四周砌上围墙,用来挡住南边射来的阳光,日光返照,屋子里才明亮起来。我又在庭前种上兰花、桂树、竹子和其他杂树,往日的栏杆,也因此增添了光彩。借来的书摆满了书架,我安居室内,吟诵诗文,有时又静静地独自端坐,可以听到自然界各种各样的声音。庭院、阶前静悄悄的,小鸟不时飞来啄食,人走到它跟前也不离开。十五的夜晚,明月高悬,照亮半截墙壁,桂树的影子交杂错落,微风吹过,影子摇动,可爱极了。

  我住在这里,有许多美好的记忆,也有许多悲伤的往事。在这以前,庭院南北相通,是一个整体。等到伯父叔父们分了家,室内外小门开多了,隔离墙到处都是。分家后,就连狗也把原住同一庭院的人当作陌生人,客人得越过邻居厨房去吃饭,各家的鸡都跑到废弃的厅堂里来栖宿。庭院中开始是篱笆隔开,后来又砌成了墙,一共变了两次。家中有个老婆婆,曾经在这里住过。这个老婆婆是我死去的祖母的婢女,在我家曾给两代人喂过奶,我的母亲在世的时候待她很好。轩的西边和内室相连,母亲在世的时候曾经经常来。母亲过世后,老婆婆常常指着某个地方对我说:"你母亲曾经在这儿站过。"老婆婆又告诉我:"你姐姐小的时候,我抱在怀中一哭起来,你母亲就用手指敲着房门说:'孩子是冷呢?还是想吃东西呢?'我隔着门一一回答……"老婆婆的话还没有说完,我就忍不住哭了,老婆婆也流下了眼泪。我从十五岁开始就在轩内读书。有一天,祖母来看我,说:"我的儿啊,好长时间没看见你的影子了。为什么整天待在这里足不出户呢,真像个女孩子呀!"临走时,她用手轻轻地掩上轩门,自言自语地说:"我们家读书人很久没有得到功名了,这孩子看来有指望呀!"不一会儿,她拿了一个象牙笏板又到轩里来,说:"这是你祖爷爷太常公宣德年间拿着去朝见皇帝用的,以后你一定会用到它!"回忆起旧日这些事情,就好像发生在昨天一样,真让人忍不住放声大哭。

  轩的东边曾经做过厨房,人们到厨房去,必须从轩前经过。我关着窗子在里面读书,时间长了,能够根据脚步声辨别是谁。项脊轩一共遭过四次火灾,能够不被焚毁,大概是有神灵在保护吧。

  我写下这篇文章后,又过了五年,我的妻子才嫁到我家来,她时常到轩中来,向我问一些旧时的事情,有时伏在桌旁学写字。我妻子回娘家探亲,回来转述她的妹妹们的话说:"听说姐姐家里有阁子,什么叫阁子呀?"这以后又过了六年,我的妻子也去世了,项脊轩逐渐破败,也没人修。又过了两年,我卧病在床,闲极无聊之际,才派人再次修缮南阁子。格局跟过去稍有不同。这之后我多在外边，不常回轩中住。

庭前有一棵枇杷树，是我妻子去世那年我亲手种下的，现在已经长得高高的，亭亭如盖了。

●原　文

项脊轩志

[明] 归有光

项脊轩，旧南阁子也。室仅方丈，可容一人居。百年老屋，尘泥渗（shèn）漉（lù），雨泽下注，每移案，顾视无可置者。又北向，不能得日，日过午已昏。余稍为修葺（qì），使不上漏。前辟四窗，垣（yuán）墙周庭，以当南日，日影反照，室始洞然。又杂植兰桂竹木于庭，旧时栏楯（shǔn），亦遂增胜。借书满架，偃（yǎn）仰啸歌，冥然兀坐，万籁有声。而庭阶寂寂，小鸟时来啄食，人至不去。三五之夜，明月半墙，桂影斑驳，风移影动，珊珊可爱。

然予居于此，多可喜，亦多可悲。先是，庭中通南北为一。迨（dài）诸父异爨（cuàn），内外多置小门，墙往往而是。东犬西吠，客逾（yú）庖（páo）而宴，鸡栖于厅。庭中始为篱，已为墙，凡再变矣。家有老妪（yù），尝居于此。妪，先大母婢也，乳二世，先妣（bǐ）抚之甚厚。室西连于中闺，先妣尝一至。妪每谓余曰："某所，而母立于兹。"妪又曰："汝姊（zǐ）在吾怀，呱呱（gū）而泣。娘以指叩门扉曰：'儿寒乎？欲食乎？'吾从板外相为应答。"语未毕，余泣，妪亦泣。余自束发读书轩中。一日，大母过余曰："吾儿，久不见若影，何竟日默默在此，大类女郎也？"比去，以手阖（hé）门，自语曰："吾家读书久不效，儿之成，则可待乎？"顷之，持一象笏（hù）至，曰："此吾祖太常公宣德间执此以朝，他日汝当用之！"瞻顾遗迹，如在昨日，令人长号不自禁。

轩东故尝为厨。人往，从轩前过。余扃（jiōng）牖（yǒu）而居，久之能以足音辨人。轩凡四遭火，得不焚，殆有神护者。

余既为此志后五年，吾妻来归。时至轩中从余问古事，或凭几学书。

吾妻归宁,述诸小妹语曰:"闻姊家有阁子,且何谓阁子也?"其后六年,吾妻死,室坏不修。其后二年,余久卧病无聊,乃使人复葺南阁子,其制稍异于前。然自后余多在外,不常居。

庭有枇杷树,吾妻死之年所手植也。今已亭亭如盖矣。(选自《震川先生集》)

只为你如花美眷,似水流年

[明] 汤显祖

导 读

汤显祖(1550-1616),字义仍,号若士,江西临川人。

《牡丹亭》又名《还魂记》,是汤显祖一生最得意之作,与《紫钗记》《邯郸记》《南柯记》合称"临川四梦"。全剧构思奇特,语言绚丽,《惊梦》一出,尤为特出,这里面有对春色的惊叹,有对青春的热爱,也有对命运的伤感,千百年来一直脍炙人口。

杜丽娘上,唱:"春光缭乱,黄莺儿叫得欢,惊醒残梦睡不成,信步来到小庭深院。"丫环春香唱:"任凭它沉香燃尽,把这绣线丢在一边,为什么我家小姐今年的春情比去年浓呢?"杜丽娘唱:"昨夜没睡稳,梦见自己到了梅关,唉!害得我整个早晨往南望了千百遍,隔夜的残妆已凌乱。"春香接唱:"看美人头上,袅袅春幡,那是我家小姐倚栏杆。"杜丽娘唱:"剪不断,理还乱,愁绪无端。"春香接:"已吩咐莺莺燕燕催开百花,为小姐解闷儿。"杜丽娘问春香:"可曾叫人打扫过花径?"春香答:"已经吩咐了。"杜丽娘说:"去拿衣服和镜子来。"春香拿来衣服、镜子,回话说:"小姐,衣服、镜子都在这里。"杜丽娘唱:"柳丝细软,在晴空里飘荡,就像这春光如线。走一走,停一停,看一看,整理一下头上的花钿。没想到那镜子恼人,猛可里照见我,想要躲闪,却把发髻也梳歪了。千金小姐怎能步出深闺现身在人前?"春香叫道:"哎呀,小姐今天打扮得可真漂亮!"杜丽娘唱:"你夸我裙衫鲜艳,发簪璀璨,你可知道我生来爱美,是天性使然。就怕这大好春光和我这美丽容颜,没人看见。"春香说:"早就过了吃茶的时候了,走吧。"杜丽娘叹道:"不到园子里来,哪里知道春色这般好看!"

杜丽娘唱:"原来姹(chà)紫嫣红开遍,似这般都付与断井颓垣(yuán)。良辰美景奈何天,赏心乐事谁家院!"杜丽娘、春香合唱:"朝飞暮卷,云霞翠轩;雨丝风片,烟波画船。小姐啊,你太把这春光看得贱!"春香说:"百花都开了,只有那墙角的牡丹还没有开。"杜丽娘唱:"一片青山,开遍了红杜鹃,荼蘼(tú mí)如雪,游丝醉软。春香啊,牡丹虽美,但它开花太迟,错过流年。"春香说:"小姐,你看莺莺燕燕都成双成对了啊!"杜丽娘、春香合唱:"你看那燕子飞来飞去,尾巴美丽得像把剪刀,你听那黄莺自由歌唱,声音滴溜溜的像在空气里滚来滚去。"杜丽娘说:"走吧。"春香答道:"这个园子真是让人百看不厌啊!"杜丽娘说:"提它怎的。"杜丽娘唱:"百看不厌也莫留恋,就算是赏遍了十二座亭台楼阁,也是枉然,不如回家去把时光在闲中消遣。"

到家后,春香说:"小姐,你歇息片刻,我瞧瞧老夫人去。"春香下。杜丽娘叹气说:"春天啊,如果能和你互相流连,倒也罢了,如果你去了,丢下我可如何是好?唉,这天气,让人好犯困啊。春香!春香!你在哪里?"杜丽娘左右看了一遍,没有看见春香的影子,又低下头来自言自语:"老天爷啊,这春色让人好不烦恼!我看到诗词里头说,古代的女子常有春恨秋悲,实在是这样。我今年刚好二八芳龄,却还没有碰到蟾宫折桂之人,我这心里好生烦恼。从前,宫女韩氏在红叶上题诗,从御沟中流出,被一个书生拾到。书生也用红叶题诗,投入水中,寄给韩氏,后来两人结为夫妇。张生和崔莺莺相遇于普救寺,历经波折后结成夫妇。这些才子佳人的故事令人向往。我出身在官宦人家,长在深闺之中,如今已到婚配的年龄,却独守空闺,不能早成佳配,实在是虚度青春,度日如年。可惜我如花的美貌,却是命比纸薄!杜丽娘唱:"心中烦乱情难遣,无缘无故起幽怨。我天生美貌赛婵娟,要挑那名门才子成就美满姻缘。唉,哪里有什么美满姻缘,把青春抛闪得远!我的心思谁人看见?羞得我有苦难言。我昨夜的幽梦到哪里去了?是和春光一起逝去了吗?苦迁延,这衷怀何处言!受煎熬,苦命人儿除问天!我又犯起困来了,让我靠着案几躺一会儿吧。"

杜丽娘睡去,梦见柳梦梅。柳梦梅拿着半支垂柳上,自言自语:"我一路跟着杜小姐追来,怎么不见小姐?"回头看见小姐,惊叫:"呀,小姐,小姐!"杜丽娘大惊,跳起。柳梦梅对杜丽娘说:"小生到处寻访小姐,原来却在这里!"杜丽娘斜眼看柳梦梅,没有说话。柳梦梅说:"刚才来时,我恰好在花园里折了半枝垂柳。好姐姐,你熟读诗书,可以作首诗来赏此柳枝吗?"杜丽娘惊喜,欲言又止,背过身去,想:"我跟他素昧平生,他为何要来这里?"柳梦梅笑嘻嘻地说:"好姐姐,我爱死你哩!"柳梦梅唱:"只为你如花美眷,似水流年,我天上地下都寻遍。不知道小姐你,在幽闺自怨自怜。好姐姐,我和你到那边说话去。"杜丽娘含笑不行,柳梦梅过来拉她的衣服。杜丽娘低声问:"哪边去?"柳梦梅答道:"转过这芍药栏前,紧靠着湖山石边。"杜丽娘又低声问:"秀才,去怎的?"柳梦梅低声答道:"和你把领扣松,衣带宽,袖梢儿揾着牙儿苫也,则待你忍耐温存一晌眠。"

● 原 文

牡丹亭·惊梦

[明] 汤显祖

【绕池游】(旦上)梦回莺啭(zhuàn),乱煞年光遍。人立小庭深院。(贴)炷尽沉烟,抛残绣线,恁(nèn)今春关情似去年?[乌夜啼](旦)晓来望断梅关,宿妆残。(贴)你侧着宜春髻子恰凭阑。(旦)剪不断,理还乱,闷无端。(贴)已分付催花莺燕借春看。(旦)春香,可曾叫人扫除花径?(贴)分付了。(旦)取镜台衣服来。(贴取镜台衣服上)"云髻罢梳还对镜，罗衣欲换更添香。"镜台衣服在此。

【步步娇】（旦）袅（niǎo）晴丝，吹来闲庭院，摇漾春如线。停半晌，整花钿（diàn）。没揣菱花，偷人半面，迤（yǐ）逗的彩云偏。（行介）步香闺怎便把全身现！（贴）今日穿插的好。

【醉扶归】（旦）你道翠生生出落的裙衫儿茜（qiàn），艳晶晶花簪八宝填，可知我常一生儿爱好是天然。恰三春好处无人见。不提防沉鱼落雁鸟惊喧，则怕的羞花闭月花愁颤。（贴）早茶时了，请行。（行介）你看："画廊金粉半零星，池馆苍苔一片青。踏草怕泥新绣袜，惜花疼煞小金铃。"（旦）不到园林，怎知春色如许！

【皂罗袍】原来姹（chà）紫嫣红开遍，似这般都付与断井颓垣（yuán）。良辰美景奈何天，赏心乐事谁家院！恁般景致，我老爷和奶奶再不提起。（合）朝飞暮卷，云霞翠轩；雨丝风片，烟波画船。锦屏人忒（tè）看的这韶光贱！（贴）是花都放了，那牡丹还早。

【好姐姐】（旦）遍青山啼红了杜鹃，荼蘼（tú mí）外烟丝醉软。春香呵，牡丹虽好，他春归怎占的先！（贴）成对儿莺燕呵！（合）闲凝眄（miǎn），生生燕语明如翦，呖呖莺歌溜的圆。（旦）去罢。（贴）这园子委是观之不足也。（旦）提他怎的！（行介）

【隔尾】观之不足由他缱（qiǎn），便赏遍了十二亭台是枉然。到不如兴尽回家闲过遣。（作到介）（贴）"开我西阁门，展我东阁床。瓶插映山紫，炉添沉水香。"小姐，你歇息片时，俺瞧老夫人去也。（下）（旦叹介）"默地游春转，小试宜春面。"春啊，得和你两留连，春去如何遣？咳，恁般天气，好困人也。春香那里？（作左右瞧介）（又低首沉吟介）天呵，春色恼人，信有之乎！常观诗词乐府，古之女子，因春感情，遇秋成恨，诚不谬矣。吾今年已二八，未逢折桂之夫；忽慕春情，怎得蟾宫之客？昔日韩夫人得遇于郎，张生偶逢崔氏，曾有《题红记》《崔徽传》二书。此佳人才子，前以密约偷期，后皆得成秦晋。（长叹介）吾生于宦族，长在名门。年已及笄（jī），不得早成佳配，诚为虚度青春，光阴如过隙耳。（泪介）可惜妾身颜色如花，岂料命如一叶乎！

【山坡羊】没乱里春情难遣，蓦（mò）地里怀人幽怨。则为俺生小婵娟，拣名门一例、一例里神仙眷。甚良缘，把青春抛的远！俺的睡情谁见？

则索因循腼腆。想幽梦谁边，和春光暗流转？迁延，这衷怀那处言！淹煎，泼残生，除问天！身子困乏了，且自隐几而眠。（睡介）（梦生介）（生持柳枝上）"莺逢日暖歌声滑，人遇风情笑口开。一径落花随水入，今朝阮肇到天台。"小生顺路儿跟着杜小姐回来，怎生不见？（回看介）呀，小姐，小姐！（旦作惊起介）（相见介）（生）小生那一处不寻访小姐来，却在这里！（旦作斜视不语介）（生）恰好花园内，折取垂柳半枝。姐姐，你既淹通书史，可作诗以赏此柳枝乎？（旦作惊喜，欲言又止介）（背想）这生素昧平生，何因到此？（生笑介）小姐，咱爱杀你哩！

【山桃红】则为你如花美眷，似水流年，是答儿闲寻遍。在幽闺自怜。小姐，和你那答儿讲话去。（旦作含笑不行）（生作牵衣介）（旦低问）那边去？（生）转过这芍药栏前，紧靠着湖山石边。（旦低问）秀才，去怎的？（生低答）和你把领扣松，衣带宽，袖梢儿搵（wèn）着牙儿苫（shān）也，则待你忍耐温存一晌眠。（选自《牡丹亭》第十出"惊梦"）

天才都是异数

[明] 袁宏道

导读

袁宏道（1568—1610），字中郎，号石公，湖北公安人。提出"独抒性灵，不拘格套"的性灵说，与其兄袁宗道、弟袁中道并称公安"三袁"。

徐渭（1521—1593），字文长，号青藤老人，浙江绍兴人。徐渭有多方面的艺术才能，在诗文、戏曲、书法、绘画等方面都独树一帜,与解缙、杨慎并称"明代三才子"。本文对徐渭的生平、遭遇和文艺上的成就,作了扼要、明快的叙述与评价,称得上是一篇奇文。

徐渭,字文长,功名只是绍兴诸生,但名声却很大。薛蕙在浙江省当主考官时,认为他是个奇才。但徐渭运气不好,考了好几次都没考上。浙江巡抚胡宗宪听说他有文才,就聘请他来做幕客。徐渭每次去见巡抚大人,都是穿葛布衣服,戴黑色头巾,放言无忌,纵论天下大事,胡宗宪听了非常高兴。那时胡宗宪统率着江南半壁的军队,威震一方,那些武将见了他都是跪着说话,匍匐在地爬行,头都不敢抬。徐渭区区一个秀才,却是见大人而藐之,人们都说他是刘惔、杜甫一类人物。那时正好捕获了一头白鹿,胡宗宪很高兴,就请徐渭写贺表,向皇上呈献这个祥瑞。贺表送上去后,明世宗大喜。这件事后,胡宗宪更加看重徐渭了,把政府里的一切公文、奏疏都交给他代笔。徐渭对自己的文才武略非常自信,又喜欢奇谋诡计,谈论起行军打仗来常常料事如神。时间久了,他看那些文官武将,没有一个能入他法眼的,因为这样,也没人敢用他。

徐渭在官场上混不下去,于是放浪形骸,肆意狂饮,纵情山水。他游历了齐、鲁、燕、赵,连塞外大漠都去了。在游历中,他亲眼看见群山如奔、海水壁立、沙丘移动、霓虹满天、风雨雷霆、倒树拔屋,乃至山谷的幽深冷清和都市的繁华热闹,奇人怪事的层出不穷和花鸟虫鱼的千姿百态,所有前所未见、可惊可愕的景观,他都一一写入了诗中。他胸中郁结着一股勃然不可磨灭的不平之气和英雄末路、四顾茫然的悲凉之感,所以他的诗嬉笑怒骂,像水流激荡在峡谷,像种子要破土而出,像寡妇在深夜恸哭,像行人在寒夜徘徊。诗的内容庞杂,格调有时不免卑下,但却匠心独运,有英雄气象,不是那些像娇滴滴的女子一样专门依傍别人的诗人写得出来的。徐渭的文章闪耀着真知灼见,气象沉着而法度谨严,不因墨守成规而压抑自己的才华和创造力,也不因议论风生而损害自己文章的气韵风格,真是韩愈、曾巩一流的文章家。徐渭志趣高雅,看不起流行的那些玩意儿,当时在文坛独领风骚的诗人们,他都一概加以抨击和蔑视,所以也就没人替他说好话、作宣传，他的名气也就传不出浙江去，可悲啊！

徐渭喜欢书法，他的字就像他的诗文一样，笔意奔放，苍劲豪迈，有一种天然妩媚跳跃在字里行间，欧阳修说"美人迟暮，风韵犹存"，可以说正是徐渭书法的写照。诗、文、书法之外，徐渭也善画花鸟，都高雅脱俗，别有情致。

徐渭的晚年是不幸的，先是因琐事杀死了继任老婆，因此被捕入狱，判了死刑。幸亏张元汴极力营救，方才出狱。此后，徐渭更加愤世嫉俗，如痴如狂，即使达官贵人登门拜访，他也拒而不见。他又经常带着钱到小酒店里，吆喝下人仆役和他一起喝酒。他曾拿斧头砍破自己的头颅，血流满面，连头骨都折断了，用手去摸时可以听到嘎嘣的声音。他还曾用尖利的锥子扎自己的耳朵，扎进去一寸多深，却竟然没有死。陶望龄说，到了晚年，徐渭的诗文更加大放异彩，但都没有印行，堆在家里。和我同年中进士的那些人，凡是在浙江做官的，我都托他们帮我抄录徐渭的诗文，现在还没有送来。现在我见到的，只有《徐文长集》《阙编》两种。然而徐渭竟因为不合流俗，无法施展抱负，怀着悲愤死去了。

我认为，徐渭是因为命运多舛，坎坷不断，才激愤成疾的，他的癫狂没有得到缓解，终于使他精神错乱而杀死妻子，被投入监狱。从古至今，没有哪一个文人像徐渭一样，一生遭受了那么多的困苦、发泄了那么深的怨愤。但尽管如此，仍有胡宗宪这样罕见的豪杰和明世宗这样英明的君主赏识他。在胡公幕中，徐渭受到特殊礼遇，这是胡公认识到了他的价值。他的上奏表文博得了皇帝的欢心，表明皇帝也认识到了他的价值。遗憾的是，他没有得到功名富贵。徐渭的诗文在当时有如异峰突起，一扫文坛芜杂污浊的习气，这一贡献将来自有公论，又怎么能说他生不逢时呢？

梅国祯曾经写信给我，说："我这个老朋友徐渭，他的病比他这个人还要怪，他这个人比他的诗还要怪。"我则认为，徐渭在他那个时代里面无处不奇、无处不怪，正因为这样，也就注定了他一生的命运无处不奇、无处不乖。真是令人痛心啊！

原文

徐文长传

[明] 袁宏道

徐渭，字文长，为山阴诸生，声名藉甚。薛公蕙校越时，奇其才，有国士之目。然数奇，屡试辄蹶。中丞胡公宗宪闻之，客诸幕。文长每见，则葛衣乌巾，纵谈天下事，胡公大喜。是时公督数边兵，威振东南，介胄（zhòu）之士，膝语蛇行，不敢举头，而文长以部下一诸生傲之，议者方之刘真长、杜少陵云。会得白鹿，属文长作表，表上，永陵喜。公以是益奇之，一切疏记，皆出其手。文长自负才略，好奇计，谈兵多中，视一世士，无可当意者，然竟不偶。

文长既已不得志于有司，遂乃放浪曲蘖（niè），恣情山水，走齐、鲁、燕、赵之地，穷览朔漠。其所见山奔海立，沙起云行，风鸣树偃，幽谷大都，人物鱼鸟，一切可惊可愕之状，一一皆达之于诗。其胸中又有勃然不可磨灭之气，英雄失路托足无门之悲，故其为诗，如嗔（chēn），如笑，如水鸣峡，如种出土，如寡妇之夜哭，羁人之寒起。虽其体格时有卑者，然匠心独出，有王者气，非彼巾帼而事人者所敢望也。文有卓识，气沉而法严，不以模拟损才，不以议论伤格，韩、曾之流亚也。文长既雅不与时调合，当时所谓骚坛主盟者，文长皆叱而奴之，故其名不出于越，悲夫！

喜作书，笔意奔放如其诗，苍劲中姿媚跃出，欧阳公所谓"妖韶女，老自有余态"者也。间以其余，旁溢为花鸟，皆超逸有致。

卒以疑，杀其继室，下狱论死。张太史元忭力解，乃得出。晚年愤益深，佯狂益甚。显者至门，或拒不纳。时携钱至酒肆，呼下隶与饮。或自持斧击破其头，血流被面，头骨皆折，揉之有声。或以利锥锥其两耳，深入寸余，竟不得死。

周望言："晚岁诗文益奇，无刻本，集藏于家。"余同年有官越者，托以抄录，今未至。余所见者，《徐文长集》《阙编》二种而已，然文长竟以不得志于时，抱愤而卒。

石公曰："先生数奇（jī）不已，遂为狂疾，狂疾不已，遂为囹圄。古今文人,牢骚困苦未有若先生者也。虽然,胡公间世豪杰,永陵英主,幕中礼数异等,是胡公知有先生矣;表上,人主悦,是人主知有先生矣。独身未贵耳。先生诗文崛起,一扫近代芜秽之习,百世而下,自有定论。胡为不遇哉!梅客生尝寄余书曰:'文长吾老友,病奇于人,人奇于诗。'余谓文长,无之而不奇者也。无之而不奇,斯无之而不奇也。悲夫!"(选自《袁中郎全集》)

在寒风中领略春天

[明] 袁宏道

导 读

> 这是一篇写得美极了的早春游记,春野之美、春水之美、春山之美、春苗之美……凡一切寓目者,无一不美,凡一切美者,无不映照出作者内心之愉悦及对自由的向往。

北京一带天气寒冷,每年二月十二日花朝节过后,残存的寒气还很厉害。时不时刮冷风,一刮起来就飞沙走石。人们都憋在屋子里,想出去却不敢去。每次冒着寒风奔走,走不到一百步就要被迫返回。

二十二日天气暖和些了,我和几个朋友出东直门,来到满井。高大的柳树夹立在堤旁,肥沃的土地有些湿润,一眼望过去,天地无比空旷开阔,顿时觉得自己好像是逃脱笼子的天鹅。这时河上的薄冰刚刚融化,像鱼鳞似的浪纹一层一层,清澈得可以看到河底,波光亮晶晶的,好像刚刚打开的镜子,清冷的光辉突然从匣子里射出来一样。远处的山峦被晴空之下的积雪洗得既干净又清爽，就像美丽的少女刚刚洗过脸、刚刚梳好发髻，历历分明，鲜艳妩媚。柳条舒展着却又没有完全舒展开来，柔软的梢头在风中披散。麦苗一簇簇的，浅浅的，才一寸来高，像马的鬃毛一样。游人虽然不多，但汲泉水煮茶的，拿着酒杯唱歌的，身着艳装骑驴的，也偶尔能看到。风虽然很大，但走起路来还是会汗流浃背。那些在沙滩上晒太阳的鸟，在水面上戏水的鱼，都悠然自得，一切动物都透出喜悦的气息。我这才知道郊野之外未尝没有春天，可是住在城里的人却不知道春天已经来了！

●原　文

满井游记

[明] 袁宏道

　　燕地寒，花朝节后，余寒犹厉。冻风时作，作则飞沙走砾。局促一室之内，欲出不得。每冒风驰行，未百步辄返。

　　廿二日天稍和，偕数友出东直，至满井。高柳夹堤，土膏微润，一望空阔，若脱笼之鹄（hú）。于时冰皮始解，波色乍明，鳞浪层层，清澈见底，晶晶然如镜之新开而冷光之乍出于匣也。山峦为晴雪所洗，娟然如拭，鲜妍明媚，如倩女之靧（huì）面而髻鬟之始掠也。柳条将舒未舒，柔梢披风，麦田浅鬣（liè）寸许。游人虽未盛，泉而茗者，罍（léi）而歌者，红装而蹇（jiǎn）者，亦时时有。风力虽尚劲，然徒步则汗出浃背。凡曝沙之鸟，呷浪之鳞，悠然自得，毛羽鳞鬣之间皆有喜气。始知郊田之外未始无春，而城居者未之知也。

　　夫不能以游堕事而潇然于山石草木之间者，惟此官也。而此地适与余近，余之游将自此始，恶能无纪？己亥之二月也。（选自《袁中郎全集》）

不要说相公您痴,还有像您一样痴的人呢

[明] 张岱

●导 读

张岱(1597-1679),字宗子,号陶庵,浙江绍兴人。明末清初文学家、史学家。著有《琅嬛文集》《陶庵梦忆》《西湖梦寻》《夜航船》等。

《湖心亭看雪》选自《陶庵梦忆》,堪称古今描写西湖"最漂亮的文章"。

公元1632年十二月,我住在西湖。接连下了三天的大雪,湖中行人、飞鸟的声音都消失了。早上五点左右,我撑着一叶小舟,穿着毛皮的衣服,带着火炉,独自前往湖心亭看雪。此时,湖面上全是冰花、白气弥漫,天和云和山和水,从上到下一片白茫茫的。偌大天地之间,能够看清楚轮廓的,只有远处的一道长堤、前方的一个小黑点、眼前的一叶小舟和舟中的二三个人罢了。

到了湖心亭上,里面有两个人在地上铺了毡子,面对面坐着,旁边一个童子正把酒炉里的酒烧得滚沸。他们看见我都很高兴,说:"在湖中怎么还能碰上您这样有闲情雅致的人呢!"他们硬要拉我一同饮酒。我尽力喝了三大杯酒,然后和他们道别。我问他们的姓氏,才知道他们是金陵人,漂泊到了这里。等到回来时下了船,船夫嘟哝着说:"不要说相公您痴,还有像您一样痴的人呢!"

● 原 文

湖心亭看雪
[明] 张岱

崇祯五年十二月,余住西湖。大雪三日,湖中人鸟声俱绝。是日更定矣,余挐(ná)一小舟,拥毳(cuì)衣炉火,独往湖心亭看雪。雾凇(sōng)沆砀(hàng dàng),天与云、与山、与水,上下一白,湖上影子,惟长堤一痕、湖心亭一点、与余舟一芥、舟中人两三粒而已。

到亭上,有两人铺毡对坐,一童子烧酒炉正沸。见余大喜曰:"湖中焉得更有此人!"拉余同饮。余强饮三大白而别。问其姓氏,是金陵人,客此。及下船,舟子喃喃曰:"莫说相公痴,更有痴似相公者!"(选自《陶庵梦忆》)

酣睡在十里荷花之间,一帘幽梦

张 岱

● 导 读

《西湖七月半》写得煞是好看!张岱描绘了五种不同阶层的人的享乐方式和审美情趣,是当时西湖民俗风情的一幅极好的图画。

农历七月十五是中元节,民间俗称鬼节、七月半。西湖在这一天没有

元明

什么可看的，只可以看看七月半的人。

看七月半的人，可以分五类来看。第一类是官宦人家。他们坐在豪华的游船上，摆开丰盛的筵席，吹箫击鼓，峨冠博带，有优伶献唱、仆从跟随，船上灯火通明，乐声幽雅，好不气派！他们名为看月而实际上并没有看月，可以看看这一类人。第二类是豪门巨室。他们也坐在豪华的游船上，名门闺秀和千金小姐十分耀眼，还带着许多漂亮的家童，一起环坐在船首的露台上，嘻笑打趣，东张西望。他们置身月下而实际上并没有看月，可以看看这一类人。第三类是商贾名流。他们也坐着船，也有音乐和歌声，还带着走红的歌妓和帮闲的僧人，慢慢地喝酒，曼声地歌唱，在箫笛和琴瑟伴奏下，美人轻轻地展开了歌喉。他们也置身月下，也看月，而又希望别人看他们看月，可以看看这一类人。第四类是市井之人。他们不坐船不乘车，不穿长衫不戴头巾，喝足了酒吃饱了饭，叫上三五个人，成群结队地挤入人丛，在昭庆寺、断桥一带高声乱嚷哄笑喧闹，假装发酒疯，小曲儿唱得荒腔走板。他们月也看，看月的人也看，不看月的人也看，而实际上什么也没有看见、什么也没有走心，可以看看这一类人。第五类是文人雅士。他们乘着小船，船上挂着细而薄的帏幔，船上茶几洁净，茶炉烧着，茶铛把水烧开了，白色瓷碗无声地传递，约上佳人好友，坐在月光之下，或者隐藏在岸边树荫下，或者索性去湖中间逃避喧嚣。他们才真是在看月，而人们却看不到他们看月的样子，他们并不装模作样，只是看月，可以看看这一类人。

杭州人游西湖，一般是上午十点左右出门，下午六点左右回来，仿佛是要把月亮当仇人一样避开似的。不过到了七月十五这天晚上，那些爱虚名的人就要成群结队地争相出城。先是多赏一些小费给把守城门的士卒，接着就往湖边赶，此时轿夫们高举火把，正在岸上列队等候。他们一上船，就催促船家快些把船划到断桥，好赶去凑热闹。因此，晚上九点以前，人声和鼓乐声恰似水波翻滚、大地震荡，又犹如人中了魔咒、发出呓语，以致周围的人既听不到别人说话，也无法让人听到自己说话，都像聋子、哑巴一样。一会儿大家兴致尽了，官府宴席也散了，衙役们吆喝着开道而去。于是轿夫们开始高声大叫："快上船啊！要关城门了！"不一会儿，灯笼和火把就像一队队星星一样，游人簇拥着急匆匆往回赶。岸上的人们也成群结队赶往城门，人群渐渐稀少，不久就全部散去了。

这时，我们才把船停靠在断桥岸边。石阶已经有了凉意，我们坐在上面，呼朋唤友开怀畅饮。此时的月亮像刚刚磨过的镜子，山峦像重新化了妆，湖水像重新洗了脸，一切都明亮鲜活起来。原来慢慢喝酒、曼声歌唱的人出来了，在岸边树荫下躲避喧嚣的人也出来了，我们上前去和他们打招呼，拉他们坐下来一起聊天喝酒。风雅的朋友来了，走红的歌妓也来了，酒杯碗筷都准备好了，于是管乐声和歌唱声一起响了起来。直到月色苍凉，东方欲晓，客人才一一散去。于是我们把船划到湖中，酣睡在十里荷花之间，花香缭绕，一帘幽梦，非常惬意。

●原　文

西湖七月半

［明］张岱

西湖七月半，一无可看，止可看看七月半之人。看七月半之人，以五类看之。其一，楼船箫鼓，峨冠盛筵，灯火优傒（xī），声光相乱，名为看月而实不见月者，看之。其一，亦船亦楼，名娃闺秀，携及童娈（luán），笑啼杂之，环坐露台，左右盼望，身在月下而实不看月者，看之。其一，亦船亦声歌，名妓闲僧，浅斟低唱，弱管轻丝，竹肉相发，亦在月下，亦看月而欲人看其看月者，看之。其一，不舟不车，不衫不帻（zé），酒醉饭饱，呼群三五，跻（jī）入人丛，昭庆、断桥，叫呼嘈杂，装假醉，唱无腔曲，月亦看，看月者亦看，不看月者亦看，而实无一看者，看之。其一，小船轻幌，净几暖炉，茶铛（chēng）旋煮，素瓷静递，好友佳人，邀月同坐，或匿（nì）影树下，或逃嚣（xiāo）里湖，看月而人不见其看月之态，亦不作意看月者，看之。

杭人游湖，巳出酉归，避月如仇。是夕好名，逐队争出，多犒（kào）门军酒钱，轿夫擎燎（liáo），列俟（sì）岸上。一入舟，速舟子急放断桥，赶入胜会。以故二鼓以前，人声鼓吹，如沸如撼，如魇（yǎn）如呓（yì），如聋如哑，大船小船一齐凑岸，一无所见，止见篙击篙，舟触舟，肩摩肩，面看面而已。少刻兴尽，官府席散，皂隶喝道去。轿夫叫，船上人怖以关门，灯笼火把如列星，一一簇拥而去。岸上人亦逐队赶门，渐稀渐薄，顷刻散尽矣。

吾辈始舣（yǐ）舟近岸。断桥石磴（dèng）始凉，席其上，呼客纵饮。此时，月如镜新磨，山复整妆，湖复颒（huì）面。向之浅斟低唱者出，匿影树下者亦出，吾辈往通声气，拉与同坐。韵友来，名妓至，杯箸（zhù）安，竹肉发。月色苍凉，东方将白，客方散去。吾辈纵舟酣睡于十里荷花之中，香气拍人，清梦甚惬（qiè）。（选自《陶庵梦忆》）

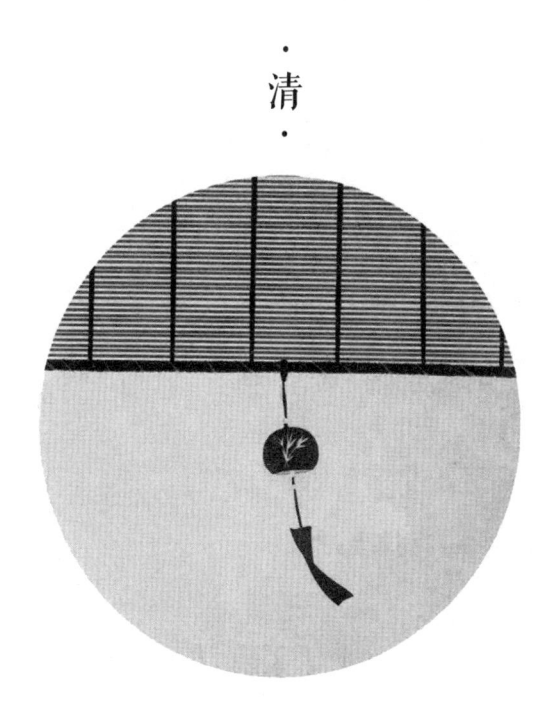

清

天才,使这个世界变得美好

[清] 张潮

导读

张潮(1650-1709),字山来,号心斋居士,安徽黄山人。《虞初新志》一书的编纂,奠定了张潮文言小说编选家和批评家的历史地位,另著有《幽梦影》等书。

《幽梦影》是一本"微博体"的妙书,有一种清洁、透明而单纯的性情质地。

1

读经书适宜在冬天,可以凝神静虑精神专一。读史书适宜在夏天,可以镇日长闲体味历史。读诸子百家适宜在秋天,可以澣涤万物牢笼百态。读诗词曲赋适宜在春天,可以触发灵感生机盎然。

2

替明月担心被云彩遮住,替书本担心被蛀虫咬噬,替鲜花担心被风雨摧残,替才子佳人担心命运无常,天上的事要管,地上的事也要管,真是菩萨心肠啊!

3

和学识渊博的人在一起，就像读一本内容丰富的奇书；和风流儒雅的人在一起，就像读一本海内名家的诗文；和生活严谨的人在一起，就像读一本圣贤所著的经传；和风趣幽默的人在一起，就像读一本离奇怪异的小说。

4

山光，水声，月色，花香，还有文人的精神气质，美人的仪态万方，这些东西都看不见，摸不着，说不出，抓不住，但却令人魂牵梦绕，情思颠倒。

5

少年时读书，就像从缝隙中窥视月亮，一鳞半爪，看不分明；中年时读书，就像站在庭院中仰望月亮，看得分明，离得遥远；老年时读书，就像躲在亭台后面观赏月亮，没有爱憎，只是朋友。你的所思所想、所作所为，都是从你的生活阅历中来，又回到你的思想感情中去。

6

世外之人，比如僧道隐士之流，不一定要戒酒，但一定要戒俗，如果俗了，就不成其为世外高人。绝世美人不一定要精通文章之道，但要有情趣，懂得欣赏、赞美，如果没有情趣，就不成其为美人了。在这世上，女人可以略输文采，不可稍逊风骚。

7

《水浒传》写的是英雄好汉，却叫人愤怒；《西游记》写的是游戏与幻想，却叫人醒悟；《金瓶梅》写的是金钱与欲望，却叫人悲悯。明代最好的小说，就是这三部书。

8

何谓美人？美人就是花的容貌、鸟的声音、月的魂魄、柳的姿态、玉的骨骼、雪的肌肤、水的柔媚、诗的灵性、兰的气质的集合体。唯有这样的集合体，无可挑剔，可以称之为美人。

9

古往今来最好的文章，都是作者用血泪写成。

10

人情，使这个世界得以运转；天才，使这个世界变得美好。

● 原 文

幽梦影（节选）

[清] 张潮

1

读经宜冬，其神专也；读史宜夏，其时久也；读诸子宜秋，其致别也；读诸集宜春，其机畅也。

2

为月忧云，为书忧蠹（dù），为花忧风雨，为才子佳人忧命薄，真是菩萨心肠。

3

对渊博友，如读异书；对风雅友，如读名人诗文；对谨饬（chì）友，如读圣贤经传；对滑稽友，如阅传奇小说。

4

山之光，水之声，月之色，花之香，文人之韵致，美人之姿态，皆无可名状，无可执着，真足以摄召魂梦，颠倒情思。

5

少年读书,如隙中窥月;中年读书,如庭中望月;老年读书,如台上玩月。皆以阅历之浅深,为所得之浅深耳。

6

方外不必戒酒,但须戒俗;红裙不必通文,但须得趣。

7

《水浒传》是一部怒书,《西游记》是一部悟书,《金瓶梅》是一部哀书。

8

所谓美人者,以花为貌,以鸟为声,以月为神,以柳为态,以玉为骨,以冰雪为肤,以秋水为姿,以诗词为心,以翰墨为香,吾无间然矣。

9

古今至文,皆血泪所成。

10

情之一字,所以维持世界;才之一字,所以粉饰乾坤。(选自《小窗幽记·幽梦影·续幽梦影》)

泰山归来不看山

[清] 姚鼐

> **导读**
>
> 姚鼐(1731—1815),字姬传,安徽桐城人。姚鼐首次系统地提出和阐述了义理、考据、辞章三者相统一的观点,树立了桐城派文论的纲领和旗帜。

> 本文是写泰山的名篇，通过对山、水、雪、雾、日光、城郭的描写，勾画出一幅壮丽幽美的山水画，创设了一个奇妙的艺术境界。文字简洁而又形象，很能写出泰山的雄伟壮丽。

泰山的南面，汶水向西流去；泰山的北面，济水向东流去。南面山谷的水都流入汶水，北面山谷的水都流入济水。顺着这道南北分界线蜿蜒雄踞在山脊上的，是古长城。海拔最高的日观峰，就在古长城以南十五里。

1774年十二月，我从京城出发，冒着风雪，经过齐河县、长清县，穿过泰山西北面的山谷，跨过长城的城墙，到达泰安。这月丁未日，我和泰安知府朱孝纯从南边的山脚登山。道路都是石头砌成的，我们走了四十五里，一共有七千多级。

泰山正南面有三条山谷，中谷的水环绕在泰安城下，这就是郦道元所说的环水。我起初顺着中谷进去。路走了不到一半，翻过中岭后又沿着西边的山谷走，就这样到了泰山的山顶。古时候登泰山，沿着东边的山谷进入，路上有座天门。这东边的山谷，古时候称为"天门溪水"，是我没有到过的地方。现在我所经过的中岭直至山顶，有很多山崖像门槛一样挡在路上，人们把它们都称为"天门"。一路上大雾弥漫、冰凝溜滑，石阶几乎没法攀登。爬上山顶之后，只见青山覆盖着白雪，雪光照亮了南面的天空。远远望去，夕阳映照着泰安城、汶水和徂徕山，就像一幅画一样，半山腰上停留着的云雾又像是给山峦系上了一条带子似的。

戊申这一天是月底，五更的时候，我和朱孝纯坐在日观亭里等待日出。这时大风扬起积雪扑面而来，亭子东面游人脚下的山谷里全都弥漫着云雾。隐约可以看见云涛中竖立着几十个白色的像骰子似的东西，那是山。太阳还没有跃出地平线的时候，天边的云彩起初只有一线异色，一会儿就变成五颜六色的了。太阳完全跃出海面后，红得像朱砂一样，下面有红光晃动摇荡，托着它似的。有人说，这就是东海。此时回头再看日观峰以西的山峰，有的被日光照着，有的没有被日光照着，或红或白，颜色错杂，都像弯腰曲背鞠躬致敬的样子。

日观亭西面有岱祠，又有碧霞元君祠；皇帝的行宫就在碧霞元君祠的东面。这一天，我们还观看了路上的石刻，都是从唐朝显庆年间以来的，那些更久远古老的石刻都已经模糊或缺失了。那些偏僻不在路边的石刻，都赶不上去看了。

山上石头多，泥土少。山石都呈青黑色，大多是平的、方形的，很少有圆形的。山上的杂树少，松树很多，松树都生长在石头的缝隙里，树顶是平的。山上到处是积雪冰凝，没有瀑布流下来，也没有鸟兽的声音和踪迹。日观峰几里之内，都没有什么树木，积雪很厚，快没到人的膝盖了。

● 原 文

登泰山记

[清] 姚鼐

泰山之阳，汶（wèn）水西流；其阴，济水东流。阳谷皆入汶，阴谷皆入济。当其南北分者，古长城也。最高日观峰，在长城南十五里。

余以乾隆三十九年十二月，自京师乘风雪，历齐河、长清，穿泰山西北谷，越长城之限，至于泰安。是月丁未，与知府朱孝纯子颖由南麓登。四十五里，道皆砌石为磴，其级七千有余。

泰山正南面有三谷。中谷绕泰安城下，郦（lì）道元所谓环水也。余始循以入，道少半，越中岭，复循西谷，遂至其巅。古时登山，循东谷入，道有天门。东谷者，古谓之天门溪水，余所不至也。今所经中岭及山巅崖限当道者，世皆谓之天门云。道中迷雾冰滑，磴几不可登。及既上，苍山负雪，明烛天南，望晚日照城郭、汶水、徂徕（cú lái）如画，而半山居雾若带然。

戊申晦，五鼓，与子颖坐日观亭，待日出。大风扬积雪击面，亭东自足下皆云漫，稍见云中白若摴（chū）蒱（pú）数十立者，山也。极天云一线异色，须臾成五采，日上正赤如丹，下有红光动摇承之。或曰，此东海也。回视日观以西峰，或得日，或否，绛皓（hào）驳色，而皆若偻（lóu）。

亭西有岱祠，又有碧霞元君祠。皇帝行宫在碧霞元君祠东。是日，观道中石刻，自唐显庆以来，其远古刻尽漫失。僻不当道者，皆不及往。

山多石，少土。石苍黑色，多平方，少圆（yuán）。少杂树，多松，生石罅（xià），皆平顶。冰雪，无瀑水，无鸟兽音迹。至日观数里内，无树，而雪与人膝齐。（选自四部丛刊本《惜抱轩文集》）

中国文学中最可爱的女人

[清] 沈复

> **导读**
>
> 沈复（1763-1832），字三白，江苏苏州人。《浮生六记》用自传的形式，将作者一生的酸甜苦辣、悲欢离合生动地记叙下来，文笔大胆，文辞绮艳，读之令人回肠荡气、蚀骨销魂。林语堂曾称沈复在《浮生六记》中所写的陈芸是"中国文学中最可爱的女人"。

1

那年冬天，因为芸的堂姐嫁人，我又随母亲去她家观礼。芸与我同岁，长我十个月，自幼姐弟相称，所以我仍叫她淑姐。当时只见满室鲜衣华服，唯独芸通体素淡，只有鞋子是新的。那鞋子绣制精巧，问过，才知道是她自己做的，这时我才领会到她的蕙质兰心，不只在笔墨上。她削肩膀长脖颈,瘦不露骨,眉清目秀,顾盼之间,神采飞扬,唯有两颗牙齿微微露出,从相貌上看,算是美中不足。但有一种缠绵之态,实在令人销魂酥骨。

……当夜送亲戚出城外,回来时已是三更了。我肚子饿,想找吃的。老婢女给我枣脯吃,我嫌太甜了。芸便暗地里牵我的袖子。我跟随她到房间里,见她藏着热粥和小菜呢。我欣欣然地举起了筷子,准备吃时,忽然听到芸的堂兄玉衡在外边大声嚷嚷:"淑妹快来!"芸急忙关门,应道:"我累了!要睡了!"玉衡已经挤将进来,看见我正吃粥,便斜着眼笑,说:"刚才我要粥,你说吃完了;原来把粥藏在这里,是要专门招待夫婿呀!"芸窘迫至极,夺门逃走了。不大一会儿,上上下下就都知道了,哄笑不已。

2

我小的时候,经常睁大眼睛对着太阳看,可以明察秋毫。哪怕是渺小细微的东西,我也必定去细细地观察它的纹理,所以时不时能得些意外之趣。夏天蚊子轰鸣如雷,我常私下把它们想象成鹤群在天空飞舞。因为心里这么想着,所以觉得看上去就像真有千百只白鹤在眼前飞舞。这么昂着头看蚊子,时间久了,脖子都僵了。我就又想法子,把蚊子关在蚊帐里,拿烟慢慢喷它们,让它们在烟雾中飞鸣冲撞,当作青云白鹤来看,果然就像是白鹤在云端飞翔,我看了以后,心情怡然,拍手称快。

我又常在土墙凹凸处,或者花台里的杂草丛中,下半身蹲着,上半身趴在石台上,定神细看土墙、花台里的草虫鸟兽。常把草丛当作树林,把虫蚁当作野兽,把瓦砾凸起的地方当作丘陵、凹陷的地方当作沟壑,神游于这小千世界的微观景象中,怡然自得。

有一天,我看见两只虫子在草丛中争斗,看得兴趣正浓。忽然有个庞然大物拔山倒树般地扑过来,仔细一看,原来是只癞蛤蟆。舌头一吐,两只虫子就被它吞了。我那时年幼,正看得出神呢,被它一惊,不禁啊呀一声叫起来。等我回转神来,便发狠捉住癞蛤蟆,用树枝鞭打了它数十下,打完,把它扔到别的院子里去了。

3

我当幕僚,在官场奔波凡三十年,全天下没有到过的地方只有四川、贵州和云南。可惜四处奔忙，处处得跟着人走，所以即便山水怡情悦目，也是如云烟过眼，只能大致领略，不能尽兴探寻僻远幽深的景致。我凡事喜欢独出己见，不屑于人云亦云。即便是谈诗品画，无不带着"人家喜欢的我舍弃，人家舍弃的我偏捡起来"的意思。至于风景名胜，都存在于人的心里，贵在心有所得。有些名胜，我并不觉得有什么好，有的不是名胜，我却认为妙不可言。这里所写，也只是把我平生去过的地方一一记下来罢了。

我十五岁那年，父亲在绍兴县令的衙门里任幕僚。有一位赵省斋先生，名叫赵传，是杭州的名儒。县令请他来教自己的儿子读书，我父亲就命我也拜在先生门下学习。闲暇日子，我们出去游玩，来到吼山。山离城大约十余里，陆路走去是不通的，须走水路。进了山，就见一个石洞，顶上有石头片片裂开，像要掉下来似的。我们便从石头下荡舟进去，发现洞中豁然开朗，四面都是悬崖峭壁，这儿俗称"水园"。临着水流，建了五间石阁，对面石壁上，有"观鱼跃"三个字。流水深不可测，据说有大鱼潜伏其中，我投了鱼饵试了试，仅仅见到不足一尺的鱼儿跃出水面来争食。石阁后面有条路通向旱园，旱园内乱石林立，有的胡乱矗立像拳头，有的横向摊开如手掌，有的削平了顶端，而上面又垒着大石头，斧凿痕迹很明显，一点也不值得看。游览完毕，我们在水阁里设酒宴，叫随从燃放爆竹，轰然一响，千山万壑一齐回应，好像听到了打雷的声音。这是我小时候畅游的开始。

我到绍兴的第二年赵省斋先生因为自己父亲年老，不愿离家远游，于是回到杭州家中设馆授徒。我也跟着到了杭州，因此有机会畅游西湖胜景。要说结构的精妙，我认为龙井最佳，若论小巧玲珑，天园排在第二位。山石的奇妙则首选天竺山的飞来峰和城隍山的瑞石古洞。水则是玉泉最好，因为玉泉水清澈，鱼很多，有种活泼的趣味。最不值得看的，就是葛岭的玛瑙寺。其余像湖心亭、六一泉等景致，各有各的妙处，不能一一尽述，但都不脱脂粉气，反而不如小静室，幽雅僻静，其风雅近乎天然。

苏小小的墓在西冷桥旁边。当地人指给我看，说这里一开始仅有半丘黄土而已。乾隆四十五年，圣上南巡，到西湖来，曾一一问到，于是下面的人就留心了；乾隆四十九年春天，天子又举行南巡盛典，这时候苏小小墓已经用石头筑了坟，做成八角形，上面还立了一块碑，刻着"钱塘苏小小之墓"几个大字。从此，凭吊古迹的骚人墨客，再不用徘徊湖边细细探访了！我想，自古以来湮没于世间而不能流传的忠烈们的魂魄，本来就数不胜数，即使流传一时但不能久远的也不在少数。小小一个歌妓却从南齐到如今，声名显赫，尽人皆知，这大概是天地灵气聚于苏小小一身，专为西湖的湖光山色作点缀吧！

西泠桥北不远，有一处崇文书院，我曾经和同学赵缉之在这里投考。当时正值长夏，我们起得很早，出了钱塘门，过了昭庆寺，上了断桥，坐在石栏杆上，只见旭日即将升起，朝霞从柳叶外映照进来，枝条婀娜，美丽极了。在白莲花的幽香里，一股清风徐徐吹来，令人从心尖到骨头，都为之一清。等我们走到崇文书院，还早得很呢。午后交了卷，又和赵缉之到紫云洞纳凉。紫云洞很大，可以容纳几十人，洞顶的石头缝隙里透着日光。有人进洞，摆了些小桌子和矮凳子，在这里卖酒。我们便解开衣服，喝了点小酒，品尝着鹿肉干，觉得甚是美妙，再搭配些鲜嫩的菱角和雪白的莲藕，喝到微醺，这才出洞。赵缉之说："上面有朝阳台，非常高旷，何不上去看看？"我也兴致大发，奋勇登上山巅，只觉眼前西湖耀如明镜，杭州小如弹丸，钱塘江犹如衣带，极目远望，可达数百里之遥。这是我有生以来见到的天下第一大观。

● 原　文

浮生六记（节选）

［清］沈复

1

是年冬，值其堂姊出阁，余又随母往。芸与余同齿而长余十月，自幼姊弟相呼，故仍呼之曰淑姊。时但见满室鲜衣，芸独通体素淡，仅新其鞋而已。见其绣制精巧，询为己作，始知其慧心不仅在笔墨也。其形削肩长项，瘦不露骨，眉弯目秀，顾盼神飞，唯两齿微露，似非佳相。一种缠绵之态，令人之意也消。

……是夜送亲城外，返已漏三下，腹饥索饵，婢妪以枣脯进，余嫌其甜。芸暗牵余袖，随至其室，见藏有暖粥并小菜焉，余欣然举箸（zhù）。忽闻芸堂兄玉衡呼曰："淑妹速来！"芸急闭门曰："已疲乏，将卧矣。"玉衡挤身而入，见余将吃粥，乃笑睨芸曰："顷我索粥，汝曰'尽矣'，乃藏此专待汝婿耶？"芸大窘避去，上下哗笑之。（《浮生六记·闺房记乐》）

2

余忆童稚时，能张目对日，明察秋毫。见藐小微物，必细察其纹理，故时有物外之趣。

夏蚊成雷，私拟作群鹤舞空。心之所向，则或千或百，果然鹤也。昂首观之，项为之强。又留蚊于素帐中，徐喷以烟，使其冲烟飞鸣，作青云白鹤观，果如鹤唳（lì）云端，怡然称快。

于土墙凹凸处、花台小草丛杂处，常蹲其身，使与台齐。定神细视，以丛草为林，以虫蚁为兽，以土砾凸者为丘、凹者为壑，神游其中，怡然自得。

一日，见二虫斗草间，观之正浓，忽有庞然大物拔山倒树而来，盖一癞虾蟆也，舌一吐而二虫尽为所吞。余年幼，方出神，不觉呀然惊恐。神定，捉虾蟆，鞭数十，驱之别院。（《浮生六记·闲情记趣》）

3

余游幕三十年来，天下所未到者，蜀中、黔中与滇南耳，惜乎轮蹄征逐处处随人，山水怡情云烟过眼，不过领略其大概，不能探僻寻幽也。余凡事喜独出己见，不屑随人是非，即论诗品画，莫不存人珍我弃、人弃我取之意。故名胜所在贵乎心得，有名胜而不觉其佳者，有非名胜而自以为妙者，聊以平生所历者记之。

余年十五时，吾父稼夫公馆于山阴赵明府幕中。有赵省斋先生名传者，杭之宿儒也。赵明府延教其子，吾父命余亦拜投门下。暇日出游，得至吼山，离城约十余里，不通陆路。近山见一石洞，上有片石横裂欲堕，即从其下荡舟入，豁然空其中，四面皆峭壁，俗名之曰"水园"。临流建石阁五椽（chuán），对面石壁有"观鱼跃"三字。水深不测，相传有巨鳞潜伏。余投饵试之，仅见不盈尺者出而唼（shà）食焉。阁后有道通旱园，拳石乱矗，有横阔如掌者，有柱石平其顶而上加大石者，凿痕犹在，一无可取。

游览既毕，宴于水阁，命从者放爆竹，轰然一响，万山齐应，如闻霹雳声。此幼时快游之始。惜乎兰亭、禹陵未能一到，至今以为憾。

至山阴之明年，先生以亲老不远游，设帐于家。余遂从至杭，西湖之胜因得畅游。结构之妙，予以龙井为最，小有天园次之。石取天竺之飞来峰，城隍山之瑞石古洞。水取玉泉，以水清多鱼，有活泼趣也。大约至不堪者，葛岭之玛瑙寺。其余湖心亭、六一泉诸景，各有妙处，不能尽述；然皆不脱脂粉气，反不如小静室之幽僻，雅近天然。

苏小墓在西泠桥侧，土人指示，初仅半丘黄土而已。乾隆庚子，圣驾南巡曾一询及。甲辰春，复举南巡盛典，则苏小墓已石筑其坟，作八角形，上立一碑，大书曰"钱塘苏小小之墓"。从此吊古骚人，不须徘徊探访矣！余思古来烈魄忠魂埋（yān）没不传者，固不可胜数，即传而不久者亦不为少；小小一名妓耳，自南齐至今，尽人而知之，此殆灵气所钟，为湖山点缀耶？

桥北数武有崇文书院，余曾与同学赵缉之投考其中。时值长夏，起极早，出钱塘门，过昭庆寺，上断桥，坐石阑上。旭日将升，朝霞映于柳外，尽态极妍。白莲香里，清风徐来，令人心骨皆清。步至书院，题犹未出也。午后缴卷，偕缉之纳凉于紫云洞，大可容数十人，石窍上透日光。有人设短几矮凳，卖酒于此。解衣小酌，尝鹿脯甚妙，佐以鲜菱雪藕，微酣出洞。缉之曰："上有朝阳台，颇高旷，盍往一游？"余亦兴发，奋勇登其巅，觉西湖如镜，杭城如丸，钱塘江如带，极目可数百里，此生平第一大观也。（《浮生六记·浪游记快》）

《离骚》为屈大夫之哭泣，《史记》为太史公之哭泣

[清] 刘鹗

导 读

刘鹗（1857-1909），字铁云，号老残，著名"鸿都百炼生"，江苏镇江人。所著《老残游记》为晚清四大谴责小说之一。

我们哭着来到这个世界，又在家人的哭泣中离开这个世界。初生婴儿的啼哭，是喜悦的小声呱呱；等他到老临终之时，家人的哭泣是悲痛的号啕大哭。这哭泣，连接着生死之间的历程。在这段历程中，为你而哭或者你为之而哭的人与事的多寡，可以作为你的生命意义的一个衡量标准。因为，哭泣是一个人灵性的表现，有一分灵性就有一分哭泣，没有灵性就没有哭泣。

哭泣是与一个人处境的好坏没有关联的。为什么这么说呢？你看马和牛吃的是草，终年辛苦，不得自由，但它不会哭泣，就是因为缺乏灵性。猴子就不一样，你看它整天跳跃在深山老林中，采摘野果充饥，却非常快活，又善于啼叫。这啼叫，就是猴子的哭泣。所以，博物学家说猴子是动物当中与人最相近的，就因为它们具有灵性。歌谣里说："巴东三峡巫峡长，猿啼三声断人肠。"果真如此的话，猴子的感情该是多么丰富啊！

因为人有灵性，所以会有感情；因为有了感情，所以才会哭泣。哭泣分为两类：一类是有生命力量的哭泣，一类是没有生命力量的哭泣。那些痴儿傻女，丢了东西要哭，掉了簪子也要哭，这是没有生命力量的哭泣。孟姜女为他的丈夫哭泣，使得长城为之坍塌，舜帝死于苍梧，娥皇、女英为之哭泣，斑斑泪痕染绿了竹枝，这是有生命力量的哭泣。有生命力量的哭泣又分为两种：一种是为某个具体的人和事而哭泣，一种是不为某个具

体的人和事而哭泣,这后一种哭泣对于人而言痛苦更为深巨,影响也更为深远。

文学作品就是不为某个具体的人和事而生的哭泣。《离骚》是屈原的哭泣,《庄子》是庄周的哭泣,《史记》是司马迁的哭泣,《草堂诗集》是杜甫的哭泣。李煜在词中哭泣,朱耷在画中哭泣。王实甫把他的哭泣寄托在《西厢记》一书中,曹雪芹把他的哭泣寄托在《红楼梦》一书中。王实甫在《西厢记》中写道:"别恨离愁,满肺腑难陶泄。除纸笔代喉舌,我千种相思向谁说?"曹雪芹在《红楼梦》中写道:"满纸荒唐言,一把辛酸泪。都云作者痴,谁解其中味?"他又在小说中把茶叫作"千红一窟",把酒叫作"万艳同杯",难道不是要说"千红一哭,万艳同悲"吗?

我们生活在现在这样一个时代,有对个人命运的感情,有对家、国的感情,有对这个社会的感情,有对种族、宗教的感情。感情越深,哭泣就越悲痛。这就是我刘鹗写作《老残游记》的原因。

鸦片战争之后,时局已经残破不堪了。我们这些人也将不久于人世,当此之际,想要不哭泣,能做到吗?海内的那些仁人志士,人间的那些痴儿傻女,他们当中一定会有与我同哭同悲的人!哀哉!

●原 文

老残游记·自叙

[清] 刘鹗

婴儿堕地,其泣也呱呱(gū);及其老死,家人环绕,其哭也号啕。然则哭泣也者,固人之所以成始成终也。其间人品之高下,以其哭泣之多寡为衡。盖哭泣者,灵性之现象也,有一分灵性即有一分哭泣,而际遇之顺逆不与焉。

马与牛,终岁勤苦,食不过刍秣,与鞭策相终始,可谓辛苦矣,然不知哭泣,灵性缺也。猿猴之为物,跳掷于深林,厌饱乎梨栗,至逸乐也,而善啼;啼者,猿猴之哭泣也。故博物家云:猿猴,动物中性最近人者,以其有灵性也。古诗云:"巴东三峡巫峡长,猿啼三声断人肠。"其感情为何如矣!

灵性生感情，感情生哭泣。哭泣计有两类：一为有力类，一为无力类。痴儿騃（ái）女，失果则啼，遗簪亦泣，此为无力类之哭泣；城崩杞妇之哭，竹染湘妃之泪，此有力类之哭泣也。有力类之哭泣又分两种：以哭泣为哭泣者，其力尚弱；不以哭泣为哭泣者，其力甚劲，其行乃弥远也。

　　《离骚》为屈大夫之哭泣，《庄子》为蒙叟之哭泣，《史记》为太史公之哭泣，《草堂诗集》为杜工部之哭泣；李后主以词哭，八大山人以画哭；王实甫寄哭泣于《西厢》，曹雪芹寄哭泣于《红楼梦》。王之言曰："别恨离愁，满肺腑难陶泄。除纸笔代喉舌，我千种想思向谁说？"曹之言曰："满纸荒唐言，一把辛酸泪；都云作者痴，谁解其中意？"名其茶曰"千芳一窟"，名其酒曰"万艳同杯"者：千芳一哭，万艳同悲也。

　　吾人生今之时，有身世之感情，有家国之感情，有社会之感情，有种教之感情。其感情愈深者，其哭泣愈痛：此鸿都百炼生所以有《老残游记》之作也。

　　棋局已残，吾人将老，欲不哭泣也得乎？吾知海内千芳，人间万艳，必有与吾同哭同悲者焉！（选自《老残游记》）

人生是个困局

[清]　谭嗣同

导　读

谭嗣同（1865-1898），字复生，湖南浏阳人。戊戌六君子之一，所著《仁学》是维新派的第一部哲学著作。

人活在这个世上,受着天地的牢笼,环境的限制,渐渐做成一个困局,想要逃出去,很难。但是,人,是要有点追求的。所以,英雄圣贤追求内圣外王治国平天下的事业而为其所困,读书人追求道德完善文章不朽而为其所困,当官的人追求功名利禄而为其所困,商人追求金钱和利益而为其所困,庸碌之辈追求口腹之欲而为其所困。老天爷要用这些东西来使我们终生忙碌,困苦不堪,但是我们岂是甘愿受命运摆布的人?我们身在这个困局中,这是没有办法改变的事,我们唯一能做的,是找到改变人生困局的办法。我们想要从人生困局中挣脱出去,难道只要一股脑地把内圣外王治国平天下的事业啊,把道德文章啊、功名利禄啊、金钱衣食啊弃之不顾就行了吗?不是的。这是我们人之为人该做的事啊,我们不能不做。只要我们竭尽自己全部的生命力量去做就行了,至于是非成败、得失利害,完全可以不必为此心烦意乱、扰攘不宁。这世上的事,谁就一定成功谁又一定失败呢?知其不可为,而为之。成功,则归之于天,而失败,则应由自己负责。孟子就是这样对滕文公说的。如果事情到了完全不可为的地步,圣贤英雄也会一身担当起来。事有可为与不可为,人为其必为而已。

●原　文

报邹岳生书(节选)

[清] 谭嗣同

　　人生世间,天必有以困之。以天下事困圣贤困英雄,以道德文章困士人,以功名困仕宦,以货利困商贾,以衣食困庸夫。天必欲困之,我必不为所困,是在局中人自悟耳。夫不为所困,岂必舍天下事与夫道德文章、功名、货利、衣食而不顾哉?亦惟尽所当为。其得失利害,未足撄(yīng)我之心,强为其善,成功则天,此孟子所以告滕文也。可见事至于极,虽圣贤亦惟任之而已。(选自《谭嗣同全集》)

人生的三重境界

王国维

● 导 读

王国维（1877-1927），字静安，号观堂，浙江海宁人。

王国维在文学、美学、史学、哲学、古文字学、考古学等方面均有卓越建树，代表作有《观堂集林》《宋元戏曲考》《人间词话》等。

1

词以有境界为最高标准。一首词如果有境界，自然显得格调高迈、超逸不群。五代、北宋的词冠绝古今的原因就在这里。

2

境界分为两种："有我之境"和"无我之境"。冯延巳《鹊踏枝》："泪眼问花花不语，乱红飞过秋千去"，秦观《踏莎行》："可堪孤馆闭春寒，杜鹃声里斜阳暮"，这两句词中所描述的境界就是有我之境。陶渊明《饮酒》："采菊东篱下，悠然见南山"，元好问《颖亭留别》："寒波澹澹起，白鸟悠悠下"，这两句诗中所描述的境界就是无我之境。所谓有我之境，就是用我的眼光来观察和摹写事物，所以事物都带上了我的色彩、主观的色彩、感情的色彩。所谓无我之境，就是用物的眼光、纯客观的眼光、全能的眼光来观察和摹写事物，所以分不清什么是物、什么是我，二者完全浑然一体。古人创作诗词，大多数写的都是有我之境，只有那些特别杰出的大作家，苦心孤诣地进行艺术探索，才能够摹写出无我之境。

3

我们所谓的"境"，并非单指景物一种，喜怒哀乐，也是人们心中的一种境界。所以，能写真景物、真感情的，就叫有境界；否则就是无境界。

4

从古至今，凡是成就大事业、大学问的人，一定要经过三重不同的境界。晏殊《鹊踏枝》："昨夜西风凋碧树。独上高楼，望尽天涯路。"这是第一重境界。说的是一个人虽然已经立定了远大的志向，但是前路漫漫，还看不到什么具体的东西。柳永《凤栖梧》："衣带渐宽终不悔，为伊消得人憔悴。"这是第二重境界。说的是一个人在工作进行中，一定要艰苦奋斗、勇往直前、不辞辛劳，即使遭遇再多挫折和困难也无怨无悔、决不放弃。辛弃疾《青玉案》："众里寻他千百度，蓦然回首，那人却在，灯火阑珊处。"这是第三重境界。说的是一个人既然立下大志做一件事情，于是就苦干、实干、巧干。但是什么时候才能成功呢？对于这个问题大可不必过分考虑。只要努力干下去，而方法又对头，干得火候够了，成功自然就会到来。

● 原　文

人间词话（节选）
王国维

1

词以境界为最上。有境界，则自成高格，自有名句。五代、北宋之词所以独绝者在此。

2

有有我之境，有无我之境。"泪眼问花花不语，乱红飞过秋千去""可堪孤馆闭春寒，杜鹃声里斜阳暮"，有我之境也。"采菊东篱下，悠然见南山""寒波澹澹起，白鸟悠悠下"，无我之境也。有我之境，以我观物，故物皆著我之色彩。无我之境,以物观物,故不知何者为我,何者为物。古人为词,写有我之境者为多,然未始不能写无我之境,此在豪杰之士能自树立耳。

3

境非独谓景物也。喜怒哀乐,亦人心中之一境界。故能写真境物、真感情者,谓之有境界;否则谓之无境界。

4

古今之成大事业、大学问者,必经过三种之境界:"昨夜西风凋碧树。独上高楼,望尽天涯路",此第一境也。"衣带渐宽终不悔,为伊消得人憔悴",此第二境也。"众里寻他千百度,回头蓦见,那人正在灯火阑珊处",此第三境也。(选自《人间词话》)

今天的责任,不在别人身上,全在我们年轻人身上

梁启超

导读

梁启超(1873-1929),字卓如,号任公,广东新会人。

梁启超是康有为的学生,曾参与"公车上书"和戊戌变法,是一位能在退出政治舞台后仍在学术研究领域取得巨大成就的百科全书式人物。

梁启超自称"笔端常带感情",黄遵宪称其文"惊心动魄,一字千金,人人笔下所无,却为人人意中所有,虽铁石人亦应感动。从古至今,文字之力之大,无过于此者矣"。《少年中国说》浪能表现这些特点。

今天的责任，不在别人身上，全在我们年轻人身上。年轻人聪明智慧，国家就聪明智慧；年轻人富有，国家就富有；年轻人强盛，国家就强盛；年轻人独立，国家就独立；年轻人自由，国家就自由；年轻人进步，国家就进步；年轻人胜过欧洲，国家就胜过欧洲；年轻人称雄于世界，国家就称雄于世界。红日刚刚升起，道路充满霞光；黄河从地下流出，一泻千里，势不可挡；潜藏的巨龙从深渊中腾跃而起，它的鳞爪舞动飞扬；幼虎在山谷吼叫，各种野兽都害怕惊慌；雄鹰展翅欲飞，掀起狂风，尘土飞扬；珍奇的鲜花含苞待放，灿烂明丽茂盛茁壮；宝剑在磨刀石上磨出，发出耀眼的光芒。我们青年头顶着青天，脚踏着大地，从纵的时间看有悠久的历史，从横的空间看有辽阔的疆域。前途像大海一样宽广，未来的日子多么远大辉煌。美好啊，我们年轻的中国，跟青天一样不会衰老！壮丽啊，我们中国的青年，同祖国一样万寿无疆！

原 文

少年中国说

[近代] 梁启超

故今日之责任，不在他人，而全在我少年。少年智则国智，少年富则国富，少年强则国强，少年独立则国独立，少年自由则国自由，少年进步则国进步，少年胜于欧洲，则国胜于欧洲，少年雄于地球，则国雄于地球。红日初升，其道大光。河出伏流，一泻汪洋。潜龙腾渊，鳞爪飞扬。乳虎啸谷，百兽震惶。鹰隼（sǔn）试翼，风尘吸张。奇花初胎，矞（yù）矞皇皇。干将发硎（xíng），有作其芒。天戴其苍，地履其黄。纵有千古，横有八荒。前途似海，来日方长。美哉我少年中国，与天不老！壮哉我中国少年，与国无疆！（选自《饮冰室合集》）